LA SAGA
DE YOUZA

LA SAGA
DE YOUZA

YOUOZAS BALTOUCHIS

LA SAGA
DE YOUZA

ALINEA

Titre original :
SAKMÉ APIE JUZA

Traduit du russe et du lituanien
par Denise Yoccoz-Neugnot
avec les conseils de Guenovaïté Kachinshkiéné

© 1979, 1989, éd. Vaga, Vilnius.
© 1981, éd. Sovetskij Pisatel.
© 1982, Roman Gazeta n° 6.
© 1990, Editions Alinea, pour la traduction française.
ISBN : 2-266-11691-6

Et je verrais bien,
et je saurais bien
qui arrive par le petit chemin...

Chanson gaie de la région de Koupichkis

I

Tel il s'était couché la veille au soir, les yeux rivés sur les chevrons du toit de la fenière, après qu'il eut planté là les noces de Vintsiouné, tel Youza resta la nuit entière, le regard fixe. Il s'était enfoncé au mitan du foin, avait fait son creux au profond des bruissements pimentés et âpres de la fléole et du serpolet froissés. Au village, il en était plus d'une pour dire de lui que les hommes à grand nez ont bon caractère. Youza n'en savait rien, même si son nez, c'est vrai, était plus long que la moyenne. Ce n'était pas lui qui l'avait choisi, ce nez, il avait pris ce qui lui avait été donné le jour de sa naissance. Pris — et gardé. Un grand nez, et le reste à l'avenant : des bras, des pieds, et même le cou plus grands que ceux des autres. L'homme ne choisit rien, il prend ce qu'il reçoit — et vit avec. Où qu'il entrât, dans quelque maison que ce soit, Youza penchait toujours la tête pour ne pas se cogner. Même en poussant le vantail de l'église. Bien qu'il sût pourtant qu'aucun portail d'église n'eut de linteau assez bas pour qu'un homme — si long que fût son cou — pût s'y cogner le crâne. Donc Youza écoutait, étendu dans le foin, les moineaux qui pépiaient sous la panne faîtière. Et leur tapage grandissait, grandissait. Puis brusquement, tous en chœur s'égosillèrent et, comme s'étant donné le mot, s'éparpillèrent dans le ciel. Youza resta seul. Dans la cour, les coqs s'époumonaient. Pour la troisième fois déjà. Une lueur grisâtre apparut sous l'épi de faîtage en tête de cheval. C'était l'aurore d'un nouveau jour.

Youza se leva sans avoir fermé l'œil de la nuit et se dirigea à pas lents vers la maison. Son frère Adomas devait y être, il était sûrement revenu de la noce. Sa sœur Ourchoulé aussi, qui sait… — encore qu'elle, elle était toujours la dernière, et quand elle rentrait, elle disparaissait dans le mazot où elle avait son lit de fille et sa grande malle avec sa dot. Youza traversa la cour — sans rien voir, pas même la rosée froide et sirupeuse suintant des pommiers du verger, alourdissant les têtes de choux, assombrissant les palissades. Sans entendre non plus grincer les chèvres des puits dans les fermes voisines, ni meugler les vaches réclamant la main de la trayeuse qui, avec ce dimanche, n'en finissait pas de dormir. Sans même sentir la terre sous ses pas. Cette fraîche et grasse terre qui ce matin se collait dans un frisson à ses semelles, cette terre qu'il faisait si bon fouler chaque matin. Non, Youza ne voyait, n'entendait, ne sentait rien. Du pied, il poussa la porte et entra.

Son frère Adomas était effectivement revenu. Étalé sur son lit, il dormait du moelleux sommeil du matin. De bien-être, une grosse salive jutait de ses lèvres et coulait en tortillonnant jusque sur la taie d'oreiller en lin. Son veston des dimanches en lin rayé tissé à la maison, son pantalon, son gilet gisaient là où il les avait jetés, sa montre en or traînait sous le banc… Adomas n'avait même pas quitté sa belle chemise achetée à la ville ! Et la lampe, qu'il n'avait pas soufflée, vacillait sous le plafond, suçant les dernières gouttes de kérosène.

Debout au milieu de la pièce, Youza regardait son frère. Il n'était pourtant pas si loin, le jour où Adomas avait fait venir à la maison le meilleur tailleur de la région pour lui commander ce costume rayé… Et la chemise, n'était-ce pas la première fois qu'il la mettait ? Et quel prix il l'avait payée ! Et cette montre !… Qui pouvait bien avoir une montre pareille à la campagne ? Pareille ou pas, d'ailleurs !… Dans tout le canton, Adomas était bien le premier à en porter une. Comme s'ils avaient eu de l'argent à jeter par les fenêtres ! Au début, il en avait pris grand soin, ne la mettant que les jours de fête, et encore — pas à la maison, mais pour aller à la messe ou à une fête de la paroisse. Et en rentrant, son premier geste était de l'enlever et d'aller la poser sur une étagère dans l'angle de la mansarde, sous une image de la Sainte Vierge. La seule et unique fois où il l'avait mise en dehors des fêtes, c'était le jour où ils étaient allés en ville tous les trois — Adomas, Youza et Ourchoulé — pour se faire photographier.

Le photographe — un nouveau — un petit juif —, arrivé à Maldinichké va savoir d'où, avait décoré la porte de son salon de portraits de jeunes femmes aux joues si généreusement fardées qu'Ourchoulé avait assiégé ses frères de ses larmes et de ses supplications : « Allons-y, allons-y, tout le monde y va, pourquoi pas nous ? » Et quand ils furent installés tous trois devant l'œil de l'appareil, Adomas releva bien vite la manche de son veston pour que sa montre apparaisse bien visible sur la photographie et que tout le monde ensuite puisse la voir : dans le village, personne n'avait de montre, mais lui, Adomas, en avait une. Voilà comme c'était. Et aujourd'hui ? Par terre sous le banc, la montre !

Youza secoua un peu Adomas en le poussant de son poing dans les côtes :

— Assez roupillé !

Son frère ravala bruyamment sa salive : un vrai petit veau, le nez sur un pis tiède.

Youza le poussa encore une fois, puis une autre, plus fort. Adomas entrouvrit péniblement les yeux et bredouilla avec dépit de ses lèvres mouillées :

— C'est dimanche !...

Youza s'assit sur le banc, se pencha pour ramasser la montre et dit avec force :

— Faut faire le partage !

Adomas allait reposer la joue sur l'oreiller, mais la stupeur l'arrêta. Yeux grands ouverts, fixés devant lui sans rien voir, il se mit à tâtonner de ses pieds à l'aveuglette sous son lit sans réussir à trouver ses sabots.

— Quoi ? Quoi !

— Faut faire le partage !

A force de farfouiller sous son lit, Adomas finit par rencontrer ses sabots, y fourra les pieds et resta assis, fixant Youza d'un air ahuri. Celui-ci s'approcha de la lampe, la souffla.

— Qu'est-ce qui arrive? demanda Adomas.

— Faut faire le partage!

Adomas écarta les bras :

— Le partage, comme ça, tout d'un coup? Sans en avoir dit un mot? Sans en avoir discuté?… Qu'est-ce qui s'est passé?

— Y faut.

Adomas fouilla dans la poche de son veston des dimanches pour trouver de quoi fumer. Pas le gros-cul du jardin aux feuilles molles qu'il fumait le reste du temps, non, du tabac de marchand, acheté la veille à la ville pour aller au mariage de Vintsiouné. Mais le paquet était tout écrabouillé après la bombance de la veille, et Adomas le tortilla un bon moment sans savoir par quel bout extraire une cigarette. Il finit tout de même par s'y retrouver, en prit une, froissée, chiffonnée, la fourra entre ses dents et en sortit une autre qu'il tendit à Youza.

Youza se contenta de refuser d'un geste. Son frère avait-il donc oublié qu'il ne fumait que la pipe? Adomas alluma sa cigarette, tira une grande bouffée, rejeta longuement la fumée.

— Mais enfin, tout de même? Comme ça, comme la neige en juillet… Qu'est-ce qui est arrivé, je te le demande?

Ils étaient assis côte à côte sur le banc. Solides tous les deux, larges d'épaules, massifs comme des chênes poussés sous la bise. Adomas avait seulement le nez un peu plus court — et aussi une de ces moustaches!… Pas une moustache, mais une touffe de laine sombre, coupée en deux par un sillon sous le nez… « Elle pousse comme ça, disait-il pour se justifier quand on se moquait de sa moustache. Qu'est-ce que j'y peux, moi, si elle pousse comme ça? » Pour l'instant, il tirait sur sa cigarette en regardant Youza du coin de l'œil, attendant ce que celui-là allait encore trouver à dire, et ne réussissant pas à se faire la moindre idée de ce qui avait bien pu lui arriver.

— Je ne te demanderai pas beaucoup, dit Youza. Tu

me donneras la parcelle qu'on a sur le Kaïrabalé ; le reste des terres, avec ce qui est dessus, tu le gardes pour toi et Ourchoulé.

— Attends un peu... la parcelle du Kaïrabalé ?

— Ben oui, il faut quand même que j'aie moi aussi un endroit où m'installer.

— Mais sacré bon sang, qu'est-ce que tu vas bien faire sur ce marais ? Élever des portées de peûts ?

— Il n'y a pas que des seignes et des mollières là-bas. On y a aussi une butte assez grande pour y construire une métairie.

— Tu... te fiches de moi ?

— Tu me donneras aussi le Bai, continua Youza comme s'il n'avait pas entendu Adomas. Si ça ne te fait pas trop regret, ajouta-t-il. Il te restera encore deux chevaux pour le travail, sans compter celui de deux ans. Si ça ne te fait pas trop regret.

Après un silence, Youza reprit :

— Ou bien tu trouves que je demande trop ?

— Non, attends un peu... Dis-moi franchement... Tu ne te fiches pas de moi ?

— Et peut-être qu'il y aura de quoi monter les murs, fit Youza poursuivant son idée. En prenant dans les billes qui sont sous le chaume de la visière de l'auvent. Elles sont là depuis longtemps, depuis le grand-père Yokoubas, c'est lui qui les avait mises de côté. Juste ce qu'il me faudrait.

— Alors c'est vraiment pour de bon, tu t' fiches pas de moi ?

— Pour ce qui est des vaches, je ne t'en dirai pas long : si tu peux, tant mieux, si tu ne peux pas, c'est pareil. Au début, ça sera un peu dur, je ferai avec ce qu'y aura, ensuite on verra. Ça serait bien que tu ajoutes encore une brebis, mais c'est pareil, tu feras ce que le cœur te dira. Ça serait mieux si elle était déjà couverte, car pour reluire, dans le Kaïrabalé, où irait-elle se dénicher un bélier ? Et sans agneau, une ferme, c'est pas une vraie ferme.

— Mais attends un peu !

— Peut-être aussi des poules. (Adomas resta bouche

ouverte.) Au Kaïrabalé, tu sais bien, il y a des insectes dans tous les coins, et l'automne, des baies comme s'il en pleuvait. Les poules, c'est pas des oiseaux, tu sais bien, le matin, ça glousse et ça te pond un œuf blanc comme crème. Je n'ai pas besoin de beaucoup, rien qu'une paire, ça me suffirait.

Youza parlait lentement, un mot après un autre, Adomas en avait même oublié de tirer sur sa cigarette. Ainsi, apparemment, Youza avait tout bien soupesé et tout bien réfléchi. En une seule nuit! Pas même une nuit, mais ce qui en était resté après les noces de Vintsiouné... Le Kaïrabalé? Qu'est-ce que c'était, nom d'un chien, que cette histoire de Kaïrabalé? Cette branloire! Ce tremblant! Chaque année, au plus fort de l'été, les fermiers des villages environnants battaient leur faux, prenaient des casse-croûte pour quelques jours et partaient au Kaïrabalé. Le lendemain, c'était le tour des femmes. Un râteau d'érable blanc sur l'épaule et toutes, sans exception, coiffées d'un fichu encore plus blanc que l'érable du râteau. Chaque famille avait sur le marécage et le long de ses berges un certain nombre de soitures. Quand et par qui ces soitures leur avaient-elles été attribuées, mystère. En tout cas, les paysans y allaient de leur faux entre les mollières branlantes et les touradons de laîches tranchantes, et leurs lames couchaient en andins réguliers l'herbe-au-lait grêle et le trèfle d'eau fleuri de barbe blanche. Pas un fameux fourrage pour le bétail, Dieu sait, mais tout de même autre chose que de la paille de seigle ou de l'armoise sèche. Et saupoudré de gros sel brut en automne, lorsqu'on tasse le foin dans la resserre, ni le cheval ni la vache, l'hiver venu, n'en détourneraient le museau d'un air dégoûté. Pour l'heure, comme l'eau affleurait, miroitant au soleil, dans tous les coins de la Grande Seigne, les faucheurs faisaient des tas de foin sur des lèges en verne ou en bourdaine, puis s'y attelaient à grand ahan pour les traîner au sommet des petites collines envahies de genévriers noirs et de pins rachitiques qui bosselaient tout le Kaïrabalé. Ils laissaient sécher le foin sur place, et un peu plus tard l'entassaient dans les fenières que chacun avait bâties sommairement, voilà bien longtemps, sur ces îlets bombés, et qui tenaient encore debout depuis des dizaines d'années.

Tout ce monde ne réapparaissait sur le marais qu'en plein hiver, lorsque le gel avait verrouillé le marais mottut, ses sphaignes et ses sagines. Les fermiers chargeaient le foin sur les traîneaux, l'emportaient à la maison, et là, le déchargeaient dans de vrais fenils. Et pour que la maisonnée fatiguée ne se contente pas de jeter le foin par brassées sur ce qui était déjà rentré, ils le tassaient vigoureusement et tiraient vers le bas et vers l'avant, avec un croc de genévrier ou une fourche uncinée sortie des mains du forgeron, chaque bonne herbe, que l'on conservait soigneusement pour la mélanger au serpolet et à la fléole des prairies grasses, stockés à part dans d'autres compartiments de la grange. Tout le monde faisait comme ça. Adomas et Youza aussi. On avait toujours fait comme ça, apparemment. Et on ferait sûrement toujours comme ça. Comment pourrait-on faire autrement ? Mais quant à transporter ses pénates sur le Kaïrabalé, jamais personne n'en avait eu l'idée. Sûrement pas, même en rêve. Youza était bien le premier.

Adomas avait l'impression de rêver. Pas de dormir, mais de rêver debout.

Et voilà qu'il entendait de nouveau la voix de son frère :

— Un chariot aussi, si c'est possible, un chariot qui ne sert pas... Ça serait bien d'avoir encore une herse et une charrue. Dans un endroit nu comme la main, tu sais bien, le moindre fétu d'agroste vaut son pesant de marcs d'or.

Adomas recula comme s'il avait reçu un coup. Il jeta sa cigarette sans l'avoir fumée, et criant presque :

— Qu'est-ce que c'est encore que cette histoire de chariot ? Et cette foutue histoire de herse qui traîne ? Et de charrue qui ne sert à rien ? Puisque t'as perdu la boule, qu'est-ce que t'as à quémander comme un miséreux ? Je ne suis pas ton frère ? Ton propre frère ? Pour toi, je suis donc une bête ? Allez, fais ton choix, prends tout ce que t'as envie de prendre ! Tout le bien si tu veux ! Mais dis-moi comment tu vas pouvoir t'installer sur cette branloire ? Quel diable t'a mordu ? Qu'est-ce qui t'a pris, qu'est-ce qui te fait partir comme si t'avais le feu aux trousses ?

De sa vie, Adomas n'avait crié de la sorte. La honte le saisit, il se tut. Il fouilla dans son paquet de cigarettes, en tira une, voulut l'allumer, mais ses mains tremblaient tant qu'elles n'arrivaient pas à tenir l'allumette. Quand la cigarette fut enfin allumée, Adomas s'étrangla en aspirant la fumée.

Ce fut au tour de Youza de s'étonner. Dans la famille, on n'était pas bavard. Le père, pour autant qu'il s'en souvînt, coupait court à toute conversation d'un simple coup d'œil. Pour lui, pleurs ou plaintes n'étaient que licence et dévergondage, et rien ne lui faisait manier la ceinture avec plus d'énergie que de voir couler des larmes. La mère en avait une peur bleue, et s'il lui arrivait de laisser échapper un mot, ou un hoquet de sanglot, c'était tout bas, en se retournant dans un coin vers le mur. Ensuite, elle recommençait à se ranger sans faute à l'avis du père, le suivant toujours, toujours le suivant... Elle était même morte le même jour que lui, mais pas en même temps : le père, le matin, elle, le soir. Elle serait peut-être bien morte juste en même temps que lui, mais qui se serait alors occupé des enterrements, qui aurait fait le compte, parmi tous les parents, de ceux qu'on devait inviter et des autres ? Le temps qu'elle explique tout, qu'elle dise ce qu'il fallait faire, le jour passa. Il prit fin. Et elle aussi... Juste à la suite du chef de famille. Toute une vie, elle l'avait suivi : alors, dans le cercueil aussi. Non, on n'était pas bavard chez eux. Les trois enfants avaient presque désappris la parole. Ils se faisaient plutôt des signes, avec les mains ou avec les yeux. Même à l'église, quand tout le monde chantait à pleine voix « Nous te supplions à genoux, à genoux », ou bien l'alléluia le matin de Pâques, eux ne chantaient qu'à mi-voix, ouvrant à peine les lèvres.

Qu'est-ce qui avait bien pu amener Adomas à tant crier ?

Youza regarda son frère, puis détourna les yeux. Attendant patiemment qu'il eût fini de recracher de ses poumons l'âcre fumée.

II

Brusquement, les deux frères tendirent l'oreille. C'était la voix de leur sœur Ourchoulé :

— Faut pas prendre l'habitude !...

Et une voix d'homme :

— Alors, comme ça, tu ne me laisses pas entrer, ma petite Ourchoulé ? Vrai, tu me laisses pas ?

— Faut pas prendre l'habitude.

— Mais tu sais bien... Je suis à toi, tu sais bien, Ourchoulité ? Je suis à toi, Ourchoulité !

— Et qui est-ce qui s'est vanté devant toutes ces petites morveuses ? Dis-moi donc quand je t'ai fait ce cadeau-là, espèce de gouri ? Ça veut toujours se vanter, ça veut se faire passer pour un homme devant les autres ! Commence par devenir un homme et fais la roue ensuite !

— Mais Ourchoulité, comment tu peux dire ça ?! Que je sois condamné à avaler tout vif de la poix en enfer si j'ai dit un mot à quelqu'un !

— La pie est passée par là, c'est la pie qui a tout raconté à tout le monde, pas toi ! fit Ourchoulé avec une sorte de reniflement. Eh bien ! Adresse-toi à la pie, maintenant !...

Ourchoulé riait, mais sa voix tremblait de colère. On aurait dit que, pour un peu, elle allait se mettre à pleurer.

Dans la maison, les deux frères se taisaient.

— Alors comme ça, tu ne me laisses vraiment pas

entrer? (La voix de l'homme à nouveau.) Tu ne me laisses pas?

— Faut pas s'habituer.

Youza se tourna du côté d'Adomas. Adomas était assis et baissait la tête. Ils avaient bien du chagrin avec Ourcholé. Les os du père et de la mère n'avaient pas encore eu le temps de refroidir dans la terre que la pucelle avait comme rompu ses chaînes, telle une jument qui aurait trop longtemps rongé son frein! Que les filles se réunissent pour papoter, que la jeunesse se retrouve aux veillées, qu'il y ait un baptême ou même un enterrement, elle était toujours la première, la voix la plus sonore de toutes et la plus enragée pour danser. Et déjà des gars, des gars à la pelle! La première à être entraînée par les galants dans les farandoles, la dernière qu'ils laissaient quitter la polka. Quant à venir la chercher à la maison, ils y venaient tous et, la fête finie, la ramenaient, si bien que tous les chiens du village ameutés ne laissaient personne fermer l'œil. Les deux frères avaient bien essayé de raisonner leur sœur, mais autant parler à un sourd.

Chaque fois, Ourcholé leur coupait net la parole, comme avec un tranchant de cognée :

— J'ai assez fait carême, je me suis assez tue!

Et elle remettait ça. Elle prenait son plaisir de droite et de gauche, sans honte ni vergogne, sans s'inquiéter du qu'en-dira-t-on. On avait beau dire et beau faire, elle s'en souciait comme d'une guigne.

On entendit grincer le portillon, juste à côté du grand portail de la cour. Ourcholé cria, baissant à peine la voix :

— Tu serais pas devenu enragé? Et en plein jour par-dessus le marché! Pour que tout le monde voie bien? Que la rage t'étouffe! Fiche le camp d'où tu viens! Je t'l'ai dit : faut pas s'habituer. Sinon, j'appelle mes frères : t'auras tellement la frousse que tu ne trouveras même plus la porte pour filer!

— Mais c'est pas vrai qu'il fait jour, Ourcholité... dit l'homme en pleurant presque. C'est seulement la primaube, où tu le vois, le jour, Ourcholité?

— Faut pas s'habituer!

Et le portillon grinça et claqua. Apparemment, Ourchoulé ne plaisantait pas en disant au gars de s'en aller.

— Ourchoulii…ité, la suppliait l'autre, derrière la palissade.

Ourchoulé entra dans la maison. Vit ses deux frères, rougit violemment. Une belle plante, élancée comme un baliveau, peau crémeuse, fraîche comme une rose. Aussi fraîche que si elle venait tout juste de sortir de son lit et de se baigner dans la rosée. Pas trace de la nuit entière passée à Pavalakné à danser aux noces de Vintsiouné, pas trace de la bière qu'elle avait bien goûtée pourtant, pas trace de la dispute avec le gars qu'elle venait de renvoyer. Les yeux peut-être un peu cernés, comme étrécis dans l'orbite.

— Oh! oh! Tous les deux déjà sur pied! leur cria-t-elle gaiement. Et si bien peignés tous les deux! De quoi parlez-vous donc comme ça, avant même le lever du soleil?

Youza resta silencieux. Adomas promena son regard sur elle et, sans colère:

— Aujourd'hui, c'était qui?

— Je l'ai déjà reconduit, fit-elle dans grand rire. Mais vous, qu'est-ce que vous avez à être si ronchons? Non mais franchement? Qu'est-ce qui arrive?

Elle regarda les deux frères carrément dans les yeux. Le rose quitta ses joues comme un pétale soufflé par le vent.

— Tu finiras par courir une fois de trop, c'est moi qui te le dis. Et ce jour-là, tu pourras pleurer, tu ne trouveras qu'un chien pour te consoler, dit Adomas.

— A cause de ce gars-là? (Ourchoulé éclata de rire à nouveau.) Mon cher petit Adomas, mon cher petit frère, si grand et si petit! Écoute-moi et mets-toi bien ça dans la tête: si je cours une fois de trop, alors je pleurerai. Mais l'instant n'est pas encore venu, alors à quoi bon ton discours? Laisse les vieilles bigotes pleurer sur leur couronne de virginité dans les asiles de vieillards. Quant à moi, je suis comme tout le monde. Comme toutes les filles!

Ourchoulé riait gaiement, allant et venant avec

entrain dans la pièce, tandis que les mâchoires d'Adomas se crispaient plus fort et que Youza ne bougeait pas d'un pouce.

— Si encore ça valait la peine ! Mais pour cette azerote de Grikapeliaï ! Pour ce Stiaponioukas ! Y a vraiment de quoi vous manger les sangs !

— Ainsi, c'était l'azerote de Stiaponioukas ? fit Adomas entre ses dents.

— Un pot de colle ! Il ne m'a pas quittée de la nuit, à croire qu'il était attaché par une ficelle. Mais moi, pour les gars, je n'ai qu'une chanson : « Demande — je ne te le donnerai pas, achète — je ne te le vendrai pas, marie-moi — alors tu l'auras ! »

Adomas crispa encore plus fort les mâchoires :

— Et la même chanson pour tous...

— Pourquoi pour tous ? s'étonna gentiment Ourchoulé. Seulement pour celui que je veux attraper !

Et elle éclata de rire à nouveau. Puis déclara de but en blanc :

— C'est avec lui que je me marierai.

Sans même s'en rendre compte, Adomas se dressa un peu, s'appuyant sur le banc de ses bras tendus :

— Avec cette azerote ?!

— Et qui me donnera mieux ? répliqua Ourchoulé, les yeux dans les yeux de son frère. Ceux qui sont mieux, ils se sont fait attraper par celles qui sont plus malignes !

Et plus tranquillement elle finit d'expliquer :

— C'est bien pour ça que je ne soulève pas même le coin de l'édredon. Sinon, après, je pourrais toujours essayer de l'attraper !

Adomas détacha violemment ses mains du banc. Regarda sa sœur de dessous ses sourcils. Sans savoir s'il devait en croire ses oreilles. Une fille si secrète du vivant des parents, une vraie muette... Méconnaissable, à n'y rien comprendre !

— Le coupable, c'est qui ? lâcha-t-il entre ses dents.

— Des coupables ? Mais je n'en cherche pas, moi.

Adomas ne savait plus quoi dire à sa sœur. Il se tourna vers Youza. Mais Youza était assis tout comme avant, tout comme s'il n'était pas son frère, à Ourchoulé, tout comme s'il n'était pas de la même couvée. Ourchoulé se tourna vers lui, elle aussi, et le fixant :

— Et toi, Youza? dit-elle, qu'est-ce que tu as? Tu as fichu le camp comme si on t'avait administré une volée d'orties. Et Vintsiouné qui t'a cherché, après, qui t'a cherché, cherché !

Un rire étranglé tordit la bouche de Youza :

— Elle a vraiment cherché, tu dis?

— Mais bien sûr qu'elle t'a cherché ! « Où est-il donc, qu'elle disait, mon cavalier tant attendu? J'ai dansé la polka d'adieu avec tout le monde sauf avec lui, comment aller retrouver mon mari maintenant, sans avoir dansé avec Youza? » Et c'est vrai, Youza, qu'est-ce qui t'a pris? Sans même dire merci, sans même avoir soufflé la mousse du dernier bock...

— Ça t'amuse de te moquer du monde ! grinça Youza, mâchoires crispées.

— Pas tellement, Youza, pas tellement. Vintsiouné, quand tu as quitté ses noces, elle est devenue rouge comme une pivoine...

Au début, Ourchoulé plaisantait. Maintenant, elle ne riait plus. Elle fixait l'aîné avec un regard de biais. Lui se taisait, mais ses joues étaient devenues terreuses, et il baissait la tête encore plus bas qu'avant.

Adomas n'y tint plus, il tapa de ses deux paumes sur le banc :

— Fiche le camp, qu'est-ce que tu restes ici à jacasser ! Vintsiouné, Vintsiouné !... Les vaches ne sont pas tirées, le goujaillon n'est pas réveillé, les bêtes ne sont pas au pré, et toi, avec ta Vintsiouné... Vintsiouné par-ci, Vintsiouné par-là... Puisque tu as tant fait que d'y rentrer, occupe-toi de la maison !

Ourchoulé se rejeta en arrière, les yeux écarquillés, puis éclata de rire à nouveau :

— Aïe aïe aïe ! De vrais frelons, de vrais frelons tous les deux ! (Elle s'essuya les yeux.) La vodka de Vintsiouné était donc tellement mauvaise ?

Elle se dirigea vers la porte sans attendre la réponse. On entendit dans l'entrée un tintamarre de choses déplacées, bousculées, puis elle sortit, claquant la porte derrière elle, et se mit à chantonner :

« *Dans la forêt, j'ai galopé,*
  Dans la forêt, j'ai fauché... »

Dans la pièce, il y eut un long silence.

— Tu vois ?... dit finalement Adomas.

— Et tu t'en portes mieux ?

— De quoi je me porte mieux ?

— De ce que, moi aussi, je vois ?

« *Dans la forêt, les andins, j'les ai couchés !* » claironna la voix d'Ourchoulé dans le mazot.

— A force de courir la jâdoure... dit Adomas.

— Il lui faut un mari.

— Cette azerote de Grikapeliaï, comme mari ?

Youza ne répondit rien.

— Et toi, par-dessus le marché, avec tes histoires de marais !...

Silence.

— Maintenant j'ai compris : ce n'est pas un cinglé qu'il y a dans cette maison, mais deux.

Youza continua de se taire.

Adomas se leva, marcha vers le poêle du heurt lourd de ses gros sabots, s'arrêta.

— Youza, dit-il d'une voix basse, comme s'il avait été assis juste à côté de son frère.

— Mmmmhh ?

— Youza, tu y tenais tellement à cette Vintsiouné ?

Youza n'ouvrit pas la bouche.

« *Le foin a fané,*
  Mon coursier est épuisé,
  Jusqu'à ma mie pour trotter,
  Je suis bien trop fatigué ! »

Ourchoulé était déjà dans l'étable avec le seau à traire.

— Youza, répéta Adomas.

— Mmmmhh ?

— Pourtant, cette Vintsiouné, on ne peut pas dire qu'elle soit si extraordinaire, Youza... Tu es un gars bien, t'en trouveras une autre. Peut-être même une mieux.

— Tu dis n'importe quoi.

— Pourquoi n'importe quoi ?

— Quand le cœur te tient, tu peux empêcher tes pieds de le suivre ? fit Youza après un silence.

22

Adomas se tourna vers Youza, le regarda longuement. Il le voyait de profil. Grand, costaud, un brave gars. Adomas refoula tout juste les larmes qui lui montaient aux yeux. Ça faisait un bon moment qu'il avait remarqué que son frère n'était pas dans son état normal. Qu'il travaillait — sans dire un mot. Qu'il mangeait — sans dire un mot. Comme pour le puits : ils s'étaient mis d'accord pour creuser un deuxième puits dans le verger, pour en avoir un plus près des plates-bandes sous les pommiers. Youza avait empoigné la bêche. Adomas, lui, était parti à la foire à Kamajaï. Après la foire, il avait rendu visite à des parents et n'était donc rentré que le lendemain soir. Et qu'avait-il vu ? la terre qui volait au-dessus du trou, et plus de Youza : disparu ! Le trou était si profond qu'on ne le voyait pas, ce qui ne l'empêchait pas de continuer à creuser comme un forcené... et je te creuse, et je te creuse... Si Adomas ne l'avait pas arrêté, peut-être bien qu'il aurait traversé la terre de part en part et qu'il serait tombé de l'autre côté...

Maintenant, c'était souvent comme ça avec Youza. Il oubliait en chemin où il allait et ce qu'il avait commencé. Et si on ne l'appelait pas à table, il oubliait même de manger.

— Youza, reprit Adomas encore plus bas. Ça veut dire que tu y tenais sacrément ?

— Des mots à n'en plus finir !

— Mais pourquoi tu te fâches tout de suite ? fit Adomas, s'appuyant du dos contre le mur. Je ne t'ai jamais voulu de mal, et je ne t'en veux pas davantage aujourd'hui !

— Qu'est-ce que tu as donc à seriner toujours le même refrain ?

Adomas se mordit la langue et se tut. Ils restèrent assis tous deux, sans parler.

Adomas se sentit le cœur encore plus lourd qu'avant. Des souvenirs lui revenaient : lorsqu'il avait acheté sa montre, par exemple. C'était la première fois qu'il avait de l'argent à lui, de l'argent dans ses mains, et il en avait comme perdu la tête. Sitôt le père et la mère enterrés, il avait sellé un cheval et galopé jusqu'à la ville, et il s'était

dégotté une montre. La plus chère de toutes. En or!
Sans en avoir parlé à personne, sans demander conseil.
C'était bien la première fois qu'il y avait une montre en
or dans le village! Tout le monde à l'époque en avait fait
des gorges chaudes. Les gens savaient que c'était Youza
l'aîné de la famille, que c'était donc à lui de prendre en
premier les décisions. Comment pareille chose avait-elle
pu se produire?

Adomas sentit le rouge lui monter aux oreilles. Pas
seulement à cause de la montre, mais parce que Youza,
alors, ne s'était rien acheté. Il n'avait même pas
demandé, après la mort du père, s'il restait de l'argent,
ni combien il pouvait y en avoir encore après les funé-
railles — qu'on avait dû faire deux fois de suite. Il s'était
soumis à l'autorité du cadet dès le premier jour, comme
s'il n'avait pas été l'aîné. Et Ourcholé l'avait imité.
Réfugiée dans le mazot, elle avait versé quelques
larmes, puis avait reconnu l'autorité d'Adomas. C'est
seulement plus tard qu'elle avait commencé à s'amuser
et à courir les gars. Passé un an après la mort des
parents. Mais au début, non. D'ailleurs, même depuis
qu'elle courait le guilledou, elle n'élevait jamais la voix
contre Adomas, elle le reconnaissait comme chef de
famille. Lui, Adomas, et pas Youza, pourtant l'aîné.

— Tu me pardonnes, dis, Youza.
— Mais y a pas de quoi.
— Je t'ai fait du mal.
— Des mots à n'en plus finir.

III

D'une lisière du champ à l'autre, le seigle était en fleur. Une floraison telle que des épis montait une brouée poudreuse, que de cette opulence gorgée de grains en promesse s'élevait une fumée bleutée se perdant dans l'azur du ciel, là-haut sous le soleil. Youza sentit la tête lui tourner, une vapeur d'ivresse le prit lorsqu'il s'engagea sur l'étroit sentier traversant le champ de seigle. Il tendit le bras, sans mot dire caressa de sa main les épis. Le creux de sa paume s'emplit instantanément d'un nectar un peu trouble, si glutineux et fleurant si fort une douceur âcre que la joie lui coula le long des reins en un léger frisson. Youza tendit sa paume vers Adomas, derrière lui. Adomas sourit, s'arrêta. Côte à côte, les deux frères restèrent là, immobiles, dans ce champ de seigle fumant sous le soleil. Inondés de chaleur, un peu moites d'une bonne et heureuse sueur. Immobiles, se regardant en silence, souriants.

Ils avaient quitté la maison aussitôt après leur conversation du matin. Ils n'avaient pas discuté davantage. Ne s'étaient pas donné le mot. Ils avaient déjeuné hâtivement, s'étaient levés de table. Sans s'être consultés, ils savaient tous les deux où ils devaient aller. Et maintenant ils regardaient les gouttes un peu opaques de nectar de seigle sur la paume de Youza et souriaient tous les deux. Tous les deux.

— On y va? fit Adomas rompant le silence le premier.

Ils arrivaient au bout du champ de seigle. Le sentier mussé au mitan des épis finissait là. Les frères sortirent sur le chemin vicinal, poussiéreux, brûlant. Il était bordé, des deux côtés, d'orge à six rangs qui hérissait ses barbes aiguës. Puis l'orge se fit rare. Suivirent des jachères sombres, qu'envahissaient des chardons pleins d'épines. Et ce fut le petit pont sur la Pavirvé. Et la croix de bois, passé le pont. Au détour du chemin. « La croix de Yokoubas », disaient les gens. Tout le monde savait, du plus petit au plus grand, que c'était Yokoubas, le grand-père de Youza, qui avait posé cette croix. Il en avait fait le serment quand les canons turcs tonnaient du côté de la mer Noire. « Seigneur mon Dieu, si je reste en vie, si je rentre chez moi sain et sauf, je t'offrirai deux croix, pas une, deux : une au tournant du chemin, là où je galopais quand j'étais gosse pour aller attraper les loches dans la Pavirvé, et l'autre devant l'église, pour que tout le monde les voie, aussi bien ceux qui passent par le pont que ceux qui entrent dans l'enclos paroissial et quittent leur chapeau pour écouter la messe. » Le grand-père Yokoubas n'était pas quelqu'un à jeter des paroles en l'air : il tint rigoureusement ses promesses. C'est tout juste s'il ne racla pas jusqu'au dernier grain de la maison. Et la vache laitière, il alla la vendre à la foire. Il ne se contenta pas non plus de planter deux croix, il demanda au forgeron de forger deux grilles pour mettre autour. A cette époque-là, Youza n'était pas encore né. Adomas non plus. Mais ils entendirent les voisins raconter à qui voulait l'entendre que le curé avait solennellement béni les deux croix. Ils disaient qu'il y avait eu encore plus de monde à la bénédiction de la croix du pont de la Pavirvé qu'à la consécration de celle de l'église. Et tout le monde avait chanté des cantiques, et tous avaient prié à voix haute. Prié et chanté des psaumes.

Voilà ce qui s'était passé là où marchaient aujourd'hui Youza et Adomas.

Le grand-père Yokoubas — à ce que racontaient les gens — semblait satisfait de tout : et de la bénédiction de la croix, et de la foule qui s'était rassemblée près de la

Pavirvé, mais pourtant on ne pouvait pas dire qu'il fût très joyeux. Il avait chanté les cantiques et les psaumes avec tout le monde, mais ça se voyait : le vieux Yokoubas n'était pas vraiment heureux. Pourquoi ne l'était-il pas, il n'en dit mot à personne, mais voilà : il avait le cœur serré de penser que ces deux croix pour remercier le Seigneur de cette tête qu'il avait pu garder sur ses épaules, ce n'était pas grand-chose. Des jours et des jours passèrent après la bénédiction des croix sans que le grand-père Yokoubas ouvrît la bouche. Puis un matin, il prit un bec-d'âne, emporta un échellier et partit du côté du pont sur la Pavirvé. Là, il creusa une niche dans la croix et y installa une statuette en bois, un christ assis sculpté par Davaïnis — réputé dans toute la paroisse pour son talent — et qu'il avait fait asperger d'eau bénite à l'église. Si bien que, maintenant, il y avait deux christs sur la croix du pont de la Pavirvé : un christ en étain, fixé tout en haut, et un autre en bois qui s'appuyait de son coude droit sur ses genoux osseux. Et pour que la pluie ne puisse fouetter le visage de Jésus et que le vent ne le dessèche pas, le grand-père Yokoubas ferma la niche d'une vitre épaisse qu'il scella avec de l'argile bien malaxée de sable. Alors seulement le visage du grand-père s'éclaira — il s'était honnêtement acquitté de ses dettes envers le Seigneur.

Il y avait bien longtemps de cela. Depuis, Youza, Adomas et Ourchoulé n'avaient pas seulement eu le temps de naître, mais de grandir, et le vieux Yokoubas, tout cassé, n'allait plus que s'appuyant sur un bâton. Lorsqu'il comprit que s'approchait l'heure dernière, il fit venir un matin son fils, le père de Youza, d'Adomas et d'Ourchoulé, et lui dit qu'il laissait sa terre et tous ses biens acquis — il n'allait rien emporter avec lui... mais qu'en revanche son fils devrait veiller à l'entretien de la croix près de la Pavirvé, vérifier l'état de la vitre et celui des grilles autour des deux croix. Et lorsque ce serait son tour à lui de mourir, il devrait transmettre à son fils aîné Youza ce que lui disait aujourd'hui le grand-père Yokoubas.

Et lorsque le père eut suivi au cimetière le cercueil du

vieux Yokoubas, il ne fit pas que respecter scrupuleuse-
ment ses dernières volontés et veiller à tout, mais il
planta au pied des croix de l'aurone et bien d'autres
fleurs encore. Et quiconque passait par là se ressouve-
nait qu'autrefois il y avait eu un brave homme, le
grand-père Yokoubas, et que la guerre était venue, ces
guerres où beaucoup demandent l'aide de Dieu
lorsqu'ils sont sous le feu des canons et lui font des
promesses, qu'ils tiennent ensuite s'ils sont des hommes
de cœur.

Voilà comme c'était alors.

Mais aujourd'hui, arrêtés au pied de la croix, que
virent les deux frères lorsqu'ils levèrent les yeux ? Le
mastic était tout effrité, la vitre était tombée depuis belle
lurette et le Jésus de bois, giflé, cravaché par les averses,
desséché par le soleil et glacé par les gels, était assis dans
l'affliction...

Ils restèrent longtemps sans rien dire, l'un comme
l'autre, Adomas et Youza.

Les gens ont bien raison, visiblement, lorsqu'ils
disent : si un homme accomplit quelque chose, son fils
continuera peut-être son œuvre, mais son petit-fils, non.
Les petits-fils ne préservent pas ce que leurs grands-
parents leur ont laissé. Même sur leurs tombes, ils n'y
vont pas. Même à la prière de la nuit des Trépassés,
même le jour anniversaire de leur mort, ils n'y vont pas.
Que ce soit pour allumer un cierge, ou pour déposer une
fleur au pied de la tombe. Les petits-fils n'ont pas besoin
des grands-parents disparus. Personne n'en a besoin.
Lorsque leurs enfants sont morts, les parents cessent
même d'avoir existé.

— Ce n'est pas bien, dit finalement Youza.
— Ce n'est pas bien, fit en écho Adomas.
— Sûr que ce n'est pas bien.
— Mais où le prendre, le temps de tout faire ?...
— Des mots pour rien.

Aux paroles de Youza, Adomas ne répondit pas. Tous
deux se remirent à marcher. Ils longeaient un champ
d'avoine qui s'en allait en langues étroites jusqu'à la
forêt.

— J'en sculpterai un moi-même, dit Youza.

Adomas se tut. Il essuya du bras son front ruisselant de sueur. Le soleil était au zénith. L'air frissonnait au-dessus du champ, roulait en lente houle ample et brûlante et voilait d'une vapeur d'encens bleuâtre la forêt dans le lointain. Youza s'essuya lui aussi le front d'un revers du bras. L'ombre des deux frères ne dépassait guère deux pieds de long. On était juste au milieu du jour.

Ainsi allaient Youza et Adomas. Et ils montèrent ainsi, tous les deux, la colline de Chiaoudiniaï et de là découvrirent, à leurs pieds, les marais du Kaïrabalé. Envahi par la lède, l'andromède et l'airelle noire, enserré de tous côtés par des fourrés, impénétrables à l'animal comme à l'homme, de bourdaine, d'aulnes et de saules, le Kaïrabalé semblait protéger jalousement ses immenses radeaux tremblants, ses étendues interminables de mottues et, dissimulées dans le secret des sagines et des sphaignes, à l'abri des fouillis de massettes et de scirpes, les immenses orbites sans fond du marais que les gels les plus rigoureux ne réussissaient jamais à cadenasser. De ces abysses béants où flottaient des réseaux de lentilles d'eau, de ces mollières branlantes surgissaient çà et là des îlets bombés, couverts de bouchons inextricables de genévrier noir et de pins élancés suintant de résine. Dans les dépressions, entre ces buttes, là où ne se dressaient pas les voilures des grands pins, là où ne s'enchevêtraient pas les genévriers noirs, s'étendaient des rauches de laîche roussie et de ményanthe trifolié, maigrement piquetées de pins et de bouleaux si éplorés, si souffreteux qu'en l'espace de vingt ou cinquante ans, aucun n'avait atteint hauteur d'homme. Entre les touradons de carex et les pins désolés béaient de longues et larges vasières noires, à l'affût d'une bête ou d'un homme distrait. De mémoire de père ou d'aïeul, personne ne s'en était approché de son plein gré. Et si même un oiseau s'y égarait par hasard, il se mettait à pousser des cris perçants et s'enfuyait en battant désespérément des ailes. Les seuls occupants des lieux étaient les taons et les moustiques, à la recherche d'un saule velouté entortillé de ronciers à mûres noires et lorsqu'ils l'avaient trouvé, ils menaient autour de lui des sarabandes endiablées. Et dans toute la région, un homme, un seul, avait su comment contourner les flottis des tremblants, un seul avait pu traverser d'un bord à l'autre l'immense seigne du Kaïrabalé sans se faire happer par ses gouilles innombrables. Le grand-père Yokoubas était cet unique passeur. Et quand il mourut, tout le monde fut persuadé qu'il n'y avait plus âme qui vive à connaître le passage secret et qu'il fallait désormais se méfier du Kaïrabalé bien plus encore qu'avant. Il ne vint à l'esprit de personne qu'il restait encore en vie un passeur capable d'un tel prodige : c'était Youza. Le grand-père Yokoubas avait montré à Youza, son petit-fils, le passage que les yeux ne pouvaient voir, il lui avait appris à tâtonner avec une longue gaule sous les tremblants flottis de lentilles d'eau et de mousses pour trouver les points de terre ferme où poser le pied en toute sécurité, comme sur un chemin à travers champs. Ce secret, même Adomas ne le connaissait pas.

Les deux frères restèrent longtemps au sommet de la colline de Chiaoudiniaï. A regarder. Silencieux.

Le Kaïrabalé soupirait alangui comme une fille nubile qui se dore au soleil à demi assoupie. D'un bord à l'autre bord se répandaient les effluves camphrés de la lède surchauffée, l'âcre sueur du drosera, et l'odeur sure de l'eau rouille des boires entre les touradons. Le bec fourré dans la fraîcheur de la canneberge rampante, les hérons se taisaient. Les sarcelles aussi faisaient silence, leur turbulente marmaille bariolée dissimulée sous leurs ailes. Même la couleuvre s'était alentie au creux de la fente moussue d'une souche, ayant, de paresse, laissé la vie sauve à une grenouille aux pattes froides qui, de sa motte de mousse, la fixait avec des yeux exorbités. Seul le miroir des orbites béantes des gouilles venait parfois à se rider : c'étaient les tanches, replètes comme gorets, qui montaient des profondeurs du marais pour chauffer au soleil leur dos noir et, réchauffées, repartaient en glissant nonchalamment vers l'obscurité et la fraîcheur des abysses.

— Je vois la fenière, dit Youza, la nôtre.

Adomas écarquilla les yeux :

— Où ça ?

Des granges à foin, ici, il y en avait plus d'une. Presque sur chaque butte émergeant du Kaïrabalé, on voyait parmi les troncs cuivrés des pins les taches sombres de leurs flancs et de leur toit. Laquelle était la leur ? Laquelle celle du voisin ?

— Je ne m'y retrouve pas, dit Adomas. Je ne reconnais pas la nôtre.

Youza hocha la tête. Sans répondre, il se mit à descendre de la colline, Adomas derrière lui.

Les frères se dirigèrent vers leur butte, se frayant laborieusement un passage à travers les fouillis de bourdaine qui l'encerclaient... Au sommet de la butte, quelques pins se balançaient. Un peu plus bas se dressaient des buissons de genévriers. Et il était là, leur fenil, au milieu des genévriers. Et tous deux se souvinrent du temps où le grand-père Yokoubas amenait le foin en haut de la butte en le traînant sur les lèges. Grand, sec comme une trique, le vieux, et les os solides. Et toujours vêtu de son ample chemise de toile de lin blanche qui lui descendait en dessous des genoux, serrée à la taille par une ceinture de couleurs vives que la grand-mère tissait avec des fils de laine torsadés. Il avait si fière allure, le grand-père Yokoubas, qu'on n'eût pas pensé qu'il venait de faire les foins avec sa faux finement battue sur l'épaule, mais plutôt qu'il allait à une fête dominicale. Andins après andins, l'herbe se couchait au pied de la colline, si vivement que le marécage entier en retentissait. Ensuite, Yokoubas traînait les lèges chargées du foin coupé dans la matinée jusqu'en haut de la colline et l'étalait pour le faire sécher. Et l'on aurait cherché en vain une trace de sueur sur son front, ou le moindre cerne sur sa chemise blanche... Pourtant le soleil déversait des flots de chaleur sur le Kaïrabalé, le transformant en fournaise, extrayant de sa tourbe noire une chaude écume blanche qui glougloutait autour de chaque mottue. Il savait travailler, le grand-père Yokoubas. Et il apprit à le faire à Youza et Adomas dès qu'ils furent en âge. Et là sur la colline, devant eux, c'était bien sa fenière, la fenière de Yokoubas. Devenue un peu bancale en vieillissant, ses murs tout cravachés des pluies essuyées, mais toujours debout — pas question qu'elle s'écroule. Elle abritait des intempéries et des grands vents laîches et autres herbes qui serviraient de fourrage d'hiver au bétail.

Du même geste spontané, comme s'ils s'étaient donné le mot, les frères tournèrent la tête vers leur droite. De ce côté-là, la Pavirvé, qui avait pris naissance dans les bauges flexueuses et noires du Kaïrabalé, dodelinait paresseusement ses mousses. Cette Pavirvé, celle-là même que l'on voyait d'année en année, connue — et pourtant secrète encore. Même en regardant bien, on ne savait guère dans quel sens elle poussait les eaux collectées. Ici et là, elle ne se laissait même pas apercevoir sous sa couette de mousse et marmottait à couvert. Elle ne devenait une sorte de vraie petite rivière qu'au pied de la colline de Yokoubas. A partir de là seulement s'étaient installés sur ses berges des boqueteaux de saules grêles et d'aulnes au bois rouge sombre qui ne se lassaient pas d'admirer comment la Pavirvé, avec un grondement sourd, s'affouillait un lit de plus en plus profond et de plus en plus large.

— Youza, dit Adomas.

— Hein?

— Pourquoi tu es venu ici, Youza?

Youza grommela :

— Pourquoi quoi?

Et sans attendre la réponse, il frappa le sol de son pied :

— C'est ici que je vais bâtir.

— T'as perdu la boule?

— C'est de l'argile sableuse, pas seulement du sable et de la mousse. Je n'aurai qu'à étrèper les saules et les aulnes, et le lin viendra bien. Après le lin, je sèmerai du grain. Et ça ira.

Youza s'approcha d'un râchon de saule, le prit par les rameaux et tira un bon coup pour montrer à son frère comment il viendrait à bout de toute cette frâche. Mais le buisson ne céda pas du premier coup, il résista, tenant bon de ses racines chevillées dans le sable sous le tapis de mousse. Youza dut ahaner un bon coup avant d'étaler à la lumière du jour les longues racines pâles.

— Youza, fit à nouveau Adomas.

— Hein?

— Peut-être qu'y ne faut pas le faire?

— Qu'est-ce que tu ne dois pas faire?

— Pas moi, toi, Youza. Bâtir ici. Fais pas d'idioties. On a grandi ensemble, on a même commencé à se voûter ensemble, sous le même toit. Est-ce qu'on s'est un jour chamaillé pour de bon? Est-ce qu'on s'est jamais rationné le pain l'un à l'autre? On a toujours été frères et on le restera. Alors qu'est-ce qui te prend tout d'un coup, sans rime ni raison? Pourquoi? Pour être la risée des gens? Réfléchis bien, tu comprendras toi-même.

— C'est pour dire ça que tu es venu ici?

— Peut-être pour ça, peut-être pour autre chose.

— Quoi d'autre alors?

Adomas ne répondit pas. Il ne savait pas mentir, ce n'était pas un mystère pour Youza. Il n'avait jamais su. Même tout gosse. Lorsqu'il avait fait une bêtise, il était incapable de vous regarder en face. Mais il n'avait pas toujours assez de courage pour dire la vérité.

— Ne tourne pas autour du pot, l'encouragea Youza, dis-le carrément.

Adomas tira des cigarettes de sa poche. Toujours les mêmes. Celles du magasin. En tendit à Youza :

— Sers-toi, dit-il, oubliant à nouveau que Youza ne fumait que la pipe.

Ils s'assirent tous deux dos contre le fenil, l'un tirant sur sa cigarette, l'autre suçant sa pipe. Mais ils comprirent vite qu'ils n'en éprouvaient aucun contentement — pas plus du tabac de la ville que du gros-cul du jardin. Le romarin des marais et la valériane, le polygala et le pigamon, éclipsant le parfum du tabac, cernaient et baignaient les deux frères de leurs senteurs d'étuve. Youza le premier n'y tint plus, il débourra sa pipe sur l'ongle de son pouce et, s'appuyant contre les rondins du fenil, aspira avidement les vapeurs chaudes et denses montant du Kaïrabalé. Ses lèvres s'entrouvrirent de plaisir aux odeurs de l'air.

— Jette donc aussi ta cigarette, dit-il à son frère, ça ne t'écœure donc pas?

Adomas écrasa lui aussi du talon la cigarette de la ville dans le tissu de mousse.

— Youza, fit-il pour la énième fois.

— Oui?

— Toi et moi, on n'a pas fini de parler, Youza. Maintenant, Ourchoulé n'est plus que de passage dans la maison. Que ce soit avec l'azerote de Grikapeliaï ou un autre asticot, elle va s'envoler. Et alors? Avec la salle chauffée, la chambre à donner, la souillarde, il y a de la place pour une flopée de gens. Je vais devenir fou, seul au milieu de tous ces murs vides!

— Peut-être pas.

— Seul, tout seul au milieu de cette grande maison vide?

— Et pourquoi donc tout seul? Tu amèneras une femme, elle te fera une ribambelle de mioches, tellement qu'il en fourmillera dans tous les coins.

Adomas eut un petit rire mi-figue mi-raisin.

— Tu parles d'or, dit-il, et pourquoi pas toi? Et pourquoi pas nous deux? Tu crois qu'il n'y a pas assez de place pour nous deux? Le père de notre grand-père a construit une maison si grande qu'il y a assez de place pour tes enfants et les miens, et même pour les enfants de nos enfants!

Youza regarda son frère.

— Toujours des mots, dit-il enfin. Je n'ai pas besoin de salle, je n'ai pas besoin de chambre à donner. C'est ici que je vais bâtir.

Ce fut au tour d'Adomas de fixer son frère:

— Je vais te dire ce que j'en pense, moi: si ça n'a pas marché avec une, ce n'est pas la fin de tout. Tu crois que pour tout le monde, ça marche du premier coup? Tu crois que ça vaut la peine de se taper la tête contre les murs? Des filles, il y en a à revendre dans les métairies et les villages, Youza. T'as juste un signe à faire au bouleyeur.

Un long silence suivit les paroles d'Adomas. Puis Youza dit enfin d'une voix si pleine de malheur et d'amertume qu'Adomas en eut le cœur retourné:

— Tu n'as rien compris à rien.

Alors les deux frères se turent. Autour d'eux, les senteurs de la lède et de la valériane se faisaient plus entêtantes et plus brûlantes.

— Youza.

— Quoi donc, Adomas, quoi donc?

— Puisque c'est comme ça pour toi… puisque toi, tu le vois comme ça, Youza, je vais te dire une chose: ne prends pas la Brune, je te donnerai la Barrée.

Youza garda le silence.

— La Brune, tu sais bien, elle donne même pas quinze jattes de lait. C'est une vache, ça? En plus, t'as beau la faire saillir, voilà deux ans qu'elle est pas pleine. Si on l'a gardée, c'est seulement pour le fumier. En automne, je la vendrai pour la viande. Pendant qu'elle n'est pas encore trop dure. Mais toi, prends la Pie rouge, Youza. Elle, c'est autre chose.

— Et qu'est-ce qu'il te restera, à toi?

— C'est pas la seule barrée dans la ferme, tu le sais bien. Simplement, elle donne mieux à la traite. Juste ce qu'il te faut.

— Et Ourchoulé? Qu'est-ce que tu donneras en dot à Ourchoulé?

— Pareil pour le Bai, tu ne l'auras pas, poursuivit Adomas, crispant les mâchoires. Il ne vaut rien, le Bai. Un feignant, et avec ça, des sabots trop tendres. Tu te vois avec lui au Kaïrabalé? Mieux vaut le Saure. Ou bien le Gris. Ceux-là ne s'affaleront pas dans les mouillères au premier faux pas.

Youza regarda Adomas.

— Je ne sais pas quoi répondre, dit-il.

— Je vais encore te dire: puisque c'est comme ça, prends à la maison tout ce qu'il y a de mieux. Tout ce que tu veux. Ça ne me fera pas regret. Simplement je te le redis: peut-être qu'il ne faut pas, hein, Youza? Peut-être bien, tout de même, qu'il ne faut pas? Le partage, comme ça ou pas comme ça, c'est une chose. Mais la parentèle, comment on fera pour la regarder? C'est qu'elle est grande, la nôtre, on en a, des parents, tu sais bien. Et tous se regardent et tous se tiennent comme les

35

doigts de la main, comme un mur. Ils vont en mourir de rire, Youza. Ils vont dire que toi et moi, on est mabouls! Et Ourchoulé? Même l'azerote de Grikapeliaï ne voudra plus tourner la tête de son côté.

— Qu'est-ce qu'Ourchoulé vient faire là-dedans?

— Tu n'es pas un gamin, tu connais les gens. Celui qui prend femme, il la veut de bonne race. Alors dis-moi un peu, qu'est-ce que c'est qu'une race où il y a un frère — non! deux! qui sont mabouls? Pense un peu à ça, Youza.

— Qui ça peut bien regarder, ce que je suis et comment je suis?

— Essaie de dire ça aux gens. Qui plus est, à la parentèle. Souviens-toi de ce que disait le grand-père Yokoubas: les gens ne pardonnent pas ce qu'ils ne comprennent pas. Sois comme tout le monde, et on sera avec toi comme avec tout le monde.

— « Alouette, gentille alouette, je te plumerai, alouette... » et on reprend tout depuis le début? C'est tout ce que tu as en réserve? Plutôt assommante, ta rengaine.

— Je dis ce qu'il faut dire, Youza. Je ne veux que ton bien, et le bien d'Ourchoulé. Le bien de nous trois, Youza. C'est maintenant qu'il faut réfléchir. Plus tard, ce sera trop tard.

— Tu crois vraiment que dans leur vie les hommes font juste ce qu'ils devraient faire?

Adomas resta un instant sans répondre. S'apercevant que le mégot de sa cigarette se rallumait, il l'écrasa de nouveau du talon.

— Peut-être bien que non, peut-être que tu as raison, Youza. Ce que je dis, c'est qu'il y aurait peut-être une autre solution?

Youza regarda son frère. Il se rappela brusquement à quel point le grand-père Yokoubas ne pouvait supporter le plus jeune de ses petits-fils. Pourquoi, on n'en savait rien, mais il ne pouvait pas le supporter. Ou qu'il aille, quoi qu'il fasse, c'était toujours Youza qu'il faisait venir, pas Adomas. Et le passage secret du Kaïrabalé, c'est à Youza qu'il l'avait montré. Et ce passage, le grand-père était le seul à le connaître. Le seul dans tous les villages. De Svidianiaï jusqu'à Notsiouniaï, de Roudiliaï, tout à la pointe du district, jusqu'à Laïtchiaï. Et ce passage, il ne l'avait montré qu'à Youza. Youza seulement. Adomas, il l'avait envoyé paître. A l'époque, Youza avait eu de la peine pour son frère. Aujourd'hui aussi. Aujourd'hui aussi, Adomas lui faisait peine. Il avait beau s'être acheté une montre, il lui faisait toujours peine. Quelqu'un comme Adomas, il ne faudrait jamais rien lui prendre, quelqu'un comme lui, il faudrait seulement lui donner.

— Une autre façon? Laquelle?

Le visage d'Adomas s'éclaira.

— Autrefois, il y avait des gens qui partaient aux Amériques. Tu le sais. Des fois pour échapper aux gendarmes du tsar, des fois pour se tirer des rets d'une fille. Va pas te fâcher, je parle comme je pense. Aujourd'hui, tu le sais, l'Amérique est fermée. Alors je me dis comme ça, et le Canada? Ou bien une Argentine quelconque? Il y en a qui y vont, je l'ai entendu dire, ils s'y installent et ils y vivent bien. Pourquoi pas toi? Tu y resterais un peu, tu te ferais du pognon, et l'homme que tu deviendrais, je me dis qu'il trouverait bien le moyen de quitter le Canada ou cette fichue Argentine et de passer en Amérique. Ça se fait, je l'ai entendu dire. Et tu deviendrais un vrai Américain, avec une chaîne d'or en travers de la brioche, hein, qu'est-ce que t'en dis?

Elle lui plaisait tant, à Adomas, son idée, qu'il en éclata de rire.

Youza garda un instant le silence, puis:

— Et tu crois que là-bas je pourrais échapper à moi-même?

Adomas s'assombrit de nouveau.

— Clair que non.

— Alors, si c'est clair, en quoi le Canada vaut mieux pour moi que le Kaïrabalé?

— Tu vois..., dit Adomas sans regarder son frère, comment tu feras pour vivre tout seul? La place d'un homme, c'est toujours à côté d'un autre homme. Seul, c'est pas une vie. Mais si tu veux quand même être seul, alors je te le redis, va-t'en plus loin des yeux des gens. Puisque tu ne peux pas faire comme tout le monde, alors, je te le dis, vaut mieux t'en aller plus loin de tout le monde. Pour toi-même ce sera mieux, Youza.

— C'est pour toi que ce serait mieux, Adomas. Pour toi et pour Ourchoulé. Mais moi, ça me ferait quoi ? Plus loin, plus près, c'est du pareil au même, Adomas. Les gens, je n'en ai pas besoin, et je n'ai pas besoin de recevoir quoi que ce soit des gens.

— Ce n'est pas bien de parler comme ça, Youza. Il n'y a que les bêtes qui fuient les bêtes, mais un homme... un homme, c'est toujours à côté d'un autre homme.

— Pas pour moi, Adomas. Pas pour moi. Pour moi, je t'ai dit comment c'était.

Youza se leva, frappa du pied la terre, comme il l'avait fait tout à l'heure en arrivant sur leur butte :

— C'est ici que je bâtirai.

Adomas baissa la tête.

IV

Une fois rentrés, les deux frères firent le tour du verger, puis celui de la ferme. En fait de bâtiments, on ne pouvait trouver mieux. Tous en billes de premier choix. Et celui qui les avait abattues et qui avait monté les murs n'était pas un apprenti. Il en avait coulé, de l'eau sous les ponts, depuis que le père du grand-père Yokoubas avait bâti ces murs-là. Voilà longtemps que l'aïeul n'était plus de ce monde, le grand-père Yokoubas non plus, même le père était mort, et Youza et Adomas avaient commencé à se voûter, mais les bâtiments semblaient dater de l'été précédent. Un mur de refend partageait en deux la maison d'habitation. Le mazot, lui, était fermé par une belle porte toute sculptée. Quant aux étables, elles étaient immenses — comme dans les domaines. Entre les étables, une cour à bestiaux où on pouvait entrer avec n'importe quel chariot, aussi large soit-il. Une aire de battage avec la grange à blé et un séchoir à céréales sous le porteau du pignon. Un fenil. Une remise pour les chariots. Des murs qui sonnaient clair : leurs rondins se moquaient bien du vent comme des vrillettes.

Les deux frères allèrent à la remise. De belles billes de pins étaient rangées, couchées, sous l'auvent. Écorcées, séchées sans violence dans la pénombre. Il n'était pas commode, le vieux Yokoubas, et pas bavard, mais il pensait au lendemain. Aux lendemains de ses enfants, pas aux siens. A supposer qu'un malheur arrive, incendie ou autre sinistre, que ses enfants n'en soient pas réduits, comme les miséreux qui ont tout perdu, à courir les villages avec force suppliques et génuflexions pour chaque poignée de grain ou pour le moindre sou.

— Juste ce qu'il te faut, dit Adomas radieux.

— Ce sera comme tu diras, le remercia Youza. C'est peut-être même trop bien pour moi.

Adomas secoua la tête, il allait répondre lorsque apparut devant eux, pareille à un feu follet, leur sœur Ourcoulé. Toilette faite, robe des dimanches, et des yeux brillants! brillants!… D'aussi loin qu'ils se la rappelaient, elle avait toujours été ainsi. Comme un rejet d'une autre souche, fût-ce du bout de ses rameaux, elle ne frôlait même pas la cépée d'Adomas et de Youza.

— Chasseriez-vous les putois, petits frères adorés?

Sans attendre la réponse, elle se détourna et leur lança par-dessus l'épaule :

— Et vous en avez, une allure! Le cou pas lavé, les joues pas rasées! Il y a belle lurette que les Tourlos ont envoyé quelqu'un pour dire que Vintsiouné demandait qu'on l'accompagne chez son mari. Les voisins s'y sont précipités, mais vous? Mais nous? L'homme de chez les Tourlos est venu trois fois, il vous a attendus, assis dans la cour. Vous m'entendez, petits frères adorés?

— Youza s'en va, dit Adomas.

— Où ça encore? On ira tous ensemble.

— De chez nous, il s'en va. Il va bâtir sur le Kaïrabalé. Vivre à part. Plus chez nous. Seul.

Ourcoulé leur jeta un coup d'œil, mit la main devant sa bouche et pouffa.

— Ah! En voilà une bonne, petits frères adorés! Je ne m'étais donc pas trompée en me disant hier, quand Youza est parti sans finir sa bière : Bonhomme qui n'a pas bu son saoul est comme bête affamée. Peine perdue que lui parler raison.

Ayant ri son content, elle recommença à admonester les deux frères :

— La blague était bonne, mais maintenant, suffit! Les Tourlos nous demandent pour mettre en perce un nouveau tonneau! Dès que la mousse jaillira de la

40

bonde, elle vous balaiera toute cette brumasse comme d'un revers de main. Seulement faites vite, faites vite, petits frères adorés!

Et que vit Ourchoulé : non seulement ses frères ne se pressaient pas, mais ils semblaient même ne pas entendre ce que leur sœur disait. Ils restaient là tous les deux, debout, silencieux.

Enfin, Adomas, desserrant à peine les lèvres, fit :
— Youza s'en va. Combien de fois faut-il te le répéter ?

Ourchoulé le regarda, regarda Youza, et de nouveau l'un, puis l'autre. Maintenant, elle ne les lâchait plus des yeux, et son visage changeait, le rose de ses joues pâlissait. Et les frères, en silence, la regardaient. Des larmes apparurent au bord de ses paupières, Ourchoulé ne put les retenir, elles jaillirent. Elle eut un cri étouffé et, pâle comme un linge, partit en courant. Les deux frères entendirent seulement claquer derrière elle la porte du mazot.

Adomas et Youza se retrouvèrent à nouveau seuls.

Ainsi ce jour-là les deux frères n'allèrent pas chez les Tourlos. Ourchoulé non plus. Partout où ils allaient, ils allaient ensemble, tous les trois, et si l'un d'entre eux ne pouvait sortir, eh bien, les autres aussi restaient à la maison. C'était comme ça depuis toujours. Le jour suivant non plus, ils n'y allèrent pas. Ni le troisième. Et les Tourlos cessèrent d'envoyer quelqu'un les chercher. On se passa d'eux pour danser les danses d'adieu à Vintsiouné, on se passa d'eux pour l'accompagner, et ce fut sans eux que les clarines emportèrent Vintsiouné vers le pays de son mari, dans le lointain village de Pouojas. Il ne resta sur la route qu'une colonne de poussière. Et le silence descendit sur le village. Comme si s'était déroulé là, non de joyeuses épousailles, mais un repas d'enterrement.

Ayant découvert la visière de l'auvent du chaume qui protégeait les billes, Youza se mit sans attendre à les assembler en quadrilatères. Aux quatre angles droits, il disposa de grosses pierres qui devraient supporter le cadre inférieur formé par les premiers rondins. Ceci fait, il pouvait commencer à monter les murs. Adomas trouvait de temps en temps une petite heure pour l'aider. Ourcoulé aussi, parfois, son fichu tiré bien bas sur ses yeux, pour que cette tête brûlée de Youza ne voie pas ses larmes… Et les murs montaient comme monte la pâte de seigle sous le ferment d'un levain frais. Lorsque l'orge commença de pointer ses barbes aristées, lorsque l'avoine eut fini d'égoutter ses larmes de jeunesse et se courba sous le poids de ses grains, Youza en était déjà à poser les chambranles des fenêtres et des portes. La construction ne ralentit qu'au moment de la fauchaison qui battit le rappel de tous les gens valides. Le seigle fauché, les éteules laissées nues dans les chaumes, Youza reprit la cognée sans attendre la récolte de pommes de terre de la Saint-Michel. Aux premiers gels, il avait déjà posé les pannes du toit et bientôt les entrecroisait de chevrons. Il partit ensuite au Kaïrabalé ramasser des sphaignes blanches comme neige, les fit sécher sur la colline, près du fenil, sous les pins : il ne fallait pas qu'elles soient trop sulotées, cela les aurait rendues croûteuses et du coup trop friables, si bien qu'elles n'auraient pu calfeutrer les interstices entre les rondins et garder au chaud hommes et bêtes. Youza réussit même à préparer avant le gel des gluis de seigle pour couvrir le toit. Il restait des javelles de l'année passée. Et même de l'année d'avant. En trouverait-on beaucoup, d'ailleurs, des fermes qui n'aient pas dans un coin de la paille en réserve ? Tout au plus, peut-être, chez un tire-au-flanc ou un traignâs qui ne voit pas plus loin que le jour d'aujourd'hui… La paille restante avait été posée contre les murs, en javelles, dont les vents et les pluies avaient noirci les tiges qui leur faisaient écran. Et quand Adomas comprit que Youza se préparait à s'en aller pour de bon, il lui donna, en plus, du long glui frais, pas coupé à la faux, mais à la faucille, au ras du sol. Son frère avait maintenant de tout en abondance.

Cela fait, Youza se mit à rassembler de grosses pierres. Il fallait qu'il en déterre beaucoup — pour les angles de la maison d'habitation, de l'écurie, de l'aire à battre et de la grange. Parce qu'en trouver sur les collines du Kaïrabalé! On n'aurait pas découvert dans ces tremblants et ces gouilles à lentilles d'eau le plus petit pavé pour se fendre le crâne. Il n'y en avait pas, c'était comme ça. Ce qui voulait dire que des pierres, il fallait en trouver ici, sur le pourtour des champs, dans les chaintres jonchés de rocs erratiques gris, là où affleure parfois à travers les lichens élastiques du granit scintillant au soleil.

Ainsi Youza faisait ses préparatifs. Et Adomas l'aidait — une heure par-ci, une heure par-là. Mais Ourchoulé n'aidait plus. Allez savoir pourquoi, un beau jour elle avait cessé de tourner ne fût-ce que les yeux de leur côté. Elle rabattait plus bas encore son fichu sur son front, et aux repas, le matin ou à midi, elle détournait d'eux son visage. Ils eurent beau tenter de la sortir de son mutisme, leurs paroles avaient autant d'effet que des coups de poing sur un mur. Ils s'escrimèrent l'un et l'autre jusqu'à ce qu'ils aient compris que leurs efforts étaient vains, que ça ne valait même pas la peine d'essayer. Alors ils la laissèrent tranquille. Qu'elle pleure donc tout son saoul.

Vinrent les gels. Garrottant les sphaignes et les sagines du Kaïrabalé, pétrifiant la grande seigne, rigidifiant ses radeaux tremblants, plombant de glace étincelante les méandres des bauges. Seules les clairures insondables leur résistèrent : leurs orbites béaient, fumantes, à l'aurore comme au crépuscule, se riant de la morsure du froid.

Lorsque la neige fut assez épaisse pour ouvrir la chalée au traîneau, les frères se remirent à la construction de la métairie. Ils marquèrent au goudron chaque bille et chaque lien d'angle, démontèrent les chevrons, volige après volige, ensuite chaque cadre de rondins de la charpente des murs, rangée après rangée. Plantant le pic dans les billes, ils les fixaient au traîneau par la linguelle, et en route pour le Kaïrabalé, traîneau après traîneau. Ils s'arrangèrent même pour que le voyage fût doublement rentable : en allant au Kaïrabalé, ils emportaient les pièces de la charpente ; en revenant, ils rapportaient du foin. Noël n'était pas encore là que tout était sur place : et le foin, et les murs.

Alors Youza disparut de la maison. Sur sa colline, il déplaçait en les faisant rouler les gros blocs qu'il y avait amenés dès le début des gels, les agençait pour les fondations, posait sur eux le cadre de base de la charpente des murs, puis le second... Et comme il était resté du foin pour lui dans le fenil, Youza ne rentrait même plus dormir à la maison. Il s'effondrait dans le foin le soir, recru de fatigue, complètement mort, se couvrait de sa pelisse et couché dans l'obscurité, seul, il écoutait les vents hurler sur le Kaïrabalé et la Pavirvé brimbaler ses eaux sous la glace. Et il songeait qu'il y avait bien une dizaine de rivières comme la Pavirvé à prendre naissance dans les bauges du Kaïrabalé, à être nourries tout leur content par les averses de printemps et les hautes eaux de dégel que la grande seigne avait emmagasinées dans ses flottis tremblants et dans les mousses de ses tourbières motteuses. A leur naissance, ils n'étaient pas très vigoureux, les rus du Kaïrabalé, certains s'exténuaient à n'en plus finir sous les racines d'osier et de carex, s'empêtraient dans les lacis de racines d'orme rampant et de bourdaine, jusqu'à ce qu'ils aient enfin réussi à se libérer des étreintes du marais. En revanche, aucun d'eux n'était jamais à sec. Même par les étés les plus torrides, on les entendait se démener et froufrouter par les seiglières, les avoines ou les prairies, contourner les bosquets de merisier à grappes, et s'ils apercevaient l'épaule d'une ravine au dévers d'un glissement de terrain sur le flanc d'une butte, ils y sautaient précipitamment, creusant un entonnoir où tout l'été onduleraient les vifs rubans des loches, où fuserait parfois l'éclair noir d'un jeune brochet, tandis que des sangsues repues chaufferaient au soleil leur ventre blanc dans l'herbe surplombant les chevrins des berges. Sur les bords de ces entonnoirs, de frêles sureaux, des vernes en parure de fête, des bouleaux suant une huile argentée se penchaient sur ces miroirs et s'y admiraient sans jamais se lasser. Il était généreux, le Kaïrabalé. Il ne nourrissait pas que ses propres enfants, il nourrissait aussi les noues qui longeaient leurs lits, et ses brouées de vapeur, retombant en pluie sur les guérets, encourageaient le seigle et l'orge à lever, à dresser leurs tiges vers le soleil.

Rien que de penser à tout cela, Youza souriait dans l'obscurité. Avec un grognement satisfait, il se tourna sur l'autre flanc dans l'attente du sommeil. Mais le sommeil ne venait pas. Qu'il se tournât sur le côté droit ou sur le côté gauche, où qu'il regardât, il ne voyait qu'elle, elle seule, Vintsiouné. Rien à faire pour l'arracher, pour l'extirper de son cœur. Qui sait si le feu lui-même arriverait à la réduire en cendres... Jour après nuit, elle était là devant lui, comme vivante. Jour après nuit, à l'aube ou au crépuscule, qu'il pleuve ou que la tempête de neige fasse rage. Comme vivante. Plus tangible même qu'elle ne l'avait jamais été dans la réalité. Le cœur de Youza bondissait dans sa poitrine. Combien de fois Youza ne se leva-t-il pas au milieu de la nuit, sortant du fenil, et ne resta-t-il pas là, dehors, à tendre l'oreille au craquement des mottues que le gel peu à peu pétrifiait, aux bonds des lièvres boultinant sous la lune, au gloussement des lagopèdes s'installant plus confortablement dans leur niche sous leur molle couverture de neige. Youza le savait : il fallait qu'il se prenne en main, qu'il pense aux travaux à faire, à la maison dont la charpente n'était même pas montée, les fenêtres pas posées... Le toit, inutile d'en parler. Youza savait tout cela, mais ses yeux ne voyaient que Vintsiouné — toujours Vintsiouné, là, devant lui.

Le matin, il se lavait le visage avec une poignée de neige, mangeait un morceau de ce qu'Ourchoulé lui avait, sans mot dire, préparé à la maison, puis prenait sa cognée. Parfois le travail lui faisait tout oublier, mais bien souvent, ce n'était pas le cas. Et sa gorge se nouait à l'avance en pensant que le jour prendrait fin, que la nuit s'approchait et qu'il allait de nouveau être seul dans la grange à foin et qu'elle serait de nouveau devant lui, elle, Vintsiouné. Elle, toujours elle. Youza maigrit, son visage prit une teinte terreuse. La première fois qu'Adomas le revit, après un certain temps d'absence, il sursauta. Il avait amené un traîneau plein d'argile gelée pour faire un poêle. Il le vida au milieu du caisson des murs, puis regarda Youza en silence, fixement.

— Tu n'aurais pas pris de mal ? dit-il enfin.

— Toujours des mots!

A la façon dont Youza dit cela, Adomas comprit que la vie au Kaïrabalé n'était pas tendre pour son frère. Visiblement, c'était bien vrai ce que Youza avait dit l'autre fois : « On n'échappe pas à soi-même. » Kaïrabalé ou Canada, la même vie de chien. Quand on n'est pas bien dans sa peau, on n'est bien nulle part.

— Alors, où en es-tu avec tes murs? demanda-t-il pour détourner la conversation, ça avance?

— Et qu'est-ce que je pourrais faire de plus?

— Et si je te donnais un coup de main? Comme par un fait exprès, j'ai un peu de temps libre.

— Alors, si tu en as...

Adomas détela le cheval, le laissa se rouler dans la neige, s'ébrouer un peu, puis il sortit le foin qu'il avait mis dans son traîneau. Ensuite, Youza et lui unirent leurs forces pour mettre les rondins en place, et comme ils étaient l'un et l'autre adroits de naissance et que le grand-père Yokoubas et le père les avaient fait travailler de bonne heure et leur avaient appris à tenir une cognée, les murs grimpèrent à toute allure. Les deux frères travaillèrent en silence jusqu'au soir. Voyant le jour tomber, Youza dit seulement :

— Il serait peut-être temps que tu partes?

— Peut-être que oui, mais à quoi bon? Ourchoulé s'occupera bien de la maison. J'ai de quoi manger, et j'ai mis de côté du foin pour le cheval.

Youza sentit son cœur bondir de joie. Maintenant il s'en rendait compte, maintenant seulement : le temps lui durait de son frère.

Ils firent un feu, y mirent à cuire des pommes de terre, réchauffèrent un bon quignon de pain. Adomas tira de son sac un morceau de lard, ils en coupèrent des tranches rendues doublement succulentes par le gel. Il était tard lorsqu'ils se couchèrent tous les deux dans le foin, et pourtant ils restèrent longtemps à attendre que le sommeil vienne leur clore les yeux. Le sommeil ne se pressait pas. Ce n'était cependant pas la fatigue qui leur manquait, à l'un comme à l'autre, et ils savaient que le lendemain ne serait pas férié non plus. Mais malgré ça, à minuit, ils n'étaient pas encore parvenus à s'endormir. Adomas, qui venait de se tourner une fois de plus sur l'autre flanc, tendit tout à coup l'oreille. Le cheval mâchonnait du foin, mais il y avait un autre bruit : Adomas l'entendait sans réussir à comprendre de quoi il s'agissait.

— C'est la rivière, lui dit Youza dans le noir.

— Toi non plus, tu ne dors pas ?

— Va donc t'endormir avec une lune pareille !

Adomas se tut, puis demanda :

— Mais d'où ça vient, ce bruit-là ?

— C'est l'Avent en ce moment. Les lottes descendent déposer leur frai et se frottent le ventre sur le fond.

— Première fois que j'entends ça.

— Quand iraient-elles pondre si elles ne le faisaient pas maintenant ?

Adomas ne répondit pas. Il n'avait pas la moindre idée de la période de frai des lottes. Il ne savait pas davantage qu'en déposant son frai, la lotte se frotte le ventre sur le fond ou sur les racines immergées.

— Dormons, dit-il à Youza.

— Faudrait.

Ils s'endormirent tous les deux. Youza en fut tout étonné : seul, il ne réussissait pas à s'endormir, et à deux, ça allait.

Et le jour se leva. Les deux frères se remirent à la charpente. Bientôt ils en arrivèrent au dernier cadre, le cadre supérieur des murs. Le travail marchait si bien qu'ils fixèrent la sablière et commencèrent même à entrecroiser pannes et chevrons. Encore une seule journée, une seule petite journée et ils auraient pu monter les gluis sur le toit et y coucher les lattes pour maintenir le chaume en place. Et la maison aurait eu un toit.

Mais quand vint le soir, Adomas déclara :

— Il faut que je reparte. Ourchoulé est une brave fille, tu sais bien, mais quand elle est seule...

Il se tut, puis ajouta :

— Je trouverai encore une petite journée, je reviendrai.

Youza resta seul. Comme il ne pouvait pas couvrir le

toit sans aide, il s'occupa de la porte, utilisant les planches qu'il avait rabotées à cette intention. Il y évida l'emplacement du loquet avec son ciseau, perça un trou, et lorsqu'il eut fini ce travail, il posa sur les murs chambranles, linteaux et appuis des fenêtres, puis creusa des rainures pour que l'eau puisse s'écouler en bas des vitres lorsque les pluies de printemps se mettraient à les inonder sans discontinuer. La maison avait encore besoin de bancs qu'il mettrait le long des murs et dans l'angle d'honneur réservé aux invités, et d'un petit placard à vaisselle dans l'angle faisant face à l'âtre, sans oublier un billot bien plat et bien rond à côté de l'entrée pour poser le seau d'eau. Il fallait aussi une girouette pour le toit, pour qu'en tournant elle fasse vibrer les murs et fuir les souris. Youza avait besoin de beaucoup d'autres choses encore. Ce n'était que le commencement. Le commencement de tout. Aussi travaillait-il sans redresser l'échine, oubliant même d'essuyer la sueur qui lui coulait du front.

A la fin de chaque journée d'un pareil travail, il avait de la peine à arriver seulement jusqu'à la grange à foin. Ses jambes et ses bras lui pesaient comme du plomb. Il avait l'impression d'être un sac bourré de pierres. Il s'effondrait dans le foin et le sommeil venait lui fermer les yeux pour toute la nuit. Même Vintsiouné cessa de lui apparaître, resplendissante sous la lune, elle laissa enfin Youza se reposer. Et les jours succédèrent aux jours, tous semblables.

Et voici qu'un matin Youza vit qu'Adomas était revenu. Pas seul. Avec Ourchoulé. Elle était assise dans le traîneau, emmitouflée dans un châle à carreaux que la mère avait rapporté de la foire, dans le temps, et elle ne regardait pas Youza, on voyait seulement trembler légèrement son menton. Adomas prit dans le traîneau des pommes de terre, la moitié d'un sac au moins, Ourchoulé mit un feu en route pour en cuire et les donner brûlantes et fumantes à Youza : qui sait, il avait peut-être oublié jusqu'au goût des pommes de terre. Elle faisait tout cela en prenant grand soin d'éviter le regard de Youza. Son feu lancé, bien rassemblé et bien franc, elle retourna vers le traîneau et en sortit un panier de victuailles soigneusement rangées. Un petit pot de beurre, du jambon et deux belles tranches de saucisson. Du beurre et du sel avec des pommes de terre brûlantes, que peut-il y avoir de meilleur? Quant au jambonneau et aux tranches de saucisson, comment auraient-ils pu être de trop? Ourchoulé disposa toute cette bonne chère devant les flammes qui crépitaient, mais elle avait beau s'activer, elle ne pouvait empêcher son menton de trembler de plus en plus. Elle regarda Youza et vit que le visage de son frère était couvert d'une barbe sombre et qu'il avait de grands cernes qui lui mangeaient les joues. Les yeux d'Ourchoulé se remplirent de larmes :

— Espèce d'idiot!

Youza eut un frisson, serra les dents. Sans dire un mot, il se pencha vers le feu, se chauffa les mains. Pendant ce temps, comme si de rien n'était, Adomas tirait de dessous la paille du traîneau une cognée. Une cognée flambant neuve avec un manche tout blanc qu'aucune main n'avait encore serré. Et puis aussi une scie dont les poignées étaient déjà montées. Et un marteau. Pas le petit marteau dont on se sert pour battre la faux, mais quelque chose de plus lourd, pour enfoncer les clous. Et des tenailles qui venaient tout droit du magasin; elles étaient encore luisantes de graisse de phoque. Et enfin une boîte en bois, carrée, en planches non rabotées, compartimentée en dedans, avec des clous dans chaque case : des longs, des moyens, des petits, et même de si petits qu'il ne fallait pas avoir les doigts gourds pour les prendre. Rien de tout cela ne se trouvait dans la maison quand il était parti, Youza le savait. Il regarda son frère :

— Tu es devenu fou que tu gaspilles autant d'argent?

— Il le fallait, répondit Adomas.

Ourchoulé, toute rosie par la chaleur des flammes, chassa une larme. Se penchant davantage, elle fit un tas de cendres chaudes, y fourra les pommes de terre et commença à couper du pain. Elle disposait le tout juste à côté du feu, sur une housse qu'elle avait étendue sur la neige. Adomas regarda sa sœur et se racla la gorge bruyamment, comme pour lui rappeler quelque chose. Celle-ci comprit, prit sur le traîneau une grande bouteille en verre brun, au goulot encapuchonné de cire à cacheter.

— Alors, on la goûte? demanda Adomas.

— Tu as aussi apporté ça!

— Il le fallait, dit Adomas, débouchant de la paume la bouteille cachetée de cire. Et d'abord, une première rasade : pour arroser la nouvelle maison.

Ils se passèrent le pochon. Ils avaient l'habitude, à la maison, de boire dans un seul verre à la santé les uns des autres. Puis ils attaquèrent les victuailles, gloussant de satisfaction. Le menton d'Ourchoulé recommença à trembler. Elle était sur le point de dire quelque chose à Youza, mais elle se ravisa brusquement, se mordit la langue et baissa les yeux. Adomas se mit à rire, l'encourageant :

— Eh bien, vas-y! Tu es venue pour le dire, alors dis-le.

Ourchoulé se leva d'un bond. Elle eut un regard de travers pour son frère et s'éloigna d'eux en courant. Youza se retourna. Il cessa de manger.

Adomas se mit à rire :

— Des histoires de filles.

— Tais-toi! cria de loin Ourchoulé d'une voix rageuse.

Adomas resta un instant silencieux, comme on venait de le lui ordonner, puis finit par dire :

— Tu ferais mieux de rentrer à la maison, Ourchoulé. Pars toute seule, je vais rester ici avec Youza...

Ourchoulé s'en alla donc, sans avoir dit un mot de ce qu'elle voulait précisément dire à Youza. Les deux frères restèrent sans bouger ni parler pendant un bon moment. Puis Youza monta sur le toit tandis que, d'en bas, Adomas lui tendait les javelles et les gluis de seigle, lui passait aussi les longues perches pour les tenir en place, et des mancennes de putiet assouplies dans la cendre chaude pour les attacher aux chevrons. Ils travaillèrent ainsi en silence jusqu'aux environs de minuit. Ils en étaient presque arrivés à la panne faîtière. Et c'est seulement lorsqu'ils se couchèrent tous les deux dans le fenil qu'Adomas dit à Youza :

— Notre Ourchoulé se marie.

Dans l'obscurité, le foin crissa sous Youza :

— C'est ce que je vois.

— Elle était venue t'inviter à sa noce. Elle n'a pas cessé de me supplier de l'amener depuis ce matin.

— Et qui la demande ?

— Ben... toujours le même.

— L'azerote de Grikapeliaï ?

— Stiaponas de Grikapeliaï, rectifia Adomas. C'était une azerote tant qu'il n'était pas de la parenté.

— Elle n'aurait pas pu trouver mieux ?

— Mais elle-même ne voulait pas mieux, ça saute aux yeux. Ce qu'elle veut, c'est être la patronne chez elle. Et si l'homme est mieux, tu crois que c'est la femme qui a le dessus ? C'est plutôt le contraire.

— C'est toujours les bonnes femmes qui ont le dessus sur les bonshommes, en tout cas c'est ce que j'ai toujours entendu dire.

— Faut encore voir, Youza, ça dépend. Des fois c'est la femme, des fois, c'est le bonhomme qui écrase la bonne femme. Ça dépend des cas.

— C'est pas la nôtre qui lui laissera la bride sur le cou, dit Youza.

— Que Dieu lui vienne en aide, répondit Adomas. Dans le fenil, un long silence se fit. Le gel enchaînait de plus en plus lourdement la Pavirvé, on n'entendait même plus les lottes. Elles avaient peut-être fini de déposer leur frai, elles étaient peut-être redescendues par la Pavirvé pour aller mourir dans la grande rivière de Levouo. Autour de la nouvelle maison, le froid intense faisait craquer la terre. On aurait dit que quelqu'un rôdait dans l'obscurité.

— Qu'est-ce que tu vas devenir, maintenant, demanda Youza. Seul, sans femme ?

— J'ai l'intention d'aller à Notsiouniaï. Il y a là-bas une certaine Malaïchité. Elle n'a pas l'air mal. Je l'ai observée à l'église. Elle regarde davantage son livre de messe que les travées des hommes. Peut-être que ça ira...

— Malaïchité? Je n'en ai pas entendu de mal. Mais alors, si c'est comme ça, peut-être qu'il vaut mieux faire les deux noces en même temps?

— Si c'est possible. Parce que je ne suis pas encore allé voir cette Malaïchité. J'ai l'intention d'y aller à la fin du Carême avec le bouleyeur.

Après un court silence, Adomas demanda à Youza :

— Tu viendras à mes noces? Je t'invite à l'avance.

Youza ne répondit pas tout de suite.

— Puisqu'il y aura deux noces, pourquoi Ourchoulé ne m'a pas invité?

— Mais elle était justement venue pour le faire. Je te l'ai dit.

— Elle est venue, c'est vrai, mais elle n'en a pas dit un mot.

— La gosse a peur de toi.

— Je suis donc un étranger pour elle?

— Si t'étais un étranger, elle n'aurait pas peur. Je ne sais pas mentir, Youza, je te le dis franchement : les gens pensent que tu es timbré. A cause de cette histoire de marais, tu comprends? C'est pour ça qu'Ourchoulé est comme ça. Elle est venue, elle t'a vu, et elle ne sait plus où elle en est.

— Parce qu'Ourchoulé aussi pense que je suis timbré?

— Ourchoulé essuie ses larmes.

Youza se tut.

— Elle reviendra, dit Adomas. Combien de fois elle m'a dit : pourvu que mon petit Youozelis vienne à mes noces, pourvu qu'il vienne, mon petit frère Youza, je n'ai besoin de personne d'autre. Elle reviendra, elle t'invitera, sois tranquille.

Youza ne répondit pas plus qu'avant. Les deux frères étaient couchés dans le foin l'un à côté de l'autre. Ils essayaient tous deux de s'endormir. Mais dans le fenil, l'obscurité diminuait déjà. C'étaient sûrement les étoiles qui brillaient plus clair avec la venue du matin.

— Tu ne dors pas? fit Adomas.

— Ce beurdin de Grikapeliaï, il ne vaut pas un pet de lapin.

— Stiaponas de Grikapeliaï.

— Ça ne fera jamais un chef de famille.

— Ça, c'est encore à voir. Qui vivra verra. Ourchoulé va lui serrer la vis, et elle réussira bien à faire un homme de cette espèce de souche. Quand elle décide de faire quelque chose, elle y arrive. Tout ce qu'elle décide de faire, elle le fait.

— Mais dans ce gars-là, il n'y a même pas une bonne souche. Ourchoulé est fichue avec ce beurdin.

— Ce Stiaponas, Youza. Ce Stiaponas. Combien de fois il faut te le répéter?

— Appelle-le prince ou roi si tu veux, c'est un beurdin, et beurdin il restera.

— Ourchoulé a l'intention d'inviter Vintsiouné comme marraine de ses noces, dit Adomas pour changer de sujet. Elles ont toujours été ensemble depuis toutes petites. Et toutes ces fois où Vintsiouné a invité Ourchoulé aux veillées, et comme demoiselle d'honneur, et dans toutes les fêtes! Impossible de ne pas lui rendre ça aujourd'hui. Mais c'est la même chose... elle a peur de toi... c'est toujours pareil...

Adomas attendit ce qu'allait répondre Youza. Mais rien, pas un mot. Même la paille ne bruissait plus. On aurait dit que Youza retenait sa respiration.

— Elle ne va pas l'inviter seule, reprit Adomas. Elle l'invitera avec son mari. Ce Stonkous de Pouojas, tu sais bien.

Youza garda le silence. Ne fit pas le moindre mouvement. Et pourtant Adomas savait que son frère ne dormait pas.

Il n'y put tenir :

— Alors, qu'est-ce que tu en dis?

Youza ne répondit pas.

V

Une fameuse bière, la bière qu'avait préparée Adomas : de l'orge savamment fermentée, additionnée d'un fort extrait de houblon. Il avait tué un goret dodu, égorgé deux moutons et fait de la vraie fleur de farine avec du froment qu'il avait finement moulu et bluté. Il avait invité tellement de monde, parents ou non, qu'on avait dû mettre des tables de long des deux murs, à côté des lits, et même au milieu de la grande pièce — il restait à peine de la place pour danser. Youza était assis à la place d'honneur, sous la croix, entre les deux jeunes couples. Il mangeait, buvait de la bière, discutait avec ses voisins, chantait même avec tout le monde. Pourtant il le voyait : il n'était déjà plus chez lui ici, il n'était plus qu'une branche coupée de son arbre. Et les gens regardaient moins les jeunes mariés qu'ils ne le regardaient, lui, Youza. Auparavant, ça n'arrivait jamais, mais aujourd'hui, voilà, c'était ainsi. Comme s'il avait été un étranger dans cette maison, comme si c'était la première fois qu'il était assis à cette table avec les voisins. Mais il y en avait une qui le zieutait plus que tous les autres. Karoussé Tchévidité. Pas même « Karoussé », d'ailleurs, mais plutôt « la petiote Karoussiote ». Quatorze printemps seulement, encore bergère, mais de petits seins qui pointaient déjà sous son caraco rayé. Assise sur le lit derrière le poêle, serrée entre des gamines du même âge, elle chuchotait, gloussait, sans quitter des yeux Youza, toujours Youza. Il en fut si étonné qu'il secoua la tête et même lui tira la langue, à cette petiote Karoussiote. Il ne comprit d'ailleurs pas comment ça s'était fait, il se surprit seulement à lui tirer la langue. La Karoussiote devint rouge comme un coquelicot, baissa les yeux, et après... le zieuta de plus belle. Avec un regard encore plus intense, plus appuyé : telle une guêpe qui aurait repéré l'odeur de gaufres de miel.

Pendant toute la soirée, Youza ne fit que tressaillir, l'oreille tendue à travers le brouhaha de la noce, aux bruits de roues sur la terre gelée devant le portail de la ferme : c'était peut-être Vintsiouné ? Peut-être elle pour de bon ? Elle avait refusé d'être la marieuse, mais qui sait, en simple invitée, elle viendrait peut-être. Pourtant il le savait : il ne devait pas attendre. Comme si un rameau coupé pouvait repousser... Le malheur, c'est que la raison dit une chose, et le cœur une autre. Voilà si longtemps qu'il ne l'avait vue, Vintsiouné... Un an, même davantage. Mais s'était-il passé un seul jour sans que Youza pensât à elle ? Pas un. Pas un seul. Et Youza tressaillait à chaque fracas de roues devant le portail. Savoir, c'est une chose, ne pas sursauter, c'en est une autre. Et Youza n'entendait plus ni les chants d'épousailles, ni les airs d'accordéon, mais seulement le fracas des chariots d'invités tardifs. Rien que cela pendant toute cette longue soirée, et même plus tard, la nuit, lorsque la noce battit son plein.

Vintsiouné ne vint pas. Qu'était maintenant pour elle, la grande dame de Pouojas, l'invitation d'Ourchoulé, son amie d'enfance ! Elle avait simplement fait dire qu'elle ne pouvait pas être marieuse. Comme invitée non plus, elle ne pourrait pas venir. Ni elle, ni son mari, ce Stonkous de Pouojas. Ni elle ni lui ne pourraient venir, ils avaient du travail par-dessus la tête. Tout le monde comprit : elle était désormais la femme d'un propriétaire qui possédait presque trois lots. Des chevaux de monte et d'équipage dans les écuries, une bonne douzaine de vaches — en ne comptant que les laitières —, des flopées de moutons, des bandes de canards et d'oies. Un vrai hobereau, ce Stonkous de Pouojas. A l'heure qu'il était, on pouvait déjà ranger sa ferme parmi les grands domaines. Et maintenant Vintsiouné était avec lui. Vintsiouné. Stonkous et Vintsiouné tous les deux ensemble. Vous pensez bien qu'ils n'allaient pas s'asseoir au milieu de péquenots possédant à peine un demi ou un quart de lot, parmi lesquels le propriétaire d'un lot entier était aussi rare qu'une corneille noire chez des corneilles mantelées. Vintsiouné avait maintenant d'autres choses en tête.

Mais les gens ne savaient pas que la possession de ces trois lots n'était pas la seule raison qui expliquât l'absence de Vintsiouné. La pointe que Youza lui avait plantée dans le cœur était bien acérée. On ne peut pas dire qu'elle se consumait d'amour pour lui, non, bien sûr, mais elle n'arrivait pourtant pas à l'arracher de sa mémoire. Et ce n'étaient ni la douzaine de vaches laitières ni les bandes d'oies et de canards qui pouvaient étouffer la compassion qu'elle ressentait intérieurement pour Youza. Elle ne comprenait pas elle-même pourquoi, d'ailleurs, mais elle sentait bien que, puisqu'elle avait tenté de l'arracher et n'y avait pas réussi, ce n'était pas la peine de raviver la plaie. Il n'y avait qu'à la laisser se cicatriser petit à petit. Comme une fleur qu'on n'arrose pas. Il n'y avait qu'à la laisser.

Non, les gens ne savaient rien de cela. Youza non plus. Une branche coupée de son arbre, pensait-il, tout comme moi. Pourtant il eut brusquement une intuition : puisqu'elle évitait de le rencontrer, c'était qu'elle ne l'avait pas oublié, qu'elle ne l'avait pas effacé de son souvenir et que, par conséquent, la vie dans son domaine n'était pas si parfaite. Rien que d'y penser, le cœur de Youza bondissait plus fort dans sa poitrine. Assis au milieu des invités, il était comme seul, oubliant même de lever son verre de bière. Et il devenait de plus en plus sombre.

— Tonton, tu ne voudrais pas danser avec moi ?

C'était la voix de la Karoussiote.

La gamine était debout en face de lui, de l'autre côté de la table. Elle le regardait avec des yeux si suppliants que Youza se leva sans s'en rendre compte. Toutes les conversations cessèrent. Comme dans un rêve, Youza

mit ses deux mains sur les hanches de Karoussé, tapa
fortement de ses bottes sur le sol et se mit à danser si
frénétiquement qu'il ne reprit ses esprits qu'en entendant tous les gens autour d'eux battre des mains en
mesure en criant :

— Youza, marie-toi. Youza...

Youza lâcha Karoussé. Elle éclata en sanglots, courut
derrière le poêle, reprit sa place, se glissa entre ses
amies. Youza releva la tête, parcourut l'assistance du
regard, attendit le temps que tous se soient tus, puis sans
prononcer une parole marcha vers la porte.

— Youza, Youza! cria Ourchoulé, s'élançant derrière lui.

Youza ne s'arrêta pas.

Il marchait, seul. La primaube éclaircissait déjà les
ténèbres. Aucun bruit. La froidure qui précède les petits
matins faisait craquer les labours, tendait une pellicule
de glace sur les flaques du chemin. Youza marchait, et
songeait qu'après tout il était peut-être timbré, comme
le lui avait dit Adomas. Avec lui, tout allait toujours de
travers, rien ne se passait comme chez les autres. C'était
la deuxième fois qu'il laissait une noce en plan. Voilà qui
avait dû être drôlement agréable pour Ourchoulé
lorsqu'elle avait vu son frère se conduire comme ça... Et
Adomas? Comment allait-il pouvoir regarder les gens,
maintenant? Youza n'y avait pas pensé en prenant la
porte. C'était comme une éclipse qui avait fondu sur lui,
subitement, et il était parti. La Karoussiote? Elle n'y
était pour rien, la petiote. Elle ne voulait rien de mal.
Elle l'avait zieuté pendant toute la soirée, pourquoi
n'avait-il pas pu continuer à danser avec elle? Une noce,
c'est fait pour ça, pour que les gens dansent. Maintenant, Karoussé pleurait, cachée derrière le dos de ses
copines...

Youza fit plus d'un kilomètre en tentant de
comprendre pourquoi il agissait de la sorte. Il s'arrêta
même plusieurs fois, presque décidé à revenir sur ses
pas, à prendre sa sœur Ourchoulé dans ses bras, à
demander à Adomas de ne pas lui en vouloir. A leur dire
à tous les deux que ça l'avait pris d'un coup, et qu'il était

parti, mais maintenant, voilà, il était revenu... Mais d'elles-mêmes ses jambes emmenaient Youza de plus en plus loin. Toujours plus loin. Il entendait seulement craquer une plaque de glace sous ses pieds, s'écraser une motte de terre dans l'ornière du chemin vicinal et murmurer les chaumes sous le souffle du vent qui se levait.

Youza ne revint donc pas, finalement ; il n'embrassa ni sa sœur, ni son frère.

Le jour commençait à poindre. De chaque côté du chemin, aussi loin que portait le regard, bleuissaient les champs couverts de neige. Mais le dégel commençant tachait de flaques noires la surface neigeuse déjà fondante, les prés brillaient dans l'attente de l'aurore et du soleil. Encore un jour ou deux, et l'eau trouble des rus commencerait à susurrer, à bavarder dans les ravines, les congères spongieuses se tasseraient, les pentes exposées au soleil s'inonderaient du bleu des scilles, les primevères jauniraient le lait de leurs pétales, les premiers brins d'herbe montreraient leur nez. Encore un jour. Un jour ou deux...

Youza s'arrêta encore une fois, regarda du côté du Kaïrabalé dans la demi-obscurité d'avant l'aube et vit qu'il était presque arrivé chez lui. Il distinguait même le toit blanc de sa maison neuve à travers les pins. Et déjà la Pavirvé froufroutait gaiement, comme si le printemps était déjà vraiment là avec ses jours ensoleillés et ses averses tambourinantes, comme si c'en était fini de l'hiver et de la petite heure glaciale précédant le jour.

Youza eut un sourire. Il était chez lui, dans sa maison. Sa maison... Bien sûr, tout n'était pas achevé. Il devait finir de construire l'étable au bout du bâtiment, arranger la souillarde. Celle-ci, Youza ne voulait pas tant l'aménager pour y entasser des provisions que pour y recevoir un hôte, si l'occasion s'en présentait, et l'y faire asseoir à une table bien blanche. Pour les provisions, il y a le garde-manger, où on range les meules, les coffres à pommes de terre, les pots et les cruches remplis de victuailles sur de larges étagères. Mais un hôte qui vient chez vous, c'est Dieu dans votre maison. Vous n'allez pas le faire asseoir au milieu des pommes de terre et des meules. Et l'endroit où on reçoit un visiteur doit être froid en été, mais pas froid en hiver. Pour un hôte, il faut avoir une chambre à donner. Sur le plafond de la pièce d'habitation, il faudrait répandre du sable et le mélanger de mousse sèche. Restait aussi la girouette qui ne tournait toujours pas sur le toit ; ses virevoltes ne faisaient donc pas vibrer les murs — ce qui, comme il se doit, donne des belles frousses aux souris. Bien sûr, pour l'instant, il n'y avait pas encore de souris. Mais il y en aurait. A-t-on jamais vu une ferme sans souris ? Le pire, pourtant, c'était le puits. Il restait encore à le creuser. Car enfin, qui serait assez idiot pour abreuver les bêtes au marais et boire soi-même de cette eau-là... Une maison sans puits, ce n'est pas une maison... Mais tout de même, il était chez lui. Déjà chez lui.

Rien que d'y penser, la paume de ses mains chatouillait Youza d'impatience. Il enfonça sa chapka sur sa tête et oublia d'un seul coup et Karoussé, et les deux nouveaux couples, et la mousse de la bière, oublia même qu'il avait attendu sans résultat ou pas assez attendu celle qu'il attendait pourtant plus que tout.

Youza commença par l'étable, qui pour l'instant n'avait pas encore de portes. Ce travail-là, il fallait qu'il en finisse rapidement : il était grand temps de lâcher sur la colline le cheval et la vache, avant que le dégel de printemps n'ait ouvert toutes les branloires du Kaïrabalé. S'il bayait aux corneilles, il se retrouverait devant une vasière sans fond — et il devrait attendre la sécheresse de l'été. Youza se mit donc au travail, et comme il ne ménageait pas ses forces, il eut en une semaine fini l'essentiel. Alors il se prépara à aller voir Adomas — homme marié, désormais, qui avait femme à la maison. Impossible de prévoir comment il accueillerait Youza après ce qui n'aurait pas dû arriver pendant des noces, mais qui pourtant était arrivé.

Adomas n'eut pas un battement de cils. Avec sa femme, qui s'appelait jusqu'aux noces Malaïchité mais qui était aujourd'hui Adomené, il accueillit Youza, le fit entrer dans la maison, s'asseoir à table, soutira une cruche de bière à un petit tonneau miraculeusement épargné lors du festin des épousailles, coupa du jambon fumé à l'ail, cassa un morceau de fromage bien ressui. Lorsqu'ils eurent vidé quelques bocks, ils passèrent tous les trois dans l'étable. Adomas en fit sortir une vache, pas la Brune, mais la Pie aux grosses tétines, comme il l'avait promis. Et un cheval, ni le Bai, ce feignant aux sabots fragiles, ni même le Gris, mais un Saure de cinq ans que la fille des Malaïchis avait apporté en dot. Adomas amena encore à Youza deux brebis : une brebis pleine, et une agnelle toute jeune, une germe qui n'avait pas encore agnelé. La jeune femme proposa aussi à Youza des poules — s'il en avait envie — et même des oies et des canards, une paire de chaque au moins ; ils barboteraient dans les clairures du Kaïrabalé et pourraient faire grandir leur progéniture au milieu des roseaux. Ils apporteraient de la vie à la ferme, ce qui est toujours une joie pour un fermier.

Youza regarda la jeune épousée. Une belle femme, bien faite, de grosses nattes blondes tressées serré, enroulées encore plus serré autour de sa tête, et des yeux plus bleus que le plus bleu des bleuets. Adomas avait de la chance. Quel beau plant de rue[1] il avait déniché à Notsiouniaï ! On ne pouvait pas dire le contraire ! Et Youza rougit au souvenir du jour des noces, ses oreilles le brûlèrent, tant il se sentait honteux et coupable devant la jeune mariée.

— Tu m'en veux beaucoup ? lui demanda-t-il.

La jeune femme le regarda bien en face, s'empourpra, puis éclata de rire, d'un rire tintant comme des clochettes d'argent.

Ce fut Adomas qui répondit :

— Qu'est-ce que tu vas encore chercher là ! Ce qui est passé est passé, et d'ailleurs, est-ce que c'est vraiment arrivé ?

---

1. La rue est souvent cultivée comme plante ornementale (fleurs jaunes). Elle attire beaucoup les abeilles. La rue tient une grande place dans la mythologie et les fêtes de diverses régions du globe. En Perse, on célébrait sa sortie de terre *(esfand)* qui marquait la fin de l'hiver. En Lituanie, c'étaient les filles non mariées qui portaient sur la tête des couronnes de rue *(N.d.T.)*.

Youza se détendit et poussa un soupir d'aise.

— Alors, c'est bien. Si c'est comme ça, c'est bien.

Youza n'emporta ni oies ni canards. Il savait, pour l'avoir vu de ses yeux, que les blaireaux avaient des terriers dans les buttes du Kaïrabalé, que le renard au museau pointu furetait souvent dans les roseaux et qu'il aurait vite fait de plumer canards et oies. Mais il accepta les poules, et remercia la jeune femme. Elle lui offrit une poule pondeuse bigarrée, pleine d'œufs, une poule huppée et un jeune coq par-dessus le marché. Aussi, lorsque Youza eut attelé le Bai et fut rentré chez lui au Kaïrabalé, il fut désormais salué chaque matin par le crételement confiant des poules, le cocorico du coq sur son perchoir — on l'entendait sûrement à un kilomètre de là —, la Pie qui meuglait en sortant la tête par la porte de l'étable, tandis que l'étalon donnait des coups de pied dans le mur de la mangeoire. Ils ne s'étaient pas encore faits complètement à leur nouvel habitat, mais ils commençaient. Parfois, après avoir nourri chaque matin toute la troupe, Youza pensait qu'il avait peut-être un peu trop de tout dans sa ferme. Puis il se mettait à sourire de toutes ces voix qui retentissaient maintenant sur sa colline, de toute cette vie autour de lui.

Les jours devenaient de plus en plus longs et de plus en plus chauds, le sol gelé en profondeur dégelait progressivement, on pouvait déjà planter dans la terre une bêche ou un soc. Si bien qu'un beau matin Youza cracha dans ses mains et décida de commencer à creuser son puits. Il avait déjà choisi l'emplacement. Un endroit parfait : en face de la porte de la pièce d'habitation et du côté de la Pavirvé, pour que l'eau n'y manque jamais et pour que, des fenêtres de sa chambre, le puits soit visible comme sur la paume de sa main. Un puits doit toujours être visible, cela, Youza le savait. Quant à la cage du puits, Youza l'avait construite à l'avance avec des billots d'érable de première qualité, et il avait amené sur place de grosses pierres, en les faisant rouler. Il se débarrassa donc de sa pelisse, remonta un peu sa chapka pour se dégager le front et prit sa bêche. Au début, il rejeta du sable jaune, ensuite vint de la terre plus sombre. Youza lançait la terre, bêche après bêche, en haut du trou. Il ne s'arrêta qu'en sentant sa bêche heurter quelque chose de dur. Il se pencha, regarda — et vit des os, des ossements humains, éparpillés. Pas vraiment nombreux, mais humains. Et sur le flanc de la fosse, un crâne qui faisait saillie. Et qui regardait Youza de ses orbites sombres. Youza ôta sa chapka, fit un signe de croix. Il avait la chair de poule. Appuyé sur sa bêche, il resta longtemps à regarder sans savoir si ce qu'il voyait était réel ou s'il rêvait. Il finit par se rendre compte que c'étaient bien des os d'homme, de vrais os. Tout englués de terre argileuse, dispersés n'importe comment, difficile de savoir où étaient les jambes, ou bien les côtes. A les regarder, on avait l'impression qu'ils étaient dans la terre depuis longtemps. Et au milieu de tout ça, au milieu des os, traînaient des bouts de tissu pourri, du drap gris. Et Youza se souvint : oui, c'étaient des habits de drap gris que portaient les soldats du tsar russe. Alors il s'agissait peut-être de l'un d'eux ? Youza examina le tout encore une fois, se signa à nouveau : oui, c'étaient bien les os d'un Russe qui se trouvaient dans la fosse. D'un soldat russe. Une sueur froide inonda le front de Youza. Il s'essuya du dos de la main. Il avait dérangé les restes d'un homme, qu'allait-il arriver maintenant ? Il se sentit si mal à l'aise qu'il pressa avec force ses paumes contre ses joues.

Il se mit à la recherche de planches en bon état. Il en restait de la construction de sa maison. Il faillit aller chercher le menuisier du village, mais se ravisa : inutile de donner prétexte aux cancans. Mieux valait fabriquer lui-même le cercueil. Mais comme il n'avait pas l'habitude de ce genre de travail, il obtint, en coupant et en clouant six planches, une boîte qui était plus carrée que rectangulaire. Il y étendit un drap de lin — celui que la femme d'Adomas lui avait donné — sur un lit de copeaux, comme on doit le faire. Comme on le doit...

Et lorsqu'il eut traîné le cercueil vers le trou et commencé d'y déposer les os un par un, se signant chaque fois qu'il les touchait, il comprit qu'il y avait plus d'os qu'un seul homme est censé en avoir. Et vit alors qu'il n'y avait pas un, mais deux crânes. Le second était appuyé de la nuque à la paroi de la fosse. Youza regarda tout autour de lui, complètement désemparé, et fit un nouveau signe de croix. Il finit par s'apercevoir qu'au milieu de tous ces os traînaient non seulement des débris de drap gris, mais aussi des loques de drap bleu foncé. Il fallait donc croire que dans cette fosse se trouvait également un soldat du kaiser allemand. Juste à côté du Russe. Youza resta longtemps indécis devant sa découverte. Voilà maintenant qu'il allait devoir mettre aussi ces os-là dans un cercueil. Mais comment? Puisqu'il y avait deux cadavres, il fallait deux cercueils...

Youza se hissa en dehors de la fosse pour aller clouer une deuxième boîte. Pour l'Allemand. Mais s'arrêta le marteau en main : le cercueil, il arriverait bien à le faire, mais comment saurait-il à quel cadavre appartenait tel ou tel os? Tant que les hommes sont en vie, les os de chacun d'eux sont bien séparés, c'est sûr, mais ils ne le sont plus quand des hommes sont restés dans la terre ensemble, et en plus, aussi longtemps... Comment reconnaître, alors, quel os est russe, et quel os, allemand?

Après avoir tourné et retourné la question dans sa tête, Youza démonta la caisse qu'il avait d'abord clouée, ajouta une planche en haut et une planche en bas, et recloua le tout. Il avait maintenant un grand cercueil, aussi large que long. Même plus un cercueil — un berceau, plutôt, comme lorsque Dieu vous donne des jumeaux, ou davantage. Il y avait assez de place dedans pour s'y coucher à deux, voire à trois. Youza eut un sourire de satisfaction d'avoir si bien travaillé. Mais une idée lui vint brusquement : ces os, tout de même, ce n'étaient pas des os de gens ordinaires, de gens plus ou moins proches, du même hameau ou de hameaux voisins, c'étaient les os d'un Russe et d'un Allemand. Et ils allaient reposer ensemble, maintenant! Ce Russe et cet Allemand avaient fait la guerre, ils s'étaient peut-être entre-tués, et maintenant, ils devraient dormir ensemble? Youza alla chercher dans la maison un deuxième drap de lin qu'il étendit à côté du premier sur le fond du cercueil. Il examina attentivement les os pour séparer ceux qui se trouvaient le plus près des lambeaux de drap gris de ceux qui étaient plus près des morceaux de drap bleu. Puis il disposa les uns et les autres sur chacun des deux draps. Lorsqu'il eut procédé à cette répartition en son âme et conscience, dans le plus grand silence, il rabattit du mieux qu'il put les bords de chaque drap pour couvrir les restes de chaque soldat, et sa tâche terminée, il se redressa et poussa un profond soupir.

Youza resta un bon moment debout auprès du cercueil, à regarder les restes de ce Russe et de cet Allemand reposant dans la paix et l'entente : comme si l'un n'était pas russe et l'autre pas allemand, mais frères, tout simplement. Ensuite il cloua le cercueil et reprit la bêche. Il comprit vite, cependant, que le nouveau cercueil, différent du premier, ne tiendrait pas dans la première fosse. Il devait agrandir le trou. Mais à peine eut-il planté la bêche qu'il cogna de nouveau contre quelque chose de dur. Avec un bruit métallique. Il en eut un frisson dans le dos. Était-ce possible qu'il y en eût encore un autre ? Mais non, il se trompait : ce n'étaient pas des os, un fusil simplement. Plein de glaise et rouillé. Youza mit sa bêche de côté et tira sur le canon : il en vint un second en même temps. Leurs courroies s'étaient emmêlées. Et lorsque Youza tira sur le second, il en vint encore un autre, un troisième. Au total, Youza retira cinq fusils de la terre argileuse aux reflets bleutés. Des cartouches et des douilles emplies de terre duveteuse traînaient tout autour. Youza resta longtemps debout au bord de la fosse. Il n'avait même plus envie d'empoigner sa bêche. Comment faire pour la planter sans qu'elle se heurte à quelque chose ? Où la planter ? Juste à l'endroit où il était debout, peut-être y avait-il encore un homme couché sous ses pieds ? Un Allemand ou un Russe ? Sur toute sa colline, peut-être n'y avait-il aucun endroit où personne ne fût couché ? Et pas seulement sur sa butte, mais dans tous les champs, sur la terre entière, peut-être n'y avait-il aucun endroit où planter une bêche sans qu'elle heurtât quelque chose ? Dans toute la Lituanie, dans le monde entier, sous les pieds de chaque vivant, dort peut-être un homme. Dort un homme.

Youza fut longtemps sans pouvoir se remettre à bêcher. Il restait là, devant le cercueil cloué. Était-ce vraiment la place d'un cercueil? La place d'un cercueil, c'est en terre. Youza secoua la tête, se signa encore et alors seulement se remit à bêcher. Il passa un jour entier à s'occuper de ces ossements. Tout un jour. Jusqu'au profond du crépuscule.

Le lendemain, Youza recommença à creuser... un autre puits. Dans un autre endroit, un endroit qui ne valait pas tripette, derrière la maison, presque sur le bord de l'étang. Ce puits-là, il ne pourrait le voir que par la petite fenêtre de la souillarde. Et Youza le savait : l'eau n'y serait pas bonne, elle serait amère et acide aussi, à cause des racines du lédon. Mais où trouver une autre place? Youza bêchait et tremblait à chaque coup de bêche. N'allait-il pas heurter quelque chose, entendre un nouveau grincement? Mais non, là, il n'y avait vraiment rien. La bêche s'enfonçait dans la terre comme un couteau chaud dans du beurre, et Youza n'eut pas à creuser longtemps pour pouvoir faire descendre dans la fosse la cage de bois du puits. Il la couvrit ensuite d'un auvent en planche pour que l'eau ne soit pas salie par les poussières et débris de toutes sortes qui pourraient y tomber, ou par des insectes qui y éliraient domicile. Puis il construisit un treuil au-dessus de la cage du puits pour pouvoir descendre et remonter le seau au bout d'une chaîne. Non, il ne voulait pas une chèvre, comme la plupart des gens en avaient, il voulait un vrai puits avec un treuil et une manivelle. Les chèvres grincent vraiment trop lorsqu'il vente, elles se balancent, on croirait des fantômes. Un puits à chèvre, c'est bon pour une maison située dans une dépression de terrain, mais Youza habitait sur une butte où nuit et jour les vents se donnaient du bon temps. Exactement l'endroit pour un puits à treuil. En outre, pour que la cage du puits et le treuil, maintenus par deux poutres fichées verticalement en terre, tiennent plus solidement, Youza cala les deux poutres en les bloquant avec de grosses pierres qu'il enfonça profondément dans le sol.

Il en avait donc terminé avec le puits. Il attendit un

peu, le temps que l'eau trouble se soit décantée, puis il tira le premier seau. Il goûta l'eau directement au seau, en s'appuyant sur la margelle de la cage du puits. Non, elle n'avait pas bon goût, cette eau-là. Elle sentait la vase, et en plus quelque chose d'amer et d'acide. Les craintes de Youza étaient bien fondées. Il n'avait pas eu de chance. Cette eau-là, il serait obligé de la saler — à moins qu'il ne doive même creuser un autre puits. Mais cela, ce serait pour plus tard. Plus tard.

Restaient les bâtiments. Impossible de les laisser en plan... Un travail fait, Youza passait à un autre. Si bien qu'un beau matin, sans avoir eu le temps de se retourner, Youza leva la tête et vit que sa maison était terminée. Elle avait des fenêtres et une porte. L'étable aussi était finie. Et aussi la grange à foin, juste à côté de l'ancienne, toute bancale. Et Youza vit que malgré tout, il lui restait tellement de rondins qu'il avait de quoi réaliser tous les projets qui pourraient lui passer par la tête. Et c'est là qu'une idée lui vint, comme en un éclair : des bains! Pourquoi ne construirait-il pas des bains? Seul, bien sûr, il l'était, mais n'empêche! Même un homme seul a besoin, surtout quand il gèle, de se fouetter les sangs avec un petit balai de bouleau et d'exterminer la vermine de ses sous-vêtements. Il n'allait tout de même pas se mettre dans l'obligation de courir à travers champs pour aller supplier le voisin de lui « prê-ter » un peu de sa vapeur chaque fois qu'il lui faudrait un bain? Non, les bains de vapeur, on doit les prendre chez soi, dans ses propres bains. Avec son âtre à soi et ses pierres de chauffe. Avec sa propre bassine pour l'eau bouillante. Avec des planches aux murs et de petites poutres jusque sous le plafond pour que la vermine y grille, car là-haut, il n'y a que l'homme à pouvoir supporter l'air brûlant comme du feu. Voilà comment Youza finit par se diriger vers la Pavirvé pour choisir un emplacement où construire ses bains. La rivière balan-çait paresseusement ses eaux. Youza la regarda long-temps avant de se décider. Le bord était fangeux, il faudrait donc construire un peu en retrait, et juste à côté des bains, aménager un tout petit étang et y faire arriver l'eau de la Pavirvé : qu'elle y entre et en sorte à sa guise. Youza reprit sa hache, prépara les rondins pour poser le premier cadre des murs. Il en était là de ses travaux lorsque Adomas arriva : le temps lui durant de son aîné, il avait abandonné ses propres occupations.

Il s'arrêta comme cloué sur place :

— Où as-tu été installer ton puits ? Ça n'a pas de sens !

Youza ne lui expliqua rien. Le puits était creusé, on ne pouvait rien y faire. Et les ossements ? Était-ce la peine d'en parler à Adomas ? Les deux frères travaillèrent ensemble ce jour-là et le jour suivant, mais lorsque Youza se retrouva seul, il se rendit compte que cette histoire des deux soldats ne lui sortait pas de la tête. Couchés tous les deux dans le même cercueil... Et ces fusils, ces cinq fusils. Youza ne les avait pas enterrés avec les ossements. Il en avait nettoyé un, le moins rouillé, l'avait briqué et enduit de graisse de lièvre pour qu'il ne rouille plus, et fourré sous une planche à l'entrée de la souillarde. Les quatre autres, il les avait emportés au marais et jetés dans la première vasière venue. Que pouvait bien faire un homme de cinq fusils ? Et à parler franchement, à quoi bon même un seul ? En fait, il avait hésité, après en avoir déterré cinq. Allait-il vraiment jeter tout ça dans le marais ? Il pouvait toujours en garder un. Un seul. En cas d'urgence. D'extrême urgence. Et maintenant, en réfléchissant aux deux soldats et aux fusils, Youza se souvint de ces Russes qui étaient venus en Lituanie où leur tsar les avait envoyés faire la guerre. Et de la façon dont ils s'étaient enfuis plus tard de tous les endroits où ils étaient venus. Les Allemands sur leurs talons. Qui les suivaient et qui tiraient. Et les Russes se retournaient en s'enfuyant et tiraient. A l'époque, ces fusillades avaient fait trembler toute la région. Plus tard, c'étaient les Allemands qui s'étaient enfuis de tous les coins où ils s'étaient incrustés comme de vraies sangsues. Sur leurs talons en venaient d'autres, Dieu sait qui, pas habillés en soldats — c'était à qui serait plus mal vêtu que l'autre. Même leurs fusils étaient dépareillés, avec des canons de longueurs diverses, et ils balançaient à leurs épaules au bout d'une ficelle.

— Voilà les Rouges, disaient les gens de la région. Mais les Rouges, eux non plus, ne restèrent pas longtemps. Il en apparut d'autres. Ceux-là ne marchaient pas à pied, ils étaient à cheval. Ils tiraient eux aussi, pétaradaient de toutes leurs mitrailleuses. Mais ils étaient comme les précédents vêtus n'importe comment, et leurs armes aussi étaient de tous calibres. On avait peine à croire qu'il s'agisse vraiment d'une armée.

— Les Lituaniens sont arrivés, disaient les gens dans les campagnes. Maintenant c'est eux qui seront au pouvoir.

Donc les Lituaniens arrivèrent — et restèrent. Ils ne s'enfuirent nulle part. Personne d'ailleurs n'était sur leurs talons. Et la vie devint plus calme. On eut bientôt l'impression que personne d'autre n'était jamais venu, n'avait jamais tiré, que tout était tranquille depuis la nuit des temps. Les gens labouraient la terre, semaient du seigle, payaient des impôts, réparaient les routes, donnaient leurs fils à l'armée après les avoir élevés. Il y avait un pouvoir, et quand il y a un pouvoir, il y a les impôts, les routes, les fils à envoyer à l'armée — c'est comme ça quand il y a un pouvoir, quel qu'il soit. C'est toujours comme ça quand il y a un pouvoir.

C'est ce que beaucoup pensaient. Youza tout comme eux. Il pensait aussi qu'il avait bien fait de venir vivre sur le Kaïrabalé. Tous ceux qui étaient passés un jour ou l'autre par la Lituanie, quels qu'ils aient été, jaunes, gris ou même verts, étaient passés par les villages ou les bourgs. Là où il leur était plus facile de marcher ou de galoper. Et aussi de se servir à l'œil de ce dont ils avaient besoin pour pouvoir marcher ou galoper plus loin. C'était comme ça. Mais le Kaïrabalé, tous le laissaient de côté. Personne ne se souvenait qu'un seul de ces hommes, à pied ou à cheval, ait jamais fourré son nez sur le marais. Cela signifiait donc que Youza pourrait vivre au Kaïrabalé en toute tranquillité. Tous passaient à côté. Toujours à côté. Vintsiouné, elle aussi, avait laissé Youza de côté. Comme tous. Eh bien soit ! Qu'ils aillent chacun de leur côté ! Youza n'avait besoin de personne. Il était seul sur son marais. Eh bien soit ! Soit !

Ce genre de réflexion n'avait tout de même pas réjoui Youza bien longtemps. En effet, il ne pouvait s'empêcher de se dire : s'ils étaient toujours tous passés à côté, d'où sortaient donc ces deux-là? Qui les avait descendus? Qui les avait enterrés sur la butte avec cinq fusils? Pas avec deux fusils, mais avec cinq, alors qu'il n'y avait que deux soldats. Mais peut-être qu'ils n'étaient pas deux? Peut-être que des ossements, il y en avait dans la terre autant que de fusils? Qu'il suffirait de creuser... Mais puisqu'il en était ainsi, puisqu'il en était vraiment ainsi, peut-être était-ce une illusion de croire que tous passaient à côté du Kaïrabalé, et personne à travers? Par conséquent, était-il si seul que ça, Youza, sur son Kaïrabalé?

Youza se sentit subitement si inquiet qu'il lui arriva dès lors de se lever la nuit. Il sortait dans la cour, restait là à tirer des bouffées de sa pipe, assis sur le banc sous la fenêtre de sa nouvelle maison. Il dormait mal, Youza. Et pourtant il faisait maintenant un vrai temps de printemps. Les murs de rondins fleuraient bon la résine. On sentait aussi le parfum du genévrier qui poussait tout autour de la maison en gerbes sombres solidement ancrées en terre. Et aussi le limon de la petite rivière. Un brouillard blanc et dense s'élevait au-dessus du Kaïrabalé, se détachait à chaque aube des orbites du marais et s'en allait flottant silencieusement au loin, vers les champs. Dans l'étable, l'étalon tapait du sabot, la Pie meuglait, les moutons bêlaient. Tous réclamaient Youza. Le réclamaient, lui, le patron. Youza secouait la tête. Il était temps de recommencer un nouveau jour.

VI

Oies et canards étaient revenus des pays chauds ; ils criaillaient et cacardaient maintenant sur tout le Kaïra-balé. Craquetant à qui mieux mieux, les grues réappa-rurent elles aussi. On entendait vibrer les plumes de la queue des bécassines. Parmi les mottues de la grande seigne, les vanneaux battaient des ailes, rabâchant leur refrain : « Ki-vui, Ki-vit, Ki-vit ».

Le printemps était arrivé sur le Kaïrabalé.

Éveillé dès l'aube, Youza allait en hâte à la Pavirvé avec savon et serviette. Il se lavait jusqu'à la taille, comme le lui avait appris dès l'enfance le grand-père Yokoubas. De sa serviette rêche, il se frottait le dos, les côtes, la poitrine à en devenir écrevisse : tout le corps lui cuisait. Il donnait ensuite à manger aux bêtes, avalait rapidement un morceau et se remettait au travail.

Du travail, il y en avait à revendre. Les planches du potager binées, juste à côté de la maison, Youza coupa et étrépa le genévrier sur l'autre flanc de la butte pour y semer du lin. Sur les bords de la Pavirvé, saules et vernes l'attendaient. Il était grand temps de les essoucher pour qu'ils ne repoussent plus. Le long de la petite rivière, le sol n'était que de l'argile avec un peu de sable, ce n'était pas là-dedans qu'il pourrait faire pousser des pommes de terre ni semer du blé pour faire des rissoles : mais l'homme ne vivait-il que de pommes de terre ? Il pouvait y semer des graines de vesces et de lupins. En poussant, ils enrichiraient la terre des substances qui s'accumulent dans les nodosités de leurs racines et qui lui sont précisément nécessaires. A condition de la retourner à temps, pendant que vesces et lupins sont encore verts, la terre s'améliorerait; il pourrait donc semer ensuite un mélange de graines, puis de l'orge ou même une meilleure graminée. L'essentiel, c'est de commencer. De bien commencer. Bon pain, mauvais pain, tout dépend du pétrissage.

Youza maigrit. Il attrapa des ampoules plein les mains — ce qui ne lui était jamais arrivé. Il se voûta, ses clavicules devinrent saillantes. Quand il se couchait, le soir, tous ses os lui faisaient mal, et pourtant le sommeil ne se pressait pas de venir lui fermer les paupières. Il restait étendu dans le noir, yeux ouverts. Comme la nuit où il avait quitté les noces de Vintsiouné à Pavalakné. La seule différence, c'est que maintenant il s'efforçait de ne plus songer à elle, Vintsiouné, comme il y avait songé cette nuit-là, mais à tout ce qu'il avait déjà fait et à ce qui restait à faire — on n'en voyait pas la fin. Ce qui le tourmentait le plus, c'était, de sa colline jusqu'à la terre ferme où tortillonnait le chemin vicinal, le chemin à aménager à travers les tremblants. La vache n'en était qu'à son premier vêlage, Youza n'arriverait jamais à boire tout son lait; il devrait en baratter, faire du beurre, presser le caillé pour faire sortir le petit lait et faire des fromages. Et qu'est-ce qu'il ferait de tout ce beurre et de tous ces fromages? Il serait bien obligé de les vendre au marché pour gagner de l'argent et pouvoir acheter du sel, du pétrole, de la ferraille. Sans oublier le lin qui allait lever dans un rien de temps : où allait-il fourrer les graines et la filasse? Et comment irait-il au marché à travers cette fichue seigne? Pleure toujours! Pas moyen de faire autrement, il devait installer un couchis de fascines.

Nuit après nuit, des tourbillons de pensées exténuantes harassaient Youza. Les soucis l'empêchaient de dormir, et plus encore que les soucis — elle, Vintsiouné. Il l'oubliait un jour ou deux, et ensuite tout recommençait. Et son souvenir était de plus en plus brûlant, de plus en plus aigu, comme une ortie cuisante dans son cœur.

Combien de fois, à minuit passé, au moment où il commençait à plonger dans l'inconscience, Youza avait brusquement un frisson : elle était là, debout devant lui ! Il se levait, sortait dans la cour, passait ses paumes sur l'herbe pour en recueillir la rosée glacée et s'en mouillait longuement le front fiévreux. Peu à peu son front se rafraîchissait, ses yeux voyaient plus clair, mais la paix ne revenait pas.

Il n'était un peu soulagé qu'en voyant le ciel commencer à blanchir à l'orient, le matin revenir, chassant le fardeau de la nuit et l'incitant à se remettre au travail — qui ne faisait qu'augmenter. Maintenant, dans l'écurie, un petit veau tournait autour de la Pie, aussi bariolé qu'elle, avec un museau brillant et les grands yeux largement ouverts de sa mère. Hier il n'avait pas de veau, et aujourd'hui, voilà, il en avait un. La brebis n'était pas en reste, elle avait fait deux agneaux blancs comme neige. Ils gambadaient, ne tenaient pas en place, cherchaient sans arrêt à s'échapper dans la cour. Au revers de la butte, le lin qu'il avait semé sur la terre vierge levait, perçant le sol de ses pousses grêles. Sur le bord de la Pavirvé, les vergnes gisaient les quatre fers en l'air — au moins pour la moitié d'entre eux, que Youza avait étrépés ; l'autre moitié, il ne s'y était pas encore attaqué. Dans le potager aussi, les pousses de chou et de betterave le réclamaient : il fallait les découvrir le matin, les couvrir le soir pour que le gel nocturne ne les grille pas, que la grêle ne les brise pas et que tous les efforts de Youza ne s'envolent pas en fumée. Largement de quoi occuper deux personnes, et même trois. Mais Youza était seul. Complètement seul.

Il arrivait assez souvent à Youza de se perdre dans de longues rêveries. Le matin surtout. Il s'arrêtait au milieu des mottes moutonneuses de sphaignes entre les bouleaux éplorés et rachitiques, et regardait ceux-ci longuement. Ils avaient bien des raisons de pleurer, ces pauvres bouleaux. Depuis des dizaines d'années, ils plongeaient leurs racines dans ces mottes de mousse, y cherchant leur nourriture sans rien trouver. Que pouvaient leur donner des mottes de mousses ou des flottis de lentilles d'eau ?

Aussi n'avaient-ils pu ni grandir ni se ramifier, comme tous les arbres sont censés le faire ; ils avaient seulement réussi à rester debout, agitant leurs feuilles chétives et faisant craquer leurs fourches desséchées. D'aussi loin que remontaient les souvenirs de Youza, même du temps où il venait au Kaïrabalé avec le grand-père Yokoubas, ces pauvres bouleaux étaient déjà comme aujourd'hui : de petites feuilles rabougries, à moitié noircies, et en guise de belle écorce blanche, des pellicules rugueuses et grisâtres sur leurs troncs. Ces arbres-là n'avaient de bouleau que le nom ; en réalité ce n'étaient que des crocs bosselés et noueux, enflés de tumeurs dures comme pierre aux fourches des rameaux. Bien sûr, on aurait pu en faire des tabatières de toute beauté : avec les seules arabesques du tissu ligneux, elles auraient fait pâlir d'envie n'importe quel chef-d'œuvre né dans une terre bien grasse sous un soleil généreux, et même un chef-d'œuvre créé par une main humaine. Avec ces bouleaux, on aurait aussi pu faire une chaise, ou de beaux pochons. Tous ceux qui les auraient vus auraient poussé des oh! et des ah! d'admiration, mais n'auraient pas songé un instant que chaque petit trait, chaque petit point du bois était né des pleurs et dans les pleurs du bouleau, qu'il avait été engendré par la famine et ciselé par l'amertume. Et devant ces bouleaux rachitiques et désespérés, personne ne penserait qu'ailleurs, sur les collines ou le pourtour de ce même marécage, des bouleaux bien plus jeunes faisaient bruire avec tendresse leurs feuilles enivrées du suc montant de l'aubier, tandis que miroitait de très loin l'écorce blanche de leurs fûts élancés et que les petits balais de leurs faîtes hélaient les nuages. Et dans leurs cimes ombreuses, les coucous s'envolaient, les écureuils se balançaient d'une branche à une autre, les oiseaux chantaient et les insectes leur répondaient en bourdonnant, en vrombissant, en stridulant. Et pendant ce temps, les bouleaux d'ici tremblaient de toutes leurs feuilles rabougries, ni noires ni vertes, tentant dans un ultime effort de puiser du fond des mousses ce qui leur donnerait cette vigueur dont ils rêvaient depuis des dizaines d'années sans jamais l'obtenir. Oui, ils paient cher leur beauté, les bouleaux des marais.

Et lui, Youza, n'était-il pas semblable à eux ? N'était-ce pas son destin de vivre quelques dizaines d'années sur le Kaïrabalé ? Complètement seul ? Jusqu'au cercueil ?

Devant les yeux de Youza passait et repassait, comme présent, cet été dont depuis si longtemps s'était tu le froufrou soyeux : Youza se trouvait au milieu d'une boulaie. Pas celle-ci, bien sûr, une autre boulaie, des baliveaux bien rassasiés, élancés. Et il n'était pas seul. Debout à côté de lui — Vintsiouné. Si près que Youza humait son parfum tout en la regardant. L'accordéon jouait, la jeunesse reprenait chanson après chanson, et partout des rires fusaient... Mais Youza n'entendait rien, ne voyait rien, rien d'autre qu'elle, Vintsiouné. Il était là, debout, comme en un rêve. Et même il tressaillit lorsqu'elle tendit une main qui effleura sa joue. Tendit la main et l'effleura. De sa paume. Oui, c'était bien cela, de sa paume...

— Mais tu es tout en nage ! entendit-il.

Et comme Youza était effectivement en nage d'avoir dansé la polka, avec elle, Vintsiouné, et seulement avec elle, alors elle pressa sa paume contre l'autre joue aussi. Et Youza frissonna de tout son long corps. Il était debout et il la regardait. Elle — grande, juste la taille qui allait avec la sienne, bien faite, des nattes serrées qui coulaient sur son dos... Voilà comme elle était. Et elle sentait bon une bonne sueur, âpre et douce à la fois. Elle n'était que parfum.

— Marie-toi avec moi.

Vintsiouné le regarda un instant, comme si elle le voyait pour la première fois. Elle souffla l'air de ses narines puis éclata de rire. D'un rire joyeux, sonore.

— Tu danses bien ! dit-elle.

Et se détourna, toujours riant, et s'en alla. Les feuilles de bouleaux, derrière son dos, se refermèrent.

Youza resta. Plus mort que vif.

Chaque fois qu'il la vit par la suite, en travaillant aux champs, ou à l'église du bourg, ou bien dans cette forêt de bouleaux où chaque dimanche soir les jeunes se retrouvaient pour danser, Vintsiouné, chaque fois, lui riait au nez. Passant à côté de lui, sans même s'arrêter. Ensuite elle cessa même de lui rire au nez. Ne le remarqua même plus. Passant à côté de lui comme s'il n'était pas un être humain, mais un espace vide.

Puis le bruit se répandit dans les villages et les métairies que les clarines des bouleyeurs venaient sonner sous les fenêtres de Vintsiouné, mais qu'ils s'en retournaient tous en jurant et sacrant, sans même avoir débouché une bouteille. Les vantaux du portail ne s'ouvrirent tout grand que pour Nikolas Stonkous, natif de Pouojas. Youza le savait : les Stonkous possédaient au moins deux lots de terre, sinon trois ; au printemps, ils louaient un tas d'ouvriers agricoles, et les bâtiments de leur ferme étaient si neufs que la résine tintait encore dans leurs rondins de pin. Les maies à grain dans les mazots ne montraient jamais leur fond, hiver comme été — en somme un propriétaire comme il y en avait peu dans le district. En plus, le fiancé n'était pas mal du tout de sa personne. Vêtu de beau drap des pieds à la tête, grand, une belle carrure, des sourcils d'un noir anthracite avec des yeux brûlants comme ceux d'un étalon pur sang. Toutes les filles des paroisses environnantes fondaient rien qu'à le voir. A l'église, pendant la messe, elles ne regardaient pas leur missel, mais du côté des bancs des hommes où le fils Stonkous était debout, une jambe bien cambrée en avant. Et le cœur de chacune battait durant les longues soirées d'hiver tandis qu'elles restaient à la fenêtre noire : s'il allait arriver, dans le bruit du galop et des sonnailles ?

Mais toutes attendirent vainement.

Toutes, sauf Vintsiouné.

Et lorsque Youza fut invité à boire la bière des épousailles, avec son frère Adomas et sa sœur Ourchoulé, il le vit bien : Vintsiouné penchait la tête sur l'épaule du fils Stonkous. Comme si elle n'avait jamais dansé avec lui, Youza, dans la forêt de bouleaux, comme si sa paume n'avait jamais caressé sa joue à lui, Youza. Alors Youza comprit : tout était bien fini. Et il quitta la table des noces, sans dire un mot, et partit à travers les champs silencieux. Seul, lui dont personne n'avait besoin. Et quand il eut enfin regagné la ferme, il s'étendit dans le fenil, les yeux fixés sur l'épi sombre du faîtage, jusqu'à ce que les moineaux commencent à pépier avec les premières lueurs de l'aube...

Youza secoua la tête et vit à nouveau les bouleaux qui l'entouraient, ces bouleaux dont la plupart n'arrivaient même pas à ses genoux. Oh non! ce n'étaient pas les bouleaux qui bruissaient le jour de cette lointaine fête de mai. Pas du tout ces bouleaux-là, mais des bouleaux affamés, étiques, avec des feuilles maigrichonnes d'un vert noirâtre.

Youza se pencha, caressa le bouleau le plus proche de sa jambe, en caressa un autre et puis un autre encore et, se redressant, comprit qu'il ne devait pas s'attarder parmi ces malheureux arbres. Vraiment, il ne le devait pas. Aujourd'hui, sa place n'était pas ici.

VII

Au pied de la colline, le lin poussa bien. Les pommes de terre aussi. Pas tant que l'espérait Youza, et pas si grosses non plus. Minuscules, pour être franc, et tave-lées de vert... Mais tout de même : les premières pommes de terre du Kaïrabalé! Youza arracha le lin, suspendit les bottes à des tréteaux près de la maison, l'égrena, puis l'immergea dans le rouissoir. Il avait déjà creusé la mare à rouir près de la Pavirvé et y avait amené de l'eau de la rivière. Le lin trempant, une odeur aigre de roui se dégagea de la mare, l'eau du rouissoir brunit, épaissit, si bien que Youza fut désormais obligé de se laver en amont du rouissoir, là où la Pavirvé montrait tout juste le bout de son nez de dessous la mousse, mais où son eau était encore propre. Il ne put même pas chauffer les bains tant que le lin resta à tremper. Lorsqu'il en eut terminé avec le lin et les pommes de terre, Youza commença à s'occuper du grenier. Il étala sur le plancher de la mousse bien sèche, la saupoudra de sable blanc; de cette façon, pendant les grands gels, la chaleur ne s'échapperait pas de la maison. Il réussit encore à construire le poêle, qu'il chargea et alluma chaque jour pour le durcir et le tremper à l'avance, non seulement pour l'hiver suivant, mais pour les années à venir. Il ne s'était pas installé au Kaïrabalé pour quel-ques jours seulement...

Tout en travaillant, Youza réalisa qu'il devrait appor-ter de la glaise avec son traîneau. Beaucoup de traîneaux de glaise. Lorsqu'il l'aurait mélangée avec le sable de la colline, la terre ne serait plus la même : elle retiendrait l'humidité que les pommes de terre et le blé pourraient boire en été ; dans les épis, les grains aussi seraient différents, et différentes aussi les nodosités des racines. La glaise resterait tout l'hiver sur le sol ; au printemps, il l'épandrait et retournerait la terre. D'ailleurs, cette glaise, il n'en avait pas seulement besoin pour le blé et les pommes de terre, mais aussi pour le verger — car le verger, il fallait qu'il l'organise : qu'est-ce qu'une ferme sans verger ? Derrière la maison, il planterait des pommiers, il mettrait de bons greffons. Et en bordure, il ferait pousser des cerisiers : une variété réputée, les bigarreaux de Jagaré, ni trop hauts, ni trop capricieux, qui demandent peu de soins mais donnent des fruits sucrés et juteux. Ils pourraient fleurir au printemps tout à leur aise. Se couvrir de fleurs blanches. Bien sûr, l'idéal serait de creuser des trous pour y mettre les plants dès maintenant, il n'aurait qu'à apporter de la terre glaise sur son dos à travers le marais. Il creuserait un trou, enduirait les parois d'argile, mettrait aussi un bon seau de glaise au fond du trou, dans le creux de la terre, en la mélangeant avec du terreau — et ça suffirait. Pas de doute, l'arbre prendrait. Et une maison avec un pommier ou un cerisier, c'est déjà une autre maison, une vraie, une maison vivante. Et qui sait, il pourrait peut-être avoir des abeilles. Des abeilles, qui sait !...

Youza eut un sourire en s'imaginant toutes ces merveilles. Et pensa aussitôt que des cerisiers, il en planterait sur la tombe où reposaient les deux autres. Ce Russe et cet Allemand. Un cerisier sur une tombe, voilà qui est bien. Le mort repose, et le cerisier fleurit. Et quand le printemps vient, les oiseaux chantent, les moustiques font la ronde autour du cerisier et les abeilles bourdonnent dans ses fleurs. Alors on peut vraiment se dire que le printemps est là pour de bon. Quant à ces deux-là, qu'ils reposent en paix sous le cerisier. Qu'ils reposent donc.

Youza remit à plus tard les autres travaux et commença à charrier sur son dos de l'argile pour les cerisiers qu'il voulait planter sur la tombe. Et il creusa les trous et enduisit leurs parois de terre glaise. En automne, il y mettrait les cerisiers ; quant au reste du verger... Le reste — on verrait plus tard. Il apporterait de l'argile en traîneau lorsque la première neige serait tassée. Pour le verger entier, il lui fallait beaucoup de glaise, il ne pourrait pas en traîner assez sur son dos. Plus tard. Tout le monde le sait : il faut d'abord remplir ses devoirs envers les morts, et après seulement, s'occuper de ses propres besoins sur cette terre pécheresse. Cela, Youza le savait. Et puisqu'il le savait, il fit ce que l'on doit faire.

Youza réfléchit et pensa que ce serait possible de préparer un excellent terreau dès l'automne. Pourquoi pas ? Pour la tourbe, il n'avait qu'à tendre le bras. Il la mélangerait avec de la bonne terre noire qu'il apporterait par la chalée d'hiver, y verserait du purin et le tour serait joué : il aurait son terreau. Ce terreau-là ajouté au sable — autant dire du beurre dans une pâte à crêpes. Et Youza eut un nouveau sourire : tout allait bien. S'il ne mettait pas les deux pieds dans le même sabot, tout irait bien. Même ici, au Kaïrabalé.

Il lui restait pourtant un poids sur le cœur : le problème de la croix du grand-père Yokoubas vers le pont sur la Pavirvé. Il avait promis à Adomas, à une époque, de sculpter un nouveau christ. Il ne l'avait pas oublié, mais il n'avait rien fait, il n'avait pas réussi à trouver le temps. Mais un serment, c'est un serment. Ou bien on n'en fait pas, ou bien on le tient. Il se souvenait même de ce que disait la mère — que Dieu la garde — « un homme, on peut le tromper, mais Dieu — non ». Sur cette terre, personne n'a jamais pu tromper Dieu. A l'église aussi, au moment du sermon, Youza avait entendu le prêtre dire plus d'une fois qu'une promesse, c'est un peu comme une prière — une chose sacrée qu'on ne peut violer.

Youza avait entendu ces sermons et savait tout cela parfaitement ; il n'empêche qu'il remettait l'ouvrage de jour en jour. Il essayait de se rasséréner : en automne, peut-être, lorsqu'il serait venu à bout des travaux les plus durs.

Arriva l'époque du ramassage des baies de canneberge.

Un matin, Youza entendit le marais résonner. Pas de
chants d'oiseaux ou de grognements de bêtes, mais de
voix humaines. Plein le Kaïrabalé. Des femmes, des
enfants, et même des hommes. Autrefois, on n'aurait
jamais vu ça. Avant les Allemands, les gens n'envahissaient pas le marais en troupes comme aujourd'hui : il
venait une pauvresse quelconque qui ramassait un
panier ou deux, et ses paniers remplis, la visiteuse
misérable repartait. Quant aux femmes des métairies
cossues, aucune ne mettait les pieds sur le Kaïrabalé.
Mais lorsque les Allemands — ces hôtes inattendus que
personne n'avait invités — eurent fait leur apparition,
quand ils eurent nettoyé et raclé à fond les fermes et
leurs coffres à grains, sans même laisser une miette pour
les enfants, lorsque le scorbut fit branler les dents des
jeunes comme des vieux, tout le monde se mit à regarder
du côté du Kaïrabalé : où donc se trouvait-elle, la
fameuse canneberge ? Et les gens vinrent en groupes, qui
avec des paniers, qui avec des sacs. Ils faisaient cuire les
baies à la maison, mais ils en consommaient aussi beaucoup crues, les écrasant au pilon et les mélangeant avec
des pommes de terre — s'ils avaient pu en soustraire aux
yeux des Allemands — ou à de la croûte de pain, qui
contenait d'ailleurs plus d'écorce ligneuse concassée que
de bon seigle. Grâce à ces baies de canneberge, les gens
purent sauver leurs dents et survivre au temps des
Allemands. Et même lorsque cette époque-là fut passée,
les gens n'oublièrent pas la baie qui les avait sauvés.
L'automne à peine commencé, on en voyait arriver de
partout. En troupes, en petits groupes, ou solitaires. Et
ce n'était plus dans des gobelets, ni même dans des
paniers qu'ils emportaient les baies chez eux, mais par
vrais charrois. Ils ne se bornaient pas à en faire de la
confiture dans des marmites en fonte. Ils étalaient aussi
les baies à la surface du grenier, sur du sable propre,
pour en avoir tout l'hiver sous la main — que ce soit pour
dissiper une gueule de bois ou les odeurs alcoolisées de
l'haleine, ou pour fourrer une toute petite baie dans

l'oreille contre les maux de tête et, bien sûr, contre les troubles de la vue.

Dans l'adversité, l'ingéniosité vient aux hommes.

Ce matin-là, Youza prêta l'oreille aux bruits des voix sur le Kaïrabalé, mais il n'alla pas lui-même sur les mottues. Il avait déjà ramassé des baies, en avait étalé sur le plancher du grenier, il avait fait des confitures. Aussi se borna-t-il à écouter et regarder comment les ramasseurs de baies faisaient le vide sur le marais. Bon nombre d'entre eux jetaient fréquemment les yeux de son côté. Ils trouvaient tous vraiment bizarre qu'un homme se soit installé sur la seigne et qu'il y vive à l'écart du monde, comme un de ces franciscains ou de ces dominicains qui aurait abandonné le monastère sans pour autant retourner parmi les hommes. Et Youza ne faisait pas que rester au Kaïrabalé, il y vivait, la fumée sortait de sa maison, des agneaux folâtraient et dans le pré, on voyait une vache pie et un cheval saure. Les travaux domestiques étaient faits comme ils doivent l'être, et la ferme était une ferme normale. Non, on n'avait jamais vu ça de mémoire d'homme sur le Kaïrabalé. Même les vieux de la vieille ne se souvenaient pas d'une pareille chose. Aussi, scrutant de loin avec curiosité la métairie de Youza, les gens haussaient les épaules et faisaient même un geste — « après tout, nous, on s'en fiche » — puis se hâtaient de continuer leur ramassage, sans même venir jeter un coup d'œil dans la cour ni dire un mot à Youza.

Mais Youza remarqua que si l'ensemble des gens venaient et ensuite, leur curiosité satisfaite, repartaient, une jeune fille restait toujours plus longtemps : Karoussiote Tchévidis. Elle s'arrêtait et regardait. Regardait. Tous les jours. Qu'est-ce qu'elle pouvait bien vouloir ?

Et chaque jour, sans rien dire, Karoussiote s'approchait de plus en plus près de la ferme. Un beau jour, elle finit par se glisser dans la cour et s'asseoir sur le petit banc sous la fenêtre de Youza. Elle posa son panier à ses pieds, un panier tressé de blanches racines de pin, un panier si plein que les baies en débordaient. Elle lissa ses cheveux de ses deux mains et dit à voix haute :

— Tonton Youza!

Youza taillait un pieu près de l'étable. Depuis la première heure, il travaillait près d'une pile de billes : le chemin de fascines attendait, et il lui fallait beaucoup de pieux. Youza avait déjà mis en tas pas mal de bois mort, mais il n'avait pas encore eu le temps de préparer les pieux nécessaires. Il taillait de si bon cœur que les ételles volaient. En entendant la voix de Karoussé, il faillit lâcher sa hache… Elle était la première personne à se montrer sur sa butte. Peut-être pas vraiment la première : Adomas y était venu quelquefois. Ourchoulé aussi. Mais eux, ils étaient de la famille. Par contre, aucun étranger n'était venu, pas un seul. Youza serra plus fort le manche de sa hache, se retourna, regarda sans rien dire la visiteuse non invitée. Elle, elle se leva, rouge comme un coquelicot, avec son panier blanc à ses pieds, et si confuse qu'elle n'osait même pas lever les yeux sur Youza.

— Tonton Youza, finit-elle par murmurer, tonton Youza, peut-être qu'il n'y a personne pour vous ramasser des baies?

Incapable de dire un mot, Youza, tourné vers elle, resta figé, la hache dans une main, le pieu dans l'autre.

— Tonton Youza, peut-être aussi que tu n'as personne pour te faire de la confiture?

— Et en quoi ça te regarde, toi?

Youza laissa les mots filer de sa bouche, et aussitôt les yeux de Karoussé s'emplirent de larmes. Comme le soir des noces d'Adomas et d'Ourchoulé, lorsqu'il l'avait invitée à danser.

— Je voulais seulement — Karoussé retint un sanglot — je voulais faire pour toi…

Deux larmes roulèrent sur les joues de Karoussiote, sa lèvre inférieure trembla.

— Tonton Youza… tu ne comprends rien à rien!

— Cours vite chez toi, dit Youza.

Karoussé blêmit. Toute trace de larmes disparut de son visage. Lèvres serrées, elle fixa Youza avec un tel regard qu'il ne put le soutenir et se détourna.

— J'ai déjà des baies, dit-il, je les ai ramassées moi-même. Je fais tout moi-même. Pour ton bon cœur, merci. Mais il ne faut pas.

Karoussé saisit son panier, le passa sur son épaule d'un geste brusque, si brusque que des baies jaillirent et roulèrent en demi-cercle sur le sable de la cour. Et elle partit rapidement dans le chassé-croisé précipité de ses mollets rougis, égratignés par la bruyère.

Youza se remit à tailler son pieu. Il travailla, tailla cinq ou six pieux, mais ensuite, sans rime ni raison, planta sa hache sur le billot et se mit à arpenter sa cour à grands pas. Et s'arrêta au beau milieu — sans plus de rime ni de raison. Et regarda là-bas, dans la direction où Karoussé avait disparu. Il ne le voulait pas, mais pourtant il regarda.

Le lendemain, quoi qu'il entreprenne, tout lui tombait des mains. Il restait une pile de pieux à tailler, du bois mort en vrac à débiter pour le chemin de fascines, mais il n'arrivait pas à se mettre au travail.

Le Kaïrabalé était de nouveau noir de monde. Comme hier. Comme avant-hier. Comme chaque automne. Ça criait, ça riait. Il y avait beaucoup de baies de canneberge cette année. De quelque côté qu'on se tourne, ce n'étaient que baies. Par endroits, on n'apercevait même plus les tiges sous cette avalanche de rouge. Et toutes les baies étaient juteuses et presque aussi grosses que des noisettes ; avec une joue blanche et l'autre rouge ; de neige et de sang pétries, à parts égales, de neige et de sang riche et franc. Et les gens se penchaient, tiraillaient, ramassaient, poussant des oh ! et des ah ! devant l'opulence des dons du Kaïrabalé. Mais Youza restait debout, appuyé au mur de sa maison, et les regardait. Et il ne réalisa pas tout de suite qu'il cherchait quelqu'un des yeux — elle, Karoussé. Mais aujourd'hui, elle ne se trouvait pas parmi les ramasseurs de baies. De toute la journée, jusqu'aux heures tardives du soir, jusqu'au crépuscule, elle n'apparut pas sur le Kaïrabalé. Le lendemain non plus. Et Youza grinça entre ses dents que le diable avait dû se casser une jambe puisqu'il n'avait plus ramené sur le marais celle qu'il aurait dû ramener.

Mais Karoussé ne réapparut pas, ni le troisième, ni le quatrième jour, bien que Youza continuât à la chercher du regard, oubliant de tailler ses pieux.

Ensuite il vit que personne ne venait plus sur le Kaïrabalé. Et les grues s'envolèrent à la recherche de la chaleur pour la saison hivernale, et les oies et les canards les suivirent. Le Kaïrabalé redevint silencieux. Silencieux et désert. Youza resta de nouveau seul sur sa butte.

Youza regardait autour de lui. Voir des gens, entendre des gens, il n'en avait cure. Qu'ils aillent leur chemin, et lui le sien. Bien sûr, cette petiote, cette Karoussiote... Elle aurait pu venir encore une fois ramasser des baies. Il n'y avait vraiment pas de quoi prendre la mouche — pour un mot qu'il avait lâché... Mais puisque c'était comme ça, eh bien! tant pis, c'était comme ça. Que la Karoussiote aussi aille son chemin, et lui, le sien.

L'une après l'autre, sans répit, les besognes s'accumulaient sur les épaules de Youza. L'automne battait son plein, enflammant, empourprant tout à la ronde. Le Kaïrabalé était méconnaissable. Encore un jour ou deux, et le gel scellerait les flottis de lentilles d'eau, la neige descendrait du ventre sombre des nuées, et Youza devrait tracer la première chalée du traîneau. Pour se rendre au bourg ou aller chercher de l'argile — il en avait encore besoin pour améliorer la terre. Et le plancher du grenier n'était pas encore complètement couvert de mousse et de sable. Et les planches pour les étagères étaient toujours debout dans l'entrée : voilà longtemps qu'il les avait préparées, il était toujours sur le point de les fixer, mais ce n'était toujours pas fait. Même chose pour les crochets de genévrier auxquels il suspendrait le collier du cheval et autres pièces du harnais : il ne les avait toujours pas cloués au mur. Quant à la souillarde... il s'y était bien mis au printemps, sitôt le toit couvert avec l'aide d'Adomas, mais elle n'était pas encore prête. On ne pouvait rien y ranger, encore moins y faire coucher un visiteur. Il n'avait pas non plus fendu le bois pour l'hiver, ni ramassé ni mis en tas les branches mortes

86

en prévision des gels. Que de travaux en souffrance! Mais Youza les avait comme oubliés, il ne voyait plus rien. Il errait dans sa cour, parmi les bâtiments, c'était là tout son travail. Parfois même, il se demandait : « Mais qu'est-ce que j'ai donc? » Tout ce qu'il réussit à faire pendant l'automne, ce fut de se procurer deux plants de cerisiers de Jagaré et de les planter là où reposaient le Russe et l'Allemand, tous les deux dans le même cercueil, mais chacun dans son drap. Il mit les cerisiers à leurs pieds. Qu'ils poussent là, ces cerisiers. Une tombe sous un cerisier, c'est bien. Ils fleurissent blanc, les cerisiers. Toujours blanc. Exactement ce qu'il faut sur une tombe.

Lorsqu'il eut planté ses deux arbres, Youza alla chercher dans la remise un petit billot de tilleul qu'il avait mis de côté voici longtemps. Il l'examina sur toutes les coutures, puis il prit un ciseau. Ce qui allait sortir de dessous son ciseau, Youza ne le savait guère. Il s'étonna même lorsqu'il vit les aiguillons d'une couronne d'épines commencer à pointer. Puis un front émergea, large, et ensuite la tête entière du Christ. Youza continua alors de buriner, retenant son souffle, s'efforçant de courber légèrement la tête du Christ pour qu'il puisse appuyer son menton sur sa main. Combien n'en avait-il pas vu au cours de sa vie, Youza, de ces statuettes, sur les calvaires le long des routes, sur les croix de bois dans les cimetières, et aussi dans les niches clouées aux troncs des chênes. Et partout la tête du Christ était inclinée sur le côté et appuyée sur sa main. Le Christ n'était jamais autrement. Par conséquent le Christ qu'il faisait devait aussi être comme ça. Comme tous. Et Youza serrait encore plus fort son ciseau. Mais la tête refusait de lui obéir, elle se tenait droite, comme jaillissant des profondeurs du billot. Youza n'en revenait pas. De quelque côté qu'il s'y prenne, rien n'y faisait. Il fut encore plus abasourdi lorsqu'il vit que son Christ n'avait guère un visage de Christ. Il n'était pas émacié, il n'avait pas les yeux à demi fermés, enflés des coups reçus, comme doit être le visage de celui qu'on vient de descendre de sa croix sur le mont Golgotha, mais il avait au contraire les joues pleines et fermes, sans la moindre ride, et ses yeux le regardaient, lui, Youza, bien en face. Et ces sourcils ! Épais, drus. Et ces cheveux tombant presque jusqu'aux épaules ! Pas des cheveux de Christ, non, mais de belles nattes dénouées !...

Youza se leva, couvert d'une sueur glacée. Il traversa sa cour, une fois, puis une autre, revint, s'assit sur le banc sous la fenêtre de sa maison et regarda longuement ce que ses mains avaient créé. La sueur lui ruissela à nouveau sur tout le corps, non plus glacée comme tout à l'heure, mais brûlante, profuse. Sans un mot, Youza prit la statuette et lui mit le visage contre le mur.

Youza ne reprit son ciseau ni le lendemain, ni le jour d'après. Un travail fini, il se mettait à un autre. Simplement, lorsqu'il passait près du billot, il pressait le pas. L'automne était bien avancé que Youza pressait toujours le pas devant le billot. Les premiers gels avaient déjà durci la terre lorsque Youza se décida enfin à choisir un nouveau plot de tilleul et à s'asseoir là où il s'était assis la première fois, son ciseau dans la main.

Mais cette fois encore, il ne devait pas y rester longtemps. Les aiguillons de la couronne d'épines pointaient à peine que Youza avait compris : ce serait la même chose. La même chose. Il abandonna le deuxième billot comme le premier.

La nuit qui suivit, Youza ne ferma pas l'œil. Étendu dans le grand lit sur le duvet moelleux, il écoutait le cheval s'agiter dans l'écurie autour de la mangeoire, la vache souffler l'air en mâchonnant, les poules glousser en dormant. Tout était calme, paisible. Aucun loup dans sa cour, aucun putois près de l'étable. Sur la colline de Youza, c'était le temps du sommeil. Youza seul ne pouvait le faire venir à lui.

N'y tenant plus, Youza sortit, s'assit à sa place habituelle, sur le banc, sous la fenêtre de sa maison. Autour de lui, une nuit qui n'était pas vraiment la nuit, mais plutôt l'aube d'un jour pluvieux ou la grisaille d'un brumeux crépuscule. Découvrant une échancrure au milieu des nuées, la lune finissante y risquait un coup d'œil vers la terre, puis disparaissait à nouveau. Les deux billots de tilleul, faces tournées contre le mur, prenaient une teinte laiteuse. Comme des fantômes venus on ne sait d'où et on ne sait pourquoi demeurés sur ce banc. Youza en eut même un frisson, tant elles étaient blanches, ces statuettes, dans la brumeuse grisaille du crépuscule. Et la lune à nouveau risqua une apparition par une échappée entre les nuages, puis disparut derrière eux et se remit à voguer. A voguer à l'envi dans le ciel. Et Youza se souvint de ce que disait sa mère — que la paix éternelle soit avec elle —, elle disait que sur la lune il y a un ange gardien, debout, bras écartés, et qu'il bénit les gens pour leurs bonnes actions et les protège du mal, de la luxure et autres péchés et calamités. Et qu'il suffisait de regarder attentivement pour le voir, debout sur la lune ! Mais le grand-père Yokoubas — que la paix éternelle soit avec lui — grommelait chaque fois ironiquement que les anges, gardiens ou non, s'en étaient allés depuis longtemps au paradis où ils volètent dans un brouillard laiteux. Sur la lune, disait le grand-père, c'était une bonne femme avec une palanche sur les épaules, toute voûtée sous le poids de ses seaux, comme toutes les bonnes femmes sur cette terre se voûtent sous le poids de leurs seaux et de leurs afflictions. Et la mère se fâchait contre les paroles pécheresses du grand-père Yokoubas, le priant de ne rien dire de tel, de ne pas blasphémer, au moins devant les enfants, mais le grand-père s'obstinait dans ses dires...

Leur mère n'était plus de ce monde. Depuis bien des années. Grand-père Yokoubas non plus. Pas plus que le père. Ils avaient vécu, s'étaient donné du mal, et tous maintenant reposaient en terre. Les deux soldats aussi. Presque sous la fenêtre de la maison. Un soldat du tsar et un soldat du kaiser. Et la lune voguait et voguait à l'envi. Comme si le grand-père Yokoubas n'avait jamais existé sur cette terre, ni la mère, ni le père, ni ces deux soldats qui avaient perdu leur tête pour le tsar et le kaiser. Comme si personne n'avait jamais existé ici-bas. La lune, elle, voguait, voguait sans fin.

Youza se leva. Pressa fortement ses paumes sur ses yeux. Que lui arrivait-il donc ?

VIII

Au-dessus des grandes clairures du Kaïrabalé, les oies
cacardaient. Elles étaient revenues. Déjà revenues.
Bientôt les canards arriveraient eux aussi. Et aussi les
grues, en grands V dans le ciel, trompettant leur retour.
C'était à nouveau le printemps. Bientôt le lédon
commencerait à fleurir, exhalant loin alentour ses
effluves camphrés qui donneraient à l'air un goût âcre et
violent, le drosera se mettrait à guetter le moucheron ou
le moustique distrait, les carex presseraient vers le haut
leurs feuilles aiguës, coupantes comme une lame de
rasoir, le menyanthes dorloterait ses fleurs à l'abri des
racines de bouleau...

Arrêté au milieu de la cour, Youza secoua la tête avec
force. Puis sans même savoir ce qu'il faisait, il marcha
jusqu'à la Pavirvé, se déshabilla complètement, posa ses
vêtements sur une motte encore gelée, entra dans l'eau,
si glacée qu'elle brûlait, prit des poignées de neige que
l'ombre des saules avait préservée et s'en frotta vigoureusement le visage, le cou, la poitrine. Tout son corps
rougit, sa peau devint écarlate, comme s'il ne s'était pas
trouvé dans la Pavirvé, mais dans des bains brûlants.
Revenu dans la maison, claquant des dents, il se frotta
avec une serviette rêche, longuement, avec hargne, tout
en louchant du côté du morceau de miroir fixé au mur
près de la porte. Puis il prit, dans le coffre, des dessous
propres qu'il avait lui-même lavés et battus au lavoir,
chercha son rasoir et entreprit de se racler les joues,

qu'aucune lame n'avait touchées depuis Noël — ou presque. Et lorsqu'il en eut terminé, non sans s'être entaillé la peau, tant il avait perdu la main, il refit son lit avec des draps propres et partit délayer de la lessive pour laver tout ce qu'il avait quitté et changé.

Le soleil était déjà haut lorsque Youza s'assit pour déjeuner. Comme s'éveillant de toutes ses torpeurs. Il mordit dans le pain, la bouchée lui resta dans la gorge. Et voilà qu'il sentit sur sa joue une larme. Une larme qui roulait. Lourde, grosse, une larme dont personne n'avait besoin. Youza cessa de mâcher. Posa ses coudes sur la table, s'appuya. Il n'avait pas pleuré depuis l'enterrement de la mère. Et là, brusquement! Qu'est-ce qui lui prenait?...

— Youza! Tu es encore vivant?

C'était la voix de son frère Adomas, dans la cour. Youza se leva, s'essuya violemment les yeux du dos de la main.

— Qu'est-ce que tu veux? demanda-t-il sans aménité à son frère qui entrait.

Adomas s'arrêta sur le seuil, regarda son frère. Puis alla s'asseoir sur le banc. Sortit du tabac de sa poche, le tendit à son frère. Youza ne regarda même pas de son côté.

— Quelle mouche t'a piqué? demanda Adomas. Tu me reçois plus mal qu'un étranger.

— Qu'est-ce que tu veux?

Adomas eut un petit rire. Débonnaire, conciliant. Il était joyeux. Il s'était même fait beau, habillé comme pour une fête paroissiale.

— Je suis venu te demander d'être parrain, dit-il. Ma femme aussi t'invite, ce n'est pas que moi.

— Parrain? dit Youza. De l'enfant de qui?

— Comment — de qui?

— L'enfant, il est de qui?

— Comment, de qui? Tu te fiches de moi!

— Puisque tu me demandes d'être le parrain, de qui il est, l'enfant?

Adomas fixa sur son frère des yeux écarquillés.

— T'as reçu un coup de pied de la vache dans

92

l'oreille ? Ou la foudre t'a frappé, que tu n'entends rien ? Je te répète que je suis venu te demander d'être le parrain. De mon gosse ! Ma femme a accouché, t'as compris ?

— Fallait le dire tout de suite.

Adomas leva les bras au ciel, tira une profonde bouffée.

— Elle a accouché, Youza. Et qu'est-ce qui m'est tombé du ciel en premier ? Un garçon ! On l'appellera Adomas. Le père s'appelait Adomas, moi aussi. Alors pourquoi ne pas appeler mon premier Adomas ? Et dans ces conditions, comment on fêterait ça sans toi ? Voilà pourquoi je suis là !

Youza était assis de côté.

— Et la marraine, c'est qui ?

— La marraine ? Une belle marraine que tu auras là, Youza : Karoussé Tchévidis !

A ce nom, le cœur de Youza tapa un grand coup dans sa poitrine. Karoussiote ! Karoussiote et son panier de baies rouges. Son panier tressé de racines de pin blanches à ses pieds. Ses mollets griffés par la bruyère, bondissant comme des éclairs tandis qu'elle s'éloignait en courant. Elle était venue, elle était partie, elle n'avait pas reparu sur le Kaïrabalé.

— Cette gamine ? grommela-t-il.

— Tu en as de bonnes. Tu parles d'une gamine ! Une belle fille comme tous en souhaiteraient. Apparemment, tu ne l'as pas vue depuis longtemps ! Elle a poussé, elle a pris de ces formes. T'as qu'à bien te tenir !

— Tu ne pouvais pas trouver pire ?

— Ainsi voilà ce que tu trouves à dire ! fit Adomas, le dévisageant. A parler franchement, moi-même je n'y tenais pas tant que ça, mais tu crois qu'on peut crier plus fort qu'une bonne femme ? La mienne n'a rien voulu entendre : Karoussé, et encore Karoussé, et personne d'autre. D'ailleurs elle en a déjà parlé à Karoussé, et l'autre en fond d'avance ; elle est prête à se jeter au feu pourvu que ce soit avec toi, rien qu'avec toi. Comment faire autrement maintenant ? Tu ne peux pas me faire ça, Youza ?

Youza ne répondait ni oui ni non. Il restait assis à côté de son frère, les yeux fixés sur le sol. Adomas prit son courage à deux mains :

— Youza.

— Hein ?

— Ça ne me regarde pas, je sais bien, et ce n'est pas à moi de te faire la leçon. Seulement voilà, tu l'as complètement ensorcelée, cette Karoussé. Comment tu t'y es pris, dis ? Quelle potion magique tu lui as fait boire ?

— Toujours trop de mots, rétorqua Youza.

— Pas tant que ça, Youza. La fille est complètement folle de toi. Je me dis que... peut-être, t'as fait ça avec elle ?

— Je ne fraie pas avec des gamines.

— Mais alors ! Entre parrain-marraine, y a rien de tout ça, Youza ! Vous tenez mon fils sur les fonts baptismaux, et bonsoir ! insista Adomas.

Youza se tut. Puis il dit :

— Et en quoi Ourchoulé ne convient-elle pas ?

— Pourquoi Ourchoulé ?

— Pourquoi ne ferait-elle pas une bonne marraine ? Peut-être parce que c'est notre sœur ? Tu l'aurais demandée, elle et son azerote de Grikapeliaï, tout serait réglé.

— Ourchoulé ? Mais comment ? Je ne te l'ai pas dit ? Ourchoulé a aussi le sien à baptiser. Seulement ce n'est pas un garçon, c'est une fille. Elle n'a pas eu de chance, notre Ourchoulé. Je ne te l'ai vraiment pas dit ?

— Tu viens seulement de me le dire. Mais comment, si vite ?

— Si vite ? Ourchoulé ? Mais on a fait nos noces le même jour ! Compte toi-même : l'été et l'automne sont passés, l'hiver va finir... Combien de temps il faut d'après toi pour faire un gosse ?

Youza ne dit plus rien.

— J'aurai encore besoin bientôt de parrains et de marraines, continua Adomas. Je n'ai pas pris une femme pour qu'elle enfile des perles. Il me faut beaucoup d'enfants, à moi. Pour que ça ne soit pas comme maintenant : une à Grikapeliaï, l'autre au Kaïrabalé, le troisième n'a plus qu'à rester seul dans son coin.

Youza se tourna vers son frère. C'était la première fois qu'il le voyait aussi bavard.

— Tu causes, tu causes.

— Je ne suis plus paresseux. Et c'est la vérité, Youza, plus du tout paresseux, pour rien, Youza. J'ai paressé mon saoul, ça suffit. Bon. Alors, qu'est-ce que je dois dire à ma femme pour les parrain-marraine? On est d'accord? Sinon, ma femme va m'arracher les yeux. « Ne reviens pas sans Youza », voilà ce qu'elle a dit quand j'ai quitté la maison.

Adomas se mit à rire de nouveau.

— Puisqu'il faut, dit Youza.

— Ah! Ça, c'est parler. Parler comme un homme.

Adomas allait sortir lorsqu'il se souvint de sa chapka qu'il avait laissée sur le banc.

— Et un grand merci, Youza, voilà qui est bien. C'est Karoussé qui va être heureuse! Cette fois, je m'en vais, je m'en vais chez moi. Je fais germer de l'orge pour le malt, il faut que je le surveille. Il faut que je tue un mouton, et je dois aussi moudre du blé, j'ai besoin de gruau pour les rissoles.

Adomas se leva, se dirigea vers la porte, mais s'arrêta en chemin. Il revint vers son frère, s'assit à nouveau à côté de lui. Youza ne bougea pas plus qu'avant.

— Youza.

— Hein?

Adomas tira sa blague à tabac de sa poche, la tendit à Youza. Celui-ci ne se servit pas, ne se tourna même pas vers Adomas qui alluma une cigarette.

— Youza, dit-il, soufflant lentement la fumée, et toi, tu n'y penses pas? A faire pareil?

— Pour causer non plus, tu n'es pas paresseux.

— Ne te fâche pas, je parle comme un frère à son frère. Dis, vraiment, tu n'y as jamais pensé? Parce que tout de même, Youza, la vie d'un homme marié, ça vous a un tout autre goût. Un sacré bon goût. Pourquoi tu n'en tâterais pas?

— A ta santé, tâtes-en tant que tu voudras.

— Ne te fâche pas, Youza. Je te parle tout franc : tu crois vraiment que tu pourras vivre ta vie tout seul? Sans femme ? Aujourd'hui, c'est aujourd'hui, passe encore. Mais demain, sans que tu aies eu le temps de dire ouf, la vieillesse sera là. Ta santé commencera à se détraquer — et personne pour te donner fût-ce un pochon d'eau, personne pour te faire une infusion de serpolet. Penses-y. Des filles, en ce moment, il y en a tout plein. N'importe laquelle te tombera dans les bras en sautant de joie... A commencer par cette Karoussé. Regarde-la un peu : gamine ou pas, il en sortira une femme qui sera aussi belle dans les fêtes qu'aux fourneaux ! Rappelle-toi de ce que je te dis !

Youza se tourna lentement vers son frère, resta un instant sans parler, et enfin :

— Tu ne comprends rien à rien, Adomas.

Adomas eut un sourire coupable et marcha vers la porte. Youza regarda de son côté sans rien dire. Il se sentait paralysé, incapable de bouger.

Il en était encore ainsi lorsqu'il se retrouva le dimanche du baptême, dans l'église qu'emplissait le grondement de l'orgue, debout aux côtés de Karoussé, rouge comme une pivoine, qui langeait et délangeait le nouveau-né avec autant de dextérité que si ce n'avait pas été le premier, ni même le second, mais au moins le dixième enfant qu'elle tenait sur les fonts baptismaux. Derrière eux, les parrain-marraine de la fille d'Ourchoulé et de son azerote de Grikapeliaï, le Stiaponas, ne parvenaient pas à faire taire le bébé qui braillait. Et Youza se sentait toujours aussi glacé, un peu plus tard, à la table de son frère, dans le brouhaha des invités, assis à côté de Karoussé — Karoussé qui n'avait plus rien de la petiote Karoussiote, mais tout d'une fille en pleine fleur, grande, une belle gorge dans son chemisier bleu ciel. En face d'eux, le parrain et la marraine de la fille d'Ourchoulé et de son azerote de Grikapeliaï, le Stiaponas, s'enfilaient bock sur bock, s'embrassant comme des possédés à chaque bock vidé, et les invités péroraient et caquetaient en riant aux éclats, disant qu'on aurait bientôt besoin à nouveau d'un parrain et d'une marraine ; Karoussé, cramoisie, fixait obstinément le plat de mouton.

Et voilà que des réflexions parvinrent aux oreilles de Youza :

— Youza, ne baye pas aux corneilles, regarde la belle marraine que tu as sous la main, Youza. Ha! Ha! Ha!

Youza tressaillit, jeta un coup d'œil de côté sur Karoussé. Elle — plus pourpre que jamais — le regarda droit dans les yeux. Mais dans ses yeux à elle, Youza vit à nouveau des larmes briller. Comme le soir des noces d'Adomas et d'Ourchoulé. Comme le jour des baies au Kaïrabalé. Puis Karoussé, soudain, sans un mot, se leva d'un bond, attrapa Youza par les revers de son veston et l'embrassa. L'embrassa à pleine bouche. Sur sa bouche à lui. L'embrassa si fort que le baiser s'entendit dans toute la pièce — où tout bruit cessa subitement. Et Karoussé lui dit à l'oreille, à son oreille à lui, Youza, si près qu'il fut enveloppé de son haleine brûlante :

— Tu crois qu'elle a tellement besoin de toi, ta Vintsiouné ?

Youza recula, mais elle, les yeux secs maintenant, rejeta la tête en arrière, et dans un grand éclat de rire, vida un grand bock de bière mousseuse. Autour d'eux, les gens parlaient tous à la fois, chacun donnant son avis, beaucoup criant, comme l'autre fois aux noces d'Adomas et d'Ourchoulé :

— Youza va se marier, se marier! Karoussé va y arriver!

Youza baissa la tête d'un air buté. Il faillit quitter la table, les laisser tous en plan et partir, partir comme il était parti des deux autres noces... Mais il se ressaisit. Il y en aurait eu bien trop à se réjouir de son départ. Il se versa de la bière si brutalement que la mousse déborda du bock, il le vida, le remplit encore. Et soudain, il vit la main de Karoussé qui lui tendait son verre vide.

— Et moi?...

Comme absent, Youza lui versa de la bière, sans même penser à trinquer. Et la main de Karoussé resta longtemps tendue dans le vide, la mousse dans son verre prit une teinte grise, s'évanouit. Youza vida son verre, seul.

Il quitta le baptême vers le matin; bon nombre d'invités étaient déjà partis, laissant des nappes trempées de bière et jonchées de restes de nourriture, et même des soupières encore pleines de viande et autre bonne mangeaille. Karoussé n'était plus à côté de lui. Elle avait enfin compris, cette gamine !

Mais lorsqu'il eut passé le portail, elle surgit de terre, s'approcha de lui et lui emboîta le pas. Elle haletait, comme si elle était venue de loin en courant. Reprenant péniblement son souffle, elle lui dit :

— Je t'accompagne.

Youza tendit le bras, repoussa Karoussé. Légèrement, pour ne pas la blesser, simplement pour qu'elle comprenne : il ne fallait pas l'accompagner. Et accéléra son allure.

IX

Youza épandit la glaise qu'il avait entassée pendant l'hiver au pied de la colline, la laboura, la mélangea avec du sable, planta des pommes de terre et sema du grain. Il s'était déjà entendu avec Ropolas, le fameux jardinier de Skodiniaï, pour avoir des plants de pommiers pour son verger, et de bons cerisiers en plus de ceux qu'il avait déjà plantés. Lorsque l'automne reviendrait sur le Kaïrabalé, il planterait les pommiers derrière la maison et des cerisiers près des fenêtres pour bien les voir fleurir au printemps, conviant les abeilles au festin. Car il aurait des abeilles, et avec l'aide de Dieu, pas une seule mais plusieurs ruches. Parce que tout de même, ce n'était pas la bruyère qui manquait dans les environs, ni les fleurs de sarrasin sur le Kaïrabalé ! Bien sûr, ce miel de bruyère et de sarrasin serait brun, mais ce serait tout de même du miel, pour lui, Youza, et pour tout honnête homme, s'il en venait un. S'il s'en trouvait un à venir jeter un coup d'œil du côté du Kaïrabalé.

C'était l'été. De grand matin, le Kaïrabalé s'éveillait aux jeux et aux chants. Dès l'aube. Jusqu'au crépuscule. Et lorsque avec la fraîcheur du soir se taisaient, harassés, tous ces geais braillards et voraces, ces chardonnerets barrés de jaune vif, toutes ces linottes mélodieuses, ces poules d'eau et ces bécassines, tous ces bécasseaux et ces pluviers, le rossignol prenait le relais dans les buissons dominant la Pavirvé, déversant à tue-tête de tels trilles que de plaisir on ne s'endormait plus.

L'été avançait.

Les pousses des pins s'irriguaient de sève résineuse, les tiges du lédon prenaient force et élasticité, les dos noirs des tanches impavides, qui avaient mis l'été à profit pour s'engraisser comme des porcelets, glissaient de plus en plus paresseusement vers les profondeurs. Au bout de leurs corymbes, les baies des sorbiers avaient mûri et leur éclatante couleur jaune orangé annonçait l'automne. C'est pourquoi Youza se hâtait et, s'essuyant la sueur du dos de la main, regardait où il allait mettre les gerbes en tas, planter les pommes de terre, où il suspendrait les liasses de lin pour les sécher, calculait combien il pouvait lui rester de rondins et s'il en restait assez pour construire les bains, ou s'il devait en mettre d'autres de côté. Tant qu'on est vivant, comment se passer de bains ? Même les vieux de la vieille n'avaient pas souvenir de maison sans bains. Certains se construisaient des bains individuels, d'autres, faute de moyens pour entretenir des bains séparés, bâtissaient des bains qui servaient à plusieurs familles. Youza s'était déjà entiché d'un emplacement précis : il les mettrait au-dessus de la boire à rouir le lin, sur le bord de la Pavirvé. Il y avait même déjà posé les premiers cadres de rondins. Il ne lui restait plus qu'à monter les murs jusqu'au toit, fixer les planches où il pourrait plus tard s'étendre, et construire le foyer de pierres en disposant comme il faut les galets ramassés dans les champs. L'endroit était vraiment parfait. L'hiver, le vent y amasserait des congères qui dépasseraient le toit, et après le bain, il suffirait de s'y jeter, tout suant de vapeur surchauffée, et d'y rester jusqu'à ce que la congère ait assez fondu pour laisser voir la terre. Quand on sort de cette fosse de neige, on se sent un autre homme, on revit. En dehors de l'hiver, il y aurait la Pavirvé à portée de la main. Un peu bourbeuse — comment dire le contraire —, un fond vaseux, mais après les bains, ce serait tout de même un délice — fasse que le ciel en donne autant à tout le monde. Mais ce qui préoccupait le plus Youza, c'était le tunage qu'il devait faire pour traverser le Kaïrabalé, de son île en surplomb jusqu'à la berge — où commençait la terre ferme et d'où partait le chemin qui menait presque directement au bourg. Avant, Adomas l'aidait un peu, ils s'y mettaient à deux pour débiter le bois mort, le traîner à travers le marais et le mettre en tas. L'endroit où prendre du gravier, ils l'avaient cherché et trouvé ensemble, et Adomas avait promis de venir lui donner un coup de main avec son chariot. Comment un homme seul pourrait-il venir à bout de tout ce travail ? Mais voilà, Adomas, maintenant, avait disparu. Des âges qu'il ne s'était plus montré ! Manifestement, les gens avaient raison quand ils disaient : « Un homme qui se marie, c'est un homme en moins. »

Eh bien ! tant pis. Il en viendrait à bout — tout seul. Il ne manquait pas de force : il en finirait avec les autres travaux et se mettrait au couchis de fascines. Il arriverait bien à le faire. A tout faire. Avant Noël, il aurait déjà tâté la vapeur des bains neufs. Ses bains à lui, Youza.

Vint le jour de l'Ascension, où l'on doit faire bénir les semences des orges. Ce jour-là, les laboureurs arrivent à l'église de tous les coins de la paroisse avec un petit sac en toile blanche empli de grains de leurs champs, et ils le posent au pied d'un autel du transept. Après la messe, chacun reprend son sac parmi ceux qui se sont accumulés à côté de l'autel, mais maintenant ses graines sont bénies ; rentré chez lui, chaque paysan les mélange avec le reste des semences, sème, et attend en paix que le grain lève et qu'arrive le temps de la moisson. Tout le monde le sait : du moment que les semences sont bénies, il y aura du pain. D'aussi loin que Youza se souvînt, il en avait toujours été ainsi le jour de l'Ascension. Parfois c'était d'ailleurs lui, en tant que fils aîné, qui avait sur l'ordre du père porté l'orge, mais le plus souvent, c'était son père. L'année passée, Youza n'avait pas encore de grain à lui, il s'était servi des semences de son frère, et c'était Adomas qui était allé les porter à l'église. Cette année, Youza irait lui-même. Comme tous les laboureurs de la paroisse. Il irait porter ses premières semences, ses semences à lui, Youza.

En sortant de l'église, il faudrait qu'il passe voir Adomas : son frère l'avait complètement abasourdi en réapparaissant un beau jour pour l'inviter encore à un baptême. Quel baptême ? Encore ! De qui ? Et comment était-ce possible, si vite ? Adomas avait seulement souri. Puisque Youza ne le croyait pas, eh bien ! qu'il vienne voir, mais qu'il vienne à coup sûr, qu'il ne lui fasse pas l'injure de ne pas venir. Le parrain et la marraine seraient les époux Ouldoukis de Notsiouniaï. Mais on comptait sur Youza aussi. C'était le frère d'Adomas, tout de même. Quant à Ourcholué, elle n'avait pas fait d'autre môme. Rien de nouveau de son côté. Youza faillit demander ce qui se passait avec Ourcholué, mais Adomas se borna à grommeler en faisant de la main un geste évasif.

Et lorsque Youza arriva chez Adomas, il constata que son frère avait dit vrai : il avait déjà deux enfants, deux garçons. L'aîné, Adomélis, le filleul de Youza, escaladait déjà son berceau et, une fois sorti, essayait de se tenir debout, hurlant de fureur lorsque quelqu'un voulait l'aider. Quant au petit second, Youzoukas, tout entortillé dans des langes de dentelle par sa marraine, la lumière le faisait cligner des yeux et plisser les paupières. C'est bien vrai qu'Adomas n'avait pas pris femme pour qu'elle baye aux corneilles.

Le parrain et la marraine, comme l'avait dit Adomas, étaient de Notsiouniaï, le village natal de la femme d'Adomas. La marraine, Ona, était assise à table juste à côté de Youza. Vigoureuse, les joues colorées de sang et de feu. Dès les premiers verres de bière, elle s'empourpra encore. Consciemment ou inconsciemment, elle ne cessait de se presser contre Youza, de se serrer, de se serrer.

— Et à quand ton tour, Youzapeli ? Tu ne t'apprêtes tout de même pas à trouver une femme au milieu de tes souches, dans ton nid à vipères ? Ça serait temps, ça serait grand temps ! Faudrait peut-être qu'on s'en occupe, fit-elle en lui donnant dans les côtes un coup de coude dur comme du béton ; et le regardant entre ses paupières froncées, elle ajouta : Souviens-t'en, j'ai la main heureuse !

Et toute gloussante, elle posa sa main sur le genou de Youza.

— Tu ne serais pas affamé, des fois ?

La main d'Ona monta plus haut, serra la cuisse de Youza au-dessus du genou.

— Tu sais, faut le dire, faut pas rester sur ta faim. Ce qui te manque ne manque pas — elle lui fit un clin d'œil —, t'as rien qu'un mot à dire !

Youza sentit la sueur l'inonder. De vrais démons, ces bonnes femmes ! Après une, c'en était une autre ! Il tenta de se dégager. D'autant que le petit mari de la marraine, Povilas Ouldoukis, assis de l'autre côté d'Ona, vidait verre sur verre en louchant sur eux de dessous ses sourcils. Rien à attendre de bon de ce côté-là. Un homme de petite taille, cet Ouldoukis, maigrichon, pas bien vieux, et pourtant le cheveu déjà rare laissant voir un crâne luisant, d'un brun orangé. Un vrai chevalier guignette ! Même la bière ne lui donnait pas de couleurs, à croire qu'il se la jetait par-dessus la cravate et pas dans le gosier. Non, décidément, rien de bon à attendre de ce côté-là. Youza tenta une fois encore de se déprendre de la femme. Pas par peur, simplement pour ne pas avoir d'histoires avec cette espèce de chevalier guignette. Mais la marraine, elle, ne songeait absolument pas à lâcher sous la table le genou de Youza. D'une main elle tenait ferme ce qu'elle avait saisi, de l'autre elle s'enfilait bock sur bock.

— Et tu sais ce que maman disait ? souffla-t-elle à l'oreille de Youza dans une haleine de feu. Puisque tu ne le sais pas, je te le dirai, faut seulement me le demander !

Et rejetant la tête en arrière, elle rit aux éclats.

A toutes les tables, la bière coulait bon train et on parlait haut, et plus le temps passait, plus on en voyait se lever précipitamment, partir en vitesse derrière la grange et une fois revenus, attaquer une nouvelle bière et reprendre part, séance tenante, à la conversation. Beaucoup en étaient déjà à chanter ensemble, d'autres allaient s'extasier sur le nouveau-né et sur le bonheur des parents qui l'avaient mis au monde, chose si évidente que personne ne pouvait être avare de compliments. Et comme il faisait chaud, et que les fenêtres étaient ouvertes au grand large, une troupe d'enfants avaient envahi la cour, attendant patiemment que la marraine leur donne une rissole, ou le parrain, un bonbon...

Youza ne comprit pas comment il avait réussi à échapper aux mains de la femme d'Ouldoukis. Il était pour ainsi dire en train de marcher à ses côtés dans le jardin d'Adomas et même, un peu après, dans l'aulnaie, lorsqu'il lui avait semblé entendre des pas dans son dos — il s'était retourné... et plus de jardin, plus d'aulnaie, plus d'Ouldoukéné[1]. Autour de lui, tout se taisait, et lui, Youza, se trouvait au milieu d'un champ. Seul. Sans sa chapka. Et le jour se levait déjà.

— Sacrée engeance.

Une jambe traînant l'autre, il traversa les champs.

— Sacrée engeance! grogna-t-il encore.

Et son cœur se serrait de compassion pour ce pauvre bout de mari, cet Ouldoukis au crâne cireux déjà dégarni. C'était peut-être lui qui les avait suivis, ce gringalet de chevalier guignette, et ce n'était peut-être pas la première fois qu'il suivait ainsi sa diablesse de femme... Y a pas à dire, c'était vraiment une sacrée diablesse! Et apparemment toutes les femmes étaient pareilles, de vrais démons! Suffisait qu'elles voient un nouveau bonhomme pour devenir enragées. Karoussé aussi était comme les autres, apparemment. Même si, pour l'instant, un peu anguleuse et les yeux baissés, elle n'était encore qu'une fleur en bouton. Et d'ailleurs, qui sait si... elle aussi peut-être... Youza frissonna. S'arrêta. Non, c'était impossible! Impossible que Vintsiouné soit... comme les autres. Non, ça, ce n'était pas possible! Et c'était bien, c'était même très bien qu'elle ne soit pas venue. Très bien aussi qu'elle vive maintenant plus loin de ces... loin de pareilles...

Youza resta longtemps arrêté. Plutôt que de frayer avec d'aucunes comme cette Ouldoukéné de Notsiouniaï ou ses pareilles, mieux valait ne fréquenter personne. Mieux valait vivre sur le Kaïrabalé, au milieu de ses souches. Puisqu'il n'y en avait pas de comme il faut, eh

1. L'épouse prend le prénom et le nom du mari augmentés l'un et l'autre du suffixe « éné » (N.d.T.).

104

bien ! il ne lui en fallait aucune. Et maintenant il allait finir de poser le tunage de sa butte à la terre ferme, il allait planter des pommiers, il ferait pousser des cerisiers sous ses fenêtres... C'était très bien que Vintsiouné soit loin. Très bien... Dès le printemps, il aurait de la verdure dans son verger tout neuf. Son verger à lui, Youza. Oui, c'était très bien que Vintsiouné soit loin...

Le temps que Youza arrive chez lui, le soleil était déjà haut dans le ciel. Les premiers gels n'avaient pas chômé pendant la dernière nuit, ils étaient en avance. Ils avaient roussi les pousses de bourdaine et les fouillis d'aulnes sur les rives de la Pavirvé, et rendu l'atmosphère si pure que la vue portait très loin. L'air tintait comme sonnailles sous le ciel limpide et bleu.

Youza rentra chez lui, se rasa avec soin devant le morceau de miroir, puis se lava jusqu'à la taille, et lorsqu'il se fut frotté vigoureusement avec une serviette rugueuse, toutes les vapeurs d'alcool se dissipèrent en un tour de main. Il prit sa pelle et, la tête claire et fraîche, partit creuser des trous pour ses plants.

Il avait travaillé toute la journée lorsque vers le soir apparut le staroste, Douoba, son long bâton à la main. Voilà bien des années que Douoba était staroste, et il se déplaçait toujours avec ce long bâton. Il était devenu staroste dès que le pouvoir lituanien s'était mis en place. Il allait de ferme en ferme, administrant aux chiens de telles rossées qu'ils s'enfuyaient dans toutes les directions à son approche ; il collectait les impôts, et quand ce n'était pas pour cela qu'il venait, c'était pour apporter une convocation au tribunal, ou la feuille d'incorporation d'un fils aux armées. Les chiens n'étaient pas les seuls à craindre Douoba — les enfants aussi, bien que Douoba n'ait jamais levé fût-ce le petit doigt sur un gosse ; il ne rossait que les chiens. Depuis combien d'années déjà... Et les vieux disaient que ce Douoba n'était sûrement pas quelqu'un de bon : quand les chiens et les enfants se sauvent en voyant quelqu'un, on peut donner sa tête à couper que ce quelqu'un-là n'est pas bon. Qu'est-ce qui pouvait bien l'amener sur le Kaïrabalé ?

Youza planta sa bêche et attendit.

— Le chien, où il est? Appelle le chien! lui cria
Douoba en guise de salut.

— Prends-le si tu le trouves, le salua de son côté
Youza.

Douoba ne regarda même pas autour de lui. Il le
savait : cette ferme n'avait pas de chien. Il n'avait posé la
question que par habitude. Il s'approcha de Youza et
s'arrêta, se redressant de toute sa taille. Qui n'était pas
petite — la même que Youza. Et avec ça, noir des pieds
à la tête. Pas seulement de naissance, mais comme s'il
avait passé sa vie dans une maison sans cheminée. On
apercevait à peine ses yeux sous ses sourcils charbon-
neux.

— Les impôts sur la table! cria-t-il d'une voix reten-
tissante, comme s'il n'avait pas été devant le seul Youza,
mais au milieu d'une foire.

— Il y a longtemps qu'ils y sont, répondit Youza. Je
les ai portés au printemps.

— On sait ce que tu as apporté! Les impôts du
marais! Et tu te sens l'âme en paix! Et c'est quoi, tout
ça? fit-il, pointant son bâton en direction du champ de
pommes de terre. Ici tu cultives la terre et tu paies pour
du marais aux autorités!

— C'est sur un marais que je vis.

— Va chanter ta chanson à un autre! Comme si je ne
voyais pas où tu vis et où tu ne vis pas! Quelle bande
d'escrocs vous faites tous! Vous ne cherchez qu'à voler
le Trésor public! Ces impôts, tu les sors ou non? Je te le
demande encore à l'amiable!

— Et aller au diable, ça ne te dit rien? fit Youza d'une
voix bon enfant. Pour quelle autre chose devrais-je
payer?

— Demande au district. Les autorités te le diront!

— Tu causes, tu causes.

— Bon, c'est entendu! Là-bas on te parlera sur un
autre ton. Je leur ferai savoir aujourd'hui même que tu
refuses de payer, donc que tu es contre le gouvernement.

— T'es pas obligé de te presser, dit Youza.

Douoba le regarda :

— A l'amiable et pour la dernière fois : tu les payes ou non?

— Ça te dit tant que ça d'aller au diable?

Douoba partit. Pas au diable, bien sûr, comme le lui proposait Youza, mais au chef-lieu de district, d'où parvint à Youza, quelques jours plus tard, un papier lui ordonnant de se présenter pour payer ses impôts. Comme Youza n'obtempéra pas à la première sommation, le même Douoba lui en apporta une seconde, dans laquelle il était écrit que si Youza continuait à faire la sourde oreille, la police irait le chercher et l'amènerait par la force au chef-lieu de district. Douoba lui-même lut à haute voix ladite sommation. Pour que tout soit fait dans les formes. Il était aussi furieux que s'il s'était agi de ses propres deniers, et pas de ceux du gouvernement. Youza fit grand compliment à Douoba de ce qu'il lisait si bien, sans hésiter ni bredouiller, et partit piocher ses pommes de terre. La Saint-Michel approchait, et qui peut bien ignorer que les pommes de terre qu'on ramasse après ce saint-là ne sont plus les mêmes! A l'eau, elles cuisent mal, et elles n'ont plus la même pulpe. Si Douoba l'ignorait, Youza, lui, le savait. Des patates laissées en terre passé la Saint-Michel, c'est juste bon pour le cochon, et encore, pas pour le cochon gras, rien que pour le cochon à viande. Douoba resta un moment figé sur place, ahuri, bouche bée, puis s'en alla, lui et son long bâton.

Youza pensait que c'en était fini des visites de Douoba. Mais il se trompait. Douoba réapparut. Et pas seul, mais avec un huissier délégué par le chef de district pour que soient saisies et mises aux enchères les « propriétés mobilières et immobilières » de Youza, et pour ainsi dire recouvrer les impôts frauduleusement impayés par Youza au gouvernement. Mais l'affaire fit long feu. Soyons honnêtes, il y eut pas mal de monde à venir sur le Kaïrabalé. Des hommes, des femmes et même des enfants. Tous debout dans la cour de Youza, autour de la table que Youza avait lui-même sortie de la maison et posée au milieu de la cour sur l'ordre de Douoba. Les gens faisaient cercle et regardaient l'huissier. Ledit huissier étala ses papiers sur la table, tira de sa serviette de cuir un petit marteau en bois qu'il essaya en en frappant un coup sec sur la table, et annonça ensuite à chaque coup de marteau le prix des divers ustensiles de Youza tels qu'ils étaient énumérés et décrits dans les papiers. Tout cela en criant sans discontinuer :

— Qui dit plus ? Une fois ! Qui dit plus ? Deux fois ! Qui dit plus ?...

Autour de la table, les gens se taisaient. Non seulement personne ne voulait faire monter les enchères, mais tous, par leur air et leurs petits grognements ironiques, faisaient clairement entendre que même gratis, ils ne prendraient rien, même si l'huissier se mettait à tout distribuer.

Alors l'huissier remit le marteau dans la sacoche d'où il l'avait tiré, et disparut en compagnie du staroste.

Et les gens disparurent eux aussi. Quand il n'y a plus rien à voir, à quoi bon perdre son temps ? Et personne ne dit un seul mot à Youza. Il vit seulement que les gens toussotaient d'un air goguenard. D'un air goguenard. Et s'en allaient.

Youza les suivit du regard. Et s'en fut à Skodiniaï. Chercher les plants de pommiers qu'on lui avait promis. Le temps qu'il ait fini de tout planter, la première petite neige était déjà tombée, et le gel avait commencé de fermer à double tour les clairures et les branloires du marais — pour tout l'hiver. Juste le bon moment pour couper encore de l'orme et de la bourdaine pour le couchis, pour traîner le bois mort au plus près de l'endroit choisi, afin qu'ensuite, lorsque dégèlerait la seigne, il ait tout sous la main — qu'il n'ait plus qu'à prendre et construire son chemin.

Voilà comment Youza passa l'hiver sur le Kaïrabalé. Le staroste Douoba, pas plus que l'huissier, n'y réapparurent, et Youza était fermement convaincu qu'ils ne s'y montreraient plus. Qui a jamais entendu dire qu'on extorque à quelqu'un autant d'impôts pour un marais que pour une bonne terre ? Apparemment, tous ces scribouillards qui écrivent les convocations, là-bas, au chef-lieu, avaient fini par comprendre que ce n'était qu'une ânerie bonne à faire rire le monde. Youza vivait tranquille. Aussi abattait-il de la besogne comme dix. Il finit d'arranger la souillarde — elle attendait depuis longtemps. Pour cette arrière-cuisine, il fabriqua un lit avec les planches qui restaient du plancher, un lit si large et si long qu'en cas de besoin, on pourrait y caser deux, trois ou même quatre personnes — si elles se mettaient en long, tête contre tête, et une dizaine au moins si elles se mettaient en travers. Il bourra la paillasse de foin odorant mêlé de serpolet, étendit là-dessus un drap de lin sérancé que la mère elle-même — paix éternelle à son âme — avait filé et blanchi dans la rosée des matins d'été. Le lit terminé, Youza fit une table. Large, longue. Il ne posa pas le plateau sur des chevalets en X, mais sur quatre pieds verticaux reliés en bas par un T, à la mode de la ville. Ensuite il fixa les étagères, et y rangea toutes les denrées comestibles pour qu'elles soient au frais et ne moisissent pas. Et lorsqu'il en eut terminé, il constata que sa maison d'habitation n'était pas une simple maison, mais un bâtiment en plusieurs parties : une partie à chaque bout, comme dans toutes les maisons d'habitation, et une troisième entre les deux autres. Personne n'avait encore construit de maison semblable — fasse que Dieu puisse en donner à tout le monde d'aussi belles ! De la place pour tout ranger, de la place pour s'asseoir de temps en temps, de la place pour recevoir des invités — tout en bonne suffisance.

Alors Youza se souvint qu'il n'avait pas tenu la promesse faite devant Adomas : il n'avait pas sculpté le christ et ne l'avait pas logé dans la niche de la croix au tournant du chemin vers le pont de la Pavirvé. Il se mit en route, parcourut plusieurs hameaux avant de trouver un beau billot de tilleul bon pour la taille. Quand il l'eut trouvé, il aiguisa son burin et son ciseau et s'assit vers la fenêtre pour faire ce qu'il n'avait pas réussi à mener à bien jusqu'ici.

Même aujourd'hui, on ne pouvait pas dire qu'il y eût de quoi s'extasier sur le christ qui sortit du bois. Une épaule plus haute que l'autre, les mains tordues, brisées à angle droit... Youza réussit tout de même à courber la tête avec sa couronne d'épines; et le flanc gauche de Jésus apparut lui aussi comme il devait l'être, transpercé, déchiré. Alors Youza emporta le christ et le plaça dans la niche de la croix vers la Pavirvé, remplaça le carreau absent par un verre neuf qu'il avait mis de côté en posant ses fenêtres, et le colla avec du mastic frais pour qu'il tienne plus solidement.

Lorsqu'il eut terminé, il reprit sans se presser le chemin du retour tout en pensant : « C'est bien. Maintenant, c'est bien. » Dieu lui avait donné une maison en trois parties, et lui, il avait donné à Dieu un Jésus pour sa croix : une chose contre une autre. Bien sûr, le christ aurait pu être mieux sculpté, moins rustique, mais s'il n'y avait même pas celui que Youza avait fait, aussi peu réussi qu'il soit, est-ce que ce serait mieux ? Non, bien sûr, c'était mieux maintenant. Ce qu'il pouvait faire, Youza l'avait fait. Il faudrait encore qu'il demande au prêtre de venir bénir le christ, ce serait une bonne chose. Alors tout serait bien.

X

Et c'est vrai, tout semblait bien aller. Le printemps survint brusquement, tiède, avec d'abondantes averses qui firent rapidement fondre le sol gelé. Le terreau échauffé par le soleil fumait. Quant au couchis de fascines, Youza l'avait bien avancé ; il ne restait plus qu'à attendre que le bois mort soit assez solidement grippé par la vase pour pouvoir supporter cheval et chariot. Youza récolta de splendides grains de semence ; il obtint même de l'orge à six rangs, et aussi du sarrasin bas, qui ne monte pas mais qui donne du grain à profusion. Et la Pie eut encore un veau, et la brebis, deux agneaux.

Ainsi s'envolaient désormais tous les printemps et les étés de Youza. Ils ne passaient pas, ils s'envolaient littéralement. Youza ne mettait plus les pieds en dehors du Kaïrabalé. Il ne se déplaça même pas pour le baptême des autres enfants, bien qu'il eût appris la naissance d'un autre garçon, puis d'une fille, et qu'il ait été invité. Non, il ne faisait que travailler, suer sang et eau du matin jusqu'au soir. Rien d'autre.

Les cerisiers prirent tous. Les pommiers aussi. Ils plongèrent si bien leurs racines dans la fumure que Youza avait préparée et mise au fond des trous que chaque printemps les vit refleurir en boules pareilles à des congères de neige. Et lorsqu'ils avaient secoué de leurs rameaux les fleurs neigeuses qui les couvraient, ils donnaient des pommes et des cerises d'où le jus giclait. Et Youza cueillait les cerises, en faisait de la confiture,

en mettait aussi dans des pots de verre en les saupou-
drant abondamment de sucre. Il posait ensuite les pots
sur le rebord de la fenêtre, exposés au soleil, et obtenait
finalement une liqueur d'une force époustouflante et
d'un goût à nul autre pareil. Quant aux pommes, il les
rangeait sur de la tourbe sèche qu'il avait étendue en
couche épaisse sur le plancher du soli et sur celui du
grenier au-dessus de l'étable ; il les laisserait là jusqu'à
Noël ou au Jour de l'An. Et lorsque les gens auraient
oublié même le parfum des pommes, Youza, lui, aurait
encore ces beautés aux joues rouges, tant pour offrir à un
invité éventuel que pour en vendre au marché. Youza
avait évidemment entendu des gens intelligents raconter
qu'il ne fallait pas toucher aux pommes après Noël —
elles n'avaient, disaient-ils, ni goût, ni vertus. Il les avait
entendus raconter ça, bien sûr, mais il n'avait pas changé
d'idée pour autant. Lui, il croquait chaque jour une
pomme et ne remarquait pas que sa santé en souffrît.
Apparemment, il arrive même aux gens intelligents de
dire n'importe quoi. Ces plants de pommiers et de
cerisiers embellissaient la vie de Youza. Pas tous de la
même façon, bien sûr. Les cerisiers qui poussaient sur la
tombe, Youza n'y touchait pas. Durant toutes ces
années, il n'y toucha pas une fois. Par contre, leurs
sucreries rouges attiraient aussi bien les étourneaux,
dont les volées s'abattaient du ciel pour les becqueter,
que les chardonnerets et même les timides pinsons du
Nord et les linottes mélodieuses. Ils faisaient des festins
de cerises, pépiaient, se chamaillaient comme des gosses
un matin de Pâques. Lorsqu'il passait près d'eux, Youza
s'arrêtait, tant il lui semblait qu'il n'était pas seul à
entendre ces bavards, mais que les deux autres, sous les
cerisiers, le Russe et l'Allemand, les entendaient aussi.

Pourtant tout n'allait peut-être pas aussi bien que
Youza se le figurait.

De plus en plus souvent, il se surprenait à penser,
inopinément, tout à trac, à Karoussé. Pas à Vintsiouné :
à Karoussé. Il la revoyait debout devant lui avec son
panier tressé de racines de pin blanches, son panier plein
de baies roses, ou les yeux débordant de larmes fixés sur

lui, Youza, le jour du baptême chez son frère. Youza secouait la tête pour la chasser. Mais Karoussé revenait toujours se planter devant lui, devant lui.

Puis le bruit courut dans les environs que les choses n'allaient pas comme il faut pour Karoussé : la gamine avait mal tourné.

Celui qui rapporta ces bruits à Youza ne fut autre que son frère Adomas. N'importe quel gars du village pouvait maintenant, paraît-il, s'offrir Karoussé, et même si facilement que les femmes, en la rencontrant, fronçaient le nez d'un air dégoûté et faisaient « pff ». Mais les hommes, eux, ne fronçaient pas le nez d'un air dégoûté. Et aucun ne faisait « pff ». Tous se contentaient de remuer leur moustache et de bien regarder dans quels buissons Karoussé était allée se fourrer pour courir derrière elle et l'y rejoindre. Voilà ce qu'il en était de Karoussé maintenant. Le vieux Tchévidis se prenait la tête à deux mains. Le pauvre ! Il avait bien essayé d'y mettre bon ordre en prenant un bâton de pommier sec, et même, ensuite, des rênes trempées dans de l'eau de pluie, mais rien n'y avait fait. Il s'était seulement usé les bras. Quand l'envie prend à une fille de courir les gars, est-ce qu'une raclée peut la refroidir ? Quelle blague ! Karoussé lui avait crié en pleine figure : « Puisque je n'ai pas celui que je veux, peu m'importe qui je prends ! »

En entendant ce que racontait son frère, Youza sentait une douleur aiguë lui percer le cœur : « Qui était-ce donc, celui qu'elle voulait ? » Au fond de son cœur, il le savait bien, mais il chassait aussitôt loin de lui cette idée-là, serrant simplement les dents un peu plus fort.

Comme s'il avait deviné les réflexions de Youza, Adomas lui demanda carrément :

— Le vieux Tchévidis n'est pas encore venu ?

— Pour quoi faire ?

— Pour te tuer.

Youza regarda son frère :

— Tu veux rire, bien sûr.

— Tu crois qu'il y a de quoi ?

Le vieux Tchévidis avait essayé de prendre deux chiens. Pour faire peur aux gars. Des bergers allemands, de vraies bêtes fauves. On les entendait hurler des nuits entières, aboyer, traîner leurs chaînes. Et un matin, Tchévidis s'était levé, et qu'est-ce qu'il avait vu? Ses chiens étaient crevés. L'un comme l'autre. Après ça, les gars étaient revenus trouver Karoussé dans la grange — un vrai défilé… C'est à ce moment-là que Tchévidis avait dit : « Youza se souviendra de moi. »

— Et pourquoi?

— Tu le sais mieux que n'importe qui.

— Des mots pour rien.

— Pas tant que ça, Youza. Le vieux Tchévidis s'est mis dans la tête que c'est à cause de toi que Karoussé… C'est Youza qui a perdu ma gosse, qu'il dit.

Adomas se tut. Puis il reprit :

— Et si tu disais vraiment vrai, Youza? Tu n'y es vraiment pour rien?

— Je ne fraie pas avec des gamines.

Adomas regarda son frère. Et il le crut : Youza disait la vérité.

— Mais alors qu'est-ce qui l'a rendue folle? dit Adomas, sans qu'on sache s'il se parlait, ou s'il parlait à Youza.

Sans rien répondre, Youza arpenta la pièce, dans un sens, puis dans l'autre. Puis s'arrêta près de la fenêtre. Adomas, resté seul à la table, gardait le silence.

— Ça ne va sûrement pas bien dans ta tête, Adomas. Tu écoutes trop les boniments des bonnes femmes. Si tu étais un homme, tu cracherais dessus.

— Peut-être bien que oui, Youza. Si seulement Dieu pouvait faire que tu aies raison. Mais pour Karoussé, tu as tort. Gamine ou pas, regarde-la bien : quelle sacrée femme il en sortira, de cette gamine!

— Ça suffit peut-être?

Adomas ne répondit pas tout de suite.

— C'est Vintsiouné qui te ronge, fit-il enfin. C'est là le malheur.

— En admettant qu'elle me ronge, ce n'est pas toi qu'elle ronge, en tout cas, Adomas.

— Ton malheur, Youza. Et un plus grand malheur encore, parce que ce n'est pas seulement le tien. Tu

114

l'aurais regardée, cette Karoussé, tu aurais pu causer avec elle. Et si jeune qu'elle soit, peut-être bien qu'elle était faite pour toi.

— Ferme-la.

Adomas comprit, ce n'était pas la peine de continuer sur le sujet. Il se leva du banc, prit sa chapka.

— J'y vais, dit-il par habitude.

Mais il s'arrêta, la chapka dans les mains.

— Ce n'est pas à cause de Karoussé que je suis venu, dit-il. Ça ne va pas du côté d'Ourchoulé, voilà.

Youza, près de la fenêtre, se retourna. Attendant ce qu'allait dire son frère.

— L'azerote de Grikapeliaï est devenu fou furieux.

— Le Stiaponas de Grikapeliaï?

— L'azerote de Grikapeliaï!

— Il lui tape déjà dessus?

— Comment, déjà? Comment tu le sais? demanda Adomas en le regardant d'un air ahuri.

— Toi aussi, tu le savais. Les azerotes, ça tape toujours.

— Tu dis n'importe quoi, Youza. Je ne savais rien du tout, je ne me doutais de rien. Si j'avais su, est-ce que j'aurais... Youza! Tu penses vraiment ce que tu dis?

— Et maintenant que tu sais, ça fait quoi?

Ce que disait Youza surprit tellement Adomas qu'il se pencha vers son frère.

Mais Youza continuait à regarder par la fenêtre.

— Elle est arrivée hier en courant, reprit Adomas. Le visage tout égratigné, le corps plein de bleus, la robe déchirée.

— Pourquoi tu ne me l'as pas dit hier?

— L'affaire n'est pas si claire que ça, même aujourd'hui... L'azerote est arrivé en courant derrière Ourchoulé : « Je ne l'ai pas battue, je ne lui ai rien dit, elle s'est griffée le visage elle-même. Elle courait dans le jardin et se déchirait le visage de ses ongles. Les voisins l'ont vue, ils pourront le dire. »

— Ça te fait plaisir de croire l'azerote?

— C'est que notre Ourchoulé, elle aussi...

Les deux frères se turent. L'un vers sa fenêtre, l'autre, pas loin de la porte.

— Notre famille n'a pas de chance, dit Adomas.

— Il fallait le dire hier.

— Peut-être qu'il aurait fallu, et peut-être pas. Tu es emporté, Youza. Tu te tais, tu te tais, et quand tu t'y mets, les os pètent. Si t'avais tué l'azerote, à quoi ça aurait servi ?

— Y a longtemps que j'aurais dû.

— Va savoir, peut-être que non. Quand il a rattrapé Ourcholué, le Stiaponas lui a parlé, il lui a caressé l'épaule, il lui a pris la main — et tu sais quoi ? ils avaient tous les deux les yeux pleins de larmes. C'est comme ça qu'il l'a remmenée à la maison, main dans la main. Et elle — d'une main, elle tenait la main de son mari, de l'autre elle essuyait ses larmes.

Youza regarda son frère.

— Alors pourquoi tu es venu me trouver ?

— Y a rien de bon à attendre de tout ça, dit Adomas. Rien de bon, Youza. Ils ne tarderont pas à revenir en courant. Quand les bases sont mauvaises, faut rien attendre de bon.

— C'est bien ce que je disais. Bien avant le mariage. Tu m'as écouté ?

— Ce n'est pas moi qui ai choisi le Stiaponas, c'est Ourcholué, grommela Adomas.

— S'il arrive encore quelque chose, fais-le savoir. Fais-le savoir à temps.

Adomas opina du bonnet, marcha vers la porte.

— Ourcholué, c'est ma sœur, ajouta Youza.

— Et c'est ma sœur aussi, fit Adomas s'arrêtant sur le seuil. (Et se retournant :) Fais tout de même attention à Tchévidis. Tu es mon frère, alors je te le dis.

Youza hocha la tête sans répondre. Son frère sorti, il le suivit longtemps des yeux par la fenêtre, le regardant s'éloigner de la maison. Il le vit d'abord descendre de la butte, prendre ensuite par le couchis. Il s'éloignait. De plus en plus. Et Youza ne comprenait toujours pas pourquoi il était venu, ni ce qu'il avait voulu dire, ou apprendre. Venu et reparti. Et maintenant il s'éloignait par le chemin de fascines.

Qu'Ourcholué ait pu se griffer le visage elle-même —

Youza ne savait qu'en penser. Mais non, l'azerote mentait. Il aurait fallu lui donner une leçon... Lui faire passer l'envie... Mais si par hasard il ne mentait pas ? Si Ourchoulé s'était vraiment griffé le visage de ses ongles ? Ça ne lui ressemblait guère — mais sait-on jamais ? Qui peut dire les sottises dont les femmes sont capables quand ça les prend... Ourchoulé, bien sûr, n'était pas de cette espèce-là... Mais que savait-il de l'Ourchoulé d'aujourd'hui ? Ils avaient grandi ensemble, passé ensemble des années sans se perdre de vue un seul jour — mais Ourchoulé pouvait-elle être encore la même Ourchoulé ? Elle était maintenant faite d'une tout autre pâte, sa sœur Ourchoulé. Lorsqu'une fille a un mari à ses côtés, inutile de chercher la fille d'antan. D'ailleurs, c'est la même chose pour toutes, apparemment.

Youza réfléchit longtemps à tout ça, sans pouvoir se faire une idée nette du pourquoi ni du comment. Il se sentait seulement oppressé.

Il avait encore plus de mal à comprendre que Karoussé puisse être devenue... ce qu'Adomas disait. Comment un homme ayant toute sa tête pouvait-il croire qu'elle était devenue comme ça à cause de lui, Youza ? Comme s'il était assorti à Karoussé, et Karoussé, à lui ! De quoi rire ! Des absurdités, ce que colportait Adomas. Des sottises, tous ces racontars. Tchévidis lui aussi déraillait. A force de rêver en dormant, il prenait ses rêves pour la réalité et débitait des sornettes.

Youza chassa toutes ces idées d'un grand geste et s'en retourna travailler. Chaque jour le retrouvait se tuant au travail, de l'aube au crépuscule, et se jetant à moitié mort sur son lit à la tombée de la nuit. Et malgré tout, il n'arrivait pas à chasser de son cœur la peine qu'il ressentait pour Karoussé, pour cette gosse qui était peut-être, qui sait, devenue comme ça à cause de lui... S'il ne l'avait pas repoussée, elle ne serait peut-être pas devenue comme ça du tout. Peut-être pas du tout comme ça. Seulement voilà ! Comment prendre une fille dans ses bras lorsqu'on en a une autre qui vous tient le cœur ? Impossible de l'en arracher, de l'en extirper, de la déraciner, cette Vintsiouné qui lui ravageait le cœur comme un acide... Fasse que Dieu soit plus compatissant pour Vintsiouné qu'elle ne l'avait été pour lui, Youza!...

Oui, ce furent de bien mauvais jours qui commencèrent pour Youza après la visite d'Adomas. Et d'encore plus mauvaises nuits.

Et voilà que pendant une de ces pénibles nuits, Youza eut l'impression de ne pas être seul dans son lit. Au début, plongé dans la douce inconscience du premier sommeil, il ne réalisa pas du tout qui pouvait être venu, ni d'où. Il ne condamnait jamais sa porte la nuit. D'ailleurs la porte n'avait pas de verrou. N'importe qui, si l'envie l'en prenait, pouvait entrer et sortir. N'importe qui. Mais durant toutes ces années, il n'était jamais arrivé que quelqu'un franchisse le seuil sans y être convié. Que se passait-il donc maintenant?

Mais tandis que Youza s'interrogeait, deux bras se nouèrent à son cou. Des bras si doux et si tièdes qu'il était difficile d'en imaginer de tels, à moins que ce ne fût en songe. Au point que Youza n'eut même pas la force d'articuler un mot.

— Comme un rameau détaché de son arbre, voilà ce que je suis sans toi, dit une voix de femme entrecoupée de sanglots.

Youza reconnut la voix : Karoussé. Elle se serrait contre lui dans l'obscurité, lui caressait les cheveux, et sans plus parler, cherchait ses lèvres de ses lèvres d'où s'exhalait une haleine brûlante. Et pourtant tout son corps tremblait, comme de froid. Brûlante et frissonnante. Karoussé.

Un moment passa sans que Youza puisse reprendre ses esprits.

Puis il se dégagea :

— T'as perdu la tête!

— Ne t'en va pas... Ne me repousse pas, suppliait Karoussé dans la nuit, le caressant, lui entourant toujours le cou de ses bras, l'emprisonnant dans la chaleur de son étreinte. Je t'en supplie, au nom de Notre-Seigneur!

Youza se libéra, se leva. Alla jusqu'à la lampe, l'alluma. Et lorsqu'il se retourna, il resta stupéfait. Il

118

n'avait plus devant lui la petiote Karoussiote, maigrichonne, avec ses coudes pointus et ses genoux cagneux, mais une grande belle fille à la gorge opulente, qui dégageait même à travers son chemisier une si chaude odeur de femme que le front de Youza se couvrit de sueur. Rêvait-il ou non? Était-ce une hallucination? Délirait-il… Il secoua la tête, une fois, puis une autre, sans parvenir à comprendre s'il voyait Karoussé en chair et en os ou s'il divaguait. Mais elle s'approchait de lui, plus près, plus près encore. Des larmes plein les yeux, la blouse grande ouverte sur sa poitrine.

— Tu fuis vers la lumière pour te protéger? De quoi te protèges-tu?

Elle ne parlait plus d'une voix mêlée de sanglots, comme lorsqu'elle était étendue près de lui dans le lit, mais d'une voix pleine d'amertume. Et les larmes dans ses yeux n'étaient plus des larmes de gamine comme Youza lui en avait vues autrefois. Ce n'était pas du tout cette Karoussé-là. Youza frissonna et sentit seulement qu'il heurtait de son dos le mur derrière lui. Il ne pouvait reculer davantage. Karoussé s'appuya contre lui de toute sa poitrine. Pressa ses lèvres sur ses lèvres.

— Que n'ai-je pas fait pour seulement t'arracher de mon cœur, tu entends? murmurait-elle, s'éloignant de lui en chancelant, puis revenant contre lui encore. T'arracher, avec n'importe qui, n'importe où, n'importe comment, mais t'arracher, tu entends?

Youza ne répondit pas. Il n'aurait pu prononcer un seul mot.

— Et ça n'a servi à rien, tu m'entends? Rien n'a servi à rien, maudit sois-tu! Je n'ai réussi qu'à me traîner dans la boue pour rien, qu'à me souiller tout entière pour rien, tu m'entends?

Les larmes jaillirent de ses yeux, et elle était plus belle en cet instant que Youza ne l'avait jamais vue.

— Et à cause de quoi? Comme s'ils étaient rares, les hommes qui ne sont pas aimés de celles dont ils sont tombés amoureux! Qu'est-ce que ce serait s'ils allaient tous vivre sur un marais à cause d'une fille!… Tu n'as plus ta raison, Youza. Et tu n'as plus de cœur!… Tu n'as plus rien, tu n'es plus un homme, tu n'es plus qu'une bête sauvage !

Karoussé se laissa tomber aux pieds de Youza, les enlaça, pleurant à grands sanglots déchirants.

— J'aurais pris soin de toi chaque jour que Dieu fait, je t'aurais baigné les pieds d'eau tiède et les aurais essuyés de mes nattes pour être seulement à toi, seulement près de toi, toi seul, Youza.

Youza le sentit : un mot de plus de Karoussé, un sanglot, un soupir encore et il ne résisterait pas, il la serrerait dans l'étau d'acier de ses mains, il l'enlacerait, la consolerait. Mais cette idée le fit frissonner. Et il repoussa Karoussé agenouillée à ses pieds :

— Lâche-moi, traînée !

Karoussé blêmit, se rejeta en arrière sans se relever, et s'appuyant de ses bras sur le sol, le regarda avec des yeux fixes, avec des yeux morts... Youza se sentit blêmir lui aussi. Il vit seulement que Karoussé se levait lentement, ses yeux hébétés toujours rivés sur lui. Maintenant, elle était debout. De ses doigts aveugles, elle chercha les bords de sa blouse, la ferma, fut debout devant lui.

— Dieu ne te viendra pas en aide, dit-elle à voix basse.

Et marcha vers la porte. Au milieu de la pièce, elle chancela. Youza fit un mouvement pour s'élancer, la soutenir. Mais Karoussé, se redressant, dit sans se retourner :

— Ne me touche pas !

Et sortit.

Et ce fut au tour de Youza de chanceler.

XI

Youza posa un verrou sur la porte de la maison d'habitation. Pas un loquet en bois comme en avaient la plupart des gens des environs, mais un verrou en fer battu, avec un long pêne cranté coulissant dans une gâche également en fer battu, et si astucieusement conçu que seul Youza, et personne d'autre, pouvait l'ouvrir de l'intérieur du vestibule en faisant glisser le pêne, ou de l'extérieur avec un crochet spécial. Lorsqu'il eut mis le verrou sur la porte de la maison, Youza alla s'occuper des autres bâtiments. Il n'y posa pas de verrou, mais des cadenas de resserres pesant bien dans les dix kilos. Il les avait achetés à la quincaillerie de Konèle. Quand cela fut fait, il passa tout en revue et comprit : maintenant, plus personne ne s'aventurerait chez lui, sur sa colline de Kaïrabalé. Ni homme, ni diable. Désormais il était seul. Seul, jour et nuit.

Ensuite, Youza fit glisser dans l'eau de la Pavirvé une bille de chêne. Longue et épaisse. A peine Karoussé partie, Youza avait attelé le cheval et était allé acheter cette bille de chêne. Il l'avait payée un prix fou. C'était elle qu'il mettait maintenant à tremper dans la Pavirvé — du chêne qu'on ne trempe pas, est-ce vraiment du chêne ? Et s'il le faisait, ce n'était pas parce que Karoussé lui avait dit cette nuit-là : « Dieu ne te viendra pas en aide », mais parce qu'une maison doit avoir une croix. A-t-on jamais vu une maison sans sa croix ? Partout il y a des croix. Là où il y a une ferme, il y a une croix. Dans les fermes comme il faut, bien entendu. Et cela dans toute la Lituanie. D'aussi loin qu'on se souvienne, il en a toujours été ainsi. De surcroît, la ferme de Youza, c'était plus qu'une ferme : il n'y avait pas qu'un homme à l'habiter, il y avait une tombe où reposaient deux soldats, l'un du tsar, l'autre du kaiser. Trois personnes au total dans cette ferme.

Karoussé… Que venait-elle faire là-dedans, Karoussé ? Venue sans être invitée, partie comme elle était venue. Venir comme elle était venue, était-ce quelque chose de si extraordinaire pour elle qui s'était donnée à qui la voulait et roulée dans la paille à bouche que veux-tu avec le premier venu ? Croire comme paroles d'Évangile à ce que racontent les gens, c'est idiot, mais ne pas y ajouter foi du tout, c'est aussi idiot. Les gens ne mentent pas toujours. Alors quelle différence pour elle, dites-moi, un de plus ou de moins… « Comme un rameau détaché de son arbre »… Elle qui se roulait dans la paille avec tout un chacun, elle avait vraiment choisi les mots qu'il fallait ! « Dieu ne te viendra pas en aide ! » Qu'il me vienne en aide ou non, ce n'est pas toi qui peux le prédire, Karoussiote !

Voilà à quoi pensait Youza en faisant descendre la bille de chêne dans la Pavirvé, et après, en revenant à la maison. Mais ensuite l'idée lui vint qu'il se trompait, qu'il avait tort de penser à Karoussé de cette façon-là. Ce n'était pas pour se vautrer avec lui dans la paille qu'elle était venue chez lui, c'était pour autre chose. Et plus il réfléchissait, mieux il comprenait qu'il n'aurait pas dû la traiter comme il l'avait traitée. Et il ressentait une douloureuse et vive compassion pour la Karoussé qui s'était tenue devant lui cette nuit-là, franche comme du bon pain et si extraordinairement femme.

Mais quand la compassion devint remords, Youza se fâcha : « Comment ne pouvait-elle comprendre, comment ne savait-elle pas, cette fille, qu'on ne peut commander à son cœur, lui dire : Puisque tu ne peux avoir celle dont tu as besoin, prends celle qui a besoin de toi. Le cœur chante la chanson qui lui plaît. Et puisque c'est comme ça, qu'est-ce qui lui avait pris, à cette

Karoussé, de s'amener chez lui ? Elle avait vraiment besoin d'y venir ! » Voilà ce que se disait Youza pour faire taire ses remords. Mais peine perdue, il n'y réussissait pas. Le ciel devant ses yeux n'en devenait pas plus bleu.

En rentrant chez lui, Youza jeta un coup d'œil dans le morceau de glace accroché au mur. Pourquoi se regardat-il, mystère, mais il le fit. Jamais, pourtant, il ne s'arrêtait devant ce bout de miroir, sinon le matin pour se raser. Et voilà que tout d'un coup, sans rime ni raison... A midi, avec du travail par-dessus la tête, qu'est-ce qu'il faisait ? Il se regardait dans un bout de miroir ?

Et dans ce miroir, Youza vit que ses tempes avaient blanchi. Déjà blanchi ! Pour la première fois, Youza vit du givre dans ses mèches, et plus encore sur ses tempes, et sa tête couverte de cheveux gris. Il en était donc déjà là ? Combien d'années avait-il donc vécu, puisqu'il en était déjà là ?

Youza resta longtemps debout devant le morceau de miroir. Puis son poing se leva. Il y eut un tintement de verre brisé. De minuscules éclats argentés volèrent et s'éparpillèrent en cliquetant sur le sol.

Youza était déjà dehors. Et là, il vit de nouveau, comme si c'était la première fois, combien de choses il avait réussi à faire. Et c'était vrai : il avait beaucoup fait. Des vaches laitières, il n'en avait plus une, mais deux ; des veaux : trois ; et des moutons : une demi-douzaine. Bientôt la place lui manquerait sur sa butte ! Dans le verger, tout avait pris, tout était verdoyant, il récoltait des montagnes de pommes et de poires. Sans parler des ruches sous les pommiers et les cerisiers ! Des ruches qui vrombissaient et tintaient, pleines du miel que les abeilles apportaient des prés en fleurs et des parcelles de sarrasin, de l'autre côté du Kaïrabalé, et aussi de la forêt où bleuissait la bruyère violine à l'ombre des fougères. Et l'eau du puits ne sentait plus la vase ni le limon, le gros sel l'avait rendue pure, transparente comme les larmes. Youza avait aussi fait sécher des herbes de toutes sortes, il en avait rempli les avancées du toit. De quoi se faire des tisanes roboratives jour et nuit, et il en resterait encore !

Alors Youza occupa à de nouvelles besognes ses mains et ses épaules qui se languissaient d'être sans rien faire. Et quoi qu'il entreprît, tout lui réussissait.

Lorsque Adomas vit tout cela, un beau jour, il en resta ébahi, et c'est à peine s'il reconnut Youza.

— Comme tu vis ! dit-il seulement. Comme tu vis !

— Je travaille.

— Et moi je ne me plains pas non plus, rétorqua Adomas. Mes enfants n'en sont plus à se traîner sous la table. Ils pourront assurer bientôt la relève, aux saumures comme aux emblavures. Moi aussi, je ne vis pas mal...

— Tu en as fabriqué beaucoup ?

— Tu ne le sais donc pas ?

— Tu ne m'as pas invité aux baptêmes depuis la dernière fois avec Karoussé, tu crois que les chiens sont venus me le raconter ?

— C'est vrai, reconnut Adomas. Tu vis comme une chevêche sur ton marais.

— Dis-le, comme ça je le saurai.

— Qu'est-ce qu'il y a à en dire... T'inviter aux baptêmes, ce n'était guère facile. Ma femme était furieuse contre toi — et intraitable : « Puisqu'il est comme ça avec Karoussé », qu'elle a dit, « nous, on est pareils avec lui. » Ne te fâche pas, Youza. Tout ça n'a pas très bien fini.

— Ça a fini comme ça avait commencé.

Adomas se tut. Puis il reprit :

— Je le vois bien, tu es fâché. Tu as tort. Ce n'est pas la peine de faire attention aux récriminations des bonnes femmes.

— Ce n'est pas moi qui y fais attention.

Adomas comprit que Youza était réellement en colère. Que pouvait-il faire ou dire, maintenant, pour le remettre de bonne humeur ? Pour que tout redevienne comme avant ?... Il n'en savait rien.

— Deux fils, Youza, dit-il. Deux fils, et des filles — trois. L'aînée des filles s'assied déjà au métier à tisser ; et elle est capable aussi de donner à manger aux bêtes. Et après elle, les deux plus jeunes. Non, je ne me plains pas. Quand tous sauront se débrouiller, on n'aura plus besoin de louer des bras étrangers pour les moissons. Nos bras à nous nous suffiront, Youza.

— C'est bien, dit Youza.

— En plus, on a ouvert une école dans notre village. Une école lituanienne. L'institutrice est déjà arrivée avec une pleine malle de livres. Tu ne savais pas ça non plus, Youza ?

— Il n'y avait pas d'école chez nous, que je sache.

— C'est sous le tsar qu'il n'y en avait pas, Youza. Sous le tsar. Maintenant, c'est une autre histoire. Maintenant c'est la Lituanie, Youza. C'est pour ça qu'on a des écoles. Il n'y a plus de village sans école primaire. Et on dit que bientôt il va y avoir un collège à Maldinichké. Pour que les gosses puissent continuer leurs études.

— Et tu y enverras les tiens, évidemment ?

— C'est déjà fait, Youza. Qu'est-ce qu'on a pu apprendre, nous, Youza ? Comment je pourrais ne pas les y envoyer ! Pour qu'ils soient comme nous ? Pour que nos enfants aussi soient comme nous ?

Youza ne répondit pas. Il retournait dans sa tête ce qu'il avait entendu de la bouche d'Adomas. Puis il lui demanda :

— Mais qu'est-ce que tu as à soupirer ?

— Moi ? Moi, je soupire ?

— Ne raconte pas d'histoires.

— Je ne soupire pas, répondit finalement Adomas. Et je ne raconte pas d'histoires. Simplement, dis-moi une chose, Youza : Karoussé est venue ici ?

— Karoussé ?...

— Donc elle est venue. Et le vieux Tchévidis ? Tchévidis, lui, il est venu ?

— Et pourquoi il serait venu ?

Adomas resta longtemps sans répondre. Puis il releva la tête, regarda son frère droit dans les yeux et dit à voix basse :

— Karoussé a disparu.

Adomas dit ces mots et vit Youza serrer les dents. Les serrer à faire saillir les mâchoires jusqu'aux pommettes.

— Le vieux Tchévidis passe le district au peigne fin depuis trois semaines, dit Adomas sans lâcher Youza des yeux. Et Karoussé n'est nulle part, ni morte ni vivante. Comme engloutie par les eaux — volatilisée.

Youza regarda son frère des pieds à la tête.

— D'où tu as pris qu'elle pouvait être ici ?

— C'était seulement une supposition, Youza. Une simple supposition.

— Qu'est-ce qui te le fait supposer ?

— Ta voix, Youza.

— Quoi, qu'est-ce que tu dis ?

— Bon, eh bien voilà, Youza. A ce que racontent les gens, Karoussé aurait dit à son père, au vieux Tchévidis : « Il y avait un homme, un homme qui valait pour moi plus que tous les autres réunis ; et finalement, il est aussi fumier que les autres. » Ce que je te dis, bien sûr, je n'en mettrais pas ma main à couper, mais puisque les gens le racontent... Ce ne serait pas de toi qu'elle aurait dit ça ?...

— Fumier ?

— C'est Karoussé qui l'aurait dit, pas moi. Elle a craqué, cette gosse. Alors pas de quoi s'étonner. Ensuite, elle serait allée à l'église. Ce n'était pas dimanche, et pourtant il paraît qu'elle y est allée. Elle a dit ça à son père, et elle est partie. A l'église. Et les gens affirment maintenant, tous sans exception, que Karoussé se serait jetée à genoux devant notre vieux curé en lui embrassant les mains, en pleurant, et qu'elle lui aurait demandé de recevoir sa confession, sa confession générale, comme on dit, pour sa vie entière. Et lorsqu'elle a eu tout raconté au curé, elle a communié. Depuis ce jour-là, personne ne l'a revue.

Youza se leva. Fit quelques pas à travers la cour, revint. S'arrêta devant son frère.

— Le vieux Tchévidis a déjà dit à pas mal de gens que ce fumier, c'était toi, et qu'il allait prendre une bonne trique de pommier pour venir s'expliquer avec toi. Venir te poser un certain nombre de questions.

— Karoussé n'est pas ici.

— Je le vois bien, qu'elle n'y est pas. Je le vois bien,

Youza. Mais n'y est-elle pas venue? Elle y est venue, allons, Youza!

— Qu'il vienne, dit Youza après un silence.

Adomas secoua la tête :

— A toi de voir, Youza. Mais souviens-t'en : le vieux Tchévidis va tout seul à la chasse au sanglier!

— Qu'il vienne.

— A toi de juger, Youza.

— Le verrou ne sera pas fermé.

— A toi de juger. A ta place, je ne resterais pas seul la nuit au Kaïrabalé.

Youza ne répondit pas.

Ils se quittèrent sans un mot de plus. Adomas s'éloigna par le chemin de fascines, la tête enfoncée entre les épaules, comme racorni. Youza le regarda s'éloigner jusqu'à ce qu'il disparaisse.

Mais Tchévidis ne se montra pas sur le Kaïrabalé. Ni ce jour-là, ni les jours suivants. Apparemment, le vieux continuait à passer le district au peigne fin. Quant à Karoussé — pas le moindre signe de vie. Une semaine passa, une autre commença. Youza s'attelait à ses besognes comme un bœuf au labour, et le soir, par habitude, tombait sur son lit, et les mains derrière la tête restait longtemps étendu. Sans que le sommeil le prenne. Et Karoussé ne lui sortait pas de la tête. Il savait pourtant bien qu'il n'y était pour rien : il n'avait même pas touché Karoussé du bout du doigt. Mais son cœur était rongé par l'idée que, peut-être, le problème ne devait pas être posé tout à fait comme ça, et que sa faute à lui, Youza, était peut-être précisément de ne pas l'avoir touchée. Il passait ses nuits à y penser. Et lorsqu'il se levait, le matin, ses mains étaient comme de l'étoupe : s'il prenait quelque chose, il le lâchait; s'il donnait un coup de marteau, il frappait à côté. Quelque ouvrage qu'il entreprenne, tout lui tombait des mains. Sa tête flottait comme dans un brouillard. De plus en plus souvent, Youza s'arrêtait au milieu de la maison ou de la cour sans pouvoir se rappeler où il allait, ni ce qu'il s'apprêtait à faire et pourquoi il s'était arrêté. Il se sentait constamment mal à l'aise, oppressé. Il ne pouvait s'enlever de la tête l'idée que tout cela ne présageait rien de bon, que c'était peut-être la vieillesse qui arrivait brusquement sans crier gare, ou pire encore peut-être.

Voilà comment passaient les jours, désormais, pour Youza.

Et Karoussé, qui la découvrit finalement? Youza, bien sûr, personne d'autre. Tout à fait par hasard, sans s'y attendre le moins du monde. Il ne la cherchait pas, d'ailleurs. Karoussé remonta d'elle-même à la surface de l'eau. Pas au printemps, pendant le dégel, lorsque tout se met à flotter sous l'œil de Dieu, mais durant l'automne, ce même automne, au moment où les bouleaux commençaient à peine à jaunir des premières gelées et les mousses à hérisser leurs poils raidis sur le Kaïrabalé. Pas dans la rivière, ni dans le lac autour duquel se réunissaient les jeunes en été pour danser, comme il avait dansé lui-même autrefois avec Vint-sounné... Non, Karoussé flottait juste à côté de sa butte. A la surface d'une des grandes orbites du Kaïrabalé.

Youza marchait à travers la grande seigne, contemplant le tapis de baies de canneberge mûres, lorsqu'il vit à la surface d'une clairure du marais quelque chose de coloré, de bigarré. Au début, il se dit : c'est un petit tronc, ou une souche engluée dans la vase. Ce n'est pas ce qui manque, les souches noueuses qui viennent flotter en surface et qui s'y dandinent jusqu'à ce que le soleil et le vent aient séché et décoloré leur face supérieure ; ensuite elles se tournent sans se presser sur l'autre face et recommencent à se dandiner. Elles se trémoussent un an, deux ans ou même plus, aussi longtemps que quelqu'un ne sera pas venu ramper jusqu'à la clairure, en hiver, lorsque la seigne se couvre de glace, pour sortir la souche en la tirant avec de longues gaules et s'en servir comme bois de chauffage ou autre chose. Donc Youza allait passer son chemin — et pourtant il ne le fit pas, il s'arrêta, sans savoir pourquoi. Le cœur battant à grands coups sourds. Et Youza reconnut le devanté de la jupe à rayures tissée à la main qui s'enflait comme une longue vessie au-dessus de l'eau. Dans toute la paroisse, personne, à l'exception de Karoussé, ne savait tisser de tels motifs. Karoussé seulement. Personne d'autre, elle seulement.

Youza resta longtemps debout sans pouvoir détacher les yeux de l'orbite de la seigne. Ses jambes s'enfonçaient de plus en plus dans la mousse, l'eau commençait à monter autour des tiges de ses bottes, mais Youza ne voyait que le devanté de cette jupe — rien que ce devanté rayé, rien que lui. Comment Karoussé pouvait-elle se trouver ici? Comment avait-elle pu y arriver? Aucun être vivant, à deux jambes ou à quatre, aucun être au monde, même venu de loin, ne pouvait s'approcher de cette gouille du marais, aucun — sauf lui, Youza. Et cela, seulement parce que le grand-père Yokoubas lui avait un jour montré comment tâter le sol de sa gaule pour trouver les points fermes de la passe secrète. Tous les autres faisaient un détour d'un bon kilomètre pour éviter l'endroit, car ils le savaient : que leur pied ne se pose pas exactement à la bonne place, et ils ne reverraient jamais leur maison. Comment avait-elle fait pour arriver là, cette Karoussé? Qui lui avait montré, puisque le grand-père Yokoubas était depuis longtemps dans la tombe et que Youza n'en avait jamais ouvert la bouche à personne?

Et pourquoi se trouvait-elle là, maintenant, Karoussé? Qui donc l'avait poussée, tirée, forcée? Était-ce vraiment possible que ce soit seulement à cause de lui, Youza? Était-ce possible qu'elle ait fait ça parce qu'il ne l'avait pas serrée contre sa poitrine cette nuit-là, toute nue sous sa blouse ouverte, et parce qu'il lui avait dit « traînée »?

Youza resta longtemps debout près de la grande orbite du Kaïrabalé.

Rentré à la ferme, il fixa un crochet de fer à une longue gaule, revint vers la clairure, piqua le crochet de la gaule dans le devanté de lin rayé et le tira lentement vers le bord. Lorsque le devanté brodé arriva à portée de main, Youza vit les maillons d'une longue et forte chaîne de fer qui se croisaient sur la poitrine de Karoussé. L'un des bouts de la chaîne pendait dans l'eau noire, il ne restait de l'autre bout que quelques maillons accrochés à la jupe. Youza comprit : au bout de la chaîne, il devait y avoir eu une pierre. Karoussé n'avait pas fait confiance à l'eau profonde ; elle avait attaché une pierre à la chaîne, une pierre lourde probablement. Pour que la pierre l'entraîne à coup sûr dans les sombres profondeurs de la grande orbite. Mais la pierre, par la suite, avait glissé, laissant Karoussé remonter vers la lumière du ciel...

Youza revint à la maison. Il passa la nuit entière à fabriquer un cercueil. Large, spacieux. Quand quelqu'un reste aussi longtemps dans l'eau, il n'est plus ce qu'il était avant. Il n'a plus la même taille. Il lui faut un tout autre cercueil. Youza n'avait d'ailleurs pas reconnu immédiatement Karoussé quand il l'avait tirée hors de la fosse et étendue sur la mousse. S'il n'y avait eu ce devanté et cette jupe rayée tissée à la main... Et pendant qu'il fabriquait un cercueil pour Karoussé, le jour commença à poindre sur le Kaïrabalé. Il ne pouvait plus retourner à la gouille du marais maintenant, il lui faudrait attendre le soir. Qui aurait l'idée de tirer un cercueil à travers le Kaïrabalé en plein soleil, quand on voit tout de partout ! Le soleil, encore, ce n'est pas grave : il éclaire un peu et s'en va plus loin dans le ciel. Le soleil, c'est sa manière à lui. Il ne s'arrête jamais longtemps nulle part. Mais les gens ! La moitié de la paroisse accourrait si les gens voyaient Youza traîner un cercueil à travers les sphaignes et les sagines du marais. Non, non. Il devait attendre le soir. Le soir, lorsqu'on peut faire ce qu'il est impossible de faire en plein jour.

Et pour que l'attente ne parût pas trop longue ni trop pesante, et que tout ce qu'il avait à faire pût être fait à temps, Youza prit une bêche et se mit à creuser un trou juste à côté de la tombe des deux autres, ce soldat du tsar et celui du kaiser. Le soir approchait lorsque Youza arriva au bout de sa tâche. La fosse était bien comme il faut : large, profonde, juste ce dont Karoussé, la Karoussé d'aujourd'hui, avait besoin.

Quand le crépuscule fut descendu, Youza noua des cordes autour du cercueil et le traîna vers l'orbite du marais. Arrivé près de Karoussé, il se pencha pour la soulever. Mais à peine l'eut-il touchée que la chaîne pesant sur sa poitrine eut un soubresaut — et fila vers les profondeurs. Droit dans l'orbite noire. Chaînon après chaînon. Et disparut. Il y eut un glouglloutement de grosses bulles dans les lointains de l'abysse : Karoussé était désormais complètement délivrée. Elle en soupira même, de se sentir si légère. Oui, elle eut vraiment l'air de soupirer de soulagement. Et d'attendre patiemment que Youza l'eût posée sur les copeaux de pin résineux dans le fond du cercueil qu'il avait fabriqué pour elle de ses propres mains.

L'aube était proche lorsque Youza eut achevé tout ce qu'il devait faire : étendre Karoussé et l'enrouler dans un drap blanc dans le fond du cercueil, traîner le cercueil à travers les sphaignes en prenant soin de mettre sous lui le plus possible de branchages pour qu'il ne s'enfonce pas et ne disparaisse pas dans la seigne. Qui s'est noyé de son vivant ne doit pas se noyer une fois mort... Quand le jour se leva, Youza avait fini d'enterrer Karoussé. A côté des deux soldats du tsar et du kaiser.

Il s'assit sur le banc sous la fenêtre. Il n'alluma pas sa pipe comme il le faisait d'ordinaire après un travail pénible. Il ne s'appuya même pas au mur de sa maison. Il resta assis très droit, sa chapka sur les genoux. Comme s'il n'était pas dans sa propre ferme, dans sa propre cour, mais à l'église ou dans une chapelle. Assis, regardant le soleil se lever sur le Kaïrabalé. Se lever et monter dans le ciel. Lentement, irrésistiblement. De plus en plus haut. Comme chaque matin. Comme de tout temps.

— Je vais lui planter un cerisier, dit tout haut Youza. Qu'il fleurisse à ses pieds.

Et après un silence, il répéta :

— Qu'il y fleurisse.

XII

Le cerisier prit bien. Au bout d'un an, il fleurissait déjà avec exubérance en même temps que les deux autres, ceux du Russe et de l'Allemand. En même temps que tous les arbres du verger. Et les abeilles bourdonnaient dans ses fleurs, sans faire de différence entre lui et les autres. Youza avait maintenant beaucoup de ruches-billots. De fameuses travailleuses, ces abeilles qui se relayaient sans une seconde d'arrêt pour emplir les gaufres de leur fardeau sucré. Le matin, désormais, Youza se tenait sur ses gardes : elles avaient en effet mis en place une sorte de pont aérien qui franchissait le Kaïrabalé, et lorsqu'elles commençaient à vrombir en prenant toutes ensemble leur envol, on n'aurait pas cru qu'il s'agissait d'abeilles, mais d'une salve d'artillerie déchirant l'air. Tant que les fleurs du verger ne furent pas ouvertes, les abeilles obéirent à l'appel des grandes prairies, loin de la maison de Youza. Le printemps avançant, pommiers et cerisiers se mirent à ployer sous le poids de leurs congères neigeuses. Alors les travailleuses se calmèrent, vidant sans bruit toutes ces fleurs de leur suc les unes après les autres, et redescendant ensuite lourdement et plus silencieusement encore sur les planches d'envol des ruches. Mais à peine les branches commencèrent-elles à grisailler dans la ferme de Youza, leur duvet blanc épars sur le sol, que les abeilles reprirent leurs raids aériens. Et mieux valait les éviter !

Tchévidis ne se montra pas sur le Kaïrabalé. Ni cet

automne-là, ni l'hiver, ni le printemps suivant. Youza cessa même de regarder autour de lui en sortant le matin.

Tchévidis ne vint pas. A sa place réapparut Adomas. Cette fois, il ne parla ni de Karoussé, ni de Tchévidis. Il s'assit à côté de son frère et resta là sans rien dire. Tirant sur sa cigarette.

— Qu'est-ce qu'il y a encore ? demanda Youza.

— Est-ce que je soupire ?

— Quel malheur te pèse sur les épaules ?

Adomas ne répondit pas. Il regarda son frère. Se tut encore, puis enfin :

— Le malheur ?... On remembre les terres en métairies.

— Chez toi ?

— Chez tous. Les arpenteurs sont déjà venus. Ils ont fait le tour des champs en les mesurant avec une lunette sur un trépied. Il va falloir déménager.

— Tu n'en as guère envie, à ce que je vois ?

— Personne ne me demande mon avis.

— Eh bien ! Ne déménage pas.

— Facile à dire. Il s'est trouvé au village des gens sans cervelle qui ont fait venir le staroste. Ils ont rédigé ensemble un papier pour les autorités : « Partagez notre commune », qu'ils ont dit ! Des gens comme ça, sans cervelle, ce n'est pas ce qui manque. Plus de la moitié du village. Maintenant, ils harponnent même ceux qui n'ont pas signé, sans leur demander s'ils sont d'accord ou non.

— Mais toi, tu as signé le papier ?

— Comme si j'allais faire ça !

— Pourquoi diable déménager, alors ?

— Je te l'ai dit, plus de la moitié de la commune a signé. Le chef de district est même venu à cheval. Alors, avec lui, comment refuser ? C'est le pouvoir !

— Puisque tu n'as pas signé le papier, qu'est-ce que ça peut bien te faire, chef de district ou non ? La terre est à toi, pas à lui.

Adomas eut un sourire. Tous les gens de la région se rappelaient comment le chef de district avait envoyé à Youza convocation sur convocation pour impôts

134

impayés, comment il avait même envoyé un huissier chez Youza, et comment l'affaire s'était terminée.

— Pour toi, bien sûr, c'est facile, dit Adomas.

— Et toi qui disais que la vie serait plus difficile pour moi au Kaïrabalé...

— Tout ce qu'on peut dire ne tombe pas dans l'oreille du Seigneur. J'ai dit ça — les choses ont tourné autrement. Mais ne te réjouis pas trop vite tout de même. Il ne fait pas bon plaisanter avec le chef de district. Tout peut encore arriver.

— Il sera toujours temps de pleurer lorsque ça arrivera.

Un silence. Puis Adomas reprit :

— D'un autre côté, si on regarde les choses autrement, faut bien le reconnaître : avec toutes nos enclaves, qu'est-ce qu'on a perdu comme temps ! Combien de roues on a cassées sur les bornes ! Et combien on en a usées, de galoches ! Avec le remembrement, ça n'arrivera plus. La ferme, la seiglière, les poules le long de l'enclos, les bêtes juste à côté, on aura tout sous la main... Qu'il pleuve, qu'il vente, qu'il neige plus tôt que de coutume, il suffira de se dépêcher, d'empoigner le râteau, d'y aller de la fourche dare-dare, et tout sera sauvé, tout sera rentré, chez toi, sous ton toit, sur place. Tout le village a signé, Youza.

— Alors, tu es venu chanter ou pleurer ?

— Discuter, Youza. Je suis venu discuter. Tiens, prends les cochons à bacon. Figure-toi que l'Angleterre, maintenant, a de ces caprices... ça dépasse les bornes ! Faut lui donner les baconers avec des couches alternées bien fines de maigre et de gras, et surtout, qu'il n'y ait pas trop de gras ! Des porkers comme ça, on est forcé d'avoir l'œil sur eux tout le temps qu'on les nourrit. Suffit de tourner la tête, et la viande n'est plus la même — et l'Angleterre n'en veut plus. Alors comment surveiller les cochons pour qu'ils aient un bacon comme ils le veulent en Angleterre ? Comment les avoir à l'œil si on doit courir dans les parcelles à des kilomètres de la maison ? Peut-être que je ne m'explique pas bien, Youza ?

— Puisque tu es venu demander de l'argent, qu'est-ce que tu as à me balader dans tes parcelles ?

— T'as deviné, Youza. On ne pouvait pas mieux deviner !

Youza ne répondit rien.

— Je sais, tu m'as toujours considéré comme un panier percé, Youza. Depuis toujours, reprit Adomas. Mais réfléchis un peu tout de même. Je ne loue plus de journaliers maintenant, on n'est plus que nous. Alors dis-moi, je ne vais pas donner aux miens du lait écrémé aux repas, comme on en donne aux journaliers ! Puisque ce sont les miens, il leur faut aussi de meilleurs habits et de meilleurs souliers tous les jours, et le dimanche aussi, pour aller à l'église. Ce ne sont pas des ouvriers agricoles, tout de même, ce sont les fils du patron. Penses-y un peu.

Adomas toussa pour s'éclaircir la voix, se tut un instant puis reprit :

— En plus de ça, l'argent, maintenant, il coule comme de l'eau. T'as beau serrer le poing, t'as beau essayer de le retenir, il te file entre les doigts. Et quand il va falloir déplacer la maison, qu'est-ce qui va se passer ? Une maison en bois, tant qu'on ne la touche pas, elle tient, elle peut même tenir cent ans. Mais si tu la bouges, tu ne sais plus ce que tu as devant toi : du bois vermoulu, un tas de poussière, un point c'est tout. Quelle fortune il faudra pour avoir des rondins et refaire des murs neufs ? Combien de pognon je devrai refiler au géomètre pour qu'il ne m'envoie pas me loger sur une brande pavée de vieilles souches, ou une rauche, ou un pierrier dénudé ? Je n'aurais plus qu'à passer le reste de ma vie à me lamenter dans le giron de mon chien. Voilà où on en est, Youza.

Youza ne répondit rien.

— C'est pour ça que je suis venu, ajouta Adomas d'un ton implorant.

Youza continua de se taire.

— J'en ai discuté avec ma femme : si un frère n'aide pas son frère, qui le fera ?

— Je ne te donnerai rien, dit Youza.

136

— Tu ne me donneras rien ? Je comprends bien que toi non plus, tu ne ramasses pas l'argent à la pelle. Tu vis sur ton marais, tu n'élèves pas de baconers, alors tu ne dois pas avoir souvent dans ta poche d'espèces sonnantes et trébuchantes. Mais je me dis seulement, comme ça, que si mon frère ne m'aide pas... mon propre frère, Youza ?

— Je ne te donnerai rien, répéta Youza.

— Tu ne me donneras rien ?... Bien sûr, tu ne roules pas sur l'or, je le sais bien, Youza... Mais on en a discuté avec la femme... Tu tires tout de même deux vaches à toi tout seul, tu vends de temps en temps une motte de beurre ou deux au marché, des fromages, du caillé. Avant les semis de lin, tu t'es fait pas mal d'argent en vendant de la semence, c'est toi-même qui l'as dit. Avec le miel aussi. Et par contre, qu'est-ce que tu as besoin d'acheter ? Des bottes en croupon, une veste de drap, et tu peux vivre la moitié de ta vie avec.

— Je ne te donnerai rien, fit Youza pour la troisième fois.

Adomas regarda son frère. Il n'avait jamais pensé qu'il fût avare. D'ailleurs c'est vrai qu'il ne l'était pas. Youza avait toujours été le premier à venir en aide aux gens dans le besoin ; d'aussi loin que se souvenait Adomas. Qu'est-ce qui le prenait donc ?

— Je ne suis pas venu demander la charité, dit-il amèrement, mais t'emprunter. Dès que j'aurai rentabilisé la métairie, je te rendrai tout jusqu'au dernier grain, et même avec des intérêts.

Youza ne répondit pas.

— Donc, tu ne veux rien me donner ? dit carrément Adomas.

— Je ne demanderais pas mieux.

Adomas se tortilla sur le banc. Regarda encore son frère. Puis se leva, sortit, sans une poignée de main. Cela aussi, c'était la première fois.

Youza ne bougea pas.

De l'argent, il en avait. Mais comment donner de l'argent si on n'est pas certain qu'il soit vraiment nécessaire ? L'argent, ce n'est pas le vent qui l'apporte, alors pourquoi le jeter aux quatre vents... Et c'était bien le jeter aux quatre vents que le donner à son frère, puisque Adomas lui-même ne savait pas si le jeu en valait la chandelle. Il n'avait jamais su se décider — tel il était autrefois, tel il était resté. Eh bien ! Qu'il le reste ! Quand il aurait compris ce qui valait vraiment mieux, il reviendrait. Alors on verrait. Ce serait toujours temps de voir.

Voilà ce que pensait Youza. Mais il n'en eut pas l'esprit tranquille pour autant. Tout ça, c'était parfait s'il avait eu vraiment raison de ne pas donner d'argent à son frère. Dans ce cas-là, c'était parfait... Mais sinon ? S'il avait eu tort ?

De l'argent, il en avait. Et pas n'importe quel argent, pas de l'argent fondu avec de la mousse d'étain ou de fer. Non, des roubles d'or, d'or pur, frappés à l'effigie du tsar russe. De tels roubles, ça passe où on veut, ça éloigne n'importe quel malheur. Et lui, il avait gardé tous les roubles d'or qu'il avait pu trouver dans la région — car il en restait. Il y avait belle lurette qu'on ne parlait plus de tsar, et pourtant les roubles d'or frappés de son temps circulaient encore. Et circuleraient encore longtemps. Toujours, qui sait. Peut-être sous tous les pouvoirs. C'est ce qu'avait dit un jour à Youza le grand-père Yokoubas. Et c'est aussi ce que pensait Youza aujourd'hui. Le grand-père Yokoubas ne lançait jamais de paroles en l'air. Youza avait fait deux parts de ses roubles, il en avait fourré une moitié au-dessus de la grosse poutre du plafond, et enterré l'autre dans le sol en terre battue, juste à l'aplomb de la cachette d'en haut. Et chaque fois qu'il marchait dans la pièce et s'arrêtait à cet endroit-là, il se disait : je suis debout sur de l'or pur, et au-dessus de ma tête, c'est aussi de l'or. Les bolcheviques avaient renversé le tsar. Ils l'avaient tué. Comme ils avaient tué la tsarine, le tsarévitch et ses sœurs. Il n'était rien resté de la famille impériale. Cela, tout le monde le savait. Sur les bolcheviques, tout le monde savait toujours tout. D'ailleurs même ceux qui ne savaient rien disaient qu'ils savaient. En tout cas, ils faisaient la chasse aux roubles ornés d'une tête de tsar, et

138

lorsqu'ils en avaient récupéré quelques-uns, ils les faisaient disparaître dans un coin bien profond et bien sombre, et aucun ne se vantait du nombre de roubles qu'il avait dissimulés, ni de l'endroit où il les avait fourrés — au contraire, il prenait l'air innocent de celui qui n'a rien vu, rien pris, rien caché. Puisque les gens faisaient comme ça, pourquoi Youza aurait-il dû faire autrement ? Que son or dorme tranquille. Et lui, Youza, aurait, tous les jours que Dieu fait, de l'or sous les pieds et de l'or au-dessus de la tête.

Alors, dans ces conditions, se serait-il ruiné en donnant aujourd'hui de l'argent à son frère Adomas ? En aurait-il été réduit à la mendicité ? Non, il n'aurait pas dû être comme ça avec Adomas. Il avait eu raison, sans conteste, de faire ce qu'il avait fait, mais il n'aurait peut-être pas dû traiter Adomas de cette façon-là...

Cette pensée lui pesa tant que ses sourcils se nouèrent. Le crépuscule arriva, s'épaissit, et la même pensée oppressait toujours Youza.

Bien sûr, lorsqu'il aurait fait encore plus d'économies, il ne garderait pas tout cet argent, il en porterait à qui il fallait : au curé. Et il lui dirait : voilà de l'argent pour dire des messes d'actions de grâce lorsque je serai mort. Pendant un an. Et pas de simples messes, mais des messes chantées. Voilà ce que Youza dirait au curé. Il faut prévoir, avant de mourir. Et lorsqu'il aurait mis encore plus d'argent de côté, Youza en porterait de nouveau au curé. Pas pour des messes, cette fois, mais pour un monument sur sa tombe. Et il dirait au curé qu'il voulait une bonne sépulture solide, avec une grille de fer tout autour. Une grille de fer forgée par un bon forgeron. Et sur la pierre de sa tombe, sous son nom et son prénom : *Je fus qui tu es, tu seras qui je suis*. Youza était encore enfant lorsque, venu au cimetière avec le grand-père Yokoubas, il avait vu ces mots-là. Il s'était mis à pleurer tant ils lui avaient semblé terribles. Cette tombe-là avait disparu depuis longtemps, envahie par les orties. On aurait parfaitement pu enterrer un nouveau défunt à la même place. Et cela, parce que la sépulture n'était pas en pierre, mais seulement en bois : une petite croix avec une tablette, et sur la tablette, ces mots-là. Une sépulture sans pierre tombale, ce n'est pas une bonne sépulture. Et si Youza ne donnait pas lui-même l'argent au curé, qui d'autre en donnerait? Personne. Il fallait bien qu'il lui porte lui-même. Les pièces d'or, il devait les donner au curé. Il avait bien pleuré, lui, Youza, en lisant autrefois ces mots sur la vieille tombe. Que d'autres, un jour, versent aussi une larme sur la sienne...

Bien sûr, il aurait dû aussi donner à Adomas. Ça ne l'aurait pas réduit à mendier son pain. Et Adomas n'aurait pas été si humilié, si blessé. Maintenant, c'est sûr, son frère lui en voulait. D'ailleurs, Adomas ne lui avait pas demandé de lui en faire cadeau, il avait l'intention de le rembourser. Et il ne lui demandait pas de l'or. Il aurait pris de l'argent ordinaire, de l'argent lituanien, et il se serait pourléché les babines même de cet argent-là. Seigneur, il aurait dû lui en donner. Il en aurait bien assez pour les messes et pour sa sépulture.

Voilà à quoi pensait Youza après le départ de son frère. Il y pensa toute la journée. Et le jour qui suivit.

Il n'arrivait pas à comprendre pourquoi il se comportait comme ça avec Adomas. D'aussi loin qu'il se souvienne, le grand-père Yokoubas, et son père ensuite, leur avaient répété : « Serrez-vous les coudes, les enfants, ne tremblez pas pour un kopek, tremblez pour votre conscience, tremblez de ne plus être des hommes. » Ni l'un ni l'autre ne jetait l'argent par les fenêtres, ni l'un ni l'autre ne le gaspillait. Mais quand il le fallait, ils faisaient ce qu'il fallait. Qu'est-ce qui le prenait donc maintenant, lui, Youza? Il n'avait pas de femme, pas de bru, pas d'enfants autour de la table, personne à habiller ni chausser, personne à qui laisser son or après sa mort. Comme s'il n'avait pu trouver de l'argent pour son propre frère qui était dans le besoin! Youza avait oublié les recommandations du grand-père Yokoubas. Et les recommandations de son père.

Les remords assaillirent Youza plus cruellement encore lorsqu'il vit que le déménagement des fermes cessait d'être discours pour devenir réalité. Dans le

140

village, beaucoup de paysans avaient déjà enlevé le toit de leur maison, démonté les murs, emporté les rondins là où ils allaient vivre désormais. Où que Youza regardât, ce n'étaient que tas de pierres et cadres de rondins neufs. Une poussière jaune flottait au-dessus du sol. Ne sachant plus où se trouvait leur maison, les chats miaulaient désespérément. Les moutons bêlaient, cherchant les vantaux de leur étable. Les enfants, en revanche, piaillaient de joie, escaladant tout ce qui gisait en vrac, démonté, sur le sol.

Seigneur, il n'aurait pas dû dire non à Adomas.

Youza travaillait sans relâche, mais la tristesse ne le quittait pas. Peut-être pas tant la tristesse, d'ailleurs, que l'incertitude : avait-il bien ou mal fait de refuser? Et le Kaïrabalé lui-même, et les miroirs des clairures du marais entre les flottis tremblants où ne s'aventurait ni homme ni bête, et les grues dans les touradons, et les bécassines tambourinant des plumes de leur queue, et les oies et les canards avec leurs bandes de bébés aux pattes palmées, et le lédon se chauffant au soleil dans un bain de vapeur, et le trèfle d'eau s'éboulant comme neige poudreuse dans les creux entre les souches, et la mûre des marais offrant au soleil les rondeurs cireuses de ses baies d'orange pâli — tout semblait être là comme avant, et en même temps ne l'était pas. Tout semblait être comme en un début d'automne, quand l'air devient limpide et que l'œil distingue de loin chaque brin d'herbe... Tout semblait comme...

A plusieurs reprises, Youza fut sur le point de prendre derrière la poutre des roubles frappés à l'effigie du tsar et d'aller les porter, serrés dans son poing, à son frère Adomas.

Et pourtant, il n'y alla pas. Il ne lui porta pas.

Il regardait sa ferme, ses champs cultivés, les pins au sommet de sa colline et les toisons vert sombre des genévriers figées à leurs pieds. Il calculait d'où il pouvait encore tirer un sou ou deux, faire un peu de bénéfices. Il vivait en somme de ces supputations-là. Un jour, il pensa que sa maison, bâtie sur la colline, se trouvait par conséquent sur un endroit sec. L'idée lui vint alors de creuser sous le bâtiment une cave profonde, en étayant ses murs avec des pierres. Pendant l'automne, il y mit des têtes de choux, prépara un tonneau pour la saumure, mit des betteraves de côté, stocka des pommes de terre. Dans l'obscurité et la tiédeur de la cave, les pommes de terre « revâmaient », elles donnaient des petites boules guère plus grosses que des billes au bout des germes : Youza les coupait et les faisait cuire à l'eau. Il ne mangeait que ces billes-là. Il allait chaque matin ramasser les œufs sous le ventre des poules, mais il ne se pressait pas de les porter au marché : il les enduisait de graisse et les rangeait, bien séparés les uns des autres, dans de la tourbe sèche, pour pouvoir les conserver longtemps. En hiver, lorsque les gens avaient oublié à quoi ressemble un œuf, Youza emportait les siens au marché, non sans les avoir essuyés soigneusement un par un pour bien les sécher : il en tirait des sommes ahurissantes, y compris de la femme du chef de district. Il faisait la même chose avec les pommes, avec les baies de canneberge, avec les airelles rouges du Mont-Ida. Il calculait tout pour ne rien laisser perdre de ce qui poussait sur sa ferme ou à proximité, dressait ses plans pour avoir sous la main ces dons de Dieu lorsque les gens en ont justement le plus besoin, et ne peuvent s'en procurer qu'au prix fort.

Et pour Youza, la plus grande réjouissance, c'était, une fois revenu du marché, de monter sur un escabeau et de soulever, avec la lame de sa cognée, la planche du plafond au-dessus de la poutre et de fourrer dans cet espace étroit une nouvelle pièce jaune — parfois deux. Puis il sautait de l'escabeau, sa cognée en main, et restait longtemps là, debout, la tête levée, à s'assurer qu'il avait bien dissimulé les pièces à l'effigie du tsar derrière la poutre. En même temps, il pensait que sous ses sabots de bois, dans le sol de terre battue, il y avait d'autres pièces qui dormaient. Ces pièces, au-dessus de sa tête et en dessous de ses pieds, elles étaient sa propriété à lui, Youza, et à personne d'autre. Tout juste s'il n'en avait pas la fièvre, de contentement à sentir tout cet or au-dessus et au-dessous de lui.

Voilà comment vivait Youza désormais.

XIII

La bille de chêne que Youza avait mise à tremper dans la Pavirvé, voici quelques années de cela, et qu'il avait par la suite sortie de l'eau et placée sous l'auvent couvert de glui pour que le vent la sèche et la durcisse, avait pris une teinte sombre. Le moment était venu de faire la croix et de la planter — et Youza s'y apprêtait. Pour être franc, le moment n'était pas vraiment venu. La bille n'avait même pas séché six ans sous l'auvent, alors qu'en principe il aurait fallu la garder dans les courants d'air pendant dix bonnes années au moins. Mais Youza, sans savoir pourquoi, résolut un beau jour de faire la croix et de la planter. D'ailleurs cette bille écrasait sous elle plusieurs mètres carrés de terre, tandis qu'ici il y avait un endroit qui n'attendait qu'elle. Youza prit donc son marteau et sa cognée. Il pensait la tailler dans ses moments libres, entre ses diverses occupations. En automne, il demanderait au curé de venir l'asperger d'eau bénite, de dire une prière, de chanter les psaumes qu'on doit chanter dans de telles occasions. Le Christ que Youza voulait fixer sur la croix était prêt depuis longtemps. Il l'avait fait en même temps que l'autre, celui qu'il avait mis dans la niche de la croix de la Pavirvé. Mais celui-ci était bien mieux réussi. Grand. La tête inclinée avec sa couronne d'épines. Comme le véritable Christ. Et pour que cela fasse encore plus vrai, Youza peignit en rouge la blessure que Jésus avait reçue sur le flanc gauche, du coup de lance donné par un soldat romain. Et comme il restait de la peinture, Youza en éclaboussa la peau, là où les épines la déchiraient. Maintenant, Jésus était réellement comme vivant. Youza prit donc sa cognée pour faire la croix. Mais voilà : au premier coup de cognée, Youza vit le tranchant rebondir sur le chêne — qui résonna. Il frappa plus fort, même résultat. Si bien qu'entre ce premier coup de cognée et le jour où Youza finit par poser la traverse et installer la croix où elle devait se dresser, ce ne furent pas quelques petites heures par-ci par-là ménagées entre divers travaux de la ferme que Youza consacra à la croix, mais un automne entier et une quantité non négligeable de journées d'hiver.

Lorsque arriva le jour de la bénédiction de la croix, Youza se savonna à plusieurs reprises et se rasa le menton. Il mit une chemise de lin d'un blanc immaculé, un pantalon de drap neuf, et des bottes si bien astiquées que le soleil se reflétait sur leurs tiges.

Le curé arriva vers le soir, après avoir dit la messe et les vêpres et les invités apparurent presque en même temps. Ils n'étaient pas nombreux, d'ailleurs : Adomas, le frère de Youza, avec sa femme et son fils aîné, Adomélis, le filleul de Youza. Tout le monde l'appelait encore Adomélis, bien qu'il valût un Adomas entier. Il était même plus grand; mais il n'était pas encore bon pour le mariage, vu qu'il n'avait pas fait son service militaire. Il y avait aussi l'autre fils, Youzoukas, ainsi nommé en l'honneur de Youza. Et puis les trois filles — gros mollets, cheveux coupés court : Ona, Mariiona et Katré. C'était la première fois que Youza les voyait de si près, aussi s'embrouilla-t-il dès le début et fut-il incapable de reconnaître laquelle était Ona, laquelle, Mariiona. Ourchoulé vint aussi avec son azerote, son Stiaponas de Grikapeliaï, et deux enfants qui s'accrochaient à sa jupe. Personne d'autre. Ni voisins, ni connaissances. Lorsqu'on a autant de parents, pourquoi inviter des étrangers ? Après la bénédiction, il n'y eut donc que la famille à s'asseoir autour de la table — à l'exception bien sûr du curé qui, lui aussi, faisait partie de la famille. Car il n'existe pas de curé qui ne soit de la

144

famille, quelle qu'elle soit et où que ce soit. Ils mangèrent du jambon fumé à l'ail, burent de l'hydromel préparé par Youza pour l'occasion, et le curé dit que ce serait bien si il y avait une croix devant toutes les maisons — parce qu'une maison sans croix, est-ce vraiment une maison? « Le malheur, dit-il, c'est que notre peuple ne se presse guère de dresser des croix, il préfère construire de nouvelles chambres, des vérandas et autres futilités. Il y en a aussi qui, passant devant une croix, n'enlèvent même pas leur chapka, ou qui, par grande sécheresse, n'ont pas le courage de faire le tour des champs en chantant des psaumes et rechignent à s'agenouiller au pied d'une croixe pour implorer Dieu d'accorder la pluie à la terre lorsqu'elle est nécessaire, ou de retirer les nuées qui cachent le soleil lorsque les champs sont trop inondés. C'était bien, dit-il, ce que faisait Youza. Seul sur son marais, gagnant son pain à la sueur de son front, il n'en avait pas moins fait une croix pour la mettre devant sa maison. »

L'azerote — autrement dit le Stiaponas de Grikapeliaï — fut ému jusqu'aux larmes par les paroles du curé. Il tendit la main vers une cruche de bière que Youza avait aussi préparée pour la circonstance et ne la lâcha plus, se versant bock sur bock et les vidant sans désemparer. Il dit alors que lui aussi allait dresser une croix, parole d'honneur, que Dieu en soit témoin, qu'à peine rentré à la maison il mettrait un chêne à tremper dans la rivière, plus tard il le ferait sécher, taillerait une croix, la planterait : tout serait fait exactement comme il le disait et comme le curé l'entendait, exactement comme cela et pas autrement, et il ne mourrait pas avant d'avoir fini de faire tremper le chêne!...

Le curé souriait, mais Ourchoulé n'y tint plus.

— Si seulement tu la fermais, pauvre minable, créature abandonnée de Dieu!

Stiaponas n'ouvrit plus la bouche, mais il se remit à pleurer de plus belle, sanglotant à haute voix. Et les deux enfants se serrèrent plus fort contre leur mère en regardant leur père, et on voyait qu'ils avaient honte de ce qu'il soit leur père et qu'il donne ce spectacle répugnant — car un homme qui pleure, c'est toujours répugnant. Mais le curé dit :

— Cet homme-là a le cœur bon.

Et Youza regardait et songeait : était-ce vraiment ce même Stiaponas qui avait autrefois battu Ourchoulé, comme l'avait raconté Adomas, qui lui avait griffé tout le visage, à moins qu'elle ne se soit griffée elle-même lorsqu'elle courait dans le jardin, ainsi que l'avait expliqué Stiaponas à Adomas.

Son frère Adomas était assis à la table de Youza, mais on eût cru un étranger, pas un parent. Il ne se décida à manger et à vider un verre qu'après y avoir été au moins trois fois invité. Il faisait pitié à Youza qui se disait qu'il avait eu tort de le traiter comme ça quand il était venu. S'il l'avait reçu autrement, il aurait peut-être eu l'air plus gai aujourd'hui. Aussi Youza se débrouilla-t-il pour trouver le temps de s'asseoir une minute à côté d'Adomas. Et par habitude, il lui demanda :

— Qu'est-ce qui te fait soupirer ?

Et son frère Adomas répondit, par habitude aussi :

— Parce que je soupire, moi ?

— Et si tu disais la vérité ?

Adomas se tut, puis il dit :

— Une longue histoire...

— Tu n'as qu'à rester quand les autres s'en iront.

Adomas ne répondit pas tout de suite.

— Pas aujourd'hui. Une autre fois, finit-il par dire.

— Va pour une autre fois, dit Youza.

— Il n'y aura pas d'autre fois !

C'était la voix de la femme d'Adomas.

Debout contre la table, blanche, les yeux plissés, elle regardait Youza bien en face.

— Ça suffit comme ça, dit-elle. Merci de nous avoir invités, merci de nous avoir considérés comme de la famille, mais ça suffit !

Adomas tenta de la calmer :

— Allons, c'est pas la peine... Ce qui est passé est passé, n'en parlons plus...

Sa femme lui cloua le bec.

— Tais-toi !

146

Adomas se tut instantanément. Et tous, autour d'eux, se turent. La femme d'Adomas resta debout. Du coup, les autres aussi se levèrent, bien que le soleil fût encore loin de se coucher. Sans avoir eu le temps de dire ouf, Youza se retrouva seul dans sa ferme avec le curé.

— Ne leur en veux pas, dit le curé. Ne leur en veux pas. Et que Dieu te bénisse, toi et tes œuvres.

Youza ne répondit rien. En silence, il attela le cheval et emmena le curé au bourg.

Le temps d'aller et de revenir, la nuit était là. Avec un clair de lune limpide. Youza détela le cheval, s'approcha de la croix, ôta sa chapka, s'arrêta. Resta debout devant la nouvelle croix.

Le silence, le calme étaient descendus sur le Kaïrabalé. Les oiseaux s'étaient endormis, même les moustiques étaient plus tranquilles. Dans le clair de lune, les bouleaux torturés et les pins rachitiques se détachaient, apaisés. Au-dessus des clairures encore chaudes du soleil du jour flottaient des nuages de vapeur — chaque clairure avait le sien — qui étendaient peu à peu sur le Kaïrabalé une laiteuse couverture de brume. Youza restait debout devant la croix, sa chapka dans ses mains. Complètement seul. Le cœur plein d'amertume. Non, il n'avait encore jamais éprouvé une telle amertume. La croix était là, dressée, le verger débordait de fleurs — et lui n'avait que de l'amertume dans le cœur.

La femme d'Adomas avait gâché sa fête.

Il n'entendit même pas arriver près de lui le vieux Tchévidis.

Maintenant ils étaient là, debout, tous les deux. Dans le clair de lune. L'un à côté de l'autre. Ils restèrent ainsi longtemps, immobiles. Puis Tchévidis montra du menton la tombe à ses pieds. Youza ne vit que cela.

Et Youza hocha la tête, muet. Acquiesça d'un hochement de tête à la question muette de Tchévidis. Et ils restèrent là de nouveau tous les deux, immobiles. Seuls. Complètement seuls. Les orbites du marais fumaient. Le Kaïrabalé se voilait d'un brouillard de plus en plus dense. Les bouleaux tourmentés et les pins chétifs avaient disparu de la seigne.

Et Youza eut l'impression de n'être là qu'en songe, pas en réalité. Tchévidis non plus n'était pas réel, ce n'était qu'un songe. Même le Kaïrabalé n'était pas tel qu'il avait l'habitude de le voir chaque jour. Mais il se tourna vers Tchévidis, vit qu'il était bien réel : debout, la tête inclinée très bas, la chapka au bout de son bras baissé. Et en cet instant, Youza entendit la voix de Tchévidis, une voix réelle elle aussi, mais basse, plus basse que d'ordinaire.

— Combien d'années j'ai cherché sans trouver. Maintenant, je l'ai trouvée.

Et après un silence :

— Ici, elle est bien.

Puis, au bout d'un instant :

— Mieux que durant sa vie.

Le vieillard s'agenouilla. Mit d'abord un genou à terre, puis l'autre. Il se signa et ses lèvres commencèrent à former les mots d'une prière silencieuse. Les petits tertres des tombes étaient presque effacés, presque nivelés au ras de la terre qui les entourait, et pourtant le vieux Tchévidis avait deviné devant lequel il devait s'agenouiller.

— Karoussé n'est pas ici ! se mit à hurler Youza. Il n'y a personne ici !

Youza criait. Très fort. De sa vie il n'avait crié si fort. Le vieux Tchévidis, sans entendre, continua de prier et se signa lentement, puis se releva plus lentement encore et demeura immobile.

— Qu'est-ce qui te prend de hurler comme ça, dit-il enfin. Puisqu'il n'y a personne, pourquoi tu cries ?

Youza se sentit mal. Il s'attendait à tout de la part du vieux Tchévidis, mais pas à ça — non, pas à ça. Le silence retomba. Debout l'un à côté de l'autre, ils se taisaient sans se regarder.

— Comme un vulgaire mécréant, finit par dire Tchévidis. Un mécréant qui hurle : « Il n'y a pas de Dieu, il n'y en a pas. » S'il n'y en a pas, pourquoi crier ?

Le vieux dit cela, puis se tut. Le silence retomba. Un long silence.

Et enfin :

— Tu as commencé. Les autres ont achevé, dit Tché-vidis à voix basse. Qu'elle repose maintenant. Qu'elle repose.

— Je n'ai pas commencé, se remit à hurler Youza.

— Tu aurais mieux fait, Youza. Mieux fait de commencer. Karoussé ne serait pas où elle est aujourd'hui. Elle aurait peut-être des enfants. Et moi, des petits-fils. Avec les filles, il vaut mieux se conduire en homme, Youza. Il vaut mieux. En homme.

A ces paroles, une haleine glacée courut le long du dos de Youza. Il avait toujours entendu maudire les hommes qui avaient « commencé », mais maudire un homme de n'avoir pas touché une fille, ça non, il ne l'avait jamais entendu.

— Mais je n'ai pas été la chercher, moi, Karoussé.

— C'est justement ça, c'est justement ça, Youza. Toi, tu n'es pas comme les autres. Toi, tu es toi. Mais Karoussé... Puisqu'elle ne pouvait être à toi, elle a été avec d'autres. Elle est devenue folle... Et les hommes... Les hommes, ils ne demandent que ça, une fille comme ça... Ils ne demandent que ça, Youza.

Après un court silence, Tchévidis reprit :

— Elle, c'est de toi qu'elle avait besoin.

— Mais moi, je ne comprends pas...

— Mais si, tu comprends tout, Youza. Combien de fois elle s'est jetée à terre dans la cour en sanglotant, en griffant le sol de ses ongles : « Si seulement il me prenait, mon petit papa chéri, si seulement il avait envie de moi, je lui laverais les pieds chaque jour que Dieu fait, je m'agenouillerais devant lui pour le chausser... » Tu comprends très bien, Youza. Mais voilà, tu n'as pas le courage de te l'avouer.

Ce n'était plus de froid que tremblait Youza, plus de froid, mais il tremblait. De la tête aux pieds. Et ne savait que répondre au vieux Tchévidis.

— Merci pour le cerisier, Youza, dit le vieux Tchévidis. C'est bien, un cerisier. Mais si tu peux, Youza, mets-lui aussi un sorbier. Au printemps, lorsque le sorbier est en fleur, les abeilles viennent, beaucoup d'abeilles. Et une abeille qui vole et qui bourdonne, c'est comme une prière au Seigneur. Plante-lui un sorbier, Youza.

Et d'une voix différente, d'une voix qui ordonnait, il ajouta :

— Et maintenant, va-t'en.

Youza obéit. Au seuil de la maison, il se retourna : le vieux Tchévidis était à nouveau agenouillé. Tête baissée. Il se signa, s'inclina plus bas encore. Et Youza eut l'impression que ce n'était pas une prière que murmurait le vieux Tchévidis, mais que le père parlait tout bas à sa petite fille. A Karoussé. Youza ferma la porte derrière lui.

Il entra dans la grande pièce, resta encore un peu debout, et quand la lune monta dans le ciel, il se coucha, et étendu sur le dos continua jusqu'à l'aube à fixer le plafond. Comme en cette lointaine nuit où il avait compris qu'il avait besoin de Vintsiouné, mais que Vintsiouné n'avait pas besoin de lui.

Quand vint le matin, il se leva et ne vit plus le vieux Tchévidis — il ne restait sur la rosée que la trace de deux pieds se dirigeant vers le chemin de fascines. Rien d'autre.

En automne, Youza planta un sorbier, comme Tchévidis l'en avait prié. Et chaque printemps il le vit fleurir, et il en montait une poussière brumeuse et claire et les abeilles sortaient des ruches pour venir jusqu'à lui et titubaient dans cette brume, tout alourdies de miel, comme des amies que la bonne bière d'un mariage aurait un peu grisées. Au pied de la croix, Youza planta trois églantiers près des trois têtes qui reposaient là, et les églantiers fleurissaient après les sorbiers et donnaient des fruits allongés, d'un rouge sombre, bourrés de petits grains noirs enfoncés dans un rugueux duvet blanc. Voilà comment vivait Youza désormais.

XIV

Une nuit, Youza entendit un bruit dans l'étable : le Bai soufflait. Soufflait et respirait douloureusement. Tout comme un homme. Youza s'en était aperçu depuis longtemps : le Bai n'en pouvait plus. Il lui mettait dans sa mangeoire une touffe de foin plus parfumé, lui donnait de l'orge bien farineuse, lui caressait la croupe et le dos chaque soir, de la paume de la main. Mais plus rien ne pouvait venir en aide au Bai. Au printemps, un jour où Youza l'avait attelé à la charrue, le Bai s'était affaissé sur les genoux et avait gémi. Il ne pouvait plus travailler. Il aurait fallu le donner à l'équarrisseur tout de suite. Mais Youza l'avait dételé, emmené dans un petit pré et lui avait dit :

— Allez, mange.

Il ne trouvait pas le courage d'emmener le Bai à l'équarrisseur; le Bai resta paître tout l'été, mais jour après jour il broutait de moins en moins d'herbe de ses dents jaunes et branlantes. Et la Pie brune, de son côté, était devenue si sèche et si dure avec les ans que même un loup n'aurait pu déchiqueter sa viande. Elle n'avait plus de bon que sa peau. Rien n'était plus comme autrefois, tout se faisait vieux, tout trébuchait, tout déclinait. Un jour, Youza emmena la Pie à la foire : il tirerait tout de même quelque chose de son cuir. Dans la crèche vide, il mit la plus jeune vache de la Pie — elle était déjà pleine. Quant à l'autre fille de la Pie, la plus vieille, elle en était à son énième veau, et donnait à la traite un grand seau de lait. La Pie brune ne fut donc plus qu'un souvenir. Les moutons se reproduisaient, les abeilles formaient de nouveaux essaims, et qui plus est, au plus fort des gels, les putois se prirent dans les pièges en veux-tu en voilà ; vu leur beau poil d'hiver épais et long, leurs fourrures se vendraient cher.

Tout semblait donc aller. Aller à peu près bien. A peu près bien apparemment. Comme cela va lorsqu'un homme a déjà vécu un tas d'années.

Le temps passa, et Adomas réapparut sur le Kaïrabalé. Voilà longtemps qu'on ne l'y avait vu. Depuis la bénédiction de la croix. Youza s'arrêta en le voyant, tant son frère avait changé durant ces dernières années. Ses cheveux avaient blanchi, il s'était voûté ; et de la pelisse qu'il avait sur le dos, on ne pouvait guère dire quand elle avait été taillée, ni dans quoi. Son odeur aussi n'était plus la même. Il avait l'odeur d'un homme qui a déjà un pied en terre. Adomas entra donc, s'assit aussitôt et resta un bon moment sans parler, le coude appuyé sur la table. Il finit par dire :

— Faut faire une croix.

— Tu en fais une aussi ? demanda Youza. Donc tu es réinstallé, puisque tu en mets une ?

— Les autres s'en sont chargés.

Youza regarda son frère.

— Qui d'autre va te mettre ta croix à toi ?

— Sur tous, il faut faire une croix, Youza, dit Adomas. C'est clair, maintenant faut faire une croix sur nous tous. L'argent dégringole, tout perd sa valeur ; que tu élèves n'importe quoi, les prix baissent à vue d'œil ; l'Angleterre ne veut plus de bacon lituanien — mais les impôts eux, ils augmentent, ils augmentent sans arrêt. Même du temps du tsar, on ne nous mangeait pas la laine sur le dos à ce point. Avec des impôts comme ça, comment veux-tu qu'on s'en sorte, on est coincés ! Et les métairies, par-dessus le marché ! Je me suis mis dans les dettes jusqu'au cou avec ce déménagement et aujourd'hui, je ne fais que m'enfoncer, m'enfoncer de plus en plus, Youza.

— L'Angleterre a une indigestion de ton bacon ?

— Il paraît qu'on peut faire aussi une croix sur l'Angleterre. C'est la catastrophe partout. L'autre jour, le petit a rapporté un journal à la maison et il l'a lu : partout c'est la crise, personne ne peut rien acheter, tout le monde cherche seulement à vendre. Les usines sont fermées, les ouvriers à la rue. Quand personne ne peut acheter, qu'est-ce que les usines peuvent faire, sinon fermer ? C'est la fin de tout, Youza. La fin de tout partout.

Adomas fit une pause, puis reprit :

— Pieds et poings liés, voilà où j'en suis. Et si bien garrotté que ça ne pourrait pas être pire. Pour le prix d'un litre de lait, on ne peut même plus acheter une boîte d'allumettes — et les impôts ne font que grimper. Et tout doit être payé dans les délais. Comme on dit maintenant : « Le jour est venu — amenez l'argent ! » Et quel argent amener ? On a cherché à faire le plus possible de bacon, on a englouti là-dedans des masses de grain, et ce bacon, aujourd'hui, tu sais quoi ? Il faut qu'on le bouffe, les Anglais n'en veulent plus ! Manger du bacon, nous autres ! Nous qui ne mangeons une poule que si on est malades ou si la poule est malade ! Et le bacon, ce n'est pas de la poule ! Un paysan qui se met à bâfrer son bacon, tu crois qu'il tiendra le coup longtemps ? Et les enfants, en plus ! Le plus grand, Adomas, ça va encore, mais le petit — des courants d'air dans le crâne, un point c'est tout. Toujours à vouloir fourrer son nez dans les journaux, toujours un livre à la main, tout lui est bon pour couper au boulot et flemmarder... Flemmarder ! Quand notre vie est ce qu'elle est !

Adomas parlait, se lamentait, sans quitter des yeux Youza. Qu'est-ce que Youza allait bien dire ?

— Peut-être qu'il pourrait faire des études, le petit ? Peut-être qu'il pourrait devenir curé, ou bien docteur ?

Adomas se moucha bruyamment, puis éclata d'un rire amer...

— Pas la peine de te moquer de moi, dit-il à son frère. Curé !... Avec la vie qu'on a, faudrait marcher plus de dix kilomètres à reculons pour arriver au duvet du presbytère !

— Je ne me moque pas, répondit Youza. Je réfléchis seulement.

— Tu réfléchis tout de travers.

L'un et l'autre se turent.

— Et avec ça, encore trois filles qui poussent, reprit Adomas. Un an ou deux de plus et elles glousseront avec les gars derrière l'aire à battre. Et un malheur est vite arrivé !

— Peut-être bien qu'il arrivera quelque chose un jour, lui rétorqua Youza, mais toi, tu pleures à l'avance. Et puis toutes les filles ne gloussent pas avec les gars.

Comme s'il n'avait pas entendu Youza, Adomas reprit :

— Pour commencer, j'aurais assez de deux cents litas. C'est tout de même pas une si grosse somme ? Pour l'instant, il faudrait seulement que je puisse payer les impôts et que je ne sois pas obligé de donner mes veaux à l'huissier. Je serais de nouveau à flot. Les blés vont pousser, le lin aussi, et qui sait, le centre de collecte du lait paiera peut-être davantage — avec ça, je m'en tirerais.

— Tu ne peux pas racler deux cents litas dans tes tiroirs ?

— Je te l'ai déjà dit, c'est la crise.

— Il y a eu un temps où tu vivais bien, pourtant. Tu t'étais même acheté une montre en or.

Adomas se tourna vers son frère. Il n'avait donc pas oublié. Il avait seulement enfoui le dard au profond de lui-même. Et le temps était venu de sortir le dard et de le montrer. Et pour Karoussé aussi, il était peut-être en colère de leur conversation de l'autre fois… Adomas se rembrunit.

— Tu peux la vendre, dit Youza. Vendre la montre, je veux dire. Tu n'en tireras pas deux cents litas, c'est sûr, mais tu en tireras quand même quelque chose.

— Tu dis des choses bizarres, Youza. C'est parce que tu n'as pas d'enfants que tu parles comme ça. Moi j'ai deux fils qui grandissent, et j'irais me séparer de la montre ?

— Peut-être que je te donnerai quelque chose, dit Youza.

154

Adomas sursauta puis se laissa tomber de nouveau sur le banc.

— Tu as toujours été un brave homme, Youza.

Youza le doucha instantanément :

— Ce n'est pas de l'argent que je vais te donner, dit-il, mais du miel. Pour l'argent, moi aussi je suis un peu à court.

Adomas devint pourpre. Il se leva d'un bond.

— Je ne te ferai pas perdre davantage de temps.

— Attends un peu. Qu'est-ce qui te prend ? Je vais te donner un pot de miel. Je vais le chercher, je te l'apporte.

— C'est d'argent que j'ai besoin, pas de tartines ! Laisse ton miel où il est, fit Adomas d'un air sombre. Puisque tu ne peux pas, tu n'as qu'à le dire.

— Et pourquoi tu fais le dégoûté ? répliqua Youza, se renfrognant à son tour. Je te l'offre du fond du cœur. En cas de maladie, de fièvre, qui sait quoi encore, le miel sert toujours. Tu as une nombreuse famille, tu t'en plaignais il y a un instant, mon miel te rendra service.

Youza alla prendre sur une étagère de la souillarde un pot de miel, un des plus petits, et voulut le mettre dans les mains de son frère. Mais Adomas reculait, le repoussait de ses mains tendues :

— Laisse-le où il était… Laisse-le où il était !

— Mais prends-le donc, lui dit Youza en s'approchant. Commence par le prendre, après… après on verra, on discutera peut-être du reste.

A peine cela dit, il se tut brusquement. Quel diable l'avait poussé ! Son frère cessa de refuser le miel, mais lui dit tout de même en le regardant par en dessous :

— Ainsi tu ne m'en donneras pas ?…

— Pas tout de suite, fit Youza, balayant de la manche la sueur qui lui était venue. (Et il posa le petit pot de miel sur la table). Reviens un de ces jours… après le marché. Tu me l'as dit, mais… mais redis-le, il t'en faut beaucoup ?

— Puisque je l'ai dit, tu l'as entendu. Je n'ai rien contre si tu ajoutes une centaine de litas de plus.

Youza essuya la sueur de son front. Seigneur, quel

diable lui avait démangé la langue ! Il repoussa le pot de miel un peu plus loin d'Adomas.

— Donc c'est entendu, après le marché. Je n'ai pas assez d'argent de côté pour l'instant, dit Youza en détournant les yeux.

Son frère Adomas partit donc sans argent et sans miel. Sans prendre le pot. Youza resta longtemps assis à sa table. Sans arriver à comprendre pourquoi il s'était montré aussi rapiat. Pour la deuxième fois. Et avec son frère, encore. Son propre frère. Comment pouvait-il être devenu grippe-sou à ce point-là ? Youza ne comprenait pas ce qui lui arrivait.

Il resta longtemps assis à sa table.

Ses pièces d'or, Youza n'entreprit aucunement de les extraire de derrière la poutre. Pas plus que de déterrer celles qui étaient enfouies dans le sol de terre battue. Qu'elles y restent, les unes et les autres. Qu'elles y restent, celles-là. Il avait aussi des billets cachés. Des billets qu'il n'avait pu encore échanger contre les pièces jaunes à l'effigie du tsar. Pas pu n'était pas exactement le mot — il avait plutôt hésité à se séparer d'autant de billets. Maintenant, en effet, les gens demandaient des sommes folles en échange de leurs pièces d'or. Rares étaient ceux qui acceptaient de s'en défaire, même si on leur en offrait des liasses de billets. Billets bien usés d'ailleurs, qui à force de passer de mains en mains, se salissant, se graissant, n'avaient plus guère l'air « d'argent ». Youza en avait fourré dans tous les coins, il en avait même glissé entre les rondins des angles de l'étable et du mazot. Si quelqu'un s'avisait de le voler, il ne trouverait pas tout d'un seul coup. Et s'il y avait le feu, il y aurait peut-être des billets brûlés ici ou là, mais d'autres épargnés ailleurs. Quand on n'est pas à tu et à toi avec le bon Dieu, comment savoir quel malheur peut arriver, et d'où ! Youza, pour l'instant, tira des billets de dessous la paillasse de son lit, puis du coffre de tirage du poêle — ces billets-là étaient déjà un peu noirs de fumée — et aussi du fond de sa grande blague à tabac. Il les frotta un à un sur le pan de sa vareuse et quand il eut fini, il s'y essuya aussi les doigts. « Que ceux-là retournent au gouvernement, se disait-il, c'est lui qui les fabrique, ces billets, eh bien! qu'il les reprenne. Mais encore une fois, est-ce qu'un pouvoir peut être rassasié, même si on lui donne de l'or à bâfrer? Il en redemandera, voilà tout. Un pouvoir rassasié, ça n'existe pas. Qu'il reprenne donc son argent en papier. Mais pour les pièces d'or — qu'il aille se faire voir! » Et lorsque Adomas revint, après le marché, Youza lui tendit les litas lituaniennes — deux cents, ni plus, ni moins. Adomas était tellement heureux que sa lèvre inférieure tremblait.

— Ce que tu peux être bon, Youza, ce que tu es bon!

— Des mots, on n'en voit pas le bout.

Adomas serra les billets dans son poing et, relevant la tête, déclara:

— Maintenant, je vais pouvoir envoyer promener même Stonkous!

Youza sursauta.

— Qu'est-ce qu'il a bien pu te faire, à toi, Stonkous? Que son nom te vienne comme ça sur la langue?

— Sûr qu'il me vient, ce nom-là. C'est à lui que j'ai emprunté de l'argent.

— Mais tu disais que la crise avait mis tout le monde sur la paille. Ça ne peut pas être tout le monde puisqu'il en reste à qui emprunter?

Adomas se mit à rire.

— Mettre Stonkous sur la paille? Le jour n'est pas venu. C'est lui qui plumera tout le monde. Lui et sa Vintsiouné, en raflant les terres de leurs débiteurs.

— Tu dis n'importe quoi.

— Vas-y voir toi-même. A Notsiouniaï, il en a ratissé assez pour se faire une vraie ferme de maître, une vraie propriété! Avec les terres de ceux qui en avaient obtenu au moment de la réforme agraire.

— Vintsiouné?

— Et alors! Ta Vintsiouné, elle est on ne peut mieux avec l'huissier et le commissaire! Tu peux m'en croire.

Adomas parlait avec entrain. Un homme à qui on vient de donner de l'argent, c'est un autre homme. Youza dit d'un air sombre:

— Tu en rajoutes.

— C'est moi qui en rajoute ? Mais va donc voir au moins une fois ce qui se passe en dehors de ton marais, va te promener un peu ailleurs. Tu en baveras des ronds de chapeau en voyant ce qui se passe !

— De quelles arses de grain il a bien pu tirer une propriété ?

— Mais de toutes, Youza ! Stonkous a l'œil sur tout, il sait exactement ce qui se trouve dans les arses des autres, au grain près. Tu n'es tout de même pas un enfant, que tu ne comprennes pas ? Depuis Stolypine, la métairie des Stonkous ressemble plus à un château qu'à une ferme, elle a grossi, grandi. Quant à s'en approcher, nenni. Pour celui dont Stonkous n'a pas besoin, pas question d'y mettre les pieds. En plus, il a une foulerie à drap sur la Yara, et sa batteuse va battre les campagnes chaque automne. Alors tu crois qu'il bat pour rien, et qu'il foule le drap gratis ? Qui d'autre dans tout le district possède une foulerie à drap ? Et une batteuse ? On le fait venir de partout : Stonkous, Stonkous, toujours Stonkous ! Si bien que le prix à payer n'est pas du tout celui auquel on s'attend, mais le prix qu'il impose — et crois-moi, il est exorbitant ! Quant à lâcher du fric, maître Stonkous n'est jamais pressé. Plutôt que de payer correctement leurs gages à ses ouvriers agricoles, il est prêt à aller en justice : soit qu'il n'ait pas payé ce qu'il devait, soit qu'il ait compté l'argent à sa façon à lui... Et toi qui demandes de quels mazots il tire son magot !

— Et toi qui le gratifies en plus de « maître Stonkous » !

— Et qui d'autre est-il, sinon maître Stonkous ? Comment compter les sacs que ses meules ont vu passer ! Nos sacs, bien sûr, mais où l'on moud le grain, farine s'accumule. Pas dans nos poches, mais dans celles de Stonkous, tu ne comprends donc pas ? En quoi ne serait-il pas maître Stonkous ?

Youza ne répondit pas.

— Si la crise continue, Stonkous aura le temps de ratisser la moitié du district. Alors tu verras. Ce n'est plus maître qu'il sera, mais baron.

Adomas parlait, et son animation allait croissant. Il

avait déjà enfoui l'argent sous sa chemise et s'en sentait tout réchauffé. Il ne s'aperçut même pas que Youza n'avait plus dit un mot depuis un bon moment et qu'il était sur le point d'éclater de fureur.

Aussi lâcha-t-il pour conclure :

— Vintsiouné savait bien à qui elle se mariait !

— Tu as eu ton argent ? lui demanda Youza. Ton argent, je te le demande, je te l'ai donné ?

— Youza... Mais qu'est-ce que tu as, Youza ?...

— Fais bien attention, des fois que je te le reprendrais ! répliqua Youza d'une voix tonnante.

Adomas n'avait jamais vu Youza dans cet état-là. Il pressa sa main contre sa poitrine — là où il avait mis l'argent — et regarda son frère les yeux écarquillés.

— Tu ne ferais pas ça avec moi, Youza. Tu es bon, alors...

— Alors sois-le aussi un peu avec moi, répondit Youza d'une voix moins rude. Et file, que je ne te voie plus.

Adomas se recroquevilla et, serrant sa chapka de sa main libre, s'inclina profondément devant son frère, comme s'il ne se trouvait pas devant Youza, mais devant maître Stonkous avec sa foulerie à drap, sa batteuse et sa maison de maître. Puis il sortit. Sortit à reculons de la maison de son frère.

Youza resta longtemps debout, les yeux fixés sur la porte refermée, se demandant à nouveau pourquoi il se comportait ainsi avec Adomas. Et une fois de plus, il ne comprenait pas. Le cou d'Adomas avait tellement maigri qu'il ressemblait à un piquet d'épouvantail planté dans l'ouverture du col de la pelisse... Bien sûr, c'était Vintsiouné qui avait choisi de se marier à Stonkous, ç'avait été sa volonté à elle de l'échanger, lui, Youza, contre Stonkous, mais qu'elle l'ait fait ou non, c'était sa décision à elle, et à personne d'autre. Mais de là à faire si bon ménage avec l'huissier et le commissaire !... Adomas avait-il besoin d'ouvrir la bouche ? Il n'avait qu'à prendre l'argent et s'en aller sans tambour ni trompette. Mais non, figurez-vous, il avait fallu qu'il mêle Vintsiouné à ses histoires.

Youza secoua la tête. La tristesse le prenait de penser à tout ça. Une tristesse telle que c'était peine perdue de chercher à l'expliquer à quelqu'un. Et ce ne seraient pas non plus les larmes qui pourraient la faire passer.

Mais à quoi pouvait-il bien penser qui le rende plus heureux ?

A quoi ?

XV

Et Youza se remit à vivre cahin-caha. Hochant la tête, il reprit sa vie d'avant. Les jours filaient l'un après l'autre, les semaines passaient, et les mois... Youza s'arrêtait de plus en plus souvent devant la glace qu'il avait fixée au mur à la place du morceau de miroir brisé. Il se regardait et voyait que l'argent de ses tempes grimpait vers le sommet de son crâne, et ce frimas qui se reflétait dans le miroir le rendait de plus en plus sombre.

Était-ce possible qu'il ait déjà fait son temps? Était-ce possible qu'il ait déjà parcouru tout son chemin de croix et dit toutes les prières de ses stations?

Youza se mit à manger du miel. Auparavant, il emportait tout au marché, pour se faire des sous, les fourrer derrière la poutre ou les enterrer dans le sol — mais maintenant, il mangeait du miel. Pas à la louche, bien sûr. Il n'y a qu'un idiot fini pour manger le miel à la louche. De quoi s'esquinter la rate en un rien de temps. Le grand-père Yokoubas l'avait bien expliqué : en prendre sur le bout de la cuillère tôt le matin, autant à midi avant de déjeuner, et le soir, avant de dormir; autant, mais pas davantage.

Il faut maintenir la rate en bon état. Pour en être sûr, Youza décida de boire pour faire descendre le miel. Pas de l'eau, bien entendu. Froide, encore bien moins. Car l'eau sur le miel, surtout si elle est froide, contracte l'estomac et on passe la nuit à entendre son ventre rouspéter. Youza se fit des infusions : une pincée de

161

millepertuis avec un peu de menthe, ou du serpolet avec un trèfle d'eau, ou du calament avec des baies de genièvre, et en plus, une cuillère de canneberge écrasée. Et il commença à se sentir mieux! Le mieux dura si longtemps qu'il n'aurait pu espérer davantage. Youza ne se rappelait même plus quand le gaz carbonique du poêle lui avait donné mal à la tête pour la dernière fois. Il ne se souvenait pas davantage de son dernier rhume de cerveau ou de sa dernière fièvre. Plus rien de tout cela, rien du tout. Le grand-père Yokoubas s'y connaissait vraiment dans ces choses-là.

En soignant ses abeilles, Youza remarqua qu'elles ne préparaient pas seulement du miel et de la cire, mais aussi une sorte de bouillie jaunâtre qui embaumait tant que le parfum du réséda ou du trèfle incarnat n'était rien en comparaison. Et Youza s'aperçut que c'était cette gelée que les abeilles passaient à la reine au bouche à bouche, et que cette reine si bien régalée pondait chaque jour des milliers d'œufs. Youza en resta coi. Quelle force devait avoir cette mystérieuse gelée pour provoquer la naissance d'un aussi grand nombre d'abeilles! Mais alors, si elle était aussi puissante, que lui ferait-elle, à lui, Youza? Pourquoi n'y goûterait-il pas? Personne n'est jamais mort des cadeaux des abeilles, alors pourquoi ne pas essayer?...

Youza cassa un morceau de gaufre et se fourra de la gelée dans la bouche — dessus et dessous la langue. Il en vit instantanément trente-six chandelles. Des éclairs lui zébrèrent les yeux, la terre chancela sous ses pieds, et il sombra dans le noir. Il tenta d'aller jusqu'au puits, mais n'y parvint pas et réussit tout juste à se précipiter en trébuchant vers la Pavirvé. Il y plongea la tête jusqu'aux épaules, but à longues goulées l'eau puant la vase, s'aspergea d'eau froide en la recueillant dans le creux de ses mains jusqu'à ce que les éclairs cessent de passer devant ses yeux et qu'il puisse voir le soleil sur le Kaïrabalé. En se remettant debout sur le bord de la rivière, il éclata de rire : « Pour être fort, c'est sacrément fort! » Effectivement, c'était une chose étonnante que cette bouillie-là. Youza marcha plusieurs jours en chancelant comme un homme saoul.

Mais ensuite, la curiosité le reprit. Il n'y tint plus. Cette histoire de lait d'abeilles ne le laissait pas en repos. Une force pareille — et on n'en tirerait rien !... Youza décida donc d'y goûter à nouveau. Mais cette fois, il ne prit pas un morceau de gaufre ; aiguisant le bout d'une allumette avec le couteau à pain, il prit avec cette pointe fine une minuscule larme de la gelée lactée. Et il se la mit sous la langue puis, sourcils froncés, attendit ; qu'allait-il se passer ? Rien n'arriva. Il eut seulement un goût de sucre dans la bouche, en même temps qu'il lui sembla y voir plus clair et qu'il se sentit comme joyeux. Mais lorsqu'il eut pendant un mois, puis un deuxième, fourré sous sa langue cette larme de gelée, le matin, à midi, et le soir, il se rendit compte que ses os se portaient mieux, que les muscles de ses coudes étaient devenus durs et ronds comme les pavés d'une route et que ses jambes semblaient montées sur des ressorts. Chaque matin, il se réveillait de bonne humeur, travaillait sans arrêt toute la journée et lorsqu'il se couchait, il lui semblait descendre dans l'eau tiède d'un étang — où il dormait sans rêver, sans se retourner, sans ouvrir l'œil jusqu'au matin.

Impossible de dire à quoi cela était dû, aux infusions de plantes ou au lait d'abeilles, mais le fait est qu'à cette époque-là, rencontrant Youza au marché, les gens se mirent à lui demander s'il n'avait pas découvert par hasard dans son marais une « laouma[1] ». Et un bruit courut : « Cet ermite, ce sorcier du Kaïrabalé ne s'apprêtait-il pas à se marier ? » Il était rare que Youza rencontrât quelqu'un, les seuls gens qu'il voyait, c'était au marché, parfois à l'église, ou l'été au Kaïrabalé lorsqu'ils venaient ramasser le foin. Et chaque fois, on lui disait qu'il avait encore rajeuni. D'ailleurs Youza voyait bien qu'il ne ressemblait pas aux hommes de son âge. Eux étaient déjà voûtés, certains avaient de la peine à tenir leur pipe entre leurs dents, qui tombaient en morceaux. Rien à voir avec Youza ! Que ce soit au marché ou à l'église, il se tenait toujours droit, la tête haute, avançant d'un pas si rapide que bien des jeunes

1. Les « laoumas » sont des « fées » lituaniennes (N.D.T.).

auraient eu du mal à le rattraper. Les gens le suivaient des yeux, puis se regardaient en murmurant :

— Il a vraiment de la chance, cet homme-là. Pas d'impôts, la crise ne le touche pas, et voilà que la vieillesse l'épargne.

Les langues s'en donnaient à cœur joie, bien sûr, dans les villages et les fermes isolées. Il y avait sûrement dans tout ça quelque chose d'anormal. On racontait une histoire d'encensoir que Youza aurait trouvé dans les fourmilières du Kaïrabalé. La nuit, paraît-il, il faisait monter autour de lui des fumées qu'il n'est permis de voir que dans les églises. Et qui sait, peut-être avait-il découvert dans ses mottues du Kaïrabalé la fameuse petite racine enchantée ? Parce qu'elle existe vraiment, cette petite racine. Elle pousse dans la vase des fossés autour du bourg de Ramigala. Alors puisqu'elle pousse à côté de Ramigala, pourquoi ne pousserait-elle pas au Kaïrabalé ? La vase, ce n'est pas ce qui manque dans le marais. Mais l'affaire était peut-être pire, allez savoir : les laoumas qui lavent leurs longs cheveux par les nuits de lune dans les orbites du marais avaient peut-être ensorcelé Youza ? Elles lui avaient peut-être promis longue vie, exigeant de lui en échange qu'il aille s'installer avec elles après sa mort, pour l'éternité entière ? Comment s'expliquer que, pour lui, rien ne se passait comme pour les autres ? Voilà combien d'années qu'il vivait seul comme un sauvage au milieu des lédons et des droseras, dans un lieu qui n'était pas fait pour les hommes, mais pour les vipères au dos zébré ou les lézards et autres vermines oubliées de Dieu lui-même...

En entendant ces palabres, Youza se contentait de remuer sa moustache et, rentré chez lui, allait consulter son miroir : était-ce vraiment vrai, ce qu'on disait ? Et chaque fois, il voyait que les gens n'avaient pas exagéré ; il avait vraiment l'air gaillard, luron comme jamais il ne l'avait été, même dans sa jeunesse.

— Viens donc me voir, disait-il parfois à l'un des envieux. Je te ferai sentir la petite racine.

— C'est donc que tu l'as...

— Viens voir.

Bien sûr, les envieux n'y allaient pas. Pas un seul. Non qu'ils n'aient eu envie de rajeunir, mais ils avaient plus peur encore d'avoir l'air ridicule devant un autre envieux. Du coup, ils évitèrent désormais de regarder Youza.

En revanche, Youza s'aperçut qu'à leur place, c'étaient les filles qui maintenant se mettaient à le dévisager. Les plus jeunes. Étaient-ce les bruits qui couraient qui les émoustillaient ? Croyaient-elles pour de bon qu'il était sorcier ? Quoi qu'il en soit, plus d'une, en le rencontrant, s'immobilisait comme clouée sur place, rougissait, blêmissait, et baissait les yeux. Youza n'en revenait pas : puisque les autres évitaient de le regarder, pourquoi les filles n'en faisaient-elles pas autant ? Qu'est-ce qui se passait encore ?

Et les langues marchèrent de nouveau bon train dans les fermes et les hameaux : Youza était bien un sorcier puisqu'il avait le don d'ensorceler les filles.

Personne ne pouvait savoir, ni même soupçonner que Youza n'avait rien de tout cela en tête. Où qu'il aille, quoi qu'il fasse, il jetait toujours des regards de tous les côtés, de dessous ses sourcils broussailleux. A l'église, pendant la messe, aussi bien qu'au marché, dans la foule qui se pressait entre les chariots, le cœur de Youza souvent tressaillait : ne serait-ce pas elle, là-bas ? Ne serait-ce pas elle, Vintsiouné ? A moins qu'elle ne soit sur cette charrette, au milieu des fromages et du beurre ? Ou assise sur les bottes de filasses de lin teillé ? N'était-ce pas elle qui achetait un fichu de soie dans une échoppe ? Ou un peigne pour ses nattes ? Youza regardait, regardait à la dérobée. Sans tourner la tête. Des yeux, des yeux seulement, il la cherchait. Et jamais ne la trouvait.

Quelle fille, fût-elle la plus jeune, la plus rose, la mieux faite, eût pu voiler de sa beauté, ou même faire seulement pâlir l'image de Vintsiouné ?

Il n'existait pas de fille qui le pût. Et il ne s'en trouverait jamais. Dans la Lituanie tout entière, qu'on la parcoure en long ou en large, il ne s'en trouverait pas. Tant que vivrait Youza, il ne s'en trouverait pas.

Comme il ne se trouverait personne pour dire à Youza

la vérité, la vérité pure : « Si une femme ne t'aime pas, elle ne te voit pas. Et toi, tu ne la verras pas. Il en a toujours été ainsi, et il en sera toujours ainsi. » Non, personne ne dirait cela à Youza.

Et Youza retournait sur son Kaïrabalé, le cœur débordant d'amertume, et s'arrêtait sous les cerisiers, là où reposaient les soldats du tsar et du kaiser et, à côté d'eux, Karoussé. Karoussé...

Il la revoyait, comme vivante. Avec ses mollets égratignés par la bruyère, son panier blanc de racines de pin tressées sur l'épaule. Son panier rempli de baies rouges. Et ses yeux pleins de larmes. Youza resta longtemps debout aux pieds de Karoussé. Qui, d'elle ou de lui, avait la meilleure part aujourd'hui ? Lui ou Karoussé ? C'était des orbites du marais que Karoussé était venue ici, c'était ici qu'elle reposait. Qu'elle reposait. Lui, Youza, se régalait de lait d'abeilles, mais était-il vraiment vivant ? Bien sûr, sa maison regorgeait de tout. Et chaque jour un peu plus. Et les filles les plus jeunes ne cessaient de le regarder. C'est vrai, et pourtant, qui avait la meilleure part aujourd'hui, Youza ou Karoussé ? Peut-être aurait-il mieux fait, en ce temps-là, de prendre Karoussé pour femme ? Ils vivraient tous les deux ensemble maintenant. Bien ou mal, mais tous les deux. Et elle, peut-être, elle serait heureuse ? En rencontre-t-on souvent, des familles où les deux sont heureux ? Elle, au moins, Karoussé, aurait été heureuse. Mais qui sait, peut-être pas. Qui sait, peut-être l'aurait-il détestée dès le premier jour ? Lorsqu'on en a une plantée dans le cœur comme une ortie brûlante, comment trouver de la place pour une autre ? L'homme n'a reçu qu'un seul cœur, et dans ce cœur, une place pour une femme, une seule. Qui sait, peut-être aurait-il vraiment détesté Karoussé dès le premier jour. Et alors ? Tous les deux ensemble — et tous les deux malheureux ?...

C'est ainsi qu'un jour un policier à cheval, monté sur une belle selle, trouva Youza.

— Mets ta signature ici !

— Et qu'est-ce qu'il y a, là ?

— Il y a, monsieur, que c'est le dernier avertissement

pour le paiement de vos impôts. Demain, monsieur, vous devrez vous présenter à la mairie du district ; dans le cas contraire, monsieur, vous y seriez amené par des gardes !

Le policier se remit en selle et partit au galop par le chemin de fascines. Le policier n'avait pas tout dit. Youza lut le papier et vit qu'il ne devait pas seulement se rendre à la mairie le lendemain, mais aussi payer les impôts pour toutes les années passées. S'il ne le faisait pas, sa ferme serait vendue aux enchères.

Youza décida de s'y rendre.

Arrivé à la mairie, il se tint debout, sans dire un mot, sa chapka dans les mains, devant le chef de district assis à sa table. Le chef de district se taisait aussi. Youza sentit la sueur perler à ses tempes.

— Alors ? (Le chef de district leva la tête.) Alors, on va jouer longtemps aux sourds et muets ?

— Je ne dois rien aux autorités. Je l'ai dit au staroste. Pourquoi recommencez-vous à m'envoyer des papiers au Kaïrabalé ?

— Vous ne devez rien ? J'ai quelque chose à vous dire. Asseyez-vous !

— Je suis bien debout.

Le chef de district le fixa d'un regard acéré.

— A votre aise. Voilà ce que j'ai à vous dire. Mon père et le vôtre ont servi ensemble dans l'armée, vous comprenez ? Dans l'armée du tsar. Nous autres, Litua-niens, nous avons combattu tous ensemble. Après le tsar, nous nous sommes de nouveau battus ensemble pour une Lituanie indépendante. C'est la seule raison pour laquelle je vous adresse encore la parole. Sinon, il y a longtemps que je vous aurais fait regretter votre obstination à ne pas payer vos impôts. Et vous, vous profitez de mes bonnes dispositions ! Vous comprenez ce que je vous dis ?

— Je ne dois rien à personne.

— Par conséquent, vous n'avez rien compris ?

Youza ne répondit pas.

— J'attends.

Youza ne dit rien. Et que pouvait-il dire ? Le chef de

167

district avait beau porter une élégante chemise de fin tissu, comme les gens de la haute, ça ne lui mettait guère d'intelligence dans le crâne. On lui avait dit et redit que Youza ne devait rien aux autorités. Les autorités n'avaient jamais rien donné à Youza. D'ailleurs Youza ne leur avait jamais rien demandé. Il n'avait pas besoin du bien d'autrui. De sa vie, il n'avait rien pris à autrui, pas la plus petite miette. Il payait chaque année les impôts pour le marais, il pouvait même en montrer les quittances si c'était nécessaire. Quant aux labours, il avait labouré lui-même. Semer : il avait semé lui-même. Et planté le verger lui-même. Et le chemin de fascines, c'était lui qui l'avait aménagé à travers le marais. Avant, il n'y avait rien de tout cela. Cent ans auraient pu passer sans que personne se préoccupe de construire un tunage, et lui, Youza, l'avait fait. Alors les impôts, c'était pour quoi ? Combien de fois encore faudrait-il en reparler ? Ça se colle une chemise de richard sur le dos, mais pour l'intelligence, zéro !

— Vous me stupéfiez, recommença le chef de district. Il n'y a que vous à être comme ça dans tout le district. Réfléchissez donc un peu sérieusement. Comment un gouvernement pourrait-il tenir si tout le monde se mettait à faire comme vous ? De quoi vivrait-il ? Vous avez pensé un peu à ça ? Avec quoi le gouvernement construirait-il des écoles, des routes, avec quoi paierait-il la police pour préserver la tranquillité des gens ? Avec quoi, je vous le demande, entretiendrait-il une armée pour défendre notre liberté et notre indépendance ?

— Moi, je n'ai pas besoin de la police, dit Youza.

— Peut-être n'avez-vous pas besoin non plus de la Lituanie ?

— A quoi me servirait la police sur le Kaïrabalé ?

— Votre Kaïrabalé n'est pas toute la Lituanie !

— Mais moi je n'ai pas besoin de toute la Lituanie. J'ai assez de place sur le Kaïrabalé.

La déclaration de Youza laissa le chef de district muet de stupeur. De dessous ses sourcils, Youza le regardait.

— J'ai essouché, étrépé les buissons, j'ai fait un tunage, tout : avec ça (et Youza tendit ses mains, paumes en dessus, vers le chef de district, avec ces mains-là !

— Nous savons parfaitement quel bon travailleur vous êtes, dit l'autre. Le travail que vous faites, c'est du travail bien fait, du travail consciencieux. Utile à toute la Lituanie. Mais pourtant vous devez payer. Pour la terre que vous avez rentabilisée. Vous ne pouvez donc pas comprendre ça ?

— La seigne n'était qu'une seigne… reprit Youza. C'était une seigne du temps du grand-père Yokoubas, et une seigne du temps de mon père. Depuis la création du monde, c'est une seigne, pour dire la vérité. Et ce serait encore une seigne aujourd'hui. Alors parce que je l'ai labourée, je devrais, en plus, payer ? Je n'attends pas de vous des remerciements, encore que j'aurais le droit d'en attendre, mais payer ! Vous me prenez vraiment pour un imbécile !

Ils se faisaient face. Et se regardaient droit dans les yeux.

Mais le chef de district ne put se contenir, et se mettant debout d'un bond, il cria :

— Vous êtes un anarchiste ! Votre place est en prison. Parce que vous violez les lois. Vous saisissez ?

Le chef de district voulut se rasseoir, mais la colère lui fit manquer sa chaise. Il se serait étalé sur le plancher s'il n'avait réussi à se cramponner aux bords de la table en s'y couchant de tout le haut du corps. De son côté, Youza l'attrapa des deux mains par les aisselles, et l'assit où il convenait qu'il fût assis.

— Merci, fit le chef entre ses dents sans regarder Youza.

— Je ne viole rien, dit Youza. Je travaille seulement, je travaille.

Sans lever les yeux de la table, le chef dit à Youza :

— Vous n'êtes pas idiot à ce point-là. Ne me prenez pas pour un idiot moi-même. Je vous en prie. Et je vous prie également de ne pas oublier ce que je vais vous dire maintenant. Vous dire non pas comme un chef à un inférieur, mais d'homme à homme : finie la comédie ! Je vous autorise à vous mettre en règle aujourd'hui avec le gouvernement. Jusqu'au dernier sou. Et je vous préviens : demain, il sera trop tard. De l'autre côté de cette porte (le chef indiqua la porte du doigt), derrière cette porte, vous trouverez la personne qui encaisse l'argent. Je vous en prie !

Youza serra un peu plus fort sa chapka dans son poing, mais ne bougea pas d'un centimètre.

— Qu'est-ce qu'il y a encore ? fit le chef, plantant ses yeux dans ceux de Youza. Ah ! vous n'avez pas apporté l'argent, comme il vous était pourtant prescrit dans le papier que je vous ai envoyé ? Bon. A cause de l'amitié qui existait entre nos pères, je vous donne jusqu'à demain midi. Voilà. Midi juste, sans qu'il manque un sou !

— J'ai apporté l'argent.

Le chef de district tambourina de ses doigts sur la table. Son visage prit une teinte grise.

— Mais alors… Qu'est-ce que vous êtes venu faire ici ? demanda-t-il d'une voix à peine perceptible.

— Je suis venu vous dire de ne plus m'envoyer de papiers, ni de chevaux de la police. Je n'ai pas besoin de la police.

Sur ces mots, Youza se dirigea vers la porte. Sans avoir vu le visage de l'autre devenir couleur de cendre. Le chef de district s'était dressé, il était debout, contre la table, et son menton tremblait…

Youza n'avait pas apporté d'argent. Il avait menti au chef. Pourquoi, lui-même n'en savait rien.

XVI

Le lendemain matin, en se levant comme à son habitude avant l'aube, Youza découvrit son frère Adomas debout au milieu de la cour.

— Quel autre malheur t'amène ?

Adomas, tout recroquevillé, semblait avoir la chair de poule, et sa lèvre inférieure faisait une moue sinistre.

— Il est pas pour moi, le malheur, il est pour toi, Youza.

— Et de quel côté il viendrait ?

— Toujours du même, Youza. Tu as mis le chef hors de lui, hier. Toute la police du district est sur pied. Hier soir, Adomélis est resté très tard à Maldinichké, il a tout vu.

Adomas fit une pause puis reprit :

— Ils vont t'arrêter, Youza.

Youza ne répondit pas. Il le sentait : son frère était très inquiet, il avait réellement peur. Mais de quoi ? Le droit était pourtant bien de son côté à lui, Youza, et pas du côté de l'autre. Si le chef de district en avait tellement envie, eh bien ! qu'il envoie une fois de plus son huissier au Kaïrabalé. Qu'est-ce qu'il avait récolté, l'autre fois, son huissier ? Il ne récolterait pas davantage cette fois-ci. Il frapperait un peu sur la table avec son petit marteau de bois — et bonsoir, il repartirait. Comme l'autre fois. Que l'autre l'envoie donc si ça lui chantait.

— Pourquoi n'es-tu pas venu me voir ? demanda amèrement Adomas. Je ne te suis donc rien, ni frère, ni parent, rien du tout ?

— Mais pourquoi je serais allé chez toi?

— Je me suis dit, comme ça, qu'en donnant à droite et à gauche, t'étais peut-être toi-même dans la gêne? Pourquoi tu ne m'as rien dit? Comme un frère à son frère? On se serait mis tous ensemble, et on aurait bien trouvé en raclant les tiroirs ce qu'il fallait donner au chef pour avoir l'esprit en paix.

— Mais je l'ai, l'argent.

— Quoi? Attends!... Tu l'as, et tu ne paies pas?

— Mais payer pour quoi?

— Écoute un peu, Youza, tu ne vas pas chercher des noises aux autorités? A-t-on jamais vu les autorités tenir compte de la vérité qu'on veut leur faire entendre? Les autorités, elles te feront mordre la poussière sans que tu aies eu le temps de dire ouf!

— C'est pour dire ça que tu es venu?

— Pas seulement pour ça. Porte-leur l'argent, Youza. Va leur porter, fourre-leur dans le gosier, mais ne leur cherche pas noise! Si tu savais comme ils sont furieux, en ce moment...

— Furieux de quoi?

— Ton histoire d'impôts, ce n'est pas leur plus grand souci, Youza. Non : les temps changent, Youza. Tu ne vois donc vraiment rien? Tu ne remarques rien, dans ton marais? Tu n'en sors pas, alors bien sûr... Mais les gens ne font que parler de ça partout, que dire qu'il est fini, ce pouvoir-ci, qu'il va y en avoir un autre. Et quand un pouvoir s'effondre, il montre les dents, des dents plus longues encore que d'ordinaire. Mieux vaut rester dans son coin quand un pouvoir s'effondre.

— D'où il sortirait, le nouveau pouvoir? Tu l'as vu en rêve?

— Ce n'est pas un temps pour les rêves, Youza. Adomélis a apporté des nouvelles de Maldinichké. Les temps changent. De si grands changements qu'on n'en verrait pas de pareils même en rêve. Je te l'ai dit et je le répète : il vaut mieux que tu ne leur fasses pas d'histoires, Youza. S'il faut, tu le dis, on se cotise tous pour l'argent à donner au chef de district; qu'il en étouffe donc de cet argent avant que le pouvoir ne s'effondre!

Ourchoulé nous aidera peut-être aussi. C'est notre sœur, quand même !

Youza ne répondit pas tout de suite. Il resserra d'un cran la ceinture qui tenait son pantalon.

— Si je n'ai pas payé quand le pouvoir était fort, pourquoi j'irais payer maintenant qu'il s'effondre, comme tu dis ?

— Youza, arrête de plaisanter. Même une mouche, avant de crever, elle pique plus fort. Et là, tu crois que ça n'est qu'une mouche ? En tombant, ce pouvoir-là va t'en faire voir de dures, Youza, tu t'en useras les yeux jusqu'à la tombe à force de pleurer !

Après un silence, Youza répondit :

— Mon argent, il n'en verra pas la couleur, le chef de district. Mais pour ton bon cœur, pour le fait d'avoir pensé à moi, merci à toi, Adomas. Seulement ne me donne pas de conseils sur ce qui est raisonnable et sur ce qui ne l'est pas. Je n'ai jamais jeté l'argent par les fenêtres et je ne vais pas commencer.

Les deux frères se séparèrent donc sans s'être mis d'accord. Adomas s'en fut chez lui et Youza retourna à son travail. Quant aux impôts, il ne les porta pas au chef-lieu. Ni ce jour-là, ni le jour suivant, ni le surlendemain... Il oublia même les menaces du chef de district. Et les policiers, les policiers que son frère avait prédits, ne montrèrent pas le bout de leur nez sur le Kaïrabalé.

Puis une nuit, une nuit d'été chaude et tranquille, Youza qui dormait se réveilla. Il venait tout juste de plonger dans les profondeurs du premier sommeil, aussi ne comprit-il pas immédiatement ce qui avait bien pu le tirer soudainement hors du drap. Assis sur le lit, en chemise, jambes pendantes, il resta un bon moment à cligner des yeux dans le noir. Il finit pourtant par se rendre compte que ce n'étaient pas ses oreilles qui bourdonnaient, mais que le grondement venait de derrière la maison, on aurait même dit qu'il venait du côté du chemin de fascines coupant le Kaïrabalé, ou même de plus loin encore, peut-être de la route qui menait à Maldinichké. Ça bourdonnait et ça tonnait, ça grinçait et ça claquait, comme un déferlement de sabots de cen-

taines de chevaux. Youza sortit. Le ciel était rosâtre —
mais pas du côté où se lève le soleil, non, de l'autre, là où
passait la route pour Maldinichké. Youza resta un peu
dans la cour, puis entreprit de monter tout en haut de sa
butte : là, il s'arrêta au milieu des troncs cuivrés des
pins, et regarda longtemps dans la direction d'où venait
cette énorme rumeur incompréhensible. Tout le long de
la route menant à Maldinichké, des langues de feu
explosaient avec fracas, tintements et claquements
mêlés, et le vent apportait de là-bas une âcre fumée.

Youza resta longtemps debout parmi les troncs cuivrés.

Ce n'est pas possible ! Est-ce que ce serait la guerre ?
se demandait Youza, encore la guerre ?

Flammes, claquements et grondements s'éloignèrent
du côté de Maldinichké. Juste avant l'aube, de la poussière descendit, se déposa. A l'orient, le vent se leva, et
soufflant de plus en plus fort entraîna au loin la fumée.

Et Youza eut alors l'impression qu'il ne s'était rien
passé durant la nuit, que c'était lui qui avait rêvé tout
cela en dormant. Le soleil montait à nouveau dans le
ciel, jeune, matinal, lavé de frais par la rosée. Comme
tous les matins dans la forêt. Et les grues s'éveillaient
dans les joncs du Kaïrabalé, les canards conduisaient
leur progéniture dans les méandres du marais pour
qu'elle apprenne à nager, le geai commençait à pousser
des cris perçants dans les fourrés, les oies cacardaient en
chœur tandis que les ramiers battaient déjà l'air de leurs
grandes ailes sombres. Des gouttes de rosée roulaient
sur les feuilles maigrichonnes des bouleaux décharnés,
éternellement affamés. Non, il n'y avait sûrement rien
eu de particulier cette nuit, rien d'autre que ce qui se
passe normalement durant les nuits d'été. Youza ne
savait pas ce qu'il devait croire — ne s'était-il rien passé,
s'était-il passé quelque chose... Il remonta en haut de la
butte, là où il était allé durant la nuit, au milieu des pins
cuivrés, il regarda la route au loin, la route déserte,
tranquille, couverte d'une poussière grise — telle qu'il
l'avait vue la veille et l'avant-veille, telle qu'il la voyait
depuis de longues années. Telle qu'elle avait toujours
été...

Mais par le tunage de fascines à travers le marais, Youza aperçut soudain Adomas qui se dirigeait en hâte vers la ferme.

— Tu as vu ? Tu as entendu ? lui cria de loin Adomas. Notre pouvoir s'est effondré !

— Effondré ? Ça, je ne l'ai pas entendu s'effondrer.

— Il s'effondre, Youza ! affirma Adomas qui pressa encore le pas pour arriver plus vite. On peut même dire qu'il est déjà tombé. Il n'y a plus de pouvoir !

— Tu causes, tu causes…

— Mais c'est vraiment vrai, Youza ! Et mon Adomélis dit exactement la même chose. Et lui, il le sait bien ! Il est parti au galop de grand matin pour avoir l'occasion de se réjouir, et quand il est rentré, il m'a dit : « Disparu, notre pouvoir. Pour lui, aujourd'hui, tout est fini, terminé ! »

Youza ne répondit rien à son frère. Il ne bougea pas non plus. Puis au bout d'un moment, il commença à redescendre de la butte pour retourner à la maison. Adomas, toujours aussi excité, derrière lui.

Les deux frères marchaient sans rien dire. Sans rien dire ils s'assirent sous la fenêtre de la maison, comme ils s'asseyaient toujours lorsque Adomas se montrait sur le Kaïrabalé. Et sans rien dire, chacun fumait son tabac, chacun le sien. Maintenant tous les oiseaux du Kaïrabalé au grand complet pépiaient, roucoulaient, cancanaient, jacassaient. La rosée était tombée, le vent d'est apportait une tiédeur gorgée de senteurs de mousses et de résine molle. La journée promettait d'être chaude et ensoleillée.

— Alors comme ça, tu ne te réjouis pas, Youza ? fit Adomas. Tu ne te réjouis pas du tout ?

Youza sortit sa pipe de sa bouche :

— Et de quoi donc se réjouit tant ton Adomélis ? De l'arrivée des bolcheviques ?

— Mais qui attendais-tu donc, Youza ? Les Anglais ? Ou bien qui sait, les Américains ?

— On a déjà eu les bolcheviques — alors maintenant les revoilà ?

— A moins que tu n'aies attendu les Allemands, Youza ? C'est les Allemands qu'il te fallait, Youza ?

— Allemands ou pas, de quoi peut-on bien se réjouir?

— Ainsi, il n'y aurait pas de raison? Mais mon Adomélis, lui, il dit pourtant que maintenant ça sera beaucoup mieux, qu'il y aura davantage de justice. Combien de temps ils sont restés, les bolcheviques, la dernière fois? Un an, peut-être un an et demi, même pas. Qu'est-ce qu'un pouvoir peut arriver à faire, en si peu de temps? Maintenant ce sera différent, Youza. Il n'y a pas que mon Adomélis à le dire, Charkiounas lui-même dit la même chose!

— Le forgeron de Maldinichké?

— Il l'était... Youza, je ne te l'ai pas dit, mais il y a longtemps que mon Adomélis est avec Charkiounas. Au début, j'ai bien rouspété contre Adomélis. Mais aujourd'hui je m'en rends compte, ça tourne bien. Et pour toi aussi, Youza. Pour toi aussi, ça a déjà très bien tourné.

— Comment, pour moi? Et pourquoi déjà?

— Et tes impôts, Youza? Nous, on s'est tous conduits comme des idiots, on a tous payé. Mais toi, tu n'as rien déboursé — et maintenant tu peux t'en laver les mains, de tes impôts! On passe l'éponge sur toutes les dettes qui n'ont pas été payées au gouvernement d'avant! C'est-y pas bien pour toi, ça?

Youza resta un long moment sans répondre.

— Je ne devais rien à personne, dit-il enfin. C'est moi qui ai labouré, moi qui ai ensemencé. Charkiounas ou pas Charkiounas, ce n'est pas lui qui labourera ou sèmera à ma place. Tout ce qui peut arriver, c'est qu'il me rende la vie plus difficile. Voilà ce que j'en pense.

— Qu'il te rende la vie plus difficile! Qu'est-ce que tu racontes? Tu ne vois donc pas ce qui se passe tout autour? Les routes pleines de monde, des drapeaux partout, les gens qui chantent, qui jouent de la musique... Tu sais ce qu'a dit Adomélis, avant de partir à cheval? Il va y avoir un rassemblement comme Maldinichké n'en a encore jamais vu! Et ensuite — en route pour Kaunas!

— Ils chantent, tu dis?

— Oui, et faut les entendre, Youza! On dit qu'il y aura aussi un rassemblement là-bas. Un meeting monstre, pour que toute la Lituanie soit au courant! Des trains, des autobus, des camions emmèneront tous les gens gratis à Kaunas, et après le meeting les ramèneront gratis! Gratis, Youza! Kaunas aller et retour gratis! Tu as déjà entendu quelque chose de pareil?

— Et ils jouent de la musique, tu dis?

— Exactement, Youza! Et toi qui trouves moyen de dire que ça ne te plaît pas!

Adomas rayonnait littéralement.

— Et on les emmène à Kaunas gratis?

Cette fois, Adomas dévisagea son frère.

— Youza! Je vois que tu ne me crois pas. Mais enfin! C'est ce qu'ils ont dit à tout le monde, Youza!

— Je ne demanderais pas mieux que de te croire.

— Eh bien, crois-moi! Qu'est-ce qui t'en empêche?

Après un silence, Youza répondit :

— La locomotive tire les wagons, les wagons roulent, les roues s'usent — et tout ça gratis? Mais qui donc va te donner ça gratis? Va où tu veux, cherche partout, jamais tu ne trouveras un pouvoir comme ça. Jamais tu n'en trouveras, Adomas.

— Mais alors, Youza... Qu'est-ce qu'il faut en déduire? fit Adomas en écartant les bras. Si tout est comme tu dis, qu'est-ce qu'il faut en déduire? Qu'il ne reste plus qu'à se pendre, Youza?

Youza ne répondit pas tout de suite. D'ailleurs il ne répondit pas, il posa une question :

— Pourquoi tu es venu, Adomas?

Adomas en resta bouche bée. Ça faisait combien de fois aujourd'hui qu'il ne savait pas quoi répondre!

— Avant, dit-il, je venais toujours pour annoncer un malheur. Je me suis dit, ça fera au moins une fois que j'apporte une bonne nouvelle... Mais pourquoi tu es fâché, Youza?

— Je regarde, Adomas...

— Tu regardes, mais pas avec les yeux qu'il faudrait. D'après toi, il faudrait vivre en ermite, mâcher des croûtons secs et s'attendre à de nouveaux malheurs? Les gens ont été sucés jusqu'à la moelle par les impôts, les dettes, les redevances pour les routes... Alors maintenant ils reprennent vie, ils bougent un peu ; toi, simplement, tu ne vois rien. Ça ne peut pas être mal, puisque tous les gens pensent la même chose...

— Pourquoi tu es venu ? redemanda Youza après un petit silence. Puisque pour toi tout est si évident, puisque tu as envie de te faire emmener gratis à Kaunas, eh bien, vas-y, va au meeting ! Qu'est-ce que tu viens faire au Kaïrabalé ?

Youza se mit à bourrer sa pipe. Comme s'il attendait que son frère se décide à partir, ou tout simplement comme s'il ne le voyait pas, assis à côté de lui.

— Youza ! fit Adomas d'une petite voix.

— Oui ?

— Tu ne penses donc pas que ça ira mieux ? Avec le nouveau pouvoir ?

— Ça sera mieux pour certains, répondit Youza en soufflant un rond de fumée.

Et après un petit silence, il ajouta :

— Pour ceux qui seront avec le nouveau pouvoir.

— Alors qu'est-ce qu'il faut en déduire, Youza ? Qu'on est tous des idiots, et que tu es le seul à avoir de la cervelle ?

— Qu'est-ce que tu as à faire de ma cervelle ? Tu as la tienne.

— Quel malheur tu attends encore, Youza ? Si tu le sais, dis-le.

— Tu as donc oublié le grand-père Yokoubas ? Combien de fois pourtant il a répété : le pouvoir change — les os des gens pètent. Tu as déjà oublié ? Comment ça s'est passé quand le tsar est tombé ? Et quand l'Allemand a fichu le camp ? Et quand les bolcheviques sont partis ? Alors pense un peu à ce que disait le grand-père Yokoubas.

Adomas ne dit rien. Youza vit bien qu'il réfléchissait anxieusement. Pour Youza non plus, ce n'était pas facile. Assis sur le banc, il fixait le sol, penché en avant, les coudes appuyés sur les genoux. Il ne savait pas lui-même s'il avait raison ou non de dire à Adomas ce qu'il lui disait. Et son frère lui faisait de la peine — il s'était tellement réjoui du nouveau pouvoir... Et Youza n'était pas si sûr que ça qu'il ne doive pas se réjouir lui aussi... Qui sait, ce serait peut-être effectivement mieux ? Il y aurait peut-être vraiment plus de justice ? Qu'est-ce que ça pouvait lui faire, à lui, Youza ? Il était niché sur son Kaïrabalé et il y resterait, même si dix pouvoirs se cassaient la figure successivement ; mais pour son frère, ce serait peut-être mieux effectivement ? Avec sa nombreuse famille, les impôts qui lui mangeaient tout, des soucis comme s'il en pleuvait... Ce serait peut-être mieux pour lui, effectivement ?

— C'est encore trop tôt pour chanter et trop tôt pour pleurer, fit-il, parlant à lui-même — ou bien à Adomas. On va attendre un peu, ça sera toujours temps.

— Youza ! fit Adomas d'une toute, toute petite voix.

— Oui ?

— Tu m'as tout embrouillé les idées, Youza.

— S'il n'y a que moi, ça va.

Adomas se tut un instant puis reprit :

— Écoute, Youza ! J'ai toujours envie de venir te voir quand je suis dans le malheur. S'il arrive un nouveau malheur, tu m'aideras ? Pas moi, pas moi, se dépêcha-t-il d'ajouter en voyant Youza le dévisager brusquement. Pas moi, mais mon aîné. Il veut être partout, il arrive partout le premier avec Charkiounas, le forgeron. Alors si les choses, tout d'un coup... ? Il serait le premier à y laisser sa tête !...

La sueur inonda Adomas tandis qu'il disait cela. Il l'essuya du dos de la main, balayant en même temps de sa joue une larme, une larme qui n'avait rien à faire là et qui pourtant y roulait. Youza le regardait sans rien dire.

— Tu es seul, Youza, fit Adomas quand il retrouva sa voix. Tous les vents passent à côté de toi sans te toucher. Et avec la souillarde que tu as... Je me dis, comme ça, que si une mauvaise heure venait à sonner, je me dis que peut-être tu pourrais fourrer quelque part mon petit gars, l'abriter, mon aîné, sous un pan de manteau ou un autre ? Dans la souillarde, peut-être, je me dis. Pour qu'il y reste le temps que la mauvaise heure soit passée.

Mais ça serait peut-être mieux dans la réserve à pommes de terre? C'est pas un seigneur, mon petit gars, tu pourrais le caser n'importe où!...

— Tu viens me voir avec des alléluias, et maintenant tu chantes le requiem!...

— Tu m'as complètement embrouillé les idées, Youza!

Sur ce, sans ajouter un mot, Adomas se leva du banc, posa la main sur l'épaule de son frère et la serra de toutes ses forces. Puis aussitôt il s'en alla. Sorti de la cour, il partit sans se retourner par le chemin de fascines, vers les berges du Kaïrabalé. Et Youza qui le suivait du regard se dit que le pauvre Adomas avait vraiment l'air épuisé. Même le jour où il était venu trouver Youza pour lui annoncer un vrai malheur, au moment du remembrement des terres en métairies, même à ce moment-là, alors qu'il était écrasé de dettes, il n'avait pas l'air si mal en point. Le pauvre Adomas était vraiment pitoyable, maintenant. Et Youza sentit sa gorge se nouer en regardant son frère s'en aller. Il ne pouvait le quitter des yeux : voilà, Adomas était arrivé au bout du couchis de fascines. Il avait déjà atteint les broussailles de l'ormille... Et c'était fini, on ne le voyait plus...

Youza se leva à son tour du banc sous la fenêtre. On approchait du milieu du jour. Le Kaïrabalé fumait, suffoquait de chaleur. Il en montait l'odeur de l'eau rouille des boires de la mollière, un goût de vase épaisse, figée en gelée sombre, des parfums de mousse, si desséchée qu'elle crépitait, des effluves de lentille d'eau surchauffée... La Pavirvé promenait nonchalamment ses eaux parmi les lacis de rhizomes d'acore, et sur les berges de la petite rivière, les touffes épaisses de romarin des marais s'affalaient d'épuisement, et de leurs feuilles huileuses et cirées s'exhalait une odeur forte et amère, une véritable odeur de bière. A côté d'elles, l'airelle des marais exposait au soleil ses baies couleur d'acier, les buissons bas de myrtille étendaient leur noir bleuâtre à perte de vue, la vigne du Mont-Ida éparpillait les perles de ses airelles rouges au bout de leurs petites tiges élastiques, tandis que les joues des mûres toutes grêlées de petite vérole se chauffaient et rougissaient au soleil... Le Kaïrabalé était saoul de chaleur, opulent et repu.

Même les oiseaux s'étaient tus. Autour des grandes orbites profondes, les canards somnolaient sur la mousse, leur marmaille bigarrée cachée sous leurs ailes. Les grues aussi restaient silencieuses et, penchant le cou, posaient leur tête sur la mousse fraîche entre les souches et les touradons.

Youza allait par le Kaïrabalé, par ses buttes et ses mollières, il marchait comme on marche dans une église pendant une messe solennelle, avant que le curé n'élève l'hostie et le calice devant l'autel et que l'orgue fasse silence et que chacun baisse la tête, se berçant de l'espoir que tout n'est pas que malheur sur la terre, qu'il y aura encore beaucoup de choses bonnes à vivre. Youza longea et contourna bien des buttes et des mollières. Et tout à coup il se retrouva, sans savoir comment, près de sa ferme, près du banc où il s'était assis le matin avec son frère Adomas.

Mais Youza ne s'assit pas sous la fenêtre. Il entra dans l'arrière-cuisine, jeta un regard circulaire. Il réfléchissait. Oui, bien sûr, une personne pouvait à la rigueur vivre ici provisoirement. Même deux, d'ailleurs. Et même plus de deux : pour les loger, il suffirait de reculer le mur du fond, de le repousser à l'intérieur de l'étable. Dans ces conditions, toute une famille pourrait tenir. Même si elle y passait l'hiver, le regard le plus curieux ne flairerait rien. Et si quelqu'un, fût-ce le diable en personne, s'avisait de regarder la maison de l'extérieur, il serait bien incapable de deviner comment l'intérieur était fait et ce qu'il y avait dedans. En admettant même qu'il entre dans l'étable, comprendrait-il grand-chose ? Les murs de l'étable, bon, ils étaient là, ils n'allaient pas bouger, mais ce qu'il y avait entre ces murs-là ? Le plus rusé des tziganes s'y tromperait. Le seul problème, c'était l'hiver : il faudrait chauffer ceux qui se trouveraient dans la souillarde — et la fumée alors ? Mais ce n'était pas si terrible : il faudrait simplement déplacer le poêle, le mettre dans le mur qui séparait la grande pièce d'habitation de la souillarde, et le tour serait joué — la fumée sortirait par le trou de la grande pièce et la chaleur du poêle chaufferait la souillarde. Il ferait aussi bon dans la souillarde que dans la pièce d'habitation.

Voilà à quoi réfléchissait Youza. Et tout à coup, il donna un bon coup de poing sur une des bannes en claies de coudre, remplie de seigle à ras du couvercle. Un coup de poing, comme ça, sans raison... Ce n'était pas la première année qu'elle était là, cette banne. Et il avait fallu plus d'un boisseau pour la remplir. De bon grain de seigle. Grain contre grain. Qui chuchotait, qui tintait. Dans l'entrée, il y avait encore deux autres bannes semblables. Près des meules aussi. Comme dans le dicton : de quoi semer jusqu'à l'heure de mourir, et même pour l'éternité à venir. Pas seulement pour une année. Du seigle, du blé, de l'avoine blanche pour faire du sirop, de l'orge à six rangs. De tout — béni sois-Tu, mon Dieu ! Mais Youza avait aussi fait des réserves de fromage. Il en avait fait sécher. Sur les rayons du garde-manger, les fromages brillaient comme de la cire jaune. Il restait aussi du jambon de porc, même pas de la dernière année, mais de l'année d'avant. Et des saucissons, saurés à la perfection, si rondouillards que leurs rondelles ressemblaient à des roues de voiture de maître. Et d'énormes jésus de la taille d'un tonnelet, bridés par des harts dans de la panse de cochon et qui vous embaumaient la fumée et l'ail aux ours... Et Youza ne les avait pas achetés dans la boutique de Mendel — il les avait faits de ses propres mains. Youza lui-même n'avait pas remarqué comme son exploitation avait pris de l'ampleur, du volume. Parce qu'enfin, il était arrivé au milieu des laîches, sur une butte en bordure de la Pavirvé où même les chiens ne s'aventuraient pas — et aujourd'hui, regardez-moi ça ! Et de ce qu'il avait, rien n'était dû aux bontés d'autrui ; il avait tout gagné à la sueur de son front, à force de travailler bien avant l'aube et de ne pas dormir. Tout gagné chaque jour et chaque nuit.

Youza sourit. Il tortilla sa moustache droite, puis l'autre. Que son neveu Adomélis vienne donc s'il arrivait quelque chose. Qu'il vienne, ce neveu qui n'avait pas tâté de la ceinture paternelle depuis longtemps, cet Adomélis qui voulait aller gratis à Kaunas et en revenir gratis, qu'il vienne donc chez lui, Youza. Il y avait assez de place pour le loger, et assez de pain. Et pas seulement pour lui, mais pour tout homme à qui Dieu, certes, a donné une cervelle, mais trop petite. Il arrive même à Dieu de ne pas avoir la main généreuse. Eh bien! qu'ils viennent chez Youza, ces gens-là.

XVII

Non, Youza ne se souvenait d'aucun été comparable à celui que leur avait réservé cette année-là. L'herbe poussait à foison, luxuriante, fondante et grasse comme de la crème. Si bien que Youza n'avait jamais le temps de laisser sécher sa baratte : une motte de beurre chassait l'autre. Il pétrissait le beurre avec du gros sel et le mettait dans des toupines à oreilles, en terre soigneusement cuite. Il cessa d'aller porter sa marchandise au marché. Étant donné ce qui se passait du côté des autorités, que pouvait bien être le marché ? Youza salait donc pot après pot et les rangeait dans le garde-manger, à l'ombre et au frais, sur les bances couvertes d'une légère moisissure verdâtre et luisante. Youza faisait aussi des fromages. De grands fromages épais où le beurre doux formait des couches crémeuses. Il les posait sur des planches, dehors, au soleil, et les fromages en durcissant prenaient des teintes de vieil or. Lorsqu'ils avaient tellement séché qu'on ne pouvait plus les casser, fût-ce avec un marteau (avec les dents, n'en parlons pas), Youza les montait dans la soupente au-dessus de la pièce d'habitation et les disposait sur des planches en plein courant d'air. Et comme l'herbe abondait, les abeilles n'arrêtaient pas d'aller et venir. Si bien que ce n'est pas une fois que Youza retira le miel des ruches, mais deux. Il faisait tomber le miel des rayons, en remplissait tous les pots dont il disposait, les couvrait d'un papier solide qu'il avait au préalable enduit d'une épaisse couche de cire de bougie et les bouchait avec un gros bouchon bien enfoncé. Le miel pourrait rester dans de tels pots aussi longtemps qu'il le faudrait. Cet été-là aussi, le seigle grena bien mieux qu'il n'avait grené depuis longtemps, et les pommes de terre aux fleurs lilas donnèrent quantité de tubercules superbes, et la canneberge se couvrit de tant de baies que tout le marais se farda, rosit, s'empourpra comme une jeune mariée. Youza ne manqua pas de les ramasser. Il les fit cuire sur un feu qu'il installa au milieu de sa cour, les laissa glouglouter longtemps en y jetant sans lésiner, tant le verger regorgeait de fruits, des pommes ou des poires, pour que la confiture soit encore plus savoureuse. Lorsqu'elle fut cuite, il la versa dans des seillons de bois qu'il boucha avec du papier paraffiné et les couvrit encore de toile blanche. De cette façon, les baies se conserveraient, elles pourraient attendre qu'on ait besoin d'elles un jour ou un autre.

Cet été-là, même les tanches n'étaient pas comme d'habitude. Elles ne se cachaient pas au fond des gouilles du marais, elles n'y dormaient pas le museau enfoui dans la vase, mais elles montaient à la surface et chauffaient au soleil leur dos noir, certaines se couchaient même sur le côté. De vrais petits gorets. Dans la Pavirvé et dans l'eau qui débordait des tremblants sur les bords du chemin de fascines, loches et carassins s'offraient aux regards, se frôlaient, se frottaient les uns contre les autres, tant le frai avait donné de poissons cet été.

Non, un été pareil, Youza n'en avait pas vu depuis bien longtemps. Il se levait tous les jours de grand matin, peinait et suait jusqu'au crépuscule, à ne plus savoir quand le soleil se levait ni quand il se couchait, trouvant à peine le temps de s'essuyer le front du dos de la main. Et tous les jours comme ça. Tous les jours. Youza se voûta, ses paumes se couvrirent de cals, ses bras et ses jambes devinrent noueux, bourrelés de tendons saillants, ses os devinrent si pesants que la terre se creusait sous ses pas.

Il ne soufflait que le dimanche matin, lorsque le son des cloches arrivait à travers champs jusqu'au Kaïrabalé

— signe que chacun devait s'arrêter de travailler un moment. Ces matins-là, Youza se baignait dès l'aube dans la Pavirvé, mettait une chemise de toile crépitante de fraîcheur et s'asseyait à sa place favorite, sur le banc sous la fenêtre de sa maison. Et tout lui paraissait si beau qu'il n'allumait même pas sa pipe : la rosée qui roulait sur les feuilles des cerisiers ; Karoussé et les deux autres, le Russe et l'Allemand, qui reposaient près de lui, dans cette terre où ils avaient enfin trouvé le repos ; l'herbe en bas de la butte qui dressait vers lui de nouvelles pousses, le polygala qui lavait ses fleurs roses dans la Pavirvé, le pigamon qui se serrait contre la bourdaine dans les fourrés… Quelle beauté pour Youza que ces dimanches matin ! Et tous ces oiseaux sur le Kaïrabalé, leurs chants intarissables près des mottes et des buissons, leurs chants si éclatants que même les orbites insondables du marais tendaient l'oreille et que les bouleaux décharnés se redressaient un peu et se rassérénaient. Et de plus en plus fort, à travers champs et forêts, les cloches de Maldinichké carillonnaient, de plus en plus fort, de plus en plus près, tout près…

Et Youza savait qu'à cet instant le prêtre aux cheveux blancs servait la messe, et que dans toute l'église, les fidèles, à genoux d'un mur à l'autre, le regardaient sortir le ciboire du tabernacle et lever l'hostie. Et ceux qui n'avaient pu venir à l'église, ceux que leur travail ou leurs soucis retenaient à la maison, lisaient chez eux dans leur missel les « Prières de la messe pour ceux qui ne peuvent y assister », comme autrefois les lisaient le grand-père Yokoubas ou la mère, en leur montrant, à lui, Youza, à son frère Adomas ainsi qu'à Ourchoulé comment il fallait tenir le missel.

C'est ainsi que Youza, les dimanches matin, restait assis sur son banc, et il se sentait bien d'être dans une chemise de lin propre qui lui rafraîchissait le corps, il se sentait bien d'avoir la plante des pieds refroidie par la terre, comme si la terre savait que le lendemain était un lundi, et que de toute la semaine Youza ne pourrait ni s'asseoir, ni poser ses mains sur ses genoux.

Et voici qu'un dimanche, un de ces dimanches matin

où Youza était assis sur son banc, une pensée l'assaillit : Et si tout ce beurre, tous ces fromages, il les avait faits pour rien ? Car franchement, allait-il, à lui tout seul, venir à bout de tant de biens accumulés ? Franchement, comment pourrait-il user toutes ces peaux de mouton, ces pièces de drap et de lin tissées sur le métier ? Et dans ces conditions, pourquoi ne s'assiérait-il pas plus souvent sous sa fenêtre ? Pourquoi ne se réjouirait-il pas plus souvent d'être en vie, de voir la rosée glisser sur les feuilles, le laitier baigner ses fleurs roses, d'entendre le brouhaha des oiseaux à travers le marais ? L'homme est-il donc pour si longtemps sur la terre ? A-t-il tellement de temps et d'occasions de voir le vaste monde ? Cela vaut-il la peine de s'exténuer au travail jour après jour, de faire des provisions, d'accumuler, d'épargner ? Ne ferait-on pas mieux de prendre le temps de vivre ? Et ces histoires, maintenant, du côté du pouvoir... Hier, l'un, aujourd'hui, un autre, et qui sait, demain, peut-être un troisième... Qui viendra, qui dévastera, qui saccagera tout ce que les gens auront mis des années à faire. Les pouvoirs, ils ne viennent jamais pour longtemps ; ils promettent des tas de choses, mais quant à tenir leurs promesses... A ne prendre que le dernier pouvoir, par exemple. Youza se souvenait comme si c'était hier de ce qu'avaient dit les gens au moment de l'installation de ce pouvoir-là à Maldinichké. Juste après la guerre, la Première Guerre mondiale. On avait fait venir au pouvoir des gens du peuple, de vrais paysans, pas des gens de la haute. Et pourtant, aussitôt, les campagnes avaient vu arriver les « commissaires ». En charrette ou à cheval. Qui examinaient les terres, les forêts, les domaines, les recensaient, plaçaient dans chaque grand domaine un homme à eux, pour que l'ordre soit respecté — comme ce pouvoir-là disait, pour que les gens vivent mieux, plus à l'aise, pour que la terre ne soit pas toujours en jachère, pour que personne ne décime les bois. Peut-être qu'il aurait fait quelque chose de bien, ce pouvoir-là, mais il n'avait tenu qu'un an, un an et demi tout au plus ; et qu'est-ce qu'on peut bien faire en un an et demi ?... Ensuite, il y en avait eu un autre. Ramenant les hobereaux dans leurs domaines, en chassant les gens que les bolcheviques y avaient mis — beaucoup d'entre eux se retrouvèrent en taule, quelques-uns même collés au mur. Ce nouveau pouvoir, figurez-vous, trouvait qu'il manquait de place. Les gens vivants le gênaient. Alors ça tirait ferme, sans marchander les balles. Ce pouvoir-là avait tenu un peu plus longtemps. Mais maintenant, lui aussi était tombé. Il était remplacé par un autre. Pas vraiment un autre : le même qu'il y avait déjà eu à Maldinichké. Et qui pouvait dire combien il tiendrait, cette fois, et ce qu'il allait fabriquer ?...

Youza était assis un matin sur son banc, sous sa fenêtre.

Il sursauta en entendant au loin des voix sur la route. Là-bas il y avait du monde, beaucoup de monde, qui marchait. Comme pour une fête paroissiale — mais ce n'était pas un jour de fête de la paroisse. D'ailleurs les gens ne marchaient pas comme on marche ces jours-là, avec un missel et des bouquets de fleurs dans les bras, chacun refusant en son for intérieur le compte des péchés qu'il allait falloir déposer dans l'oreille du curé au confessionnal, en se cachant la bouche derrière le missel pour que le curé entende — lui seulement, personne d'autre. Aujourd'hui, les gens chantaient. Ils jouaient même de l'accordéon en marchant. D'autres étaient en carriole, et ils n'étaient pas assis comme ça se fait d'habitude dans une carriole, mais debout. Et ceux-là aussi jouaient de l'accordéon. Comme ça toute la matinée. Jusqu'à midi.

Et Youza vit tout à coup deux personnes s'approcher de sa ferme par le chemin de fascines, un gars avec une fille. Youza ne reconnut ni le gars, ni la fille. Pourtant eux lui souriaient de loin tout en marchant. Le gars portait, suspendue à son cou, une petite caisse recouverte d'une cotonnade rouge; la fille, elle, ne portait rien. Pas tout à fait rien, à vrai dire. Elle tenait une feuille de fougère. Elle l'avait sûrement cassée le long du chemin, en venant.

— Bonjour, oncle Youza! fit gaiement le gars.

— Bonjour, puisque tu es là. Et qui tu serais?

— Tu ne me reconnais pas, oncle Youza?

Youza le dévisagea attentivement.

— Tu ne serais pas un d'Adomas?...

— En personne, oncle Youza. En personne. Fils d'Adomas et Adomas moi-même! dit le gars en éclatant de rire. Adomélis. Chez nous, à la maison, on est deux Adomas.

— Sois le bienvenu puisque t'es Adomas, dit Youza.

Mais il ne tendit pas la main. C'était une habitude, chez lui, de ne pas tendre la main en disant bonjour à quelqu'un de la famille. Il ne la tendait même pas à Adomas quand son frère venait le voir. Ni à Ourchoulé. Il se tourna donc vers la fille. Elle le regardait, interloquée par la façon dont il avait accueilli Adomélis. Une belle fille. Grande, bien faite, un vrai tilleul. Un front haut, des yeux bleu ciel, des cheveux couleur de lin. Il en était nées, de belles filles, depuis la fin de la guerre...

— Et elle, oncle Youza, se hâta d'expliquer Adomélis, c'est Adèle... Elle est de Ploundakiaï, tu comprends?... Nous sommes ensemble.

— Puisque vous êtes ensemble, pourquoi tu te justifies? Sois la bienvenue, dit Youza tendant la main à Adèle.

Adèle devint cramoisie. Elle tendit sa main sans quitter Youza des yeux.

— Tu vois ce qui se passe, oncle Youza? dit Adomélis tout heureux.

— Je regarde.

— Le peuple entier vote. On va élire un nouveau pouvoir!

— Tu fais comme tout le monde, par conséquent?

— Comme tu vois, oncle Youza, comme tu le vois toi-même! On va élire un nouveau pouvoir. Une assemblée populaire! Fini, les patrons parasites. Maintenant on va avoir notre pouvoir à nous!... Tous les gens vont voter aujourd'hui comme un seul homme. Tous!

— C'est bien que ce soit tous, dit Youza. Et maintenant, je vous invite chez moi, à ma table. Vous serez mes invités.

— Merci, oncle Youza, répondit tout de suite Adèle. Mais Adomélis ne dit pas les choses comme elles sont. Les gens ne vont pas tous voter jusqu'au dernier. Ne soyez pas fâché contre lui, oncle Youza.

— Il n'y a que ceux qui sont malades, ou trop âgés, expliqua Adomélis. Mais eux, ils n'ont pas besoin de se déplacer, nous allons chez eux nous-mêmes. Tu vois, l'urne, c'est moi qui l'ai, et Adèle, elle, a la liste des électeurs. C'est pour ça qu'on est venu te trouver. Pour avoir ta voix.

— C'est donc que je suis si décrépit que ça? Que je n'ai plus la force de me déplacer moi-même?

La fille eut un rire joyeux :

— Vous en avez de bonnes, oncle Youza! Vous, vieux? Où avez-vous pris ça? Vous avez encore cent ans devant vous.

Adomélis se joignit à Adèle.

— Mais oui, ce n'est pas du tout à cause de ton âge qu'on est venu, oncle Youza. C'est par obligeance pour toi! On a pensé que ça ne te serait pas facile de t'absenter, puisque tu es seul, que tu n'as personne à qui laisser ta ferme, et on s'est dit : pourquoi ne pas passer par chez toi en allant chez ceux qui sont vieux ou malades, en mauvaise santé? Et voilà, on est venu.

Youza ne répondit pas.

Adomélis, mi-anxieux, mi-excité, lui montra la fente étroite dans le couvercle de la boîte.

— Et le bulletin, c'est par là qu'il faut le mettre.

Mais Youza continua de se taire. Sans même bouger de place. Adomas et Adèle échangèrent un coup d'œil, attendant ce qu'allait dire ou faire Youza. Mais il semblait avoir oublié ses visiteurs. Il était assis et se taisait. Et les deux autres ne comprenaient pas pourquoi. Mais Youza, lui, pensait qu'il y avait déjà eu des élections. Et pas qu'une fois. Quand les bolcheviques avaient cédé la place, beaucoup de gens étaient allés aux urnes. Même Madeïkis, le berger de leur hameau, avait demandé l'autorisation de quitter son troupeau pour aller à Maldinichké — et on ne l'avait pas revu de la journée. Cette fois-là aussi, les gens avaient joué de l'accordéon et chanté. Comme aujourd'hui sur la route de Maldi-nichké. Et ils avaient dit qu'ils allaient élire cette fois pour de bon leur pouvoir à eux. Composé de gens de chez eux. Un pouvoir lituanien. Et qu'après ça, la vie ne serait plus la vie, mais le paradis. Et à peine ce nouveau pouvoir élu, on comprit tout de suite que le paradis n'était pas pour demain, et que ce nouveau gouvernement qui l'avait promis, le paradis, écrasait les gens d'impôts, pire encore que le pouvoir tsariste, et qu'il leur interdisait en plus d'aller à Riga vendre leur lin. Le tsar, même si c'était un étranger, un Russe, pas un Lituanien, n'interdisait pas d'aller à Riga : « Allez-y autant que vous voudrez, et vendez-y ce que vous avez à vendre, rapportez seulement au pays l'argent que vous avez gagné. » Et sitôt que les gens eurent élu leur pouvoir à eux — interdit d'aller à Riga. Paraît-il qu'il y avait une frontière, maintenant, entre la Lituanie et la Lettonie. Et les gens n'avaient pas encore avalé la pilule que ça recommençait, qu'on leur redemandait de retourner aux urnes. En les berçant du même refrain : « Le passé, c'est le passé ; cette fois, le pouvoir sera vraiment le vôtre. Celui des pauvres. » Madeïkis, le berger, ne demanda même pas sa journée, et on n'entendit ni accordéons ni chansons. Ceux qui le voulurent allèrent voter — il y en eut, ils mirent leur bulletin dans l'urne et revinrent chez eux. Voilà comment ça se passa. Mais le pouvoir qui fut élu ne tint même pas un an : les élections eurent lieu au printemps — et pendant le jeûne de l'avent, la nouvelle arriva de Kaunas que c'en était fini de ce pouvoir-là. Le parlement fut dispersé, chassé par des soldats armés de fusils et de tanks, le président Kazis Grinious fut enfermé dans sa propre maison pour qu'il ne puisse pas aller ameuter les gens. L'ancien pouvoir était maintenant remplacé par un autre. Un autre que personne n'avait élu, qui s'était installé tout seul. Et qui mit un nouveau président à la place de Kazis Grinious : Antanas Smetona. Voilà ce qui se passa. Cet Antanas Smetona, il se maintint là où il était, il se maintint jusqu'à ce qu'on apprenne brusquement un beau jour — la nouvelle arriva de Kaunas — que le pouvoir préparait lui-même de nouvelles élections. Pas pour élire un Parlement, mais un président. En fait d'élections, ce n'étaient que des réélections, et du même Antanas Smetona comme président. Sur la liste, il n'y avait qu'un nom en tout et pour tout, celui de Smetona — que personne n'avait élu et que l'armée avait mis en place...

— Tonton Youza, tu ne pourrais pas aller un peu plus vite ? dit Adomélis.

Youza tressaillit, comme s'éveillant. Il leva les yeux sur ses visiteurs.

— Je vivrai bien sans, dit-il. Sans voter.

Adomas et Adèle échangèrent un nouveau coup d'œil. Youza bourrait sa pipe en silence, tassant le gros-cul de l'ongle du pouce. Il continua à se taire tant qu'il ne l'eut pas allumée. Lorsque ce fut fait, il laissa tomber :

— Combien d'années j'ai vécu sans, maintenant aussi je vivrai bien sans.

— Alors comme ça, tonton Youza... vous nous chassez ? demanda Adèle.

— Je ne vous ai pas invités, je ne vous chasse pas. Et puisque vous ne voulez pas entrer chez moi et vous asseoir à ma table, à quoi bon perdre du temps ?

— Mais écoute, tonton Youza ! fit Adomélis tout agité. Comment ne comprends-tu pas ? C'est le jour du vote, il faut qu'il y ait cent pour cent de votants, et toi tu fais marche arrière ? Tu veux donc me faire honte ? A moi et à Adèle ?...

— Attends un peu, Adomélis, ne t'emporte pas, dit Adèle en lui prenant le bras. Ce n'est pas comme ça...

— Alors comment ? Puisque tu le sais, montre-moi ! s'exclama Adomélis furibond. (Et il se tourna derechef vers Youza :) Tonton ! Ce n'est pas possible ! Tu ne comprends pas quelles journées historiques nous vivons ? Et à quel point les élections d'aujourd'hui au Parlement sont importantes ? Si tu ne t'en rends vraiment pas compte, tonton Youza, alors tu es bien le seul dans toute la Lituanie !...

Sans dire un mot, Youza se leva. Partit vers la Pavirvé. Lentement. Et disparut dans le lointain.

Il ne voyait pas les deux jeunes gens, puisqu'il leur tournait le dos. Mais ils s'en allaient aussi, il le savait. Ils s'en allaient aussi dans le lointain. Ils n'allaient pas vers la Pavirvé, eux deux, ils descendaient la butte puis prenaient le chemin de fascines. Ensuite il les entendit qui s'arrêtaient. Et lui, Youza, s'arrêta aussi et se tourna de leur côté ; Adomélis voulait arracher à Adèle les bulletins qu'elle tenait, mais elle ne voulait pas les lui donner, tout juste si elle ne se mit pas à crier. Puis elle repoussa avec force Adomélis et partit seule, les bulletins à la main. Adomélis, après un instant d'hésitation, remit la petite caisse rouge d'aplomb sur sa poitrine et repartit derrière Adèle. Et ils disparurent derrière les buissons du bord du marais.

Youza se retrouva seul. Sa pipe s'était éteinte. Il la tenait dans la main, sans cesser de regarder dans la direction où ils avaient disparu tous les deux. Adomélis et Adèle.

XVIII

Au seuil de l'automne, Youza s'aperçut qu'il ne lui restait plus de ferraille ! Et ce n'était pas tout : au fond de la bonbonne en verre fumé, il n'y avait plus qu'un doigt de pétrole ; quant au sel, il n'irait pas loin avec ce qui restait. Il fallait qu'il aille à Maldinichké. Avant que les chemins ne deviennent boueux, impraticables, avant que la route ne disparaisse sous la neige. Il fallait qu'il y aille.

A l'aube, Youza donna à manger au bétail et aux poules pour toute la journée et se mit en route. Il prit le chemin de fascines par le travers, fit monter au pas son cheval en haut de la butte, puis de là-haut redescendit sans peine sur la bonne route serpentant au milieu des champs et des vallons. Mais là, Youza fut bien étonné : les années précédentes, à la même époque, les paysans labouraient les chaumes, les bêtes mâchaient paresseusement l'herbe déjà touchée par les premiers gels, et les jeunes bergers se retrouvaient tous en bordure d'un champ pour faire un feu de bois et y cuire des pommes de terre. Joues mâchurées de fumée et de cendre — de petits diables tout crachés — c'était à celui qui rirait le plus fort en montrant ses dents blanches... Pourquoi ne les voyait-on pas ? Pourtant l'automne commençait, la saison de pâture allait prendre fin... Que pouvait-il y avoir pour les petits moricauds de plus gai que ces feux ? Et c'était l'habitude. A peine l'automne arrivé, c'était comme ça. Et voilà qu'aujourd'hui — ni homme ni bête dans les champs. Dans les seiglières, des fils d'araignées qui étincelaient, et rien d'autre... Et rien d'autre, jusqu'à la ferme de Kaoulakis, « l'Américain », comme disaient les gens... A une époque, il avait quitté sa maison, sa jeune femme et son premier-né pour aller en Amérique « gagner du pognon ». Le gars n'avait pas envie de rester sur le mouchoir de poche que son père lui avait laissé en guise de terre : debout sur la lisière gauche, on ne peinait pas pour envoyer un jet de salive sur la lisière droite. Kaoulakis avait travaillé huit ans en Amérique. Sa jeune femme, Ona, avait élevé son fils, labouré, hersé, semé, fauché, moulu le grain elle-même, elle était allée aussi vendre au marché ; mais les dimanches soir, lorsque les environs retentissaient de chansons et d'airs d'accordéon, elle restait assise sur le pas de sa porte, le regard perdu vers l'horizon où disparaissait la route blanche ; et tout le monde savait pourquoi. Aussi lorsqu'un dimanche soir apparut Kaoulakis avec deux grosses valises, les gens accoururent de partout. Et ils virent alors Kaoulakis s'agenouiller en entrant dans sa cour, se prosterner, et baiser la terre devant lui. Beaucoup de femmes ne purent retenir leurs larmes. Et Kaoulakis prit son fils dans ses bras. Un grand fils maintenant, en âge de devenir aide-berger. Et de son autre bras, Kaoulakis prit Ona par le cou. A les voir ainsi tous les trois, les femmes se mirent à sangloter. Par la suite, Kaoulakis défit le mur du bout de sa maison, construisit une grande pièce haute de plafond, et pour que la maison d'origine ne soit pas finalement plus basse que la nouvelle pièce, la suréleva en ajoutant deux nouveaux cadres de rondins à ses fondations. Lorsque eut lieu le remembrement des terres en métairies, Kaoulakis demanda qu'on lui donne en sus un bout de seigne, pour être autorisé à avoir plus d'hectares compte tenu de l'ingratitude du sol. A l'époque, il y en eut beaucoup pour sourire ironiquement. Mais Kaoulakis creusa dans le marécage des rigoles pour faire partir l'eau, et tous purent alors voir Kaoulakis labourer — labourer ! Les railleurs se turent. Kaoulakis loua ensuite des ouvriers agricoles, un gars et une fille, et les fit trimer aussi dur que lui — pas question d'avoir les pieds dans le même sabot ! Cela dura longtemps. Jusqu'à ce que la patronne, Ona, ait mis au monde ses propres travailleurs et qu'ils aient appris à conduire la charrue et manier la faux. La maisonnée ayant dorénavant assez de bras pour venir toute seule à bout des travaux, Kaoulakis ne loua plus d'ouvriers agricoles.

Youza repassait tous ces souvenirs dans sa tête lorsqu'il vit que la métairie de Kaoulakis, loin d'être vide, regorgeait de gens qui arpentaient le terrain dans tous les sens. Criaillant, s'époumonant, ils prenaient des mesures avec une baguette de noisetier blanche de deux mètres de long, marquaient leurs mesures avec une motte de terre, y fichaient un gros pieu et, toujours criant, partaient un peu plus loin avec leur baguette de coudre. Et Youza s'aperçut que celui qui tenait ladite baguette n'était autre qu'Adomélis, le fils de son frère Adomas. Outre une casquette de cuir — c'était bien la première fois de sa vie qu'il en avait une — il portait une veste en cuir qui lui allait au moins aux genoux. Youza tira sur les rênes :

— Qu'est-ce que tu as encore inventé ?

— On redistribue les terres, oncle Youza, répondit Adomélis gaiement. De toutes les grandes propriétés et des fermes de koulaks. Ceux qui en ont trop, on leur en enlève, ceux qui n'en ont guère, on leur en donne. Il faut bien que les gens vivent, qu'ils laborent.

— La terre est à ceux qui la travaillent ! cria dans la foule une voix de jeune fille, et Youza reconnut Adèle. Ce n'est que justice, oncle Youza !

Elle lui souriait, radieuse et rougissante.

Retenant son cheval, Youza garda un instant le silence, puis il dit :

— Ce qui signifie que Kaoulakis ne travaillait pas ?

— Il louait des ouvriers agricoles, tonton Youza, c'est un koulak. Pas possible ! Tu ne savais pas qu'il les exploitait ? C'est fini, ça, aujourd'hui.

— D'ailleurs Kaoulakis a lui-même demandé qu'on lui en enlève, de la terre, ajouta Adomélis. C'est un koulak, bien sûr, mais il comprend que le moment est venu de partager avec les gens sans terre. Si tu ne me crois pas, demande-le-lui, tonton Youza.

Youza, qui n'avait pas encore vu Kaoulakis, aperçut à cet instant ses cheveux d'un blanc de neige : il dépassait la foule braillarde d'une bonne tête.

— De toute façon, ils la prendront, lui dit Kaoulakis lorsqu'il vit Youza le regarder fixement. Alors mieux vaut leur donner de bon gré.

Sur ces mots, Kaoulakis eut un sourire. Un demi-sourire. Un sourire mi-figue mi-raisin.

— En échange de quoi nous lui laissons trente hectares, précisa Adomélis. Pour sa prise de conscience, oncle Youza. Les autres, on ne leur en laisse que vingt, mais Kaoulakis — trente !

Youza fit claquer son fouet.

Arrivé à Maldinichké, il alla jusqu'à la boutique de Konèle, le taillandier, et s'y arrêta. Comme il s'y arrêtait toujours lorsqu'il n'avait plus de ferraille à la maison. Mais aujourd'hui, rien n'était comme à l'ordinaire. Avant, qu'on y vienne en hiver ou en été, il y avait toujours des barres de fer devant la porte, posées sur le pavé de la chaussée. Des longues, des courtes, des larges et des moins larges, et même de très minces, au choix, épaisses ou fines, certaines même si fines qu'on les aurait plutôt qualifiées de fils de fer que de barres. Et celui qui avait besoin d'une barre de telle ou telle longueur n'avait qu'à montrer du pouce où il voulait qu'on la lui coupe ; aussitôt Konèle faisait un trait de craie à l'endroit indiqué ; il posait la barre sur une grosse pierre qui dépassait de la chaussée ; la femme de Konèle plaçait juste sur la marque le tranchant d'un ciseau qu'elle tenait par un long manche en bois ; Konèle levait un énorme marteau et en donnait un grand coup sur la tête du ciseau, un coup si fort que le son portait jusqu'à l'église et que tout le bourg était mis au courant : Konèle avait la visite d'un client. Et les gens étaient si contents d'entendre le bruit du marteau que, parfois, l'un ou l'autre allait trouver Konèle sans même attendre que le besoin urgent de ferraille se fasse sentir ; il lui montrait du pouce où couper, et ensuite retenait sa respiration pour entendre résonner le marteau de Konèle à travers tout Maldinichké.

D'habitude, à l'intérieur de la ferblanterie, profonde et sombre, on voyait briller dans des boîtes en bois des clous blancs de fer à cheval. Appuyées contre un mur, des plaques de fer-blanc étincelaient. Sur le grand plateau d'une table toute crantée adossée à un autre mur, un tas de caisses pleines de clous, des gros et des petits, des longs et des courts. Quels que soient ceux que vous lui demandiez, Konèle vous en versait sur le plateau de la balance et vous les pesait sans tricher — même si vous étiez catholique, ce que Konèle n'était pas. Par terre non plus, on n'aurait pas trouvé où poser un mouchoir : de grosses chaînes de fer, bien graissées pour qu'elles ne rouillent pas, se tortillaient dans tous les coins ; et à côté des chaînes, des entraves à chevaux : on les leur met à la jambe pour qu'on ne puisse pas les voler durant la nuit. Il y avait aussi des rangées de faux enroulées dans du papier huilé et de petits marteaux pour les battre, des lampes à pétrole et des verres de lampe, des mèches blanches pour les lanternes, et bien d'autres objets encore — certains parfaitement énigmatiques. A Maldinichké, il n'y avait pas de taillandier en dehors de Konèle, et dans tout le district, personne ne savait aussi bien que lui de quoi chacun avait besoin et quand. Jeunes ou vieux, grands ou petits, Konèle connaissait tous les habitants du district mieux que le curé de la paroisse. Dans sa boutique, il faisait presque noir, été comme hiver, mais le plus noir de tout dans cette boutique, c'était Konèle. Un vrai diable : des cheveux noirs comme du jais bouclant tout autour de sa tête et de son cou puissant, des sourcils broussailleux et des yeux de braise. Comment se lasser de le regarder... Même son odeur était particulière ; elle ne ressemblait à l'odeur de personne. Forte, âcre, une odeur d'homme.

Ce jour-là, donc, comme les autres jours, Youza arrêta le Saure devant la porte de Konèle. Et ce qu'il vit lui fit plisser les paupières. Sans en croire ses yeux. La pierre saillante en face de la porte était bien là — mais de tout le reste, aucune trace. Le pavé de la chaussée et du marché avait été soigneusement balayé, on n'y aurait pas trouvé le moindre brin de paille. Au bout d'un moment, Youza finit par entrer. Konèle était assis, affaissé, à la longue table crantée. Peut-être était-ce Konèle, peut-être n'était-ce pas lui... Voûté, les épaules tombantes, des fils blancs dans ses boucles... Youza regarda autour de lui dans la pénombre. Plus de caisses pleines de clous sur la table, plus de chaînes par terre, pas de faux non plus dans leur papier huilé.

— Salut, Konèle, dit Youza.

— Salut, Youza, salut ! fit Konèle en se levant. Voilà longtemps que Youza ne s'était pas montré chez moi !...

— Qu'est-ce qui t'a pris de bazarder ta boutique comme ça, Konèle ?

— Dis-moi, il te faut beaucoup de ferraille, Youza ?

— Beaucoup ou peu, d'où tu la sortiras ? On dirait que ton magasin a été balayé.

— Qui demande d'où je la sortirai, Youza ? C'est Konèle qui demande. Il t'en faut beaucoup ?

— Pas vraiment beaucoup. L'hiver va venir, ce serait le moment de changer les patins du traîneau. Le printemps ne se fera pas attendre non plus ; donc il m'en faut pour le soc ; plus une dizaine de dents pour la herse ; ça ne serait pas mal d'en avoir aussi pour les jantes. C'est vrai, tu ne te moques pas de moi, Konèle ? Ta boutique, elle est vide !

— Mais où étais-tu donc, Youza, quand il y avait encore de la ferraille ici ? demanda Konèle. Il y a un mois, il y en avait, mais toi, tu n'étais pas là. Tous les gens sont venus, ils ont pris du fer, mais toi, tu n'étais pas là. Et maintenant tu rouspètes : t'as tout bazardé, t'as tout bazardé !

Youza regarda Konèle. Regarda de nouveau autour de lui. La boutique était vide.

— Donc c'est bien ça, il n'y en a plus, de ferraille ?

— Il n'y a plus de Konèle non plus, Youza.

— Tu te moques de moi, Konèle, dit Youza en le regardant un peu par en dessous. Je ne suis pas aveugle. Je vois bien qui est là, et ce qu'il n'y a plus.

— C'est bien que tu ne sois pas aveugle, Youza. Les

yeux, ça vaut une fortune. Mais es-tu vraiment sûr que tu vois Konèle, Youza ? Regarde encore un peu, Youza. Tu le vois vraiment ? Regarde bien et dis les choses comme elles sont.

Youza resta bouche bée. Ça ne ressemblait pas du tout à Konèle de se moquer de lui, en insistant pour qu'il voie ce que Youza voyait de toute façon parfaitement bien. Non, Konèle ne se moquait pas. Il ne s'était d'ailleurs jamais moqué de Youza. Aujourd'hui non plus, il ne se moquait pas de lui. Il était comme d'habitude. Et Youza eut alors une idée ; disons-le, ce n'était pas la première fois qu'elle lui venait : « Un juif, c'est toujours un juif, on ne comprend pas toujours ce qu'il vous dit et ce qu'il ne dit qu'à moitié. » Youza regarda Konèle encore une fois et lui sourit.

— Il y avait un Konèle, Youza, mais il n'y a plus de Konèle maintenant. Maintenant il n'y a plus qu'un vendeur au service du commerce d'État, Youza. Ce n'est pas Konèle que tu vois, Youza.

Konèle se tut un instant, puis tout à fait hors de propos ajouta :

— Tu es bon, Youza.

— A cause du grand nez ? fit Youza.

Et il vit Konèle empoigner son propre nez. Et tout en le tenant, regarder Youza.

— En quoi il te gêne, mon nez ? demanda-t-il à Youza.

— Je ne parlais pas du tien, mais du mien, répondit Youza interloqué.

— Ton nez, c'est un nez comme les autres, Youza. En quoi il te gêne ?

Konèle lâcha son nez et redemanda :

— En quoi il ne te plaît pas, ton nez ?

— Oh ! moi ! il me convient. C'est seulement à cause de ce que les femmes racontent. Paraît que ceux qui ont un grand nez, ils sont bons.

— Ah ! Ah ! Ah ! fit Konèle en éclatant de rire et en se renversant en arrière. Mais le tien est grand ! Et le mien aussi ! Si bien que tous deux, Youza, toi et moi, on est...

Konèle n'en finissait pas de rire.

— Que ton nez et mon nez se dressent à la place normale pour un nez, grand bien leur fasse ! fit-il lorsque son hilarité s'apaisa. Mais ton grand-père Yokoubas achetait sa ferraille chez mon grand-père, mon grand-père Enoch[1]. Et ton père achetait sa ferraille chez mon père. Et toi, Youza, tu as toujours acheté la tienne chez moi. Chez Konèle, Youza. Jamais ailleurs. Rien que dans ma boutique, Youza. Alors, maintenant, dis-moi s'il t'en faut beaucoup, de la ferraille ?

— Je te l'ai déjà dit. Mais puisqu'il n'y a pas de ferraille chez toi, à quoi bon me poser la question ?

— Disparais, maintenant, Youza, fit Konèle avec un geste de la main. File de ma boutique… Excuse-moi, pas de « ma » boutique, mais du magasin d'État dont Konèle est désormais l'employé. Reviens plus tard, Youza. Dès qu'il fera nuit, reviens me voir, Youza.

Plus grand que Youza, Konèle dut se pencher pour lui murmurer :

— Je t'en donnerai !

A ce simple mot, Youza tressaillit et recula d'un pas.

— File, file, Youza, le pressa Konèle sans lui laisser le temps de savoir où il en était. Les commissions n'arrêtent pas de venir ici, alors si elles prenaient Konèle à voler !… File et reviens plus tard. Tu ne vois donc pas tout ce qu'il y a à voler dans ce magasin, Youza ? Et Konèle est un voleur, Youza, on ne doit pas le quitter des yeux une seconde. File, Youza, file.

Et disant cela, Konèle poussa presque Youza dehors.

Arrêté sur la place du marché, Youza se tourna vers les autres boutiques. Il y en avait beaucoup à Maldinichké, de ces boutiques. Deux dizaines. Peut-être même trois. Youza ne les avait jamais comptées, simplement il en avait toujours vu tout autour de la place. Et devant la porte de chaque boutique, il y avait des juifs barbus qui se chauffaient, assis au soleil, clignant des yeux. Ça, c'étaient les jours sans marché. On aurait dit que leur commerce ne les tracassait guère, que ça leur

1. Enoch ou Henoch = Genuchas, personnage biblique, fut le père de Mathusalem et vécut 365 ans (N.d.T.).

était complètement égal de voir un client entrer ou non. Les jours de marché, en revanche, ils s'animaient, se démenaient dans leurs grands surtouts flottants, criaient pour racoler le client, et quand il en venait un, s'activaient, se pressaient pour peser du sel et de la potasse, de l'alun et du verdet, verser du pétrole, attraper des harengs par la queue dans un seillon et les compter un par un en les jetant sur une feuille de papier fort, sans s'arrêter de renchérir :

— Du hareng d'Écosse, un ! Encore un hareng d'Écosse ! Et encore un ! C'est pas du hareng, c'est du vrai beurre ! Et encore un écossais !

Lorsque se trouvaient sur le papier autant de harengs qu'en avait demandé le client, le marchand se dépêchait de s'essuyer les doigts pour prendre l'argent avec des mains propres. L'argent — ils le prenaient toujours avec des mains propres.

Aujourd'hui, ce n'était pas jour de marché, aussi tous les marchands somnolaient-ils à côté de leur porte, comme d'habitude.

Youza alla vers l'un, alla vers l'autre. Il acheta du sel, remplit de pétrole la bonbonne en verre fumé. Rien de tout cela ne manquait. Ce n'était pas comme chez Konèle.

Une voix retentit derrière Youza.

— Salut, tonton !

Youza avait déjà eu le temps d'acheter tout ce dont il avait besoin. Il se retourna : c'était Charkiounas, le maréchal-ferrant. Ce beau gars de Charkiounas soi-même, ce diable d'homme dont le marteau résonnait d'habitude du matin au soir dans sa forge en bordure de Maldinichké. En le voyant, Youza se souvint aussitôt des paysans qui, s'en retournant chez eux les soirs de marché, recrus d'avoir trop trinqué et trop traîné, s'arrêtaient toujours devant sa forge en passant, et criaient à qui mieux mieux pour lui demander l'un, un coup de marteau sur les clous branlants d'un fer à cheval, l'autre, de caler un coin qui flottait dans l'essieu, un troisième, de régler les attelloires et les traits des limons pour que les roues d'avant roulent droit, sans aller se dandiner d'une ornière à l'autre — quand elles ne se plantaient pas en plein dedans! Parce que tout de même, il y avait beaucoup de chemin à faire, et la femme était sur le point d'exploser — il n'y avait qu'à la regarder, affalée sur le siège du cocher. Et c'était vrai : lèvres pincées, fichus tout de travers hérissés de colère, les femmes avaient bien du mal à ne pas perdre ce qui leur restait encore de patience. Le beau Charkiounas découvrait dans un sourire éblouissant des dents blanches (qu'il astiquait chaque soir avec un bout de drap savonneux), et tout suant, tout mâchuré, il tapait, toquait, martelait ce qu'il fallait toquer ou marteler, sans oublier de relever sa tête bouclée pour lancer des œillades aux femmes : elles, d'ailleurs, fondaient sous ses regards et lui souriaient sans plus pouvoir détacher leurs yeux. Même les chevaux hennissaient joyeusement, et les gens s'égosillaient encore plus fort que sur la place du marché. Alors, dans ces conditions, qui aurait pu ne pas s'arrêter? Qu'ils en aient eu réellement besoin ou non, les gens arrêtaient leur cheval devant la forge de Charkiounas et regardaient ce diable d'homme — un sacrément beau gars, ce démon! — se faufiler comme une anguille entre les charrettes, faire tinter son petit marteau ou assener un coup retentissant de son gros marteau là où on lui demandait de le faire, toujours découvrant ses dents blanches à tout bout de champ. Le travail fait, Charkiounas suivait du regard ceux qui partaient, les invitant à repasser par chez lui au prochain jour de marché si les clous de fer à cheval ne tenaient plus bien, ou s'il fallait régler les attelloires et les traits des limons.

On aurait dit que Charkiounas n'avait jamais passé de nuit blanche, qu'il était né un matin de grand soleil et que pour lui le soleil brillait toujours. Tout le monde savait que le maréchal-ferrant avait deux petits gamins et une femme comme on n'en trouve pas souvent.

Aujourd'hui, c'était un autre Charkiounas qui se tenait devant Youza : pas trace de suie ni de charbon, rasé de près comme pour une fête longtemps attendue, les cheveux lisses et bien peignés. Il regardait Youza et souriait.

— Comme c'est bien que vous soyez venu, tonton, dit-il. J'avais moi-même l'intention de vous convoquer — excusez-moi, de vous inviter. Adomélis m'a beaucoup parlé de vous. Venez donc avec moi, tonton! dit Charkiounas, prenant Youza par le bras.

— Je ne suis pas ton oncle, fit Youza tentant de dégager son bras.

— Vous avez parfaitement raison. Camarade Youza, voilà qui vous êtes maintenant. Bon, allons-y.

Et Youza se rendit compte qu'il marchait déjà. A côté de Charkiounas. Et qu'ils se dirigeaient, sans qu'il soit permis d'en douter, vers la maison où on l'avait déjà convoqué pour payer des impôts.

— Pourquoi j'irais chez le chef de district? fit Youza tentant à nouveau de se dégager. Je n'ai rien à y faire.

— On trouvera bien quelque chose à faire! fit jovialement Charkiounas, sans songer un instant à lâcher le bras de Youza.

Ils coupèrent un long corridor qui traversait toute la maison, entrèrent dans une grande pièce pleine de monde, avec une porte dans chaque mur. Un homme se détacha des autres, et courant presque, se précipita vers Charkiounas :

— Camarade président, c'est au sujet de la commission agraire!...

— Une minute, une minute, camarade Ournejious, dit le forgeron en souriant. Dès que j'en aurai fini avec lui (montrant Youza), tu pourras venir.

D'autres aussi se levèrent, entourèrent Charkiounas, chacun se hâtant d'expliquer son cas — et de l'expliquer plus fort que les autres, pour que le maréchal-ferrant entende.

— Une minute, une seule petite minute, fit Charkiounas souriant à chacun. Un peu de patience, les gars, un peu de patience!

Youza se retrouva dans la pièce du chef de district sans même s'en être rendu compte. Mais c'était bien cette pièce-là, il la reconnut tout de suite. Tout y était comme avant — moins le chef de district.

— Asseyez-vous, je vous en prie, camarade Youza, lui dit le maréchal-ferrant en lui avançant une chaise.

Lui-même passa de l'autre côté de la table et s'assit. Pas sur n'importe quelle chaise, mais précisément sur la chaise du chef de district. En voyant ça, Youza ne put s'empêcher de regarder autour de lui.

— Le chef de district ne va pas venir ?

— En dehors de nous, personne ne va venir, camarade Youza. Je vous ai invité pour vous dire ceci, camarade Youza : le pouvoir, notre pouvoir, a annulé la somme que vous deviez au gouvernement. Qu'est-ce que tu en dis ? Ce n'est pas mal, non ?

— Je n'avais pas de dettes.

— Vous en aviez, camarade Youza. Nous avons trouvé les documents. Vingt ans d'impôts impayés.

— Je n'avais pas à les payer, par conséquent je ne les ai pas payés.

— Tu devais les payer, camarade Youza, tu les devais. Les dossiers le prouvent. Tu ne t'en serais jamais sorti. Tôt ou tard, tout ton argent y serait passé. Mais nous, on a fait un trait dessus. Un bon pouvoir, hein ?

Youza, sans répondre, regarda Charkiounas, assis de l'autre côté de la table, sur la chaise du chef de district.

— C'est toi, maintenant, le pouvoir ?

— C'est le peuple, maintenant, le pouvoir, camarade Youza. Le peuple. Je ne fais qu'exécuter la volonté du peuple.

Le maréchal-ferrant regardait Youza en souriant. Le regardait gentiment. Si gentiment que ses yeux étincelaient littéralement de joie.

— Ça fait longtemps, bien longtemps que je voulais vous convoquer… excusez-moi, vous inviter, dit Charkiounas. Je voulais vous demander : peut-être que vous avez besoin de terre ? D'un morceau de bonne terre ?

— Mais j'en ai, dit Youza.

Et s'éclaircissant la gorge, il ajouta :

— J'avais besoin de ferraille pour le soc de la charrue. Alors je suis venu, mais il n'y en a plus.

Le maréchal-ferrant éclata de rire :

— Vous parlez d'une terre ! Un nid de vipères, oui ! Mais nous, on peut vous en donner de la bonne. On en a ! Un gars comme vous, un travailleur comme vous l'êtes, vous vivez sur ce nid de vipères! Prenez et labourez! Votre travail sera cent fois plus utile, aussi bien à vous qu'à tous les travailleurs et à tout le pays. Je dis la vérité. C'est ici que siège la commission agraire. Vous n'avez qu'à venir, à dire oui, et on vous en donne. C'est comme ça, camarade Youza.

— Mais j'en ai, répéta Youza, j'en ai, de la terre.

Le sourire de Charkiounas disparut.

— Ce qui veut dire que vous refusez? Dommage. On vous en aurait ajouté de la bonne.

— Et vous l'auriez enlevée à qui, à Kaoulakis? demanda Youza.

— A Kaoulakis? (Le regard du maréchal-ferrant s'arrêta sur Youza.) Kaoulakis, Kaoulakis... Ah, une minute! L'Américain? Il vous tient tellement à cœur, ce Kaoulakis? Un parent? Un cousin? Un copain?

Youza ne se pressa pas de répondre. Il ne répondit pas d'ailleurs, il demanda :

— Puisque c'est toi, le pouvoir, tu l'as fourrée où, la ferraille?

— Voilà que vous recommencez avec la ferraille?

— J'en ai besoin pour mon soc. De la ferraille, il y en avait plein. Où l'as-tu fourrée?

Charkiounas le maréchal-ferrant se remit à sourire :

— De la ferraille, il y en a. Il y en a, camarade Youza.

— Ça ne semble pas.

— Il y en a, camarade Youza. Il y a de tout!

— Alors tu pourrais peut-être m'en donner pour le soc?

— Il ne faut pas parler comme ça, camarade Youza. Il faut bien regarder pour bien comprendre. De la ferraille, il y en a. Suffisamment. Mais on nationalise. On transforme la propriété privée en propriété d'État. Si bien qu'il se pose certains problèmes. Certaines difficultés, passagères, camarade Youza, passagères! Dès que nous aurons fini de nationaliser, nous organiserons le commerce autrement : le gouvernement, le peuple, prendra le commerce en main, il n'y aura plus d'escroquerie ni d'exploitation. Et vous, camarade Youza, vous semez la panique. Il faut bien comprendre : ça ne se fera pas sans difficultés. Et comment n'y en aurait-il pas, des difficultés, à partir du moment où tout le monde ne souhaite pas, pas encore, reconstruire la vie autrement ? Vous ne pouvez même pas vous imaginer le nombre d'ennemis et de saboteurs qui ont levé le masque. Tenez, prenons seulement les commerçants ! Tout ce qu'ils ont pu dilapider, dissimuler au peuple ! Pour en faire ensuite du bénéfice, pour spéculer sous le manteau, pour organiser un marché noir à Maldinichké !...

Le maréchal-ferrant s'en étouffait d'indignation. Il toussota, regarda Youza et sourit, comme il avait souri dès le commencement.

— Ce qu'il faut avoir, camarade Youza, dit-il, c'est de la patience, un peu plus de patience. Tout va s'organiser.

— De la patience, moi, j'en ai, mais de la ferraille, je n'en ai pas.

— Très bien, très bien. Si vous êtes vraiment à court de ferraille, je vais vous donner un papier. Allez trouver Konèle avec ce papier-là, il vous en donnera, il le prélèvera sur la réserve... sur notre fonds !

— Contre votre papier ?

Youza ne comprenait pas.

Le maréchal-ferrant éclata de rire.

— Contre de l'argent, camarade Youza. Pour le moment, l'argent n'est pas encore supprimé. Ce n'est pas encore le communisme.

— Alors, votre papier, c'est pour quoi ?

— Le papier ? (Charkiounas rit de nouveau, plus gaiement encore.) Le papier, c'est pour qu'on vous donne de la ferraille, camarade Youza. Sur notre fonds !

Charkiounas le forgeron se pencha au-dessus de la table pour écrire la note, la parapha, mais lorsqu'il releva la tête, Youza n'était plus dans la pièce. Le maréchal-ferrant haussa les épaules, jeta un regard circulaire. Non, Youza n'était plus là. Charkiounas alla vers la fenêtre, écarta le rideau : dans la rue, où le crépuscule se faisait de plus en plus noir, Youza marchait. Marchait lentement. Charkiounas le forgeron haussa les épaules une nouvelle fois.

Le crépuscule était complètement tombé lorsque Youza entra dans la cour de Konèle. Il ne se dirigea pas vers la porte de la boutique, mais vers l'entrée de derrière. Konèle mit sur sa charrette toute la ferraille que Youza lui avait demandée : pour le soc de la charrue, pour les patins du traîneau et même pour les jantes des roues. Dans le noir, sans compter, sans même jeter un coup d'œil, il prit l'argent. Ce que Youza lui fourra dans la main. Sans compter. Et alla tout de suite le cacher dans un casier de la table crantée. Comme si ce n'était pas de l'argent, mais quelque chose qui embarrassait ses mains. Ensuite il demanda :

— Cale bien le tout avec de la paille, Youza. La ferraille, cale-la. Pour que les morceaux ne se cognent pas. Sans paille, ça résonne, tu comprends ?

Youza fit ce qu'on lui avait dit. Et Konèle se pencha de nouveau pour lui murmurer à l'oreille :

— Si tu en avais encore besoin, Youza, tu connais le chemin. Si le besoin s'en fait sentir. Et pour rentrer chez toi, Youza, prends les chemins sombres.

Lorsque Youza fut arrivé chez lui, il fut encore plus surpris, mais de sa propre conduite, cette fois : il ne jeta pas la ferraille comme il le faisait toujours en revenant du marché, là où tout le monde pouvait la voir ; non, il la traîna vers le fenil, la fourra dans une crèche et la recouvrit soigneusement de foin. Comme si ce n'était pas sa ferraille à lui, Youza, payée avec l'argent de sa sueur et de son sang, mais la ferraille d'un autre, qu'il n'aurait pas payée, pas achetée... Youza passa pas mal de temps à dissimuler, dans le noir de la nuit, la ferraille sous le foin.

XIX

Les tanches s'étaient enfoncées dans les lointaines profondeurs des orbites béantes du marais et, le museau enfoui dans la vase tiède, s'y endormaient du grand sommeil hivernal. Les lottes remontaient la Pavirvé pour déposer leur frai. Sur le Kaïrabalé galopait une marée de brume céruléenne.

C'était l'hiver.

On n'était pas encore au solstice que déjà il gelait. Plus tôt que les autres années — et quels gels! Ils avaient cadenassé le Kaïrabalé d'une berge à l'autre, claque-muré toute trace de vie. Et huché le vent. Et le vent était venu à la rescousse, ensevelissant le pays sous ses congères, et ne laissant émerger de ces dunes blanches que les sommets des bouleaux. Même la borde de Youza avait de la neige jusqu'au toit. Comment croire que le printemps pût revenir, comment croire que la Pavirvé pût reprendre son chuchotement, que les bauges et les mollières se déverrouilleraient, que l'on entendrait à nouveau monter du sud le craquètement des grues ?

Chaque hiver, Youza faisait ses préparatifs pour retourner à la forêt de Vidouguiré. Le Kaïrabalé ne donnait que du bois mort — et le bois mort, qu'est-ce que ça vaut ? Un éternuement quand on le fourre dans le poêle — et adieu, disparu sans rien donner. Point de chaleur et maigres braises. Pour les grands froids, le poêle a besoin de bons gros rondins. De bouleau. Ou bien d'aulne. Aussi, en automne, dès les premiers gels,

Youza passait sa cognée dans sa ceinture et reprenait le chemin de Vidouguiré. Là, il abattait du bois dans sa coupe, le débitait et l'empilait en cordes de moules, prêtes à débarder dès que le traîneau pourrait s'ouvrir sa chalée sur la neige. Cette année-ci tout comme les autres, Youza avait préparé le nécessaire. Ses stères coupés à l'automne l'attendaient sous la neige. Juste le bon moment pour accoutumer le Saure aux limons.

Youza partit bien avant l'aube. Rien à faire, jusqu'à Vidouguiré, il fallait tout de même compter une dizaine de kilomètres, et passé Vidouguiré, encore bien dans les cinq à travers la forêt pour arriver à la coupe. Le temps d'y être rendu, de charger, de s'en retourner et ça y était, la nuit était là. Faut faire chaque chose en son temps. En son temps. Au lever du soleil, Youza était déjà dans la forêt encore endormie. Tout en avançant, il regardait autour de lui : noyés dans la neige, pins, bouleaux, sapins, saules cendrés, hautes cépées de saule blanc, coupes déboisées l'année précédente et encore nues, pralets le long de la sommière, longues bouchures dissimulant sous la glace le gazouillis d'un ru — enfouis sous la neige. La neige et encore la neige.

Youza secoua les rênes, fit claquer son fouet et fouilla de nouveau du regard arbres et buissons. L'aube s'éteignait. Le pourpre de l'orient se fanait. Aucun bruit alentour. La paix. Et Youza songeait : comme il l'avait parcourue, cette forêt, dans tous les sens, lorsqu'il était encore gamin. Pas seul, bien sûr. Avec le grand-père Yokoubas. « La ville, l'homme n'est pas obligé de la connaître. Mais la forêt, il doit la connaître », avait déclaré le grand-père. Et prenant le jeune Youza par le bras, il l'avait fait passer partout, même à travers les hautes frondes touffues des fougères de Vidouguiré, il lui avait même montré le Kaïrabalé. Et lui avait raconté qu'autrefois, il y a bien longtemps, lorsque lui, Yokoubas, était encore jeune, on pouvait voir des élans débouler à travers la forêt de Vidouguiré et sur le Kaïrabalé, des sangliers gros comme des étalons fouir leurs bauges sur les bords du marais, le miroir blanc des chevreuils fuser en éclair à travers les branchages, tandis que des nuées d'oiseaux d'eau et d'oiseaux des forêts, battant des ailes, criant, chantant à tue-tête, faisaient un vacarme de tous les diables et que le lynx se glissait furtivement entre les troncs. Aujourd'hui Vidouguiré se taisait. D'élans, plus question, les sangliers, un ou deux à tout casser, on entendait encore des oiseaux chanter, mais est-ce que ça pouvait se comparer à autrefois ? Le grand-père Yokoubas lui avait parlé de tout. Et lui avait tout montré. Youza aurait pu marcher les yeux fermés d'une lisière de la forêt à l'autre. En long, en large, en diagonale — à vous de décider. Et quand revenait le printemps, Youza était heureux, en entrant dans la forêt, de voir se gonfler les bourgeons dans les arbres et les buissons, le merisier à grappes suffoquer sous le poids de ses fleurs, la filipendule balancer sa mantille jaune. Et chaque automne, il se réjouissait de ce que la forêt flamboie du rubis de l'obier, s'illumine du vieil or rouge des planes, de voir le sorbier incliner le cuivre de ses corymbes et de sentir monter du sol un parfum de marasmes et de lactaires. Lui, Youza, n'avait pas oublié les leçons du grand-père Yokoubas : « Quand tu vas dans la forêt, n'y va pas en promeneur, mais pense que tu vas dans ta famille. Pas seulement pour rapporter du bois ou des champignons, mais pour regarder comment poussent les arbrisseaux, comment le sol se tapisse de mousse. » Tout cela, il le devait au grand-père Yokoubas — que la paix éternelle soit avec lui.

Voilà à quoi songeait Youza lorsqu'il partait en forêt, que ce soit l'hiver ou l'été. Aujourd'hui ainsi que chaque autre fois. Et il voyait le grand-père Yokoubas debout, là, devant lui — vivant.

Sur son traîneau, Youza eut un sursaut, comme tiré du sommeil : autour de lui, tout était uniformément blanc. Les branches alourdies ployaient, et sous elles, dans la neige, couraient des traces d'oiseaux et autres bestioles. Youza eut un sourire dans sa moustache, donna un petit coup sec sur la rêne droite. Le cheval comprit, quitta la sommière et s'enfonça dans le hallier, bien qu'il n'y eût là ni ornière ni trace de pas. Mais c'était bien son layon. Et c'était sa coupe avec ses cordes de billes, blotties hérissées sous la neige. Youza rassembla les rênes, s'apprêta à descendre... et se figea, avant même d'avoir balancé ses jambes hors du traîneau : le couloir du layon s'ouvrait entre deux haies d'osier en fleur! Des fleurs telles que l'osier fléchissait sous leur poids. Et toutes n'étaient qu'écarlate et que pourpre.

Youza regardait de tous ses yeux. Les lourdes et volumineuses grappes de fleurs que le gel n'avait pas encore touchées flamboyaient d'une rutilance de flamme vive, elles ployaient jusqu'au sol tant que, parfois, un chaton venait à effleurer la neige et, s'embrasant, ne la léchait pas de carmin clair, mais brûlait d'une lave pareille à celle, épaisse et sombre, et vivante, du sang.

Sans mot dire, Youza ôta sa chapka, resta longtemps immobile, tête nue, comme s'il n'avait pas été dans une forêt, mais à l'église. Un frisson le traversa.

Les paroles du grand-père Yokoubas lui revinrent en mémoire : « Il appelle le sang. »

Voilà bien longtemps que Yokoubas avait dit cela. Bien des années. A l'époque, Youza, encore tout petit, blotti contre la jambe du grand-père et se cramponnant à sa main de toutes ses forces, regardait les yeux écarquillés cette chose fabuleuse : un osier pourpre en fleur. En fleur au cœur de l'hiver. En fleur comme aujourd'hui.

Pas tout à fait comme aujourd'hui. Cette autre fois, l'osier pourpre avait fait éclater ses boutons en une cascade de fines gouttelettes, il s'était paré d'une myriade de perles pourpres, petites comme des grains de chapelet, et c'était tout. Et c'était tout. Pourtant, même cette fois-là, le grand-père Yokoubas avait dit : « Il appelle le sang, souvenez-vous de ce que je vous dis, les enfants. »

Et le vieux ne s'était pas trompé. Dès l'été suivant, le premier été après l'hiver de l'osier ensanglanté, la guerre s'était abattue sur les gens. Abattue bien loin de là. Loin là-bas où les Japonais voulaient s'emparer des terres du tsar. Bien loin. Mais on mobilisait tout de même les hommes de par ici. De partout. Et les plus costauds, les plus travailleurs, en pleine santé, dans la fleur de leur âge. La guerre faisait la fine bouche. Elle ne prenait pas les premiers venus, elle sélectionnait, triait sur le volet. Et de ceux qu'elle élut, elle n'en laissa pas revenir beaucoup. Très peu même. Et ceux qu'elle laissa revenir, ce fut avec un bras en moins, ou une jambe, ou crachant leurs poumons en étouffant, ou le ventre tordu par le typhus. Ceux-là, c'est une fois rentrés à la maison qu'ils se couchaient dans leur cercueil, les mains jointes comme il faut sur leur poitrine. Et les gens les pleuraient dans les hameaux et les métairies solitaires. Quel déluge de sang les fleurs de l'osier n'avaient-elles pas fait couler cette fois-là.

Et pourtant, cette fois-là, l'osier n'avait fleuri qu'en minuscules perles rouges.

« Combien de sang les fleurs d'aujourd'hui ne vont-elles pas faire couler ? » se dit Youza, serrant dans son poing sa chapka.

A partir de ce jour, Youza se leva chaque matin longtemps avant l'aube. Il chargeait le poêle et le faisait ronfler, enfournait une première tournée de pâte à pain, une seconde, puis une troisième. Et lorsque la pâte avait levé bien dru sous la croûte, il poussait à nouveau le feu dans le four. Plus pour cuir des miches. Cette fois, c'étaient des tranches de pain qu'il rangeait sur la sole brûlante du four, après les avoir trempées rapidement dans de l'eau très salée. Les tranches de pain grésillaient, se tordaient, fleurant bon le seigle, et toute la pièce s'emplissait de la savoureuse odeur de pain. Youza faisait ainsi sécher trois fournées. Une fois le pain grillé, il le mettait dans un sac qu'il gardait dans la souillarde, sans oublier d'y fourrer çà et là des touffes d'armoise pour que les souris n'y touchent pas et qu'aucune vermine ne s'y mette. Youza n'oubliait pas non plus de vérifier les toupines de miel. Et aussi tout ce qu'il avait sauré et suspendu dans le soli — il y en avait bien pour plusieurs années. Il tâtait aussi les fromages, les frottait, les lavait, changeait les feuilles de chou sur lesquelles il les faisait ressuir jusqu'à ce qu'ils deviennent durs comme pierre. Il regardait aussi l'état des pièces de drap et de son costume des dimanches — qu'il n'avait jamais mis — et les bottes qui avaient été cousues du vivant du grand-père Yokoubas.

Et il repartait pour Vidouguiré. Et chaque fois qu'il arrivait à son layon, il se découvrait : l'osier pourpre était toujours en fleur. En fleur comme si ce n'avait pas été l'hiver, mais l'été. En fleur comme des pivoines doubles au lieu d'un osier pourpre. Et ses fleurs flambaient, embrasant la neige malgré le gel. Des jours d'affilée, Youza retrouva l'osier flamboyant. Et la dernière corde débardée sur le dernier traîneau, Youza repartit, laissant derrière lui dans la forêt l'osier pourpre en fleur.

Mais lorsqu'il eut rentré le dernier traîneau, le sommeil le quitta.

Il semblait pourtant qu'il avait tout fait comme on doit le faire. Il s'était confessé avant Pâques, avait reçu l'hostie des mains du curé, fait dire une messe pour le repos des défunts. Pas une simple messe, comme beaucoup en font dire pour être quittes envers leurs morts — qui ne sont plus là pour réclamer mieux —, mais une messe chantée, avec un catafalque dans l'allée centrale de l'église et des bougies sur le maître-autel, une messe qui avait bien coûté trois fois le prix d'une messe ordinaire. Oui, Youza avait tout fait comme on doit le faire. Et pourtant le sommeil le quitta.

Si bien qu'il en arriva à ne plus même se coucher le soir. Vaut-il la peine de se coucher quand on sait que de toute façon on ne fermera pas l'œil, qu'on passera la nuit à sacrer sans désemparer et qu'on se lèvera le matin acariâtre, morose, bon à rien... Alors, le soir venu, Youza s'asseyait à sa table, sa pelisse jetée sur les épaules, les pieds fourrés dans ses sabots de bois, et les coudes sur le large plateau de frêne, les tempes appuyées sur les poings, il restait là pour la nuit. De temps en temps, il allumait une pipe et têtait l'âcre fumée de son tabac, le tabac de son jardin, grossièrement haché. Et quand il ne restait rien à sucer, il continuait à serrer le tuyau entre ses dents, sans plus tirer, ne pensant même pas à bourrer sa pipe à nouveau. Parfois il ne fumait pas, restait assis là, les tempes entre ses poings serrés. Sans allumer la lampe. Dans le noir. Dehors, il faisait plus noir encore. Le vent glapissait sous l'avancée du faîtage, les loups hurlaient dans les halliers. Derrière le mur, dans la chaleur de l'étable, le Saure tapait du sabot, la Pie brune meuglait dans son sommeil, et le coq sur son perchoir, une patte sous l'aile, étirait l'autre pour se désengourdir. Tout cela, Youza l'entendait, le savait, le voyait comme s'il avait vu de ses yeux les oisillons dormant sous le porteau du grenier, les gens se reposant dans les bordes silencieuses et la terre, la terre elle-même reposant sous son épaisse couverture de neige.

Mais quand la nouvelle lune monta dans le ciel, rester assis lui devint tout aussi insupportable. Ses sabots de bois cognant lourdement sur le sol de terre battue, Youza allait et venait dans la pièce, puis finissait par sortir dans la cour et restait là, dans le froid glacial, enveloppé dans sa pelisse. Il regardait la croix dont l'ombre gisait, comme un petit nuage impalpable trans-percé par la lune, sur les congères miroitantes. Youza savait : ici reposait Karoussé, la petite ramasseuse de baies de canneberge, qui s'était trouvé une place auprès de ces deux autres venus on ne sait d'où, et qui avaient, on ne sait pourquoi, rencontré la mort à cet endroit précis, et y reposaient, comme s'ils n'avaient eu ni pays natal, ni petit coin de terre dans un cimetière de chez eux, à l'abri de sapins encapuchonnés, là où étaient couchés tous les leurs et où auraient dû se coucher, à leurs côtés, tous ceux du même sang.

Et jusqu'à l'aube Youza restait là, dans la clarté de la lune.

XX

Le printemps arriva. Un printemps sans caresses de vent, comme il y en a d'habitude, sans éclairs ni frissons de lumière ruisselant par les déchirures des nuées. Un printemps larmoyant, traînant des jours entiers ses pieds lourds, tout collants d'une bouerbe fliquant à chaque sente. Pas un printemps, mais un mari qui vient de perdre femme. Même les grenouilles ne se pressaient pas de déposer leurs œufs. Sur les mottues, les oiseaux se taisaient. Les bouleaux secouaient leurs rains noirs que l'hiver avait émaciés comme aiguilles à tricoter et quêtaient, implorants, des bouffées d'air tiède qui ne venaient pas. Sur les bords de la Pavirvé, le putiet attendit presque la Trinité pour s'épanouir.

Et le premier jour de la Pentecôte, sans crier gare — il tonna. Et comment encore! Tout le Kaïrabalé fut secoué de fulgurantes décharges d'éclairs livides. Et sitôt après — la pluie. Une pluie drue, tiède, bienfaisante. Elle tambourina avec fracas, lava à grande eau le Kaïrabalé comme une fiancée qu'on pomponne pour l'emmener à l'autel. Une pluie si généreuse qu'on l'aurait crue tombant de la manche de Dieu : tout se mit à bavarder, à bruire, les pousses et les feuilles se tendirent vers le soleil, la résine molle miroita sur les troncs des pins, même le carex se prit au jeu de ses feuilles tranchantes.

Et ce fut la miellée. Elle non plus ne ressembla pas à celle des autres printemps : une miellée telle que Youza, le matin, en sortant, évitait de croiser la route des abeilles, véritable tornade de feu qui traversait de part en part la métairie. Ça bourdonnait, ça vrombissait, ça résonnait de l'aube à la tombée du soir. Les abeilles — telles des balles de fusil — fendaient l'air inlassablement, sans se heurter à rien, sans même effleurer quoi que ce soit. Voilà pourquoi Youza, s'écartant un peu, s'arrêtait pour les regarder, les écouter, croyant sans y croire à cette puissance phénoménale de l'abeille, à sa beauté, lorsqu'elle ne vole pas seule mais en essaim. Et son cœur se serrait à la pensée que ces travailleuses vivaient si peu de temps. Vivaient ?... Travaillaient, ne faisaient que travailler, travailler. Et cela pendant vingt-quatre jours, ces vingt-quatre jours que la mère nature leur accorde. Et même au début de ces vingt-quatre malheureux petits jours, alors que ses ailes ne la portent pas encore et qu'elle n'a pas assez de force pour butiner, l'avette s'affaire déjà dans la ruche : range, fait le ménage, aère son logement. Et dès qu'elle a pris des forces, dès qu'elle peut déployer ses ailes — en route pour le feu de la miellée. Elle pompe, emporte le nectar imprégné du parfum des fleurs odorantes, l'âcre pollen et l'eau limpide pour donner à manger et à boire aux ouvrières fatiguées. Puis trois semaines passent... elles sont passées — rien que trois semaines — et de nouveau, ses ailes ne la portent plus : c'est la vieillesse. Alors l'abeille retourne à la ruche, s'active comme elle peut, travaille à la limite de ses forces. Et quand la fin approche, l'avette se traîne vers l'ouverture, vers la planche d'envol, tombe dans l'herbe épaisse du verger et reste longtemps là pour récupérer et pouvoir s'en aller le plus loin possible de la ruche. Ensuite elle marche, marche, marche à l'ombre des herbes, toujours plus loin, le plus loin possible, cédant la place aux autres, à ces jeunes qui foncent comme une tornade dans les ruches avec leur fardeau odorant. La vieillesse ne doit pas gêner la jeunesse. Et lorsque ses pattes aussi refusent de lui obéir, l'abeille se blottit au pied d'un brin d'herbe, et meurt comme meurent tous ceux qui ont travaillé consciencieusement, se rendant indispensables sans jamais être une charge pour les autres. De son côté, Youza redoublait d'activité — comment aurait-il pu rester sans rien faire alors que les abeilles s'activaient tant ! Mais le dimanche —

le jour où personne ne travaille — il s'asseyait près de ses ruches et se sentait le cœur content, non seulement parce que c'était dimanche et que le soleil brillait haut dans le ciel, mais parce que les avettes vivaient une vie si laborieuse, si bien remplie, et mouraient comme si elles n'étaient pas des abeilles, mais des êtres humains, travailleurs, n'attendant de pitié ni de cadeau de personne, et pourtant s'efforçant toute leur vie de faire le bien autour d'eux. Il y en a, des gens comme ça. Comment n'y en aurait-il pas, avec une terre aussi généreuse, aussi grasse, qui émaille avec tant de prodigalité ses prairies de fleurs multicolores, qui soupèse et dorlote le seigle de ses champs, avec cette terre qui donne la fraîcheur de ses forêts ombreuses, et bavarde de toutes ses rivières et de toutes ses sources ? Non, sur une terre pareille, impossible qu'il n'y ait pas d'hommes bons. De penser à cela donnait comme des forces neuves à Youza lorsqu'il se levait, après un moment passé auprès des ruches, et retournait aux travaux qui l'attendaient : il trayait les vaches, donnait à manger aux poules, retournait le terreau, arrosait les plants, habituait le Saure au labour, regardait comment poussait le lin. La ferme d'un homme, c'est comme une ruche : on n'a jamais chez soi que ce qu'on a préservé et fait fructifier.

Pendant bien des années, il en avait été ainsi pour Youza. Mais aujourd'hui, debout au beau milieu de la route des avettes, Youza ne les entendait même pas, ne voyait même pas les travailleuses. Il était là, debout, immobile, songeant que le Seigneur s'était montré particulièrement généreux envers les abeilles. Car il n'avait pas fait que leur donner une intelligence aiguë, il leur avait aussi permis de comprendre l'essentiel : pour qui vivre, pour qui travailler, pour l'amour de qui être prêt à mourir. Mais lui, Youza, où en était-il dans tout cela ? Savait-il ce que sait n'importe quelle abeille ? Pour qui travaillait-il, pourquoi s'épuisait-il à la tâche, sans une minute d'arrêt ? Pour qui remplissait-il de miel toutes ces toupines, pour qui empilait-il ces fromages sur les rayons de la souillarde, pour qui toutes ces viandes et tout ce lard fumés ? Pour qui économisait-il ? Pour qui s'échinait-il ? Il n'avait même pas tendu une main secourable à Adomas, son propre frère, quand celui-ci était venu lui demander son aide : il ne se passait pas un jour sans que cette idée ne le déchirât. Pas un jour aussi où il ne pensât à Vintsiouné. Pendant toutes ces années passées au Kaïrabalé, elle n'avait pas cessé d'être debout devant lui, comme vivante. Plus de quinze longues années durant lesquelles elle n'avait cessé de pousser, ortie brûlante, au-dedans du cœur de Youza. Impossible de l'en arracher, impossible de se laver d'elle, même avec le sel de sa sueur, impossible de ne plus la voir, même en se crevant au travail. Alors qu'avait-il donc compris, qu'avait-il donc appris auprès des abeilles ? Et maintenant, c'était un peu tard pour apprendre. Maintenant Youza approchait de plus en plus de la vieillesse, de plus en plus de la petite planche de l'ultime envol. Et pour comble, l'osier pourpre avait fleuri au milieu de l'hiver ! Mais alors... était-ce possible que ce soit la fin ? Pas seulement sa fin à lui, mais la fin de tout ? De tout ?

Youza secoua la tête.

Et voilà qu'une nuit, du fond d'un sommeil de plomb, il entendit des doigts qui toquaient au carreau de la fenêtre.

— Tonton Youza... tonton, hé ? tonton...

Une voix qu'il ne connaissait pas. Une voix étouffée. Comme si l'homme parlait avec la main devant la bouche.

Youza souleva la tête — péniblement, comme s'il avait dû extraire de la terre un gros rocher. Il alla à l'aveuglette jusqu'à la porte, trouva le verrou à tâtons :

— Qu'est-ce que tu as à crier, entre.

Il dévisagea longuement le nouveau venu qui clignait des yeux sous l'éclat de la lampe à kérosène que Youza venait d'allumer. Il ne reconnaissait pas le visiteur inattendu. Ne se souvenait même pas de l'avoir déjà vu. Le gars était debout, le corps parcouru de légers frissons.

— Et qui tu serais ? demanda Youza.

— Alors comme ça tu ne me reconnais pas, tonton Youza ?

Youza fixa de nouveau le visiteur. Il n'y avait sûrement pas plus d'un an que le gars se rasait, deux tout au plus. Large d'épaules, des sourcils épais qui se rejoignaient au-dessus du nez. Il émanait de lui une odeur de vêtements mouillés et de pieds mal lavés.

— D'où tu es, bougonna Youza, et qui tu es?

— Aide-moi, tonton, supplia l'autre. Je suis le fils à Stonkous, de Pouojas, si tu ne m'as pas reconnu, tonton. Adomélis! le fils de Vintsiouné!

— De Vintsiouné?...

— C'est maman qui m'a envoyé. Aide-moi, tonton.

Youza se taisait, les yeux fixés sur les sourcils épais du visiteur inattendu. Il les reconnaissait. C'étaient les sourcils de Vintsiouné. Et cette fossette sur la joue, c'était la sienne.

— C'est maman qui m'a dit : va-t'en vite, mon petit gars, qu'elle a dit, pendant que tu peux. Nous, personne ne peut déjà plus nous sauver. Mais toi — Youza te sauvera. Youza seulement!... Demande-lui gentiment, qu'elle m'a dit, maman, et dis bien que c'est moi qui lui demande. Nous, on est fichus, mais toi — cours vite!

Le nouveau venu était très nerveux et ne tenait pas en place. Il arpentait fiévreusement la pièce, dans un sens, dans l'autre, puant de plus en plus fort la vase et une odeur aigre d'habits détrempés. Après une nouvelle volte-face, il se jeta contre Youza.

— Cinq jours que j'erre dans la forêt et les marais! dit-il serrant violemment les poings. Cinq jours sans une miette de pain... Tu vas m'aider?

— Je ne comprends rien à rien, confessa Youza après un silence.

Le visiteur darda sur Youza deux yeux exorbités.

— Tu te fiches de moi, tonton? Tu sais bien qu'on nous déporte! Qu'on nous chasse de Lituanie! hurla le gars.

Ce fut au tour de Youza de fixer sur son hôte des yeux écarquillés.

— Je ne comprends rien à rien, répéta-t-il.

— Et qu'est-ce qu'il y a donc à comprendre! Maman et le père sont dans un train. A l'heure qu'il est, il y en a des centaines, peut-être bien des milliers dans les trains! Peut-être qu'ils ont déjà passé Smolensk. On les emmène plus loin!... Dans les neiges de Sibérie! Mon frère aussi est avec eux, et ma sœur! Toute la famille y est! (Et il se mit à hurler comme un forcené :) Attendez un peu! Votre heure viendra!

Youza le regardait sans mot dire. Il ne comprenait rien et sentait seulement un frisson glacé lui courir le long de l'échine.

Et il entendit :

— Suffit, assez joué la comédie, tonton ! De toute façon, tu ne me feras pas croire que tu ne savais rien ! Si tu ne veux pas m'aider, dis-le. Il y a encore des hommes en Lituanie ! cria-t-il en allant vers la porte — ils ne les ont pas tous emmenés !... Pas tous !

— Je n'arrive pas à y croire, dit Youza, repris par des frissons glacés.

La main sur la porte, le visiteur se retourna, fixa longuement Youza, apparemment convaincu, cette fois, de son ignorance.

— On est des koulaks, nous autres, tonton Youza, dit-il d'une voix basse. Voilà comment on nous appelle aujourd'hui. On avait trop de terres, et par-dessus le marché une foulerie à drap, on exploitait des ouvriers agricoles — comme ils disent aujourd'hui. Des gens comme nous, c'est bon pour la Sibérie, tonton Youza. C'est par notre ferme qu'ils ont commencé ! (Le visiteur serrait les poings, sa rage remontait.) Ils ont débarqué la nuit, qu'ils soient maudits ! — « Faire ses bagages immédiatement, prendre des affaires chaudes, le plus possible de nourriture, ne pas oublier d'emporter de l'eau ! » — Dans la cour, un camion qui vrombit et les chiens qui hurlent dans tout le canton, de tous les côtés, dans les grosses fermes — autrement dit les fermes de koulaks ! Les gens qui sanglotent, qui embrassent leur terre natale en franchissant leur portail... C'est comme ça, tonton Youza !

— C'est pas possible.

— Va voir, demande, demande à qui tu veux ! Tous ceux qui avaient davantage de terres, tous ceux qui bossaient dur, tous les gros fermiers, ils les ont tous ramassés !...

Youza se taisait. Il regardait le fils de Vintsiouné et se taisait.

— C'est pas possible, répéta-t-il enfin.

— Pas possible ? Tu ne les connais pas encore, tonton Youza ! hurla le visiteur. Moi aussi, ils m'auraient eu ! Moi

224

aussi!... Si maman ne m'avait pas poussé sur le côté, en direction du jardin, dans le noir. « Cours, qu'elle m'a dit, cours, mon chéri, chez Youza, seulement chez Youza! » T'aurais entendu les autres me crier après et me tirer dessus!

Le visiteur se tut, reprit son souffle.

— Alors c'est vrai, tonton Youza, tu ne savais vraiment rien?

Youza se taisait toujours. Le visiteur eut l'impression qu'il ne voyait rien, n'entendait rien. Il haussa le ton :

— Tonton Youza!

Youza sursauta, comme s'il sortait d'un sommeil lourd. Jeta un regard sur son visiteur :

— Ta maman aussi, tu dis?

— Tous!

Youza serra les dents.

Le visiteur s'assit sur le banc le long du mur. Yeux fermés, sourcils contractés, il renversa la tête en arrière, contre le mur de rondins, le cogna de son crâne. Une fois. Une autre. Encore une autre...

— Si je pouvais seulement me planquer, le temps que le plus terrible soit passé, dit-il sans ouvrir les yeux. Tant que la rafle n'est pas finie. Réfléchis un peu, tonton Youza. Où tu pourrais me fourrer? Je ne demande rien d'autre. Dans une bauge du marais, dans les fourrés des tremblants? J'attendrais là. Le marais, tu le connais sur le bout des doigts, maman me l'a dit. J'attendrais là jusqu'à ce qu'ils aient fini de passer le canton au peigne fin. Jusqu'à ce que tout ça soit fini... Alors là... Alors là, on ne me prendra pas les mains vides.

Il se tut un instant, puis demanda :

— Alors, tonton Youza?

Youza n'arrivait pas à croire le fils de Vintsiouné. Pas complètement. Mais il n'était pas sûr non plus que l'autre lui mentît. Peut-être qu'il en rajoutait — à propos de ces chiens, par exemple, qui soi-disant hurlaient à la mort dans les fermes des richards, et aussi à propos des gens qui s'agenouillaient pour embrasser leur terre natale, un peu comme s'ils partaient en Amérique. Non, le fils de Vint-siouné en rajoutait, il avait eu peur, il en rajoutait, c'est sûr.

Youza installa le fils de Stonkous dans la souillarde. Il en enleva tout ce qui n'avait rien à y faire, fit un lit sur deux tréteaux en y installant un gros sac de paille recouvert d'une toile de lin.

— Repose-toi, dit-il à son hôte.

Il chauffa les bains à grand feu, chauffa aussi un grand chaudron d'eau, et lorsque le fils de Vintsiouné ruissela de sueur, il le fouetta d'un petit balai de bouleau bien trempé, puis lui donna une chemise de toile de lin qui n'avait jamais encore été mise et un pantalon rayé pour aller avec — un pantalon tissé à la maison, comme ceux qu'il portait lui-même. Quant aux habits de son hôte qui empestaient la vase, il les mit à tremper dans un baquet avec de l'eau de lessive bouillante et posa dessus un couvercle, pour éviter tout regard indiscret. Quand il en eut terminé, il s'assit à table avec son visiteur. Il crut alors avoir une vision : ce n'était pas le nouveau venu qu'il avait en face de lui, c'était Vintsiouné, Vintsiouné elle-même qui était assise là. Les mêmes sourcils, effilés comme une faux bien aiguisée, les mêmes yeux étincelant d'une flamme humide. Comme autrefois, lorsqu'ils dansaient dans la clairière de la boulaie. Et aussi cette fossette, la même fossette, sur la joue gauche… Youza ferma les yeux de toutes ses forces, serra les paupières et secoua la tête un grand coup.

— Mange ! Mange ! fit-il, poussant la jatte de viande de l'autre côté de la table, vers son hôte. Manges-en tant que tu peux. Manges-en cinq morceaux ; quand tu en seras au sixième, tu pourras en prendre un plus petit, sourit-il.

— Je ne sais pas comment te remercier, tonton… Mais je te revaudrai ça !

— Tu n'en sais rien, alors ne dis rien.

Le fils de Vintsiouné se détourna, se leva. Et Youza le vit bien : ses yeux étaient pleins de larmes, son menton tremblait, encore une seconde et le gars allait se mettre à pleurer.

— Mange, lui dit Youza d'une voix bourrue.

Et lorsque son hôte eut refoulé ses larmes et se fut à nouveau assis à la table, Youza, lui, se leva. Il sortit dans la cour, regarda les pommiers déjà tout couverts de fruits aux joues rouges, dissimulés dans la foisonnante fraîcheur du feuillage. Et les cerisiers, dans l'éclat flamboyant de leurs fruits de rubis. Et le sorbier, dont les corymbes gonflaient déjà leurs pistils, pour l'instant encore verts et durs. Et puis la croix, sous laquelle étaient couchés les deux autres. Tous les deux dans le même cercueil, mais chacun dans son drap de lin. C'était ainsi qu'il fallait faire, et Youza l'avait fait. Et il n'y avait pas qu'eux, ce Russe et cet Allemand, à être couchés là. Karoussé y était aussi, juste à côté. Couchée toute seule. Pour elle, rien que pour elle, Youza avait fabriqué un cercueil plus large que le cercueil des deux autres, et elle y était seule. Couchée seule.

Youza restait là sans bouger, à regarder. Il y resta longtemps.

Il ne bougea qu'en entendant des pas du côté du chemin de fascines. Tournant la tête, il vit Adomélis arrivant par le chemin. Adomélis, le fils de son frère Adomas. Le soleil brillait, les oiseaux chantaient — mais lui, il marchait. Youza sourit dans ses moustaches : il y avait déjà un Adomélis dans sa ferme, et voilà que maintenant s'en venait un second. Deux Adomélis chez lui d'un seul coup. Seulement celui-ci, malgré l'été et la canicule, était en bottes, en hautes bottes de cuir. Et en veste de cuir. Et en casquette, de cuir aussi. Comme en automne, lorsqu'ils avaient rogné la terre de Kaoulakis « l'Américain ».

— Salut, mon oncle, cria Adomélis de loin, sans que cela l'empêchât de farfouiller des yeux dans tous les coins, du côté de la maison, du côté de l'étable, du côté des bains, et de nouveau du côté de la maison. Sans jamais tourner la tête. Comme un chat chassant la souris. Ou un gars sur la trace d'un putois.

— Qu'est-ce que tu as perdu ? demanda Youza.

Adomélis s'approcha. Il ruisselait de sueur. Tout en s'essuyant le front d'un revers de manche, il inspecta à nouveau des yeux la métairie entière. Puis il se tourna vers Youza :

— Dis, mon oncle, tu n'as vu personne par ici ?

— Et qui tu as perdu ?

— C'est pas le moment de plaisanter, mon oncle. Sérieusement, personne ne s'est montré ? Personne n'est passé dans les parages ? Ce matin, quand tu t'es levé, tu n'aurais pas remarqué des traces dans la rosée ? Raconte-moi tout franchement, mon oncle !

Adomélis ne demandait pas, il donnait des ordres.

— Si j'avais quelque chose à dire, je le dirais.

Adomélis planta ses yeux dans les yeux de Youza. Le fixa sans ciller.

— Ce n'est pas le moment de plaisanter, mon oncle, répéta-t-il. Tâche de comprendre. L'ennemi de classe a relevé la tête. Il y en a qui ont réussi à filer. Ils se planquent dans les forêts. Tu comprends ce que ça signifie ? Ils n'attendent que la minute propice pour nous tomber dessus avec des armes ! Aussi je te préviens, je tiens à te le dire : si ton bon cœur te faisait venir en aide à cette espèce-là, si tu en abritais ou si tu leur donnais à manger sans en avertir personne, la plaisanterie risquerait de mal tourner pour toi, mon oncle.

Youza garda un instant le silence. Puis regardant Adomélis bien en face, il lui dit :

— Dis donc, espèce de goret, qu'est-ce qui te prend de chercher à m'intimider ?

Adomélis baissa les yeux. De la pointe de sa botte, il gratta la terre devant lui. Puis ramenant aussitôt les yeux sur Youza :

— Je ne cherche pas à t'intimider, je dis les choses, tout simplement.

Un petit silence, puis il demanda :

— Pour le fils Stonkous, tu es au courant ? Tu sais qu'il a filé ?

Et sans attendre la réponse, il ajouta :

— Il commandait un groupe de chaoulis et terrorisait toute la jeunesse de la région.

— Je n'ai pas entendu parler de ça, dit Youza.

— Dis donc, mon oncle, il ne serait pas venu tourner par ici, des fois ? Il n'aurait pas pu se glisser chez toi sans que tu le voies ? On a passé le district au peigne fin — disparu, le fils Stonkous ! A croire que la terre l'a englouti ! Il n'a pas pu se cacher ailleurs qu'ici, mon oncle, seulement ici.

— Eh bien ! cherche, puisqu'il est forcément ici, dit Youza. Cherche toi-même.

Adomélis blêmit et recula d'un bond. D'un autre bond il fut près des bains, le temps pour lui de tirer son revolver de dessous sa veste de cuir. Se collant contre le mur, il ouvrit la porte à l'aide du canon de son flingue, se glissa à l'intérieur — juste une seconde, ressortit. Fonça aussitôt vers l'échelle du grenier des bains, grimpa sous la visière basse de l'auvent, dans la soupente. Il n'y resta pas plus longtemps. Se laissa glisser par terre, dos contre l'échelle, flanqua un coup de pied en passant au baquet où trempaient les habits puants. Youza tressaillit : « Et s'il allait soulever le couvercle ? » Mais Adomélis ne le souleva pas. Il revint vers Youza :

— Et les bains, pourquoi tu les as chauffés, oncle Youza ?

— J'ai construit des bains, maintenant je les chauffe.

— Comme ça ? Dès le matin ? En plus qu'on n'est pas samedi, aujourd'hui ! Comment faut-il comprendre ça, oncle Youza ?

Youza regarda son neveu sans répondre. Et ne sentit même pas partir son poing. Lourd, comme une massue. De sa vie il n'avait tué une mouche, il s'était toujours efforcé de ne pas écraser les fourmis. Sauf en cas de nécessité, il évitait de fouetter les bêtes — et voilà qu'aujourd'hui son poing était parti tout seul. Adomélis s'étala de tout son long au beau milieu de la cour, sans avoir eu le temps de dire ouf. Youza resta un instant à regarder son neveu, puis sans attendre qu'il eût repris ses esprits, alla au puits, tira de l'eau — elle était glacée — et vida le seau sur Adomélis.

— Fiche le camp de chez moi ! dit-il.

Et il rentra dans la maison.

Il était tellement nerveux que ses doigts tremblaient en bourrant sa pipe. Il tira longtemps sans réussir à l'allumer. Et sursauta en entendant derrière lui un bruit bizarre. Il se tourna du côté d'où venait le bruit : sur le seuil de la porte — ouverte — de la souillarde, Adomélis, le fils de Vintsiouné, était debout, un fusil dans les mains.

— Il a fichu le camp, l'enfant de salaud ?

— Le fusil, tu l'as pris où ?

— J'ai tout entendu. Cet enfant de salaud a eu de la

229

veine de ne pas avoir fourré son nez ici. Je l'aurais descendu comme un chien !

— Le fusil, où tu l'as pris ?

— Dans la souillarde, tonton Youza. Alors comme ça, le tonton avait aussi chez lui des armes cachées. Grand merci ! J'ai vraiment de la chance !

Youza le regarda fixement. Il commençait à se souvenir qu'il avait mis, il y a très longtemps, un fusil dans la souillarde. L'un des cinq fusils qu'il avait trouvés en creusant le puits. Les quatre autres, il les avait jetés dans une gouille du marais. Celui-ci brillait plus que les autres, la rouille ne l'avait presque pas touché. Aussi Youza l'avait mis de côté. Pour lui. A tout hasard. Avec trois chargeurs pleins. Et voilà comment l'affaire venait de tourner...

— Rends-moi mon fusil, dit-il au fils de Vintsiouné, et il tendit la main.

— Ton fusil, je n'te le rendrai pas, répondit le fils à Stonkous sur le même ton. Pour que le premier loqueteux venu m'attrape les mains vides ! Pas question, tonton.

— Rends ce fusil, on te dit !

Le fils Stonkous eut un sourire moqueur :

— Et c'est moi qui l'ai graissé. Avec de la graisse de bœuf. Mille mercis, tonton Youza, une sacrément bonne huile que tu m'as offerte ! Comment as-tu pu le garder si longtemps, toi, tonton, sans le graisser ! Un fusil — ça rouille. Regarde un peu, tonton Youza, ça-rou-ou-ouille-le !

Le fils Stonkous fit claquer la culasse du fusil, l'ouvrit, la referma.

— Maintenant, on ne m'attrapera pas les mains vides.

Sans répondre, Youza se leva, s'approcha du gars, tendit le bras et d'une voix rude :

— Le fusil, blanc-bec !

Et vit le canon du fusil pointé droit sur lui. Sur sa poitrine.

— Du calme, tonton, je te le demande, gentiment — pour l'instant.

XXI

La flaque fit longtemps une tache noire au milieu de la cour. Elle finit par sécher, et la terre retrouva sa couleur uniforme. Comme avant.

La vie de Youza, elle, n'était plus comme avant. Chaque matin, une fois levé, il éprouvait le même malaise : devait-il ou non aller dans la souillarde ? Depuis qu'il avait trouvé le fusil, le fils de Vintsiouné était comme enragé. Il n'était plus l'invité, mais le patron. Assis ou couché dans la souillarde, ou debout, en train de rouler une cigarette, il ne lâchait pas le fusil une seconde. Youza se retrouvait même nez à nez avec le canon lorsqu'il apportait au gars ce qu'il avait exigé : « Pose ça ici. Et ça, par là », indiquait-il du canon de son fusil. « Et maintenant, pas la peine de traîner ici, va-t'en, tonton Youza ! » Il ne parlait jamais autrement, c'était seulement « Apporte », « Pose ça là ! » et « Va-t'en ». Au milieu de la nuit — et en plein été, les nuits sont courtes — le fils Stonkous sortait dans la cour pour s'entraîner. Youza le vit plus d'une fois. Sans lâcher le fusil. Après, il rentrait dans la souillarde. Poussait la clenche de l'intérieur. Mais il arrivait aussi qu'il s'en aille du Kaïrabalé par le chemin de fascines et qu'il ne revienne que juste avant l'aube. Trempé jusqu'aux os, fatigué, mais chaque fois un sourire sarcastique sur les lèvres. Parfois, il ne réapparaissait même pas à l'aube et disparaissait pendant deux jours, voire trois.

« Apporte à bouffer », disait-il seulement lorsqu'il rentrait sur le matin, va savoir d'où.

231

Youza en oublia le sommeil. La nuit, il restait long-temps assis sur son lit, pieds nus, jambes pendantes. Youza le savait : tout ça ne signifiait rien de bon. Que le fils Stonkous passe des nuits dans la forêt avec un fusil — ça ne pouvait rien signifier de bon. Youza pensa même aller à Maldinichké, faire une déposition, dire le quoi et le comment, ou tout au moins en parler à quelqu'un. Il le sentait : c'est ce qu'il aurait dû faire. Ce que fabriquait le fils Stonkous lorsqu'il errait des nuits entières dans la forêt, ce n'était sûrement pas quelque chose de bon. Youza fut sur le point d'aller à Maldinichké. Pourtant, finalement, il n'y alla pas. Sans trop savoir pourquoi.

Par instants, Youza avait l'impression qu'il n'y avait rien de réel dans tout ça, qu'il ne se passait rien de pareil chez lui, qu'il avait des cauchemars, et voilà tout. Et il travaillait comme dans un rêve. Il battait sa faux, la faisait aller et venir dans le pré en bas de la colline, retournait les jachères — et tout ça comme dans un brouillard, comme dans une brumaille, comme si ce n'était pas lui, mais quelqu'un d'autre qui aurait marché à sa place, travaillé à sa place, vécu à sa place. Youza secouait même la tête pour tenter de se réveiller et de chasser ce mauvais rêve. Mais le rêve ne le quittait pas. Et Youza recommençait à passer d'un travail à un autre, mécaniquement.

Aussi fut-il bien content de voir un soir son frère Adomas qui approchait de la ferme. Voilà longtemps qu'Adomas ne s'était pas montré au Kaïrabalé. Il n'y était pas venu une seule fois depuis qu'Adomélis avait essayé d'y trouver le fils de Vintsiouné. Il avait le teint encore plus gris, le cou encore plus maigre, encore qu'on pouvait se demander comment son cou de poulet avait fait pour maigrir davantage.

— T'es encore en vie ? demanda-t-il d'une petite voix.

— Je fais aller, répondit Youza. Tout doux. Et toi ?

— Moi, tu sais, c'est tout juste, c'est tout juste si je fais aller.

Youza emmena son frère vers le fenil. Plus loin de la maison. Ils s'assirent tous les deux sur de hautes souches planes comme billots. Allumèrent une pipe.

— Il est arrivé un malheur, peut-être? Ou bien tu as besoin de quelque chose? Faut le dire — c'était la première fois qu'il parlait comme ça à son frère —, je suis toujours prêt à t'aider, tu sais bien.

— Adomélis est devenu fou à lier.

— Adomélis? Qu'est-ce que tu veux dire?

— Il a toujours eu une case de vide. Mais maintenant, c'est la fin de tout. Il m'a presque montré les dents. « Reste à la maison puisque tu es complètement ignare. Il se passe des événements historiques! Alors toi, reste tranquille, ne t'avise pas de mettre le nez dehors! » Voilà comment il m'a parlé, à moi, son propre père. Est-ce que t'as jamais entendu chose pareille? Comme s'il m'avait mis en taule dans ma propre maison!

— Et toi, tu es resté?

— Je n'en sais même rien, Youza. Resté, pas resté, vivant, pas vivant, je n'y comprends plus rien.

Adomas se tut un instant puis, le visage un peu moins sombre, demanda :

— Ça fait que toi, ils ne t'ont pas touché?

— Pourquoi moi? Qui est-ce qui aurait pu me toucher? A cause de quoi?

— Toi comme tout le monde, Youza.

— A qui j'ai fait quelque chose? Et qui pourrait avoir besoin de moi?

— Ça non plus, je n'y comprends rien, Youza, ceux dont on a besoin ou pas... Tu as vu ce qui se passe dans le district?

Youza ne répondit pas. Puis il fit, sans regarder son frère :

— Ils en ont pris beaucoup?

— Beaucoup, Youza. Tous, oui!

— Peut-être pas, quand même...

— Il n'en est guère resté. Ils ont ramassé Youod-virchis de Pavalakné, Vaïtonis de Skodiniaï. Tous ceux qui avaient plus de vingt hectares, embarqués, dans les wagons! Et ça dans tout le district, Youza. Les chats hurlent dans les fermes vides.

— Quels chats?

— Un chat, ce n'est pas de l'homme qu'il a besoin.

Un chat, c'est à la maison qu'il est attaché. Les chiens, eux, ils ont essayé de suivre les gens. Mais les chats, pour eux, c'est la maison, Youza. Maintenant ils hurlent, ils ne laissent approcher personne.

Youza se leva, fit quelques pas autour du fenil, revint vers son frère, le regarda :

— Tu exagères.

— Yontchis aussi, ils l'ont ramassé...

— Quel Yontchis ? Celui de Dvaramichkis ?

— Oui, Youza, celui-là.

Youza connaissait bien Yontchis. Cet homme-là ne possédait même pas trois hectares de terre. Il vivait en bordure de la forêt avec sa femme. Ils n'avaient pas d'enfants. Tous les deux avaient plus de cinquante ans.

— Yontchis ! Tu parles d'un koulak !

— C'est parce que le fils à Stonkous a fichu le camp.

Youza tressaillit.

— Le fils à Stonkous ? Qu'est-ce que Yontchis a à voir là-dedans ?... Peut-être qu'il... qu'il a aidé le fils Stonkous à filer ?

— Comment l'aurait-il aidé ! Il ne l'a même pas aperçu !

— Alors à cause de quoi ?

— Mais parce que, comme ça, il y avait une place vide dans les papiers, Youza, tu comprends ?

— Je ne comprends rien à rien.

— Mais qu'est-ce qu'il y a là-dedans à ne pas comprendre, Youza ! Puisqu'il y avait une place vide dans les papiers, il fallait bien trouver quelqu'un pour la remplir. Et où allais-tu le prendre, ce quelqu'un ? Le fils à Stonkous leur a filé sous le nez... et là-dessus, par un fait exprès, voilà Yontchis qui sort labourer son mouchoir de poche. Sans penser à rien, ni quoi ni qu'est-ce. Il sort et se met à labourer...

Youza sentit la chair de poule courir sous ses vêtements.

— Ce n'est pas possible, Adomas.

— Il n'y en a pas qu'un à me l'avoir raconté, il y en a beaucoup.

Youza se détourna. Il ne pouvait regarder son frère

dans les yeux. Un frisson le secoua des pieds à la tête. Ses tempes lui cognaient comme si on lui avait donné des coups de marteau au-dedans du crâne. La voix de son frère Adomas lui parvint comme dans un rêve :

— Et la femme de Yontchis a suivi son mari, c'est elle qui l'a voulu. « Puisque vous prenez mon mari, prenez-moi aussi, prenez-moi aussi, je ne veux pas rester seule ! » Ils ont vécu ensemble, ils sont partis ensemble. Il n'y a plus de Yontchis, Youza.

Adomas se tut un instant, puis tout heureux :

— Dieu merci, toi, ils ne t'ont pas touché ! Dieu merci !

Adomas continua un moment à sucer sa pipe éteinte. Puis regardant son frère qui lui tournait le dos :

— Qu'est-ce que tu as à rester planté là ? Si je te prends ton temps, dis-le franchement. Je suis venu, j'ai vu que tu étais chez toi, vivant, bien portant, maintenant je peux aussi bien m'en aller.

Youza revint vers son frère. Il s'assit sur la souche. Il avait plus ou moins réussi à maîtriser son tremblement, mais il se sentait encore froid dans le dos.

— Drôles de nouvelles que tu m'apportes, dit-il.

Adomas ne répondit pas. Assis sur les souches, les deux frères se taisaient. A l'ouest, le ciel s'inondait de pourpre, promettant soleil et canicule pour le lendemain. Une pourpre éclatante. Le soir était calme. Les deux frères étaient assis et se taisaient.

— J'aurais bien quelque chose à te demander, fit Adomas.

Youza aspira une goulée d'air.

— Dieu merci, fit-il.

— C'est à propos d'Adomélis, Youza. Je t'en ai déjà parlé. Je me dis que tu nous aideras peut-être dans les mauvais jours.

— Qu'est-ce que tu attends encore de pire ?

— Ça ne durera pas longtemps comme ça, Youza. Ça ne peut pas durer longtemps. Quand les choses vont trop loin, ça ne dure pas. Alors je me dis une chose : toi, tu vis à l'écart, seul, tu ne gênes personne ; qui d'autre nous aiderait, sinon toi ?

Youza ne broncha pas. Il attendait ce qu'allait dire son frère.

— D'ici là, les cheveux d'Adomélis auront repoussé. Il aura retrouvé une apparence humaine. Il sera de nouveau comme tout le monde.

— Ses cheveux ?

— Parce qu'il s'est tondu. Il dit que pour un commissaire politique, ça doit être comme ça. Les commissaires politiques, ils ont la tête rasée et des habits de cuir.

— Tu ne pouvais pas prendre un ceinturon ?

— Sûr que tu as raison, Youza. Mais il aurait fallu en prendre un quand il était petit. Quand il avait les fesses tendres. Aujourd'hui, tu peux toujours essayer ! Son derrière est tanné, c'est pas par là que tu lui feras entendre raison.

Youza eut un hochement de tête compréhensif.

— Mais alors, qu'est-ce que tu voulais ? dit-il à son frère.

Adomas ne répondit pas immédiatement. Le soleil était déjà descendu derrière la forêt. On le voyait se noyer dans d'épaisses lueurs écarlates. Le soir commençait à fraîchir. Le marais encensait en silence ses clairières sans fond d'une brume laiteuse. Grues et autres oiseaux, revenus avec les chaleurs de l'été, étaient endormis çà et là sur le Kaïrabalé, le jabot gonflé de vers bien gras ou de grenouilles au ventre glacé. De l'autre côté du marais, déjà la lune émergeait. La nouvelle née n'avait pas encore eu le temps de puiser à l'argent du jour finissant. Comme confuse d'être si jeune devant les tempes grisonnantes des deux frères, assis silencieux près de la grange fenière, elle se glissa prestement derrière un petit nuage.

— Youza, fit Adomas.

— Oui ?

— Tu te souviens de la mort du grand-père Yokoubas ?

— Le grand-père ? Qu'est-ce qui te prend de parler de ça ?...

— On s'était tous mis à genoux, tu te souviens ? Tous à genoux autour de lui. On avait allumé un cierge. On

236

voulait embrasser sa main, mais lui, ça le mettait en fureur : « Qu'est-ce que vous avez à ramper près de moi ? Je ne vaux pas un clou. Si j'avais su que je n'étais capable que de ça dans ma vie — je serais allé dans un monastère, j'aurais prié Dieu. Je n'aurais pas mis au monde un seul d'entre vous. Et aujourd'hui, je ne serais peut-être pas rongé par mes péchés. » Tu te souviens, Youza ?

— Il était déjà presque mort à ce moment-là, le grand-père. Il ne savait plus ce qu'il disait.

— Mais si, Youza, il savait. Quand quelqu'un est mourant, il paraît qu'il dit toujours la vérité. Tant mieux si le grand-père délirait, comme ça te semble, mais à supposer que non, des fois ? (Adomas jeta les yeux sur Youza.) Quand je regarde aujourd'hui mon Adomélis… Tant mieux s'il délirait, le grand-père Yokoubas. Mais à supposer que non, des fois, Youza ? A supposer que non ? C'est seulement au moment de mourir qu'un homme dit toute la vérité.

Youza se tourna vers son frère, regarda son cou décharné, son corps desséché.

— Tu te tairais, hein ? dit-il. Alors comme ça, d'après toi, ça ne vaudrait pas la peine de vivre ? D'après toi, il vaudrait mieux s'enfermer dans un monastère ? Ou encore mieux, aller tout droit dans la tombe ? Du berceau tout droit dans la tombe ?

— Ne me chasse pas d'ici, lui dit Adomas plaintivement. Je m'en irai bien tout seul. J'en ai gros sur le cœur, Youza, et toi, tu me chasses.

— Mais je ne te chasse pas.

— Puisque tu ne me chasses pas, alors dis-moi pourquoi j'ai un fils comme ça ? Comme Adomélis ? J'ai pourtant l'impression de l'avoir élevé comme les autres, je lui ai appris à travailler comme aux autres. Alors pourquoi mon petit gars, il n'est pas comme les autres ?

— Tu en demandes trop, Adomas. Même les arbres dans une forêt ne sont pas tous semblables.

— Les arbres ne se rasent pas le crâne.

Youza lança un regard vers son frère.

— Arrête de pleurnicher, dit-il presque durement. Tu

en fais des histoires avec ton espèce d'Adomélis! « Il s'est rasé, il s'est pas rasé »... Maintenant qu'il est grand, tu ne le changeras plus. Si les choses tournent mal, venez au Kaïrabalé, tous si vous voulez, il y a assez de place. Les larmes, ça sert à quoi? C'est de la bêtise!

Adomas, après un silence, poursuivit son idée :

— Même tout gosse, il n'était pas comme les autres. Rien n'était comme il voulait, il fourrait son nez partout. S'il prenait quelqu'un à mentir, il lui flanquait une rossée aussi sec. Si un costaud bousculait un qui l'était moins, pan! il remettait ça. Combien de fois il est rentré à la maison couvert de bleus, tout en sang. Et quand je l'engueulais : « Mais c'était pour la vérité », qu'il me disait.

— T'aurais mieux fait de ne pas l'engueuler.

— Comment! Mieux fait? Il se bagarrait. Fallait pas l'engueuler?

— Pour la vérité, fallait pas.

Adomas se tut. Puis à nouveau, tout bas :

— Youza.

— Oui?

— Youza, je me dis comme ça, peut-être que nous aussi on aurait dû? Aller au monastère, je veux dire, nous aussi? Comme disait le grand-père Yokoubas. Cette vie qu'on a, on en fait quoi?

— Tu ne la rattraperas plus, Adomas, quand on arrive trop tard au dîner, il n'y a plus que les os à ronger.

Youza jeta un coup d'œil sur la maison. Une fois, puis une autre. On ne voyait aucune lumière. On n'entendait pas non plus le moindre bruit. La nuit maintenant était tombée. Une tiède et courte nuit d'été. Youza se sentait mal à l'aise, inquiet : le fils Stonkous ne lui sortait pas de la tête une seconde. Et les bavardages d'Adomas lui taraudaient le cœur : le grand-père Yokoubas, le monastère... Comme sujet de conversation, c'était vraiment bien choisi! Et le moment aussi!

— Ne me chasse pas, supplia de nouveau Adomas.

Youza ne répondit rien. Les ténèbres de la nuit se faisaient déjà moins denses. Les brouées se décollaient des orbites du marais, restaient suspendues, mousseuses, au-dessus des clairures comme si quelqu'un les avait coupées à leur base avec un couteau. Les bouleaux faméliques, les pins de marais aussi tristounets que des vieilles filles avaient l'air de noyés flottant dans des vagues laiteuses. La lune échelait la voûte céleste, argentant au passage les fronces du brouillard, et ne sachant à quoi s'accrocher, regardait vers le bas depuis ses hauteurs noires aux reflets bleuâtres. L'orient s'animait d'une aube rosissante. Pas encore l'aurore, mais la primaube, timide comme une visiteuse qu'on n'a pas invitée.

— On n'a pas vu le temps passer, assis tous les deux, dit Youza. Et voilà pour ainsi dire la nuit finie.

— Ça ne nous arrive pas si souvent de rester comme ça à causer. Combien d'années on a vécues, l'une après l'autre, mais rester assis comme ça — non, c'est pas souvent arrivé...

Adomas se tut, tressaillit et tendit l'oreille.

— Tu entends, Youza ?

Au loin, de l'autre côté de Maldinichké, ou même plus loin encore, on entendait une sorte de vrombissement, de grondement. Puis plus rien... Puis cela reprit — se tut. Reprit encore. Impossible de dire si c'était le vent, ou le tonnerre, ou peut-être un orage de chaleur après cette journée torride. Mais d'où pouvait bien venir l'orage avec un ciel aussi cousu d'étoiles ? Adomas saisit le bras de Youza.

— Ça se rapproche ! Ça se rapproche, tu entends, Youza ? Ça se rapproche encore !...

Et c'était vrai. Ni râle, ni hurlement, ni rugissement de vent, mais de véritables déflagrations. Qui se rapprochaient toujours... Et soudain la terre trembla sous les pieds des deux frères. Ils firent un bond, s'agrippèrent l'un à l'autre. Au-dessus de leurs têtes, faisant vibrer l'air et la terre, des avions passaient en grondant. Pas un ou deux seulement, comme l'été passé lors de « l'arrivée » — c'est Adomélis qui parlait comme ça — « de la liberté », mais des dizaines, peut-être même des centaines. Et si bas que les buissons étaient plaqués au sol par le vent rugissant sous leurs ailes.

— La guerre... Youzoukas, mais c'est la guerre, y a pas de doute! cria Adomas.

Youza ne reconnaissait pas son frère : lèvres crayeuses, yeux hagards.

— Arrête! dit-il rudement. D'où elle sortirait, ta guerre? Des manœuvres simplement...

— La guerre, Youzoukas, la guerre, frangin! Encore la guerre... On est foutus, Youzoukas! fit Adomas dans un souffle.

— Arrête de dire n'importe quoi! Qu'est-ce que tu as encore avec ta guerre? Un dimanche matin, par-dessus le marché! Quel est l'imbécile qui irait faire la guerre un dimanche matin!

Mais tout en houspillant son frère, Youza sentait lui-même l'angoisse l'étreindre.

— Mais Youzoukas, toutes les guerres commencent le dimanche, mon pauvre frère! cria encore plus fort Adomas. Que de guerres la terre a déjà vues — et toujours un dimanche, un dimanche, un dimanche! On est foutus, Youzoukas... Cette fois, on est vraiment foutus!

Youza était sur le point de lui dire ses quatre vérités lorsque, à cet instant précis, il entendit à l'est le fracas d'une explosion. Puis une autre. Et une troisième. La terre se mit à tanguer sous leurs pieds. Les deux frères se cramponnèrent de nouveau l'un à l'autre.

— C'est Panevéjïs qu'ils canardent, ou peut-être Kaunas! fit Adomas claquant des dents. Tu entends, Youza? C'est Panevéjïs qu'ils canardent!

— En tout cas, pour Kaunas, tu rêves! Kaunas, c'est loin.

— Pour un avion, tu crois que c'est loin, Youza? Un avion, c'est pas une charrette; pour un avion, tout est près. Tu entends?

Les explosions se succédaient sans discontinuer. Et se rapprochaient du Kaïrabalé. Aux confins du marais, quelque chose brûlait déjà, et l'incarnat de l'aube se mêlait aux lueurs sanglantes des incendies. Les avions passaient en vagues de plus en plus denses et leur vrombissement faisait trembler la terre.

240

— Et toi qui parlais de manœuvres, dit tout bas Adomas. De drôles de manœuvres, oui. La guerre, Youzoukas, la guerre pour de bon !...

Youza ne répondit rien. A travers le mugissement des avions et le fracas des explosions, il avait discerné le grincement d'une porte. Il se retourna : le fils Stonkous était debout dans le chambranle de la porte. Brandissant le fusil au-dessus de sa tête, il vociférait d'une voix que Youza ne lui connaissait pas, d'une voix qui n'était pas la sienne :

— La liberté ! La liberté pour la Lituanie ! Hourra !...Alléluia, tonton Youza ! (Et comme on psalmodie les laudes pascales :) Le jour de grâce est arrivé ! Le jour de grâce est arrivé ! Alléluia ! Alléluia !

Et comme un possédé, il éclata d'un rire dément.

Youza sentit la sueur l'inonder. Glacée. Profuse. Il se tourna vers son frère. Adomas semblait paralysé. Le visage livide. Détourné de Youza.

— Merci à toi, tonton Youza ! hurla le fils Stonkous. Merci pour l'asile, merci pour l'arme, merci pour tout ! La Lituanie n'oubliera pas, elle te le revaudra au centuple, à toi son fils, à toi qui es un vrai Lituanien. Tu te rappelleras un jour ce que je te dis !

Son regard s'arrêta sur Adomas. Sa joie disparut d'un seul coup. Il s'approcha, le fusil pointé sur eux. Appuya le canon contre la poitrine d'Adomas. Youza sentit ses tempes lui broyer le crâne. Il serra les poings. Mais le fils Stonkous avait déjà baissé le canon.

— Non, je ne vais pas te tuer ! gloussa-t-il. Tu peux remercier tonton Youza. Si ce n'était pas pour lui, c'est vraiment pas sûr que tu serais encore vivant ! Pas sûr du tout, je te le garantis !

Il jeta son fusil sur l'épaule. Envoya un long jet de salive aux pieds d'Adomas.

— Quant à ton espèce d'avorton, ton Adomélis, on se rencontrera bien un jour, lui et moi, dans un sentier étroit. Je te le jure sur le nom de la Lituanie !

Et il partit du Kaïrabalé par le chemin de fascines.

Les avions volaient maintenant au ras du sol, non pas comme s'ils étaient venus jeter des bombes, mais comme s'ils avaient voulu faucher les seiglières. La terre vibrait et gémissait sous leur rugissement. A l'est, le ciel entier fulgurait d'embrasements rouges comme des cerises mûres. Youza resta longtemps les yeux fixés sur le dos du fils de Vintsiouné qui s'éloignait par le chemin de fascines, le fusil sur l'épaule. Il marchait rapidement, à grandes enjambées. Le fusil sur l'épaule. Son fusil à lui, Youza. Il allait, droit comme une épée, d'un pas cadencé, martial. Du même pas que les chaoulis, paradant les jours de fête dans les rues de Maldinichké. Youza les avait vus bien des fois, martelant ainsi le pavé de leurs bottes. De nouveau il secoua la tête, comme pour chasser une hallucination. Puis se tourna vers son frère. Adomas le regarda droit dans les yeux. Youza comprit ce que son frère pensait de lui.

Le visage d'Adomas était vide de sang.

— Judas! dit-il à son frère sans desserrer les dents.

XXII

A partir de ce matin-là, Youza ne ferma plus l'œil. Pour lui, désormais, toutes les nuits se traînaient aussi lentement que cette lointaine nuit où il avait quitté le mariage de Vintsiouné. Ou que cette autre nuit, après qu'il eut trouvé l'osier pourpre en fleur dans la forêt de Vidouguiré. De longues heures durant, Youza restait allongé dans la fenière, mains croisées derrière la tête, yeux fixes, grands ouverts. Le foin fraîchement coupé bruissait, il sentait bon le serpolet et le trèfle blanc, et pourtant Youza n'arrivait pas à dormir. Tout autour, le silence régnait. Même les scarabées s'étaient assoupis dans le foin, pas une feuille de bouleau ne frissonnait, et cependant, même dans ce calme, même à cette heure endormeuse, le sommeil ne venait pas. Youza ne pouvait chasser de sa tête le nom terrible que lui avait jeté son frère. Et Adomas lui-même ne cessait d'être debout devant lui, comme en chair et en os. Le visage exsangue. Debout. Jusqu'à l'aube, jusqu'au lever du soleil, son frère restait là, debout devant lui.

Le jour, ça allait mieux. Bien sûr, il chancelait un peu en marchant et l'insomnie faisait briller ses yeux d'un éclat fiévreux, mais tout de même, il allait mieux. Avec un grand couteau, Youza désopercula les gaufres des ruches. Pour la deuxième fois de l'été. Quelle quantité de nectar récoltaient les avettes, cette année ! Ça leur était bien égal, à elles, que l'osier se soit revêtu de fleurs pourpres grosses comme des pivoines pendant le dernier hiver, bien égal que le grondement de la guerre ait déferlé jusqu'au Kaïrabalé, et que personne ne puisse dire à quoi on pouvait bien s'attendre maintenant et comment tout cela allait finir. Youza vérifia l'état des rayons et vida les alvéoles où se trouvaient des larves d'abeilles pour empêcher la naissance de nouvelles reines qui feraient débourrer les essaims. A quoi bon de nouveaux essaims par les temps qu'on vivait ? Ça n'avait aucun sens de vouloir augmenter ce qu'on avait. Youza se mit quand même à quatre pattes pour arracher, dans les plates-bandes du potager, l'arroche et le mouron des oiseaux et pour éclaircir les planches de carottes rouges. Il monta aussi la lame et la faux sur son manche — il fallait bien penser aux céréales. Adomas ou pas, guerre ou pas, le seigle ne devait pas s'égrener sur le sol. La place du seigle — c'est sur la table.

Oui, réellement, le jour, ça allait mieux.

Passant d'un travail à un autre, Youza se demanda plus d'une fois où pouvait se trouver à l'heure qu'il était ce gars... ce fils de Vintsiouné. Avait-il coincé dans un passage étroit Adomélis, le fils d'Adomas, comme il l'avait promis ? Comme il en avait menacé Adomas. Où était aujourd'hui Adomélis, avait-il encore sa tête sur ses épaules ?

Depuis qu'Adomas avait traité Youza de cet horrible nom, il n'avait plus remis les pieds sur le Kaïrabalé. Et ce n'était sûrement pas la peine de l'attendre. Il ne se montrerait plus désormais, il ne viendrait plus. Mais leur sœur, elle, pourquoi ne venait-elle pas ? Pourquoi donc Ourcboulé ne venait-elle pas non plus ? Était-ce possible qu'Adomas lui ait tout raconté ? Mais sinon, pourquoi Ourcboulé ne se montrait-elle pas ? Autrefois, s'il arrivait un malheur à l'un d'entre eux, ils se serreraient les coudes tous les trois et prenaient ensemble le taureau par les cornes. Et à eux trois, ils repoussaient loin d'eux le malheur. Mais cela, c'était le temps jadis. Maintenant, ce n'était plus pareil. Voilà longtemps qu'Ourcboulé s'était pour ainsi dire détachée de ses frères, comme si elle ne se tenait plus pour leur sœur. Elle ne s'occupait plus que de sa maison à elle, de ses soucis à elle. Et maintenant, c'était le tour d'Adomas. Maintenant, Youza restait seul. Seul comme il ne l'avait encore jamais été.

Plus d'une fois, Youza avait été sur le point d'aller trouver Adomas. D'aller lui dire qu'il n'avait pas compris, que lui, Youza, ne pensait pas à mal. Que ce n'était pas lui, Youza, qui avait donné le fusil au fils Stonkous. Ensuite il écouterait ce que répondrait Adomas. Qu'il se mette en colère, qu'il crie, qu'il le traite de tous les noms, tout, pourvu que ça ne continue plus comme ça. Plus comme ça.

Bien des fois, Youza fut sur le point d'aller trouver son frère. Et n'y alla pas. Ne lui dit rien. N'alla pas écouter ce qu'Adomas lui répondrait. Chaque fois, les pieds de Youza devenaient lourds comme du plomb.

Les avions ne passaient plus au-dessus du Kaïrabalé comme ils l'avaient fait pendant le premier, le deuxième, le troisième, le quatrième jour de la guerre. Les motos allemandes ne pétaradaient plus, elles non plus, sur les grands-routes au-delà du marais, et l'on n'entendait plus rugir les camions remplis de soldats armés jusqu'aux dents, manches retroussées, lançant des mots rauques dans une langue inconnue. L'ouragan de la guerre, tonnant et grondant, les avait emportés plus loin, toujours plus loin. Il n'était resté que des nuages de poussière. Et la poussière s'était lentement déposée sur les champs de céréales et les prairies, elle avait tendu sur les grandes orbites du Kaïrabalé une épaisse taie grise, et les tanches montaient et venaient crever cette taie grise de leur museau obtus, aspirant goulûment l'air et frappant l'eau de grands coups de leur queue cambrée.

Seul, Youza était seul.

Et durant une de ces nuits sans sommeil où il restait étendu dans la fenière, bras croisés derrière la tête, il lui sembla entendre rôder autour de la maison d'habitation. Il écouta avec attention : pas de doute, quelqu'un longeait les murs à tâtons dans l'obscurité.

Et il entendit qu'on l'appelait tout bas :

— Youza, Youza !...

Puis, furtivement, les pas se rapprochèrent de la fenière. De plus en plus près.

On frappa à la porte.

— Youza! Youza!

Youza se laissa glisser en bas du foin, entrebâilla la porte. L'ombre — on la distinguait à peine — se rejeta vivement en arrière.

— C'est vraiment toi, Youza? murmura l'ombre.

Youza reconnut la voix. Abasourdi, il demanda :

— Konèle? Qu'est-ce que tu fais ici?...

— Je ne suis pas seul, Youza. Ma Golda est avec moi. Et aussi mes trois filles. Aide-nous, Youza.

Konèle parlait dans la nuit noire, sans s'approcher. Youza devina plutôt qu'il ne vit quatre ombres se détachant du mur de la fenière. Elles s'approchèrent silencieusement et s'agenouillèrent ensemble devant Youza. On ne voyait pas leur visage. Elles avaient toutes les quatre la tête entortillée dans de grands châles sombres. Et toutes les quatre se mirent à pleurer — ou peut-être chantaient-elles à voix basse un psaume hébraïque. Leurs corps allant et venant dans un balancement, peut-être chantaient-elles un psaume. Chantant et leurs corps balançant... Mais peut-être pleuraient-elles, le corps allant et venant dans un balancement... Youza n'aurait pu le dire. Les quatre corps allaient et venaient ensemble : d'un côté, puis de l'autre. Et pendant ce temps, Konèle fourrait dans les mains de Youza un objet rond et lisse, chaud encore de la chaleur de ses paumes.

— Toi seul peux nous aider, Youza, lui disait Konèle en lui glissant l'objet dans les mains. Partout ailleurs, tout se voit, partout ailleurs on nous trouve et on nous prend tous. Tu es bon, Youza. C'est ma Golda qui le dit. Et Golda sait toujours ce qu'elle dit.

Youza avait l'impression de rêver. Il recula d'un pas, et avec un petit cri de protestation voulut repousser la main de Konèle.

— Qu'est-ce que tu essaies de me fourrer dans la main?

Et perçut dans sa paume le tic-tac de l'objet tout tiède encore des paumes de Konèle.

— Ça ne serait pas une montre?

— La montre de notre famille, Youza. En or. Faite

par Faber. Faber, le fournisseur du tsar, Youza. Une montre à seize vrais diamants. Prends-la, Youza.

Youza restait là, la montre dans les mains, comme s'il avait reçu un coup de massue sur la tête. En un éclair, il revit Genuchas, le grand-père de Konèle, sortant à midi pile, les jours de foire, chaque jeudi, sur la place du marché, devant son échoppe de taillandier, et commençant à remonter cette montre, cette montre-ci, avec une petite clef : grrt, grrt, grtt !... Et tous savaient : il était midi juste. Pas midi moins une ou midi plus une minute, mais midi juste. Sur la place du marché, même les discussions entre vendeurs et acheteurs s'interrompaient. Tout le monde regardait le grand-père de Konèle remonter sa montre. Et tous ainsi connaissaient l'heure exacte. L'heure la plus exacte qui puisse être. Et lorsque le grand-père de Konèle, cessant de tourner sa petite clef, refermait le couvercle d'un claquement sec, tous tressaillaient, puis se mettaient à rire aussitôt : tout le monde au marché trouvait si drôle d'entendre ce petit clac ! Youza l'avait entendu quand il n'était encore que gamin, et plus tard, devenu adulte, avait continué à l'entendre. Après la mort du grand-père de Konèle, ce fut le père de Konèle qui sortit sur la place du marché devant l'échoppe du taillandier, et se mit à son tour à tourner la petite clef : grrt, grrt, grrt... et tous à nouveau tressaillaient, puis se mettaient à rire lorsqu'ils entendaient le petit clac du couvercle. Et cette montre donnait une heure si exacte que même le curé de l'église catholique l'écoutait, et tirait de son gousset sa montre suisse pour s'assurer qu'elle ne retardait ni n'avançait — sa montre à lui était à peu près deux fois plus petite que celle de Genuchas, et elle ne se remontait pas avec une clef, mais par la petite tête ronde et saillante d'un remontoir cranté. Youza se rappela tout ça d'un seul coup.

— Une montre pareille — à moi ?

Youza remit le cadeau dans la main de Konèle.

Aux pieds de Youza, les femmes frissonnèrent. Et maintenant, il n'y avait plus de doute : elles ne priaient pas, elles ne chantaient pas de psaume, elles sanglotaient. Et de tels sanglots, Youza de sa vie n'en avait entendus. Il ne comprenait rien. Restait là, immobile. Seule lui parvint alors la voix de Konèle.

— Ainsi même toi tu ne veux pas nous aider, Youza ? Je vois bien que tu ne veux pas. Puisque tu ne l'as pas prise, c'est que tu ne nous aideras pas. Il n'y aura donc personne pour aider Konèle. C'est ce qu'a dit ma Golda lorsque nous nous sommes enfuis de Maldinichké : « Si Youza ne nous aide pas, personne d'autre ne nous aidera. » Ils ont pris tous les juifs de Maldinichké, Youza, ils les ont tous emmenés, nous, on s'est enfuis. Mais Golda sait ce qu'elle dit. Ce n'était pas la peine de fuir.

Konèle parlait d'une voix sourde et égale, et l'on n'eût pas pensé que c'était une voix d'homme, mais un souffle de vent nocturne faisant frissonner une feuille. Le front brusquement couvert de sueur, Youza s'essuya de sa manche. Il avait l'impression de devenir fou.

— Comment t'aider ? Et qu'est-ce que ça veut dire : ne pas t'aider ? Qu'est-ce qui est arrivé ?

— Qu'est-ce qui est arrivé, Youza ? Tu demandes ce qui est arrivé ? Tu crois que je le sais, moi, ce qui est arrivé ? Tu crois ça, Youza !

— Si toi, tu ne le sais pas, qui peut le savoir ?

— Écoute, Youza. Je te le répète : ils ont pris tous les juifs de Maldinichké, il n'y a plus de juifs à Maldinichké. Ça fait des jours que nous sommes dans la forêt, Golda et moi et nos trois filles. Nous nous sommes enfuis, Youza. Nous avons mangé des champignons crus dans la forêt, nous avons mangé des baies et dormi sur la mousse, et tu demandes ce qui est arrivé ? A l'heure actuelle, la forêt est pleine de collaborateurs des nazis avec leurs brassards blancs ; ils encerclent le Kaïrabalé, ils nous recherchent, nous sommes perdus, Youza. Si tu ne nous aides pas — nous sommes perdus !…

Konèle n'essayait plus de glisser la montre dans la main de Youza. Il lui dit tout cela et demeura là, immobile dans l'ombre. Grand — et presque invisible. Mais aux pieds de Youza, les femmes se mirent à sangloter. Pas très fort, mais des sanglots qui transperçaient le silence. Youza les regardait sans pouvoir distinguer laquelle était Golda, laquelle ne l'était pas, et sans savoir ce qu'elles attendaient de lui. Elles et Konèle. Et de nouveau lui parvint la voix de Konèle :

— Je suis juif.

— Juif? Et ça fait quoi, que tu sois juif?

— Ça fait quoi, que je sois juif? Je suis juif, Youza! redit Konèle.

— Et ça fait quoi, que tu sois juif? Tu as toujours été juif, et alors? Mais attends un peu, Konèle. Tu n'aurais pas fait quelque chose contre la loi? Tu n'aurais pas par hasard triché un peu sur la monnaie à rendre? Ou peut-être sur la quantité de ferraille?

C'était la première fois de sa vie que Youza parlait autant. Il en était presque essoufflé. Mais Konèle ne comprit pas.

— Je suis juif, recommença-t-il. Et ma Golda est juive. Et mes filles sont juives. Et mon père était juif, et mon grand-père aussi...

Youza regarda Konèle dans le noir de la nuit. Puis regarda les femmes. Elles s'étaient relevées et fondues de nouveau dans l'obscurité du mur de la fenière.

La colère saisit Youza.

— Qu'est-ce qui te prend subitement de tellement te vanter : juif, juif, juif... Tu crois que je ne le sais pas, que tu es juif?

— Ils vont me fusiller, Youza. Tu comprends, Youza?

La colère de Youza faisait frissonner même Konèle.

— Si tu ne nous aides pas, ils vont me fusiller. Et fusiller ma Golda, et fusiller mes filles. Il ne restera personne, Youza.

— A cause de quoi?

— Je suis juif.

Youza ne dit plus rien tant il était abasourdi. Les fusiller? Les prendre et les fusiller! Pour quelle raison? Tous les péchés de Konèle réunis devaient se résumer à avoir un jour, peut-être, coupé une barre de fer de travers. Qui irait fusiller quelqu'un pour ça? Quant à être juif — Konèle était-il le seul? Des juifs, il y en avait des tas à Maldinichké. Et pas seulement à Maldinichké.

Là où il y a un petit bourg, il y a toujours des juifs. Et comment ferait-on sans eux ? S'il n'y avait pas de juifs, où irait-on acheter quelque chose, fût-ce de la ferraille ? Et du fil, des aiguilles, de l'huile de phoque pour les bottes ? Ce seraient peut-être les tziganes qui vous en vendraient ?...

Youza en eut, dans le noir, un sourire ironique. Mais à cet instant lui parvint à nouveau la voix de Konèle. Une voix si basse qu'on l'entendait à peine. A Maldinichké, il n'y avait plus de juifs. Plus un seul. Plus de juifs nulle part en Lituanie. L'Allemand les avait ramassés dans les villes et les bourgades, et leur avait ordonné de coudre sur leurs manches des étoiles jaunes et de ne plus marcher où tout le monde marche, mais au milieu de la chaussée, seulement au milieu, pour que tout le monde les voie. Il avait aussi donné l'ordre de veiller à ce que les juifs n'aient de rapports avec personne et que personne n'en ait avec eux. Et après cela, l'Allemand les avait tous arrêtés et tous emmenés...

— Emmenés où ?

— Emmenés, Youza. Les Allemands ont dit : pour creuser des fossés, construire des maisons, faire des routes, coudre ou travailler à la forge, Youza. Ils les ont fait partir, mais ils ne les ont pas menés où ils avaient dit, Youza. Ils ne les ont pas emmenés pour travailler, Youza, ils les ont fusillés. Ils en ont fusillé beaucoup, Youza.

— Fusillé ? Comment, fusillé ? Qui ? A cause de quoi ?

— Oh, Youza ! Tu es bon, Youza, dit Konèle dans le noir de la nuit. C'étaient des juifs, Youza. Des juifs, et toi, tu demandes pourquoi on les a fusillés ! Oh, Youza, tu es bon.

Golda et les filles de Konèle recommencèrent à pleurer en balançant leur corps, et Konèle voulut à nouveau fourrer la montre dans les mains de Youza :

— Prends, Youza, prends-la ! C'est de l'ouvrage de Faber. Faber, il travaillait pour le tsar de toutes les Russies. Le tsar avait des montres de Faber dans toutes ses poches. Et aux murs aussi, Youza. La tsarine, en

250

s'éveillant le matin, regardait tout de suite l'horloge de Faber sur le mur, et elle savait pendant combien de temps elle avait fait la grasse matinée. Faber, Faber, tu comprends, Youza! Faber montre l'heure exacte, pas une seconde de plus, pas une seconde de moins. Voilà comment il était, Faber! Youza, tu as toujours été un homme bon, et tu as toujours été un homme sensé, ne le serais-tu pas aujourd'hui?

Youza repoussa la montre de la main. Sans comprendre lui-même ce qu'il faisait, il se dirigea vers la maison, y prit sa lampe, l'alluma, revint au fenil et dit :

— Alors, on y va?

Rentré dans la grange, il suspendit la lanterne à une poutre et, debout au milieu du fenil, commença à tirer du foin avec sa fourche uncinée.

— Prends-en une aussi, dit-il à Konèle. Qu'est-ce que tu restes là sans rien faire?

Le manche en crosse d'une autre fourche uncinée sortait du foin juste à côté de la première. Konèle tira à lui une fois, puis une autre, et tenta de retirer le croc du foin en se calant des deux pieds contre les montants de bois de la crèche. Le croc ne bougea pas d'un centimètre. Youza toussota dans ses moustaches, poussa un bon coup le croc de Konèle au profond de l'herbe sèche, puis tira à lui et le croc sortit avec une bonne touffe de foin.

— Il faut pousser à fond d'abord, puis tirer à soi. Pousser, tirer, pousser, tirer!

Ce que fit Konèle. Et quand il réussit, il eut un grand rire, malgré tout. Maintenant, ils étaient deux à tirer du foin. Konèle fut tout de suite en nage et l'odeur répugnante qui émanait de lui saisit Youza aux narines : une odeur de vêtements trempés et de vase de marais. Il ne put s'empêcher de lui dire :

— Qu'est-ce que tu pues!

— Comment je ne puerais pas, Youza! On s'est enfuis de la maison en oubliant de prendre du savon parfumé! Tu crois qu'il y a beaucoup de savon sur le Kaïrabalé! On est bien forcés de puer, Youza.

Il sembla à Youza — mais ce fut peut-être son imagination — que Konèle s'était mis à rire, là, dans le noir. Youza s'arrêta même de tirer du foin pour savoir s'il avait bien entendu. Mais Konèle faisait aller et venir sa fourche. Et Youza se remit à la sienne.

Le tas de foin allait grossissant au milieu du fenil, et Youza et Konèle se trouvaient déjà bien au-dedans de la provision de fourrage. Comme dans un tunnel, avec des parois d'herbe sèche. Ils continuèrent à s'activer jusqu'à ce que les fourches, tout à coup, se heurtent au mur du fond de la fenière.

— On en a trop fait, dit Youza.

Il recouvrit de nouveau de foin les rondins mis à nu, puis sortit dans la cour et rapporta du bûcher des perches restées inutilisées depuis la construction de la toiture. Il s'en servit pour consolider le haut et les côtés de la loge qu'ils avaient creusée à l'intérieur du foin, de manière à ce qu'ils ne s'écroulent pas. Puis il en boucha partiellement l'entrée, ne laissant qu'un étroit passage, juste assez grand pour qu'un homme puisse s'y glisser. Konèle voulait l'aider, mais Youza l'écarta du bras :

— Pas la peine, dit-il, repose-toi.

— Donc tu as compris, Youza ? demanda Konèle. Tu as compris ?

— Des mots pour rien.

Youza continua à travailler, reniflant un peu. La loge aménagée dans le foin s'avérait finalement haute et large : on pouvait s'y asseoir ou s'y coucher — et même se tenir debout, si on le souhaitait. Youza prit la lanterne, se faufila de nouveau à l'intérieur, vérifia chacune des perches qui maintenaient le foin en haut et sur les côtés. Tout tenait bien, mais quelque chose manquait. Youza alla chercher alors un gros tuyau de drainage qui traînait depuis longtemps dans sa borde. Il l'avait trouvé autrefois dans un champ des anciens domaines des Noriounas, en marchant le long d'un fossé. Il avait vu de l'eau s'écouler du tuyau dans le fossé. De la bonne eau bien froide. Youza en avait bu tout son saoul, il s'en était même aspergé le visage tant cette eau fraîche était bonne dans la chaleur de l'été. Puis il avait saisi le gros tuyau à deux mains, tiré, et comme le tuyau venait, il l'avait traîné jusqu'à la maison, sans avoir d'ailleurs la moindre idée de ce qu'il pourrait bien en faire. C'est ainsi que ce gros tuyau était apparu d'abord dans la maison paternelle, puis au Kaïrabalé, lorsque Youza y avait transporté ses pénates. Et voilà qu'il venait juste d'y penser. Youza traîna le tuyau jusqu'au fond de la loge de foin, appela Konèle pour l'aider, poussa un bon coup sur le tuyau pour en faire passer l'extrémité entre deux rondins du mur du fenil et dit à Konèle :

— C'est pour vos besoins. Mais seulement pour pisser.

Tout était maintenant comme il fallait. Aussi Youza dit à Konèle :

— Appelle tes bonnes femmes.

Konèle alla les chercher, et Youza partit à la maison. Il y coupa du pain, de la viande, cassa du fromage sec à petits coups de marteau, alla au garde-manger soutirer une pleine cruche de kvass et emporta le tout à la fenière. Konèle était debout juste à l'entrée de la cellule qu'ils avaient aménagée dans le fourrage — visiblement, il attendait Youza.

— Où sont tes bonnes femmes ? lui demanda Youza.

Konèle montra de la main l'intérieur du foin.

— Et qu'est-ce que tu fais là, toi, au lieu d'être dedans ?

— Youza... commença Konèle avec difficulté, Youza, je voulais te dire... tu sais ce que je voulais te dire ?

Les premières lueurs de l'aube apparaissaient et Youza le vit bien : Konèle était sur le point de pleurer.

— Il faut que je te dise, Youza... S'ils me trouvent... s'ils me trouvent dans ton fenil, moi, ma Golda, et toutes mes filles... tu seras fusillé, tu comprends, Youza ? Tu seras dans la même fosse, dans la même fosse que nous, avec nous. Les Allemands l'ont dit, ils l'ont écrit sur les murs : celui qui sera pour les juifs se retrouvera avec les juifs. Il fallait que je te le dise, Youza. J'aurais dû te le dire plus tôt, je ne l'ai pas fait. Mais ce n'est pas trop tard pour toi de le savoir, Youza, même maintenant. Tu as encore le temps de réfléchir. Réfléchis, Youza.

— Des mots pour rien, gronda Youza après un court silence.

— Il fallait que je te le dise, Youza, je l'ai dit à ma Golda : je vais tout expliquer à Youza, et Youza réfléchira à ce qu'il doit faire. Tu vas réfléchir, Youza ? Tu vas encore un peu réfléchir, et alors, tu me diras. Promis, Youza ?

D'un geste brusque, Youza poussa Konèle à l'intérieur, s'y glissa derrière lui et étala à la lumière de la lanterne ce qu'il avait apporté de la maison. Ensuite il sortit, barricada l'étroit passage avec des perches qu'il recouvrit de foin, puis tirailla et arrangea les herbes sèches de façon à ce qu'on crût qu'il ne pouvait rien y avoir d'autre, ici, que du foin. Seulement du foin dans une fenière.

XXIII

Le soleil n'était pas encore levé que Youza vit apparaître le fils Stonkous sur le chemin de fascines menant à la métairie. Le fils Stonkous n'était pas seul, il était suivi de cinq hommes. Tous les cinq avec leur fusil braqué et un brassard blanc sur la manche. Ils ne quittaient pas le fils Stonkous des yeux. Ils le regardaient, guettant ses paroles, ses ordres. Lui n'avait pas de fusil, mais un pistolet. Et il n'avait plus la veste qu'il portait lorsqu'il était venu se réfugier chez Youza, mais une veste noire. Pas en cuir, mais avec un éclat bien plus brillant, bien plus sinistre que du cuir noir. Un ciré, probablement.

— Salut, tonton, ça va? cria-t-il de loin.

— Si on veut.

— Où tu les as fourrés, les juifs?

— Parce que c'est de juifs que tu as besoin aujourd'hui?

— Ne plaisante pas, tonton Youza, c'est un moment historique aujourd'hui. Dis-le franchement, où tu les as fourrés?

— Puisque je les ai fourrés quelque part, cherche-les. Tu auras peut-être de la chance! (Youza eut un sourire ironique dans sa moustache.) Moi, il se trouve que je n'en ai pas, de la chance.

Le fils Stonkous jeta sur Youza un regard soupçonneux de dessous ses sourcils, et sans répondre, se retourna vers ses hommes auxquels il fit juste un signe de tête. Les cinq hommes, fusils braqués en avant, se ruèrent dans tous les coins de la ferme. Fouillant, tâtonnant, fourrageant dans la maison d'habitation, ensuite dans l'étable, puis dans la grange. Deux d'entre eux se précipitèrent dans la fenière, enfoncèrent des fourches dans le foin. L'un des hommes grimpa même tout en haut du tas. Puis ils revinrent, essoufflés, sales, suants.

— Rien à signaler, monsieur le lieutenant! firent-ils en claquant des talons.

— Espèces de limaces! (Les joues du fils Stonkous devinrent écarlates.) Continuez à chercher jusqu'à ce que vous ayez trouvé!

Tout se mit de nouveau à voler sens dessus dessous dans la métairie de Youza. Les hommes descendirent même dans le puits, inspectèrent chaque rondin de la cage du puits. La fouille dura jusqu'au soir. Et de nouveau :

— Rien à signaler, monsieur le lieutenant.

Le fils Stonkous jeta un coup d'œil sur Youza. Celui-ci était assis sur le banc sous la fenêtre. Il tirait nonchalamment sur sa pipe, par petites bouffées. Le fils Stonkous s'assit à côté de lui et fit signe à ses hommes de s'écarter.

— Peut-être qu'on va s'entendre gentiment, tonton? dit-il. Moi, tu sais, je peux même t'arrêter. Et si je te remets à qui il faut, qui sait si tu en reviendras vivant?

— Fais-le toujours, alors on verra.

Le fils Stonkous se tut.

— Tu es vraiment trop calme, tonton Youza, fit-il enfin. Et moi, ton calme ne me plaît pas. Alors peut-être qu'on va s'arranger à l'amiable, hein?

— Je ne demanderais pas mieux, dit Youza.

Le fils Stonkous se tut à nouveau. Puis reprit :

— Ça m'ennuie vraiment, dit-il. Mais tu ne comprends pas la situation, tonton Youza. Les juifs doivent être balayés de la surface de la terre, et ils seront balayés, que tu en caches quelques-uns ou non. Tôt ou tard, de toute façon, nous les trouverons. Et à ce moment-là tu y passeras aussi, tonton Youza. Alors dis-moi pourquoi t'as besoin de ça? On ne souffle pas contre le vent, je te le dis d'homme à homme.

Youza restait sans rien dire.

— Essaie de comprendre, tonton Youza. Konèle s'est enfui avec toute sa famille. Les traces mènent à ta ferme, et seulement à ta ferme. C'est la dernière fois que je te le demande gentiment.

Youza se pencha, tapa sa pipe sur le talon de sa chaussure pour la vider, se redressa, et regardant le fils de Vintsiouné droit dans les yeux, il lui dit :

— Tu ne les auras pas, tes juifs. Même s'ils avaient été chez moi, je ne te les aurais pas donnés.

Le fils Stonkous se leva, rajusta les pans de sa veste.

— La conversation n'est pas encore terminée. Pas encore terminée, tonton.

Youza lui aussi se leva.

— A la grâce de Dieu, dit-il. Et maintenant, dehors. Sors de chez moi.

— Quoi-oi ?

— Pendant que je te le demande gentiment.

Et il avança vers le fils de Vintsiouné. Il était tellement hors de lui qu'il ne le vit même pas blêmir et ne remarqua pas la célérité avec laquelle il s'éloignait par le chemin de fascines, suivi de ses cinq hommes.

Une bonne semaine s'écoula avant que Youza reprenne ses esprits. Où qu'il allât, quoi qu'il fît, il hochait la tête, tantôt croyant, tantôt ne croyant pas que tout cela fût possible, et que ce gars-là fût justement le fils de Vintsiouné.

Malgré ses menaces, le fils de Vintsiouné ne réapparut pas au Kaïrabalé. Les cinq autres non plus. Peut-être avait-il cru Youza, peut-être faisait-il la chasse à l'homme dans d'autres marécages et dans d'autres forêts. Il y en avait beaucoup, autour de Maldinichké, des marécages et des forêts. Des terrains de chasse, ce n'est pas ce qui manque lorsqu'on ne considère pas un homme comme un homme, mais seulement comme un juif.

Et voilà qu'un jour, Youza décida de chauffer les bains. C'était bien temps. L'odeur des Konèle sortait du foin si violemment qu'elle couvrait le parfum du serpolet. Si quelqu'un était passé par là, il aurait tout de suite compris de quoi il retournait. Youza chauffa les bains bien plus fort qu'il ne les avait chauffés depuis long-temps. Il mit des pierres sur le four, de lourds palets qu'il avait ramassés dans les champs au-delà du marais et rapportés par le tunage. Lorsque les pierres devinrent plus rouges que le feu lui-même, il les prit avec de longues pinces en bois et les plongea lentement dans la grande bassine remplie d'eau à ras bord. L'eau glou-glouta, bouillonna, des bouffées de vapeur s'élevèrent de l'eau, et même les trois cercles de fer enserrant les douves de la cuve grincèrent. Youza plongea les balais de bouleau dans l'eau chaude — pour que les rameaux ramollissent, qu'ils adhèrent mieux à la peau lorsqu'il commencerait à fouetter le corps ruisselant. Puis il prépara un second baquet d'eau tiède pour rincer la mousse de savon. Et un troisième, rempli d'eau glacée — pour en asperger le corps lorsque, exténué, il serait affalé à plat ventre sur les planches. Ces planches, il les avait échaudées avec l'eau bouillante de la cuve, avant d'y plonger les balais de bouleau, au moment où l'eau tempêtait bruyamment sous l'effet des pierres chauffées au rouge, puis frottées et raclées à fond avec les queues d'un vieux balai. Il les échauda une seconde fois. Ensuite, il apporta dans le vestibule des bains une cruche de kvass de betterave rouge bien fort, la boucha avec un torchon roulé en boule. Il posa aussi dans l'entrée du linge de corps, le sien, lavé et repassé au rouleau ; il l'avait pris dans le coffre où il l'avait rangé en attendant d'en avoir besoin. Il ajouta au linge un de ses pantalons, tissé à la maison, et un veston, lui aussi fait sur le métier à bras. Il apporta encore bien d'autres choses dans l'entrée des bains, sans oublier quatre draps de grosse toile dans lesquels pourraient s'enrouler les femmes de Konèle. Tous les Konèle pourraient ainsi s'habiller de propre après le bain, et Konèle pourrait porter les vêtements de Youza, tant que tous leurs habits, suspen-dus à une traverse sous le plafond de l'étuve, n'auraient pas été lavés et désinfectés par la chaleur.

Youza préparait le bain comme pour une fête, sans bien comprendre ce qui le faisait agir, et lorsqu'il eut tout préparé, il alla dire à Konèle de venir dans l'étuve.

Konèle commença par lui proposer de laisser les femmes prendre leur bain en premier, mais Youza savait qu'il suffit de laisser entrer les femmes d'abord pour attendre à la porte jusqu'à en avoir des cheveux gris; et quand elles en sortent, il n'y a plus ni vapeur ni eau bouillante dans les bains. De tout temps, les hommes sont allés aux bains avant les femmes. Il en serait de même aujourd'hui, quelles que soient les supplications de Konèle. Celui-ci évidemment céda, puisqu'il était l'hôte de Youza, et un hôte qu'on n'avait pas invité et encore moins longtemps attendu. Avec son balai de bouleau, Youza s'activa pendant plus d'une heure sur Konèle, allongé sur la planche médiane, et lorsque celui-ci hurla qu'il n'en pouvait plus, il apporta la cruche de kvass déposée dans le vestibule, en fit abondamment boire à Konèle et l'aspergea avec l'eau froide de la troisième bassine. Lorsque Konèle fut redevenu plus ou moins lui-même, Youza le fit grimper sur la planche du haut — là où il fait encore plus chaud, puisa une louche d'eau, l'additionna de kvass de betterave et jeta le liquide sur les pierres du foyer. La vapeur enflammée jaillit jusqu'au plafond et Youza, qui s'était remis à fouetter Konèle avec le balai de bouleau, vit que l'autre n'avait même plus la force de crier et qu'il gisait sans réaction, tout juste vivant. Youza le tira, le descendit de la planche, le transporta dans l'entrée des bains, l'appuya au mur et lui fit boire à nouveau du kvass froid jusqu'à ce qu'il ait repris une allure humaine. Et ensuite — de nouveau dans l'étuve.

Lorsqu'ils en sortirent plus tard tous les deux, chancelant de toute cette vapeur et cette félicité, ils appelèrent les femmes, les conduisirent à la porte des bains, et Youza remit à chacune un morceau de savon de la taille d'une bonne demi-brique — du savon qu'il avait lui-même fait cuire, mordant comme de la lessive. Les femmes prolongèrent leur bain presque jusqu'à l'aube, comme Youza l'avait prévu et lorsqu'elles sortirent, chacune avait sous le bras ce qu'elle avait lavé. Mais toutes les quatre avaient le visage caché, comme le premier soir où elles étaient apparues sur le Kaïrabalé.

Youza les regarda longuement marcher dans la demi-pénombre d'avant l'aube — et l'on n'eût pas dit des femmes, mais des laoumés[1], sorties des contes du grand-père Yokoubas. Et son cœur se serrait de les voir ainsi lui cacher leurs visages : Youza ne leur avait pourtant fait aucun mal. Pourquoi dissimulaient-elles ainsi leur visage ? Pourquoi lui cachaient-elles leurs yeux, à lui, Youza ?

---

1. Cf. Algirdas Greimas. *Des dieux et des hommes. Étude de mythologie lituanienne* (PUF, 1985). Les laoumés étaient souvent tisserandes et lavandières, souvent sorcières *(N.d.T.)*.

XXIV

Des douleurs au cœur commencèrent à réveiller Youza au milieu de la nuit. Il sortait dans la cour, dans l'air tiède, s'asseyait sur le banc sous la fenêtre de la maison et y restait longtemps. Seul. Et il avait l'impression d'être seul non seulement ici, sous sa fenêtre, mais dans tout le Kaïrabalé. Comme s'il n'y avait pas de Konèle. Comme s'il n'y avait personne d'autre. Que lui. Tout autour, le silence. Le calme. Seulement un hibou qui hôlait au-delà du Kaïrabalé. Et lui, assis. Assis sans trop comprendre ce qui arrivait à son cœur, et pourquoi il était assis là, seul.

Il croyait sans y croire à ce que lui avait raconté Konèle, tout comme à ce que lui avait raconté le fils Stonkous — ce fils de Vintsiouné qui était venu au Kaïrabalé chercher des juifs. Bien sûr, c'était la guerre et à la guerre, un homme n'est plus le même. Pendant la guerre, on peut parfaitement s'attendre à tout de la part d'un homme. Mais à ça, tout de même ?... Peut-on croire qu'on puisse fusiller un homme seulement parce qu'il a le nez plus long que les autres ou parce que ses cheveux ne sont pas comme ceux des autres ? D'ailleurs, tenez, Youza lui aussi avait le nez plus long que les autres... Ça voudrait donc dire que lui aussi, Youza, on pourrait ?... Et les cheveux des gens sont aussi bien différents. Il y en a beaucoup qui les ont noirs. Et beaucoup qui les ont blonds. Et il y a aussi des rouquins. On voit même des rouquins flamboyants. Alors qu'allait-on faire d'eux maintenant ?

Youza n'y tint plus et décida de se rendre à Maldinichké. Ce n'est pas en restant assis tout le temps qu'on risque de comprendre grand-chose. En restant toujours au même endroit, on pourrait se mettre à croire des choses qui n'existent pas et qui ne peuvent pas exister.

Youza partit donc à la primaube, et sitôt sorti de son chemin de fascines, il vit que partout, tout était vide. Le vent jouait dans les seiglières. Les céréales avaient été rentrées dans les granges. Seuls quelques petits balais de lin faisaient encore tinter çà et là leurs graines enflées dans leurs capsules, et les corbeaux croassaient d'une voix mauvaise, comme en automne, sur les arbres bordant la route. Autrefois, les corbeaux, on les voyait surtout sur le sol, errant à la recherche de chenilles ou de vers qu'ils tiraient des labours. Sans croasser. Et voilà qu'aujourd'hui, ils étaient perchés dans les arbres, et aucun ne se taisait. Puis Youza aperçut au loin le clocher blanc de Maldinichké qui flottait au-dessus du jardin du curé. Les nuages étaient immobiles, et le clocher flottait. S'amusait à flotter, comme s'il était un nuage au lieu d'être un clocher de pierre. Youza avait emprunté ce chemin vicinal au moins des centaines de fois. Encore enfant, lorsque sa mère l'avait conduit par la main à la première communion. Et plus tard aussi, lorsqu'il avait grandi, et pris de la carrure. Et chaque fois, il avait vu de loin le clocher blanc de Maldinichké. Qu'il pleuve ou qu'il neige, que le soleil brille ou que le vent souffle, on voyait toujours de loin flotter le clocher blanc. Même le jour où il avait emmené le père et la mère au cimetière, le clocher blanc était là, toujours pareil. Aujourd'hui aussi. Youza marchait sans pouvoir se rassasier de cette vision du clocher blanc, et en même temps il ne pouvait croire que Konèle lui eût dit la vérité. Bien sûr, c'était la guerre. Mais était-ce la première fois que la guerre s'abattait sur le monde? Depuis qu'il y a des gens sur terre, ce n'est que guerre après guerre. L'une après l'autre. Interrogez n'importe quel vieux, demandez-lui ce qu'il a vu et vécu, il vous répondra sans hésiter : il y a eu la guerre. Avant tout — la guerre. Telle ou telle guerre, et puis encore telle ou telle autre. Ensuite seulement, il ajoutera que les gens vivaient comme ci ou comme ça avant la guerre, et puis comme ci ou comme ça après la guerre, et il vous dira qui est né avant la guerre, et qui, après, et qui s'est marié quand, et qui est mort quand. Et il ajoutera immanquablement qu'avant la guerre les gens vivaient bien, mais qu'après la guerre... après la guerre... ça dépendait... La guerre... toujours la guerre. Ces os, sous les cerisiers, près de Karoussé, ils n'étaient tout de même pas tombés du ciel!... La guerre. D'ailleurs les hommes sont-ils les seuls à se battre, à faire la guerre ? Tout ce qui est vivant se bat. Tout ce qui est vivant essaie de prendre un autre vivant à la gorge. « Regarde ces fourmis, avait maintes fois répété le grand-père Yokoubas à Youza, assis devant une grande fourmilière. Elles travaillent, ces fourmis, elles transportent, traînent, construisent, agrandissent leur demeure. Mais est-ce le cas pour toutes ? Regarde bien ! » Et grand-père Yokoubas avait montré à Youza qu'à côté des fourmis ouvrières, il y en avait d'autres, munies de larges pinces ressemblant à des sabres bien aiguisés : « Des soldats ! lui avait dit le grand-père Yokoubas. Il y en a des bataillons dans la fourmilière, une vraie armée prête à attaquer, à combattre, à occuper et à ruiner d'autres fourmilières ! » A ce moment-là, Youza n'avait pas très bien compris les paroles du grand-père Yokoubas, mais subitement, il s'était senti le cœur lourd. Car il les aimait bien, les fourmis. Il aimait bien se pencher au-dessus de la four- milière vers midi, lorsque le soleil brillait et que la plupart des fourmis se trouvaient au sommet de la fourmilière, et il les aspergeait d'un jet de salive. Des milliers de fourmis redressaient alors leur abdomen et faisaient gicler au visage de Youza quelque chose d'humide qui lui faisait mal aux yeux, comme si quelqu'un lui avait jeté du kvass. Mais Youza avait appris auprès des vieux que ce liquide acide était utile pour les yeux, contre le trachome et toutes sortes d'abcès. Et voilà que, maintenant, le grand-père lui apprenait que les fourmis ne faisaient pas que travailler ou projeter un liquide acide, mais qu'elles aussi faisaient la guerre et s'entre-tuaient, tout comme les hommes. Et Youza en eut le cœur si serré que le grand-père s'en aperçut et ajouta que les abeilles aussi se battaient, tout comme les poissons dans l'eau, les papillons, les moustiques, même le plus petit gardon. Pourquoi l'homme serait-il meilleur qu'un gardon ? Du moment que tous se battent, lui fait comme les autres. Comme les autres.

Tout en marchant solitaire à travers champs, Youza hochait la tête en repensant à tout cela. Bon, admettons. Admettons tout ça. Même la guerre d'aujourd'hui. Mais pourquoi, dans la guerre d'aujourd'hui, les gens n'étaient plus comme dans les autres guerres ? Autrefois, pendant la guerre, les gens ne se tiraient dessus ou ne se battaient à la baïonnette que sur le front, pas ailleurs. Aujourd'hui, on ne savait plus où était le front : on tirait partout. Sur un front, c'est un homme qui se bat contre un autre homme, l'un tient un fusil et l'autre aussi. Celui qui vise le mieux et qui tire le premier reste en vie. Mais maintenant ? A quoi ça ressemblait, ce qui se passait maintenant ?

Voilà à quoi pensait Youza. Pendant tout le trajet. Jusqu'à Maldinichké. Et même en entrant dans Maldinichké, lorsqu'il fut arrivé au bout des champs, en bordure de la petite ville. Mais lorsqu'il entra dans le bourg, il s'arrêta brusquement : il avait beau regarder, il n'avait pas l'impression d'être arrivé, il n'avait pas du tout l'impression d'être sur la place du marché de Maldinichké. Il était sûrement dans un tout autre endroit, peut-être à Alisavé ou à Gelajiaï. De toutes les tavernes où les gens payaient autrefois leur tournée et se tapaient dans la main pour conclure une affaire, il ne restait qu'un terrain désert ravagé par le feu, parsemé de moellons que la chaleur avait fait éclater, de tas de cendres et de morceaux de charbon noircis. Et là où se succédaient, avant, les innombrables boutiques de marchands juifs, collées les unes contre les autres, il n'y en avait que quelques-unes à avoir survécu, et dans quel état : portes défoncées, béant sur le vide. Et là où se trouvait autrefois la quincaillerie de Konèle, il n'y avait plus qu'une grosse pierre, large et haute, sortant du pavé : la pierre sur laquelle Konèle posait le fer pour le trancher. De la boutique de Konèle, il ne restait pas trace.

Debout, Youza regardait...

— Qu'est-ce que tu es venu faire par ici, toi ? entendit-il tout à coup. C'était une voix d'homme.

Youza ne reconnut pas aussitôt Ournejious, qu'il avait vu à l'hôtel de ville lorsque Charkiounas, le maréchal-ferrant, l'y avait conduit.

— Je regarde, murmura Youza.

— Il y en avait beaucoup pour regarder, mais il n'en reste guère pour voir. Qu'est-ce que tu veux, en fait ?

— Où on les a fourrés, les juifs ?

— Peut-être qu'il te faut aussi les commissaires ?

Youza se tourna vers Ournejious.

— Quels commissaires ?

— Ceux que l'on trahit et que l'on vend, voilà quels commissaires ! Ils sont très demandés, aujourd'hui, les commissaires. Dépêche-toi, si tu en as sous la main, les prix pourraient tomber !

Youza se tourna vers Ournejious, le fixa. A quoi pouvait-il faire allusion ? Et le regardant, il comprit qu'Ournejious était furieux, fou de rage contre lui, Youza.

— Je te le redis une bonne fois : fous le camp ! siffla Ournejious entre ses dents.

— Qu'est-ce qui te prend ?

— Je te le redis encore une fois : fous le camp chez toi, va puer dans ton Kaïrabalé !

Youza ne bougeait pas. Il regardait Ournejious. Personne ne lui avait encore jamais parlé comme ça. Personne. Jamais. Il se sentit les tempes prises dans un étau. Comme si on lui avait enfoncé sur la tête un cercle de fer. Ournejious fit un pas vers lui et mit sa bouche tout près de son oreille :

— Pour les juifs, ce n'est pas à moi, mais à ton Stonkous qu'il faut demander !

Tout le sang de Youza reflua vers son cœur, son visage pâlit, perdit toute couleur.

— Et demande-lui aussi ce qu'il en est de Charkiounas, le président ! Et ce qu'il en est des paysans pauvres qui avaient reçu les parcelles de terre enlevées aux champs des koulaks. Et des communistes, et des komsomols, et des militants du soviet. Pour tout, adresse-toi à ton protégé !

— Attends ! dit Youza, desserrant les lèvres avec peine.

— Et ton protégé, tu crois qu'il attend ? l'interrompit brutalement Ournejious. Celui que tu as chouchouté au Kaïrabalé, nourri de ton lard ? A moins que tu aies déjà tout oublié ?

Youza chancela, faillit tomber. Le sourire d'Ournejious se fit encore plus mauvais. Il découvrit des dents aux coins des lèvres, mais au milieu, il y avait un trou. Où donc avaient disparu les dents de devant d'Ournejious ?

— Celui à qui tu as donné un fusil, lança Ournejious au visage de Youza.

— Attends... Un fusil ?...

— Pas un tisonnier, tout de même ! Le tisonnier, tu l'as sans doute gardé pour toi ! Il te sera encore utile pour retourner le lard dans la poêle. Et c'est justement avec ton fusil que le fils Stonkous a commencé à ratisser Maldinichké. Maintenant, il s'en est débarrassé, il l'a donné à ses valets. A l'heure qu'il est, il ne se déplace plus qu'avec un pistolet, ton protégé, celui que tu as si bien gavé de lard, que tu as laissé dormir tout son saoul sur un lit douillet, que tu réveillais seulement pour le petit déjeuner, comme il est dit dans la chanson. C'est lui le grand chef à Maldinichké.

— Le fils Stonkous...

Ce fut tout ce que Youza réussit à prononcer.

— Ton protégé, oui ! Interroge-le, alors tu apprendras où sont les juifs de Maldinichké, où sont les militants. A toi, il le dira bien. A toi, son sacro-saint bienfaiteur, il dira bien ce qu'il en est !

Ournejious ne mâchait pas ses mots. Quant à Youza, il n'avait ni la force de protester, ni même celle d'écouter. Il n'avait vu de près cet Ournejious que l'autre fois, à l'hôtel de ville. Il savait qu'il vivait à la sortie de Maldinichké, qu'il avait une femme, il lui semblait aussi qu'il avait deux enfants. En été, il faisait le tour des villages pour construire des étables en terre battue — c'est comme ça qu'il gagnait sa vie. Il n'était pas bavard, ne se distinguait en rien des autres. Mais aujourd'hui, c'était un tout autre homme qui se tenait devant Youza. Un inconnu. Ce n'était pas Ournejious, mais un juge.

Sa voix parvenait à Youza comme dans un brouillard :

— A la municipalité qu'il est, ton protégé, pour l'heure. Vas-y, embrassez-vous. Ce n'est pas pour rien qu'il se vante auprès de tous de la façon dont tu l'as dorloté dans ton Kaïrabalé. Il a fait le ménage dans toute la ville — et quel ménage ils ont fait, lui et ses copains ! Juifs et pas juifs, militants, pas militants, il a liquidé tous ceux contre qui il avait une dent.

Youza se taisait.

— Fous le camp dans ton Kaïrabalé, je te le dis une fois pour toutes. Pendant que les gens ne t'ont pas encore vu ici. Sinon, tu pourrais toujours essayer de numéroter tes abattis !

Voilà comment lui parlait Ournejious, et lui, Youza, restait debout, tête baissée, baissée de plus en plus. Combien de temps resta-t-il ainsi, il ne s'en rendit pas compte, mais il s'aperçut brusquement qu'il n'entendait plus la voix d'Ournejious. Il leva la tête : Ournejious n'était plus là. Comme disparu sous terre. Youza était debout, seul, en plein centre de Maldinichké. Au milieu de pierres fendues par le feu. Youza secoua la tête. A nouveau, il crut à un mauvais rêve. Il rêvait debout.

XXV

Rentré au Kaïrabalé, Youza alla chercher de l'argile. De la bonne terre glaise, grasse, vivante. Il en amena une charretée, puis une seconde, et après un moment de réflexion, une troisième. Il la malaxa avec du sable passé au sas et se mit à faire des briques, en prenant pour moule une caissette de bois qu'il avait confectionnée lui-même, l'année où il s'était installé au Kaïrabalé. Il fit des rangées de briques qu'il disposa au soleil sur le versant de la butte exposé au vent, afin qu'elles soient juste durcies comme il faut pour le maçonnage. Lorsqu'il eut fini de préparer les briques, Youza rentra dans la maison. Il défit le mur arrière du four à pain, puis le mur entre les fenêtres, enleva la porte de la souillarde, en face du four, et en agrandit l'ouverture. Assez pour pouvoir y loger le four, qui occuperait ainsi tout le mur. Youza gâcha de l'argile, prit une truelle, et brique après brique refit la paroi arrière du four de façon à ce qu'il soit à cheval sur la souillarde et la pièce d'habitation : si bien que l'une et l'autre seraient chauffées en hiver. L'ancienne entrée dans la souillarde ainsi supprimée, Youza fit une autre porte, de l'autre côté, s'ouvrant sur l'étable. Il pourrait la dissimuler derrière des perches et de la paille — comme s'il n'y avait pas de porte. Voilà ce qu'on était obligé de faire à présent.

Youza faisait tout cela par à-coups, s'arrachant quand il le pouvait aux travaux de la ferme, évitant aussi d'entreprendre quelque chose de nouveau. Mais le temps qu'il ait bouché et nivelé toutes les fissures, aménagé la nouvelle porte secrète, reblanchi le poêle à la chaux, les nuages commencèrent à s'amasser au-dessus du Kaïrabalé, signes avant-coureurs de la première neige, des flaques d'eau trouble et des courbatures.

Restait le problème de la fenêtre de tirage sur le tuyau du poêle. Dans la pièce d'habitation, le tuyau montait verticalement du poêle jusqu'au toit. Mais pour faire partir la fumée de la souillarde, il faudrait que Youza fabrique un manche coudé en planches. Personne ne faisait ce genre de raccord en planches, Youza n'en avait jamais vu, et il n'avait aucune idée de la façon dont il devait s'y prendre. D'ailleurs, était-ce vraiment la peine ? Après tout, il restait encore des briques, Youza n'avait pas utilisé pour le poêle toutes celles qu'il avait préparées. Il y avait aussi assez de ferraille pour armer la maçonnerie. Cette ferraille, précisément, que Konèle avait vendue un soir à Youza dans l'obscurité. Alors pourquoi ne pas construire une vraie cheminée qui servirait aux deux pièces ? Dans la région, beaucoup de fermes avaient déjà des cheminées, tandis que lui, Youza, avait de la fumée plein les yeux chaque matin, et ses vêtements en étaient complètement imprégnés. Il puait la fumée même de loin, que ce soit à l'église ou au marché. D'ici les gelées, il aurait bien le temps d'en faire une. Il pourrait même fêter Noël avec. Comme toutes les métairies qui en avaient, autour du Kaïrabalé. Youza hésita longtemps et finalement ne s'y résolut pas. Une cheminée, bien sûr, ce n'est pas mal, mais d'un autre côté, ne pas avoir de fumée du tout n'est pas sans inconvénients. La fumée, en un sens, ça garde la chaleur. Ça la garde si bien que tous les recoins de la maison restent chauds la nuit, jusqu'à ce qu'on recharge le poêle le matin. Avec une cheminée, on ne sait pas à quoi s'attendre. La fumée, elle, fait déménager vermine, punaises et autres bestioles qui s'enfuient en crissant. Mais qu'est-ce qu'une cheminée peut bien faire fuir ? Au contraire, n'importe quelle saleté s'y colle, justement parce qu'elle est propre et qu'elle ne sent rien. Éteignez seulement la lampe, mettez-vous au lit — et ça y est, voilà les punaises qui vous dévorent comme si vous n'étiez là que pour elles. Combien il en avait vu à Maldinichké, de ces fermiers à cheminées, acheter du soufre, du concentré de vinaigre et autres produits, pour ensoufrer toutes les fissures de leurs murs, multiplier les pulvérisations et les fumigations de l'intérieur et de l'extérieur, et ça donnait quoi, au bout du compte ? Rien du tout. Pour les punaises, soufre ou encens, c'est du pareil au même. Ça les amuse, elles n'en mordent qu'avec plus d'ardeur. De la blague, un point c'est tout.

Le sourire lui vint, au milieu de ses supputations, à peser le pour et le contre. Et sa décision fut prise : il empoigna sa hache et monta sous le faîtage.

Le temps qu'il fabrique un manche coudé pour la souillarde et qu'il le fasse passer dans la pièce d'habitation, le temps qu'il confectionne une targette pour régler le tirage — et les gels avaient saisi le marais, pétrifié les mousses et les clairures. L'heure était venue de faire sortir les Konèle de leur chambrette de foin. Lorsqu'on fait cadeau d'un cheval, on peut bien offrir la selle.

— Tu es bon, Youza, lui dit seulement Konèle.

Youza bougonna qu'il était peut-être bon, et peut-être pas tant que ça : dans la souillarde, il y avait assez de place pour une ou deux personnes, mais eux, ils étaient combien ? Cinq. Et s'ils étaient obligés de rester debout à cinq dans la souillarde ? Combien de temps quelqu'un peut-il tenir s'il doit rester debout ?

— Qui parle de longtemps, Youza ? répliqua Konèle. C'est seulement couché que l'homme tient longtemps. Dans sa tombe — longtemps. Mais tant qu'il est vivant, ce n'est jamais pour longtemps, jamais longtemps, Youza. Assis ou debout, ce n'est jamais longtemps.

Youza ne dit plus rien. Il se dirigea dans le noir vers l'étable, et là, levant la lanterne, fit signe à la famille Konèle de le suivre. Et lorsqu'ils furent tous entrés dans la souillarde, ils constatèrent qu'il y avait non seulement assez de place pour s'y tenir debout, mais qu'il y en avait même assez pour s'asseoir : sur les couchettes que Youza avait aménagées contre les murs. Il y avait même une table devant laquelle s'asseoir : Youza en avait fabriqué une, de ses propres mains, une table longue et large ; on aurait pu y faire tenir cinq personnes de plus.

— Quant aux fenêtres, il n'y en a pas, dit Youza.

Konèle était debout dans la souillarde et regardait Youza sous la lumière rosée de la lanterne. Il le regardait et souriait. Et les femmes aussi, toutes sans exception. Elles étaient debout autour de Youza, sans plus cacher leur visage. Et Youza remarqua aussitôt que la femme de Konèle n'était vraiment pas mal. Pas mal du tout, cette Golda. La lanterne ne l'éclairait que parcimonieusement, plutôt vaguement, assez pour qu'on voie qu'elle n'était pas jeune, cette femme de Konèle — il y avait du givre dans ses épais cheveux noirs, mais tout de même, elle n'était vraiment pas mal ! Les yeux, surtout ! De vraies quetsches ! Et les coins de ses yeux scintillaient, pailletés d'argent. Elle vous fixait de ses grands yeux et on comprenait aussitôt que cette femme-là ne vous voulait que du bien. Que du bien. Rien d'autre. Et lorsque Youza se tourna vers les filles de Konèle, il vit que leurs yeux étaient encore plus lumineux. Elles le regardaient entre leurs cils, la tête un peu baissée.

— Mon pauvre Youza.

— Pourquoi pauvre ? fit Youza en entendant Konèle, et il baissa le bras qui tenait la lanterne.

Il n'y avait plus de lumière qu'aux pieds des Konèle et de Youza. On ne voyait plus le givre dans les cheveux de Golda, ni les têtes baissées des filles de Konèle. L'obscurité les avait noyés.

— Tu es bon, tu es bon, mon pauvre Youza, répéta Konèle.

Youza lança sur la table une boîte d'allumettes, fit un geste dans l'ombre :

— Il y a une lampe ici.

Et sortit, claquant la porte.

Il avait à l'avance suspendu une lampe au mur. Une bonne lampe à kérosène, verte, avec des carreaux de verre transparents. Voilà bien longtemps qu'il l'avait achetée, mais il ne l'avait jamais allumée. L'occasion ne s'était pas présentée. Et aujourd'hui il l'avait pendue au mur. Que les Konèle l'allument donc ! Qu'ils l'allument. Ça lui était égal. Tout lui était égal. Mais sacré bon sang, pourquoi était-il « pauvre », d'après eux ?...

Dans l'étable, il entreprit de cacher la porte avec de la paille et des gaules. Il ne laissa qu'un boyau étroit pour pouvoir sortir de la souillarde dans l'étable. Un boyau qui arrivait juste sous le nez de la Brune. La souillarde, ce n'était plus le fenil, impossible d'y installer un tuyau de drainage. Lorsqu'il faudrait, les Konèle n'auraient qu'à sortir par là et à s'installer sous le nez de la vache. Lorsque Youza en eut terminé, il se remit à sourire : il avait bien réussi, c'était parfait. N'importe quel œil indésirable pourrait toujours venir inspecter l'écurie, même passer une journée ou une nuit entière à l'examiner avec une lampe, il ne verrait qu'un mur couvert de paille, rien de plus. Rien de plus. Youza remarqua alors que la Brune avait cessé de mastiquer et qu'elle regardait la porte secrète.

Elle regardait, sans bruit, sans remuer les mâchoires.

— Dis donc, toi, ça te regarde ? lui cria Youza amicalement.

Et la vache se remit à mâchonner.

A partir de cette nuit-là, Youza se leva chaque matin bien avant le jour. Il chargeait le fourneau pour réchauffer la souillarde, préparait un brouet chaud, poêlait des crêpes au sarrasin ou à la farine de pois, suivant les jours, pour qu'ils ne s'en lassent pas trop, et pour accompagner les crêpes, faisait une bonne crème de pommes de terre en purée. Heureusement, cette année, les pommes de terre étaient blanches, fondantes comme de la pâte sablée, juste ce qu'on souhaiterait avant de mourir. Il coupait aussi du pain, de son pain — c'est lui qui en avait moulu la farine, pas trop fine, c'est lui qui le cuisait. De sa vie, il n'avait fait moudre son grain au moulin pour la farine à pain. Pas même pour nourrir le bétail, d'ailleurs. La farine de meunier, ça n'est pas bien fameux, ça vous a un goût de pierre de meule. Et de métal. Une farine pareille, non seulement l'homme, mais le pourceau en détourne le museau — le grain ne reste grain que si on ne le moud pas trop fin, il vous montre alors son petit noyau blanc. Et lorsqu'on cuit du pain avec cette farine-là, et qu'on en respire le parfum brûlant, ça calme déjà la moitié de la faim. Voilà quel pain coupait Youza. Et il en coupait des tranches bien épaisses, pas de ces tranches comme on en coupe pour un visiteur indésirable, mais comme pour lui. Youza posait le tout, pain, brouet et viande, sur une grande planche, l'empoignait solidement par les bords et l'emportait dans la souillarde. C'est vers le pain que Konèle tendait immédiatement la main. Et tout en grignotant la croûte brun sombre, il répétait :

— Quand un homme est bon, son pain l'est aussi... Ça, c'est du pain ! Oh là là, ce pain que fait Youza !

Youza leur apportait aussi bien d'autres choses : du lait de la traite encore tout chaud, passé sur un linge, dont il emplissait une haute cruche de terre cuite, des toupines de miel, du chou aigre qu'il prenait à la grange dans un tonneau où il l'avait mis à mariner, du chou rafraîchissant tout émaillé de baies de canneberge, il leur apportait souvent aussi une tanche qu'il venait de pêcher dans une gouille du marais et qu'il avait fait griller dans une grande poêle avec de l'ail. Et lorsque les Konèle claquaient de la langue en dégustant ces mets savoureux, Youza chaque fois se justifiait :

— Ça me fait plaisir de vous offrir ce que j'ai.

Youza savait que le dieu des juifs, ce n'est pas le dieu des catholiques : il ne permet pas à ses croyants de manger de la viande de porc — la meilleure qui soit, pourtant. Youza en était triste pour eux. Alors un beau jour, il se décida à abattre un taurillon de deux ans. Puisqu'ils ne pouvaient rien avoir de bon, qu'ils aient au moins ça. Youza avait bien eu l'intention d'aller vendre le taurillon au marché, mais les choses étant ce qu'elles étaient, comment faire autrement ! Il mit la viande de bœuf dans un large saloir, une sorte de terrasse en bois qu'il avait faite en évidant un gros billot de tremble, il arrosa longuement la viande de saumure de betterave rouge et la parsema d'ail râpé — pour les juifs, de la viande sans ail, c'est comme de la viande sans sel pour les catholiques ; enfin, il la fuma à la fumée de genévrier. Le résultat fut tel que lorsqu'il en apporta un plat dans la souillarde, les yeux de Konèle lui sortirent de la tête, et Golda et ses filles resplendirent, purement et simplement, en regardant Youza. Et Youza vit comme elles avaient embelli ces derniers temps, tellement embelli qu'il valait mieux ne pas les regarder trop longtemps. Et Konèle, soupirant profondément, répéta pour la énième fois ce qu'il avait déjà dit :

— Mon pauvre Youza, mon bon, mon pauvre Youza !

— Ce que j'ai, je vous le donne.

Et l'hiver s'installa sur le Kaïrabalé. Le véritable hiver. Pas une simple pellicule de glace fragile sur les mottues, comme en laisse la première petite gelée. Mais des congères renflées qui s'amassèrent et recouvrirent la grande seigne. Un gel qui scella d'acier les orbites du marais. Une neige qui noya jusqu'aux aisselles les bouleaux larmoyants et les troncs torturés de la maigre pessière marécageuse. Plus un vol d'oiseau. Plus un bruit de bête. Seulement le hurlement du vent tout au long des nuits, le vent qui se jetait sur tout ce qu'il trouvait sur sa route. Youza savait que pour les loups, le temps de l'avent, c'est le temps du rut. Mieux valait ne pas mettre le nez dehors. Mais il savait aussi autre chose : le moment était venu d'aller à Vidouguiré et d'en ramener le bois pour chauffer le poêle pendant l'année qui allait commencer. Le moment était venu. S'il laissait passer les jours où, la première neige tassée, le traîneau peut s'ouvrir sa chalée sur les chemins bien unis, il n'aurait plus qu'à claquer des dents devant un poêle froid, au milieu de fenêtres couvertes de glace. Il le savait, mais il n'arrivait pas à faire un pas du côté de Vidouguiré. Comme à portée de son bras, devant lui, se dressait l'osier de Vidouguiré, l'osier couvert des chapes rouges de ses fleurs au beau milieu du dernier hiver, l'osier pourpre inondant les congères de reflets couleur de sang. Et Youza sortait seul dans la cour de sa ferme, il restait là immobile dans le gel et le vent, longtemps, et finissait par rentrer : non, il n'irait pas encore aujourd'hui ; demain, peut-être, ou bien après-demain...

Et les jours passaient, passaient, passaient. On était au profond de l'hiver.

XXVI

Youza est plongé dans le moelleux sommeil du matin. Dans celui du milieu de la nuit, en fait. Et il a l'impression de marcher sur de la glace. Ou plutôt sur un morceau de croûte sèche et gelée. L'eau est basse ; à cause du gel, elle s'est cachée dans les creux ; au-dessus des trous, une fine plaque blanche, exsangue. Crac, crac, crac !... La croûte craque sous le pied de Youza. Mais il continue de marcher, plus loin, toujours plus loin. Il continue. On aperçoit dans le brouillard le bord le plus éloigné du radeau de glace. Crac, crac, crac !... La terre est proche. Mais d'un seul coup — bang ! — la croûte glacée se brise en long et en large. Youza est juste dans la crevasse ! Il se retient de ses coudes aux arêtes de la glace, mais ses jambes sont dans l'eau. Il n'y a pas beaucoup d'eau, mais elle le tire vers le bas, elle le happe. Dans un instant, elle aura englouti non seulement ses jambes, mais tout son corps. Et Youza voit que son radeau de glace dérive, et que la terre ferme s'éloigne, s'éloigne toujours, toujours plus...

Youza crie, l'air lui manque, il se débat, frappe la glace de ses coudes, s'accroche, se hisse autant qu'il le peut, essaie d'arracher ses jambes à l'eau qui le tire vers le bas et comprend : il ne s'en sortira pas. Il se met alors à hurler de toutes ses forces...

Et il se réveille. Longtemps il reste assis sur son lit, sans savoir où il se trouve. De la manche de sa chemise, il essuie la sueur de son visage et regarde, hébété, autour de lui, dans le noir, sans parvenir à comprendre ce qui se passe. Il a encore dans les oreilles le craquement de la glace qui se fend — bang! Est-ce sous ses pieds, est-ce au-delà du Kaïrabalé, est-ce à Vidouguiré ou même plus loin, il n'en sait rien.

Youza se couvre les épaules de sa touloupe, glisse ses pieds nus dans ses sabots. Il fait le tour de la métairie, en inspecte chaque recoin. Tout est calme. Tranquille. Les vaches ruminent dans l'étable. Les Konèle dorment dans la souillarde. Rien que le silence. Youza s'apprête à rentrer dans la maison.

Et soudain, de nouveau : bang, bang, bang!... Et tout près, avec ça, mais pas sous ses pieds : dans le Kaïrabalé. Ce n'est pas possible. Serait-il encore en train de rêver? Youza revient au milieu de la cour et tend l'oreille. On n'entend plus rien nulle part. Mais la nuit s'est épaissie, le crépuscule d'avant l'aube noie la cour. Dans les ténèbres, la neige tombe. Tombe sans bruit. Des flocons espacés, détrempés. Il est rare qu'une neige aussi mouillée tombe avant Noël, à l'époque où les loups se battent entre eux, dressés sur leurs pattes de derrière comme des gars éméchés qui se bagarrent pour une fille. Pendant que la louve retrousse ses babines et attend. Pour voir qui sera le plus fort... Youza reste un moment sans bouger, écoute. Silence. Grâce à Dieu, le silence. Le jour va bientôt poindre...

... Youza rentra dans la maison, alluma sa pipe. Trop tard pour se coucher, trop tôt pour être debout. Il mit les coudes sur la table et s'y appuya en suçant l'âcre fumée de son tabac.

Et soudain : toc — toc — toc! A la fenêtre. La fenêtre sur la cour.

On frappait à sa fenêtre, tout doucement. Si doucement que Youza, au début, ne sut pas si quelqu'un tapait au carreau ou si c'était une branche agitée par le vent.

Puis essayant de voir le visiteur à travers les fleurs de givre sur la vitre :

— Qui Dieu m'envoie-t-il?

On l'appela à voix basse.

— Oncle, oncle Youza...

Un frisson courut dans le dos de Youza. Se trompait-il ? Était-ce bien la voix qu'il pensait reconnaître ? Il n'en croyait pas ses oreilles. Cette voix, c'était celle d'Adomélis, le fils d'Adomas. Youza ouvrit la porte :

— Entre, entre.

Ils furent deux à entrer et s'arrêtèrent sur le seuil, dans l'obscurité. L'un se tenait droit, l'autre était à moitié accroché à lui, suspendu à son épaule. Youza l'examina attentivement dans le noir.

— Et celui-ci, c'est qui ? demanda-t-il.

— Vassia, tonton Youza.

— Quel Vassia ? Ce ne serait pas un Russe ?

— Un soldat. Ils étaient encerclés, il s'est échappé en automne, il a erré dans les forêts sans rien à manger, et maintenant, il est chez nous. Dans un détachement de partisans. Dans notre détachement... quand il existait encore. Aide-nous, tonton Youza ! Ils sont sur nos talons !

— Qui ça, ils ?

— Le fils Stonkous avec ses policiers. On est tombés dans leur embuscade. Tu as entendu les coups de feu ? Si tu peux nous aider, ne perds pas de temps, si tu ne peux pas, dis-le tout de suite. On partira, on ira quelque part, si tu ne peux pas... Chaque minute est précieuse.

Youza mit sa main en visière devant ses yeux pour s'abriter de la lumière, mieux les voir. Ils étaient exténués. Ils tenaient à peine sur leurs jambes. Ce n'étaient plus des hommes, mais deux tas de loques couvertes de boue. Vassia avait un bras bandé. La tête aussi. Et ses bandages devenaient de plus en plus sombres. On pouvait d'ailleurs se demander avec quoi on les avait faits, ces bandages.

— Tu es le seul à connaître la passe à travers le Kaïrabalé, oncle Youza, disait Adomélis d'une voix précipitée. Fais-nous traverser. Pendant qu'il fait encore noir. A travers les grandes seignes, pour que les renards eux-mêmes ne glapissent pas. On n'a pas le choix, c'est notre seule chance. On est conplètement encerclés.

Youza tira sur ses bottes pendues à une perche. Ses

bottes des dimanches, pendues là depuis Dieu sait combien d'hivers, mais qu'il ne mettait finalement que pour Noël, Pâques et la fête paroissiale. Il les lança à Adomélis :

— Allez, mets ça.

— Tonton Youza… Mais ce sont tes bottes de fête !

— Ne lanterne pas !

Youza mit un genou par terre, à côté du lit, attrapa sous la paillasse une autre paire de bottes, ses bottes de tous les jours, celles-là, qu'il avait déjà bien traînées dans la neige et la boue. Il les tendit à Vassia. Puis il souleva le couvercle du coffre, y prit des chaussettes en grosse laine, une paire, puis une seconde.

— Rechaussez-vous tous les deux.

— Mais tonton, on n'a pas le temps ! fit Adomas piétinant de hâte, les bottes à la main. Ils sont sur nos talons !

— Ils ne vous rattraperont pas, dit Youza. Mais si tu t'enfuis pieds nus, tu t'effondreras au premier buisson venu. Et là, ils te rattraperont.

Il prit sur la table une miche de pain, recouverte d'une serviette en lin. Il n'avait entamé le pain que la veille. Alla chercher du lard dans l'armoire, en coupa une tranche épaisse, enveloppa le tout dans un torchon et le tendit à Adomélis.

— Tiens.

Il sortit encore de son coffre deux pantalons en drap de laine épais, rayé, tissé à la maison. Il fit un paquet du tout en le ficelant avec un bout de corde qui traînait, et dit à Adomélis :

— Puisqu'ils sont sur vos talons, emportez ça. Vous mettrez les bottes de l'autre côté du Kaïrabalé. Et vous mangerez aussi de l'autre côté.

Youza connaissait la passe secrète à travers le marais, il savait comment contourner les orbites profondes et traverser les flottis tremblants qui engloutissent un homme jusqu'au cou et que ne peuvent sceller même les gels de l'Épiphanie. Cette passe, c'était le grand-père Yokoubas qui la lui avait montrée. A lui seul, rien qu'à lui, de toute la famille. Mais il la lui avait montrée en été et en plein jour. Aujourd'hui, ce n'était ni l'été, ni le clair du jour. Aujourd'hui, un voile de crêpe noir s'étendait sur le Kaïrabalé. En plus, il neigeait, une neige mouillée qui couvrait tout d'une bouillie liquide. Et Youza piquait sa gaule à chaque pas, pour savoir si l'on pouvait poser le pied ou non, et lorsqu'il l'avait posé, il écoutait longuement, attentivement — pour voir si les profondeurs meurtrières de la branloire n'allaient pas se mettre à glouglouter sous son pied, des abysses s'ouvrir sous les mousses... Ainsi marchait Youza, tâtant de sa gaule à chaque pas, cherchant, dans l'épaisseur des ténèbres, les mottes de sphaignes bombées, élastiques et drues, souvent cachées sous l'eau ou sous d'autres mousses folles qui s'enfonçaient en fliquant. Et il ne cessait de répéter en grommelant :

— Suivez-moi bien. Ne marchez que là où je marche. Vos pas dans mes pas, sans vous en écarter, même d'un grain de pavot.

Les deux gars avaient aussi chacun une gaule que Youza leur avait donnée avant de quitter la ferme, et ils portaient sur leur dos ce qu'ils avaient reçu des mains généreuses de Youza. Ils dégoulinaient tous les deux de sueur. Ils avaient beau regarder, ils ne distinguaient rien, excepté la tache sombre du dos de Youza devant eux. Ils marchaient ainsi tous les trois, à la queue leu leu. A les voir, il était impossible de dire de quel côté ils se dirigeaient, tant ils avançaient lentement. La nuit arrivait à son terme lorsqu'ils atteignirent enfin les bruyères sur l'autre rive du Kaïrabalé. Une glace ferme crissa sous leurs pieds. La neige maintenant se déversait à gros flocons, comme il en va toujours à l'aube, les couvrant tous les trois de poudre blanche. On n'aurait pas reconnu quelqu'un à deux pas. Youza s'arrêta, leur montra de sa gaule une pessière devant eux :

— Allez, filez!

— Comment te remercier, tonton Youza! Tu nous as sauvés, Vassia et moi. Tant que je vivrai, je ne l'oublierai pas, fit Adomélis tremblant d'émotion.

— Tu oublieras.

— Voyons, tonton, qu'est-ce que tu racontes!

— File !

Youza le voyait bien : il ne leur restait guère de forces, à ces deux-là ; ils étaient trempés de sueur et tout essoufflés. Dans leur visage méconnaissable sous la couche de neige mouillée qui y adhérait, seuls les sourcils bougeaient, rien d'autre. On aurait dit que les mains d'Adomélis avaient été rongées par la soude : enflées, rouges, les doigts raidis, écartés. Comment ces mains-là pourraient-elles tenir un fusil... Vassia ne valait guère mieux : tout entortillé de bandages qui maintenant étaient devenus complètement noirs. Youza tira sur ses moufles, les lança au fils de son frère.

— File, dit-il pour la troisième fois.

Et resta longtemps à les regarder partir tous les deux dans la neige et disparaître dans la pessière sur la rive du Kaïrabalé. La neige s'affalait toujours du ciel gris à peine plus clair qu'avant l'aube. Une neige trempée, lourde. Et maintenant Youza ne les voyait plus, ils s'étaient enfoncés dans la forêt, ils avaient disparu.

Youza se pencha, cassa le sommet d'un bouleau souffreteux pour balayer soigneusement, en revenant sur ses pas, toute trace de leur passage. Ses traces et celles des deux autres. Afin qu'un œil mal intentionné — ou un chien enragé — n'aille pas les remarquer. Ainsi Youza s'en retournait-il par le chemin secret, balayant toujours les traces, jusqu'à ce qu'il s'aperçoive qu'il pouvait parfaitement ne pas le faire : la neige ensevelissait tout. Il lança loin de lui la tête du bouleau qui vint se ficher par le bas du tronc dans la neige, au milieu des buissons de bourdaine, et y resta plantée, comme si elle avait poussé là. Youza n'avait plus dans les mains que sa gaule.

Et Youza continua à se traîner péniblement dans la direction de sa maison, toujours tâtant devant lui du bout de la perche.

Tout le long du chemin, il n'arrêtait pas de se dire que tout, si on veut, s'était bien passé, mais pas vraiment très bien, pourtant. Il avait donné ses bottes des dimanches — chaudes, fourrées — au fils de son frère, mais il n'avait pas dit un mot au sujet d'Adomas, il n'avait pas demandé comment son frère tenait le coup, comment il vivait. Tout comme si son frère n'existait pas, qu'il n'y eût que son fils, Adomélis, tombé dans le malheur. Pourtant, c'était bien son frère qui l'avait traité de Judas, et depuis ce jour funeste, n'avait pas remis les pieds au Kaïrabalé. C'est bien pourquoi il aurait dû demander. Au moins demander. Les Allemands traquaient peut-être Adomas maintenant, à cause de son fils Adomélis, parce que Adomélis se baladait avec un fusil, et avec Vassia par-dessus le marché. Peut-être que les Allemands avaient pris son frère Adomas, qu'ils l'avaient emmené hors de chez lui, qui sait, ils l'avaient peut-être fusillé. S'il avait demandé, au moins, sûrement Adomélis était au courant. Qui a jamais vu qu'un fils ne sache pas ce que devient son père ! Il aurait fallu dire aussi à Adomélis que Youza n'en voulait pas à Adomas pour ce « Judas ». Allez savoir ce que la bouche peut dire lorsque le cœur s'emporte... Non, Youza n'était pas fâché contre Adomas. Et quand Adomélis verrait son père, il faudrait qu'il lui dise : « Youza ne t'en veut de rien, de rien. » Les temps sont tels, aujourd'hui, qu'il est bien difficile de s'y retrouver, et de démêler si un homme se comporte en Judas ou s'il ne le fait pas. Comme si c'était le moment, à l'heure qu'il est, pour des fâcheries ! Et il aurait fallu dire encore à Adomélis que sa porte à lui, Youza, était toujours ouverte pour son frère Ado-mas. Et pas seulement pour Adomas, mais pour lui aussi, Adomélis. Et pour Vassia. Et que lui, Youza, les attendrait tous. Qu'il serait heureux de les revoir, aussi bien les uns que les autres. Évidemment, si Adomas avait décidé de ne pas revenir, il n'y pouvait rien. Dans ce cas-là, il valait même mieux pas. Il valait même mieux qu'il ne vienne pas — que faire... Mais de toute façon, il ne lui en voulait pas. Ce n'était pas une époque pour des fâcheries.

Voilà ce qu'il aurait dû dire à Adomélis. Et il ne l'avait pas dit.

Youza hocha la tête : « Non, ça ne s'était pas bien passé. Et même pas bien du tout, finalement. »

XXVII

Le jour était levé quand Youza arriva dans la cour de sa ferme. En nage, comme les deux jeunes dans leurs touloupes couvertes de neige. Il leva les yeux, regarda les buissons noyés dans les congères, et que vit-il dans la pâle lumière d'hiver : le fils Stonkous, marchant courbé à pas de loup tout près de sa ferme. Pas seul. Avec les quatre autres. Visiblement, le fils Stonkous n'allait plus seul nulle part. Les quatre hommes étaient vêtus de bleu et chacun tenait un fusil. Mais le fils Stonkous, lui, avait une pelisse fourrée en gros drap, une pelisse courte qui laissait voir une culotte de cheval bouffante au-dessus de hautes bottes. Et il était effectivement armé d'un pistolet, comme Ournejious l'avait dit à Youza, à Maldinichké. Il ne tenait pas le pistolet dans la main droite, comme tout le monde, mais dans la gauche, le bras tendu devant lui. Les cinq hommes avançaient si précautionneusement vers la ferme de Youza, ils se baissaient tant qu'on n'aurait pas cru que c'étaient eux qui cherchaient quelqu'un, mais que c'étaient eux — ces cinq-là — qui étaient recherchés par les autres. Tout juste s'ils ne s'aplatissaient pas par terre en courant d'un buisson à un autre. Arrivés dans la cour, ils s'égaillèrent dans toutes les directions. Puis s'immobilisèrent autour des bâtiments, à moins d'un pas l'un de l'autre. Le fils Stonkous traversa la cour, pistolet pointé au bout de son bras tendu. Et tomba sur Youza, debout, immobile.

— Où diable vas-tu ? cria-t-il.

— Je suis dans ma cour. Mais toi, où diable vas-tu donc ? lui répondit Youza.

Et il jeta un coup d'œil derrière lui : la neige avait-elle recouvert ses pas ? Il eut un soupir de soulagement : plus la moindre trace. La neige avait tout caché, tout noyé. Il n'y avait plus rien. Alors Youza se retourna d'un air innocent vers le fils Stonkous :

— Alors où vas-tu, je te le demande ?

— Ah non ! Tu ne vas pas te moquer du monde, tonton ! hurla le fils Stonkous, tremblant de fureur ou, peut-être, de frayeur. Et par-dessus le marché, ça se moque du monde !...

Il s'approcha de Youza à le toucher. Le Stonkous n'était qu'un tas de neige. Même sous sa chapka, toute blanche, ses cheveux étaient hérissés, raides. Il avait les yeux rouges, fiévreux, larmoyants. D'une voix à peine audible, il fit à Youza :

— Rends-nous les partisans !

— Ah ! parce que cette fois, ce sont les partisans ?

— Je te parle d'homme à homme, tonton, pas méchamment.

— Heureusement que ce n'est pas méchamment. Mais d'où je vais te les sortir, tes partisans ? Tu me parles gentiment, moi je te réponds gentiment aussi : quand il n'y a pas, il n'y a pas.

— Par conséquent, tu ne les as pas vus ? Et tu ne sais rien ? dit le fils Stonkous en clignant des yeux.

— Eh bien, non !

— Tu n'as pas tout dit, tonton. Mais maintenant, tu vas me répondre : si je trouve les partisans chez toi, tu t'en sentiras mieux ?

Youza regarda le fils Stonkous droit dans les yeux.

— Et toi ? dit-il.

— Arrête les plaisanteries, tonton. Tu n'es plus un enfant. Je te le dis tout net : si je les trouve, je vous allonge tous, toi compris, à l'endroit où je les trouve. C'est clair ?

Il se tut un instant et répéta :

— Toi à côté d'eux, tonton. Vos os pourriront dans le même tas.

Et comme Youza se taisait toujours, le fils Stonkous fit signe aux quatre autres de venir. Ils se précipitèrent, firent cercle autour de Youza. Épaule contre épaule. Chacun avec le fusil pointé. Braqué sur lui, Youza. Youza sentit la sueur s'accumuler sur son front sous le bord de sa chapka à oreilles. Il souleva un peu le bras pour s'essuyer le front, mais le laissa aussitôt retomber. Les yeux rivés sur le visage du fils de Vintsiouné, il ne fit plus un mouvement. L'autre non plus. Ses yeux taraudant du regard le visage de Youza. Tous les deux ruisselaient de sueur. La sueur de Youza se mit à couler de dessous la chapka, le long de ses tempes. Le fils Stonkous s'essuya le front du dos de la main, fit un geste aux quatre hommes :

— Fouillez-le ! Des pieds à la tête ! Retournez tout dans la maison ! Vérifiez le moindre brin de paille !

Les quatre hommes arrachèrent la pelisse de Youza de ses épaules. Youza entendit craquer les agrafes de la fermeture. Des mains rudes et froides le fouillèrent sous son veston. La sueur coulait à grosses gouttes par tout le corps de Youza. Mais sa nuque était glacée. Jamais il ne s'était senti la nuque aussi glacée.

— Il y en a bien qui sont passés, dit-il au fils Stonkous.

— Ah ! Tout de même ! fit celui-ci, bondissant presque. Qui ça, tonton ? D'où ça ? Peut-être ce salaud d'Adomélis ? Et où ils sont maintenant ?... Tu les as peut-être cachés ?

— Je ne les ai pas reconnus, mais il y en a eu.

— Et si tu disais la vérité ?

— Il faisait encore sombre. C'était avant que le jour se lève. Ils sont venus, ils sont passés, ils ont disparu.

— Où sont-ils passés ? Vers où sont-ils allés ? Hein ?

Youza regarda le fils de Vintsiouné. Son visage déformé par la haine. Rien ne restait plus de la lointaine Vintsiouné. Et c'était son pouvoir à lui, maintenant. Le pouvoir du fils Stonkous, avec son pistolet braqué. Et de ces quatre autres, avec leurs fusils. Tout, pourvu qu'ils ne se mettent pas à fouiller la maison d'habitation. Cinq juifs — ce n'est pas une aiguille dans une botte de foin.

Youza ne comprit même pas comment il arriva à demander au fils Stonkous :

— Et le fusil, qu'est-ce que tu en as fait ?

— Le fusil ? Quel fusil ? De qui ?

— Le mien, de quel autre je pourrais te parler ? Tu l'as emporté, tu m'as laissé sans rien. Où il est, ce fusil ?

Youza aspira une grande bolée d'air et ajouta :

— J'aurais eu un fusil, j'aurais peut-être arrêté ces... partisans. Mais les mains nues, que faire ? Ils sont passés, ils sont partis, ils ne m'ont pas demandé mon avis.

Youza parlait, et le froid le gagnait. Ce n'était plus seulement sa nuque qui était de glace, mais son dos tout entier. Plus un dos, une congère. Mais il ne pouvait plus se taire :

— Ce fusil, je ne l'ai plus, et toi non plus. Où il est, mon fusil ?

Il vit le rouge envahir le visage du fils Stonkous. Par plaques. Le visage blanc s'embrasa. Le fils Stonkous se mit à se tordre de rire en se tenant les côtes. Il n'en finissait plus de rire, planté jambes écartées devant Youza. Soudain son rire se cassa, et il dit à voix très basse :

— Viens donc dans la maison, tonton.

— Tu me fusilleras aussi bien ici, dit Youza sans faire un pas.

— Rentre dans la maison, tonton, répéta le fils Stonkous encore plus bas.

Il entra dans la maison, pistolet en main, sur les talons de Youza. Aussitôt entré, il se mit à lancer dans tous les coins des regards inquisiteurs. Il passa tout en revue. Son regard s'arrêta sur le poêle que Youza avait changé de place.

— Je vois que tu n'as pas flemmardé, tonton.

— Dieu a commandé à tous de travailler.

— Si c'est Dieu, c'est bien.

Le fils Stonkous avait tout deviné. Du coup, sa hâte disparut. Il s'assit sur un banc, voulut allumer une cigarette, mais il était si nerveux que ses mains tremblaient et que ses doigts ne pouvaient ni tenir le papier ni serrer le tabac. Il n'arrivait pas à rouler une cigarette, le papier se déchirait et le tabac tombait.

Youza lui aussi avait tout compris. Il prit des mains du fils Stonkous le tabac et le papier, roula de ses doigts gourds une cigarette fine et raide et la lui tendit, sans avoir mouillé de sa salive les bords du papier.

— Finis toi-même.

— Tais-toi, tonton!

Mais il la prit. Passa le papier sur sa lèvre inférieure, la colla, alluma la cigarette, et aspirant avidement la fumée :

— Tais-toi, tonton, répéta-t-il, rejetant une bouffée bleu sombre.

Youza enleva sa pelisse, l'accrocha soigneusement à la poutre, versa de l'eau dans un grand baquet, se pencha et se mit à se laver. Il se lava longuement, sans rien dire, sans même se tourner du côté du fils Stonkous, tout à fait comme si celui-ci n'avait pas existé. L'eau, qui était restée toute la nuit dans le vestibule, réchauffa les épaules, le cou, la poitrine de Youza. Le fils Stonkous en oublia de fumer, à regarder Youza se laver.

— Que diable as-tu encore inventé?

Youza se redressa, cessant de puiser de l'eau avec ses mains, tendit un bras en clignant des yeux pour attraper la serviette, chercha un instant, et lorsqu'il l'eut trouvée, pressa contre ses yeux la toile rugueuse.

— Il faut bien que je sois propre, répondit-il en découvrant son visage. Quand tu m'aurais tué, qui me lavera?

Le fils Stonkous grinça des dents, comme s'il avait eu envie de jurer contre Youza, mais juste à ce moment, la porte de la maison s'ouvrit avec fracas et l'un des quatre hommes entra en trombe. C'était le grand dégingandé au visage mangé par la petite vérole. Il claqua les talons de ses bottes détrempées.

— Rien à signaler, monsieur le lieutenant!

— Fiche le camp! siffla le fils Stonkous entre ses dents.

— A vos ordres! fit le grand escogriffe, claquant à nouveau des talons.

Et il fila par le vestibule.

Le fils Stonkous dit à Youza :

— Reste debout contre le mur, tonton. Reste bien gentiment debout. Le visage contre le mur, t'as compris ? Et les mains en l'air. Plus haut que ça. Au-dessus de ta tête. Les paumes contre le mur, compris ? Et reste comme ça. Tant que je ne t'aurai pas dit que ce n'est plus la peine.

Youza fit ce que le fils de Vintsiouné lui avait ordonné. Il ne voyait que le mur devant lui. Ce mur de rondins coupés par lui, avec de la mousse sèche dans les interstices. Il entendit le fils Stonkous sortir de la pièce, fermer la porte qui donnait sur l'entrée. Puis il l'entendit qui criait après ses hommes à l'autre bout de la maison, du côté de l'étable, ensuite devant l'étable, enfin à l'intérieur de l'étable. Une porte claqua. Maintenant, le fils Stonkous n'était plus seul à vociférer. Les quatre autres aussi. Ils vociférèrent tous très longtemps. Quand ils se turent, Youza entendit : c'étaient des sanglots de femmes. De tels sanglots que Youza en eut la chair de poule. Dans la cour, maintenant, il faisait clair. Les femmes sanglotaient, des sanglots entrecoupés de hurlements. Mais on n'entendait pas la voix de Konèle. Youza ne sut pas combien de temps il resta là, le visage contre les rondins, les bras levés au-dessus de la tête. Il avait l'impression de ne pas être chez lui, dans sa maison. Il croyait faire un cauchemar. Il n'aurait qu'à ouvrir les yeux — et tout serait comme avant, comme dans la réalité...

La voix du fils Stonkous le tira de son cauchemar :

— Retourne-toi, tonton.

Dans ses mains, le fils Stonkous tenait une montre. La montre faite par Faber, le fournisseur de la cour impériale. La montre à seize diamants. Le fils Stonkous fit claquer le couvercle d'or, l'ouvrit, le fit claquer encore et glissa la montre dans une de ses poches de devant.

— Ainsi tu nourris des bêtes puantes, tonton ?

Youza regarda le fils de Vintsiouné. Il comprenait qu'il ne fallait rien dire, rien répondre.

— Laisse-moi m'habiller de propre, dit-il pourtant.

— Qu'est-ce que tu me chantes ! tonna le fils Stonkous. Tu te fiches encore de moi ? Je voulais agir avec toi comme un homme avec un homme, mais maintenant je te... je te... comme un chien! Comme un chien-ien! Compris, le vieux! Pour une chose pareille... tu seras couché à côté de ces bêtes puantes, et personne ne viendra t'aider, ni Dieu ni diable! Et toi, tu veux te changer! Écoutez-le! Tu seras couché dans ce que tu as sur le dos.

— Je voudrais seulement me changer, répéta Youza. Comme les gens qui vont communier.

— Les gens, pas les traîtres! cria le fils Stonkous.

— Tu vas me descendre ici, ou dans la cour? demanda Youza.

— Le cheval, va atteler le cheval! hurla le fils Stonkous, suffoquant de rage.

Le cheval était déjà attelé. Les quatre autres l'avaient fourré entre les brancards du traîneau. Golda et ses filles ne pleuraient plus. Elles regardaient devant elles avec des yeux opaques, qui ne voyaient rien. Konèle était là aussi. Immense, noir, en loques. Ils marchaient tous les cinq vers le traîneau, mais avant d'y arriver, ils s'arrêtèrent devant Youza et s'inclinèrent devant lui. S'inclinèrent profondément. Et seulement après, ils allèrent s'asseoir dans le traîneau.

— Et celui-là? demanda le grand escogriffe grêlé, désignant Youza du canon de son fusil. Celui-là, qu'est-ce qu'on en fait?

— Je m'en occupe moi-même, répliqua le fils Stonkous. Filez!

— A vos ordres, fit le grêlé, esquissant un claquement de talons qui ne réussit qu'à faire jaillir des éclaboussures de neige mouillée.

Ils partirent par le chemin de fascines. Et lorsque le traîneau eut disparu derrière les buissons, le fils Stonkous leva son pistolet en l'air et tira, une fois, deux fois, trois fois.

— Rentre dans la maison, tonton, dit-il à voix basse. Et fais-toi aussi petit qu'une souris. Sinon, je t'abats sur place.

Lorsqu'ils furent rentrés, le fils Stonkous, pistolet dans la main gauche, s'approcha de Youza à le toucher.

Il ne regardait pas son visage. Il fixait l'échancrure de sa chemise où buissonnait une épaisse toison grise. Des minutes passèrent sans qu'il la quittât des yeux. Comme s'il choisissait l'endroit de la poitrine qu'il allait viser, et ne le trouvait pas. Et soudain il éclata de rire :

— J'ai compris pourquoi la mère ne s'est pas mariée avec toi, tonton. J'ai enfin compris pourquoi.

Il continua longtemps à rire après avoir dit ça, le fils Stonkous. Puis il tendit le bras, fourra la main dans l'échancrure de la chemise de Youza, enroula une touffe de poils gris sur son doigt et tira. Tira violemment. La touffe de poils resta dans la main du fils Stonkous. Dans l'échancrure de la chemise de Youza apparut un vide, d'abord blanc, qui peu à peu se couvrit de gouttelettes pourpres.

— Tu t'en souviendras maintenant, tonton !

Il alla vers la porte, mais s'arrêta sur le seuil, se retournant vers Youza.

— Dire que tu n'as même pas pris la montre, fit-il les yeux plissés. Tu les as nourris, logés, cachés, et tu ne l'as même pas prise ! Faudrait vraiment chercher loin pour trouver un pareil imbécile ! Et tu sais ce que je vais faire, maintenant ? Je vais dire à Konèle, avant qu'il meure, que tu as fait exprès de ne pas prendre la montre, que tu nous la réservais, et que c'est toi qui les as dénoncés. Toi qui as dénoncé Konèle.

Youza se sentit si mal en entendant ces paroles qu'il chancela, recula contre le mur.

— Tu ne vas pas faire ça !

Le fils Stonkous éclata de rire au visage de Youza et sortit. Pour de bon cette fois. Dans l'entrée, il ferma la porte de la pièce, mais sans mettre le verrou.

Des coups de feu claquèrent dans la cour. Bang! bang! bang! entendit Youza.

C'était le fils Stonkous qui tirait. Qui marchait dans la cour et tirait.

XXVIII

Youza était debout au milieu de la pièce. Comme dans un brouillard, il sortit de l'armoire un bocal, y prit une pincée de spores de lycopode, d'un jaune brun, en saupoudra la plaie sur sa poitrine. Les jours suivants aussi s'écoulèrent pour lui dans un brouillard. Il allait et venait, faisait une chose ou une autre, jetait un coup d'œil de temps en temps aux nuées qui sentaient le printemps — mais toujours comme à travers une brume grise et dense. Il passait la main sur l'épaule et le garrot du Saure, réapparu le matin suivant dans la cour avec les limons et des débris du traîneau — comment avait-il fait, mystère ; il le caressait, mais il ne le voyait pas, il ne sentait pas le Saure lui donner des coups de tête, mendiant son attention, demandant qu'on lui parle.

Pareil avec les autres bêtes. Pareil avec tout. Youza était rongé, obsédé par une idée : c'est déjà triste quand quelqu'un vous quitte pour toujours, mais c'est encore bien pis quand après son départ il vous reste une pierre sur le cœur. Youza ne cessait de se poser la même question : « Le fils de Vintsiouné avait-il vraiment dit à Konèle ce qu'il avait dit qu'il ferait ? Avait-il vraiment fait croire à Konèle que c'était lui, Youza, qui l'avait dénoncé ? »

Comme dans un brouillard, Youza revoyait Konèle. Immense, noir, des yeux brûlants. Et la femme de Konèle à côté de lui. La belle Golda. Et les filles de Konèle passaient et repassaient devant Youza dans la

293

lumière de l'aube, enveloppées dans les linceuls blancs qui cachaient leurs visages. Elles venaient, des bains vers la maison, l'une derrière l'autre. Il les voyait atteindre les ruches, marcher au milieu des ruches — et puis elles disparaissaient, s'évaporaient dans la demi-pénombre, aucune d'elles n'arrivait jusqu'à la maison. Jamais elles n'allaient plus loin que les ruches, parfois elles s'arrêtaient là, au milieu, et ensuite elles disparaissaient toutes les trois. Toutes les trois.

Youza se frottait les yeux de ses poings. « Est-ce que je suis en train de devenir fou ? »

Un matin, arrêté près de la dernière ruche, il frissonna : il frissonna à cause du silence. Dans toutes les autres ruches, les abeilles s'éveillaient, bourdonnaient, s'affairaient, appelant le printemps. Dans celle-ci, rien — le silence, comme dans une tombe. Youza se pencha, appliqua l'oreille contre la ruche : un silence de mort. Son sang se glaça. Avait-il donc moins veillé sur cette ruche que sur les autres, n'avait-il pas fermé les portes d'envol avant les gels, n'avait-il pas tapoté la ruche au moment du grand jeûne ? Youza se pencha de nouveau, appliqua l'oreille contre l'écorce de sapin couvrant le toit de la ruche — toujours le même silence de mort. Il se redressa, ôta sa chapka, fit un signe de croix et resta longtemps là, debout. Enfin il détacha l'écorce de sapin, enleva le toit. Et vit que toutes les abeilles s'étaient agglutinées en haut de la ruche, collées en grappes sous le chapiteau et qu'elles ne bougeaient plus. Youza resta pétrifié, à côté du toit qu'il venait d'ôter, sans pouvoir réaliser que ses abeilles étaient mortes, qu'il n'y avait plus dans cette ruche une seule abeille vivante. Les rayons inférieurs étaient complètement rongés, il ne restait pas trace de miel, mais au fond de la ruche, on voyait un bouchon de paille. Youza le toucha, une souris en fila vivement. Une souris grise, fringante, délurée, comme on en voit peu en présence de l'homme. Et sous elle, quatre souriceaux. Tout nus, le cou maigre, encore aveugles, le ventre rose. Ils ne savaient même pas encore couiner.

Youza rentra dans la maison, chercha un tamis propre et une plume d'oie sèche. Revenu à la ruche, il poussa délicatement les abeilles avec la plume pour les faire tomber dans le tamis. Puis il les emporta vers la croix où reposaient Karoussé et les deux autres. Il creusa un trou, pas un trou aussi grand que pour Karoussé et les deux autres, bien sûr, mais tout de même un trou comme on en fait pour un mort. Il y répandit des tiges sèches d'acore, versa les abeilles dans la petite tombe, et les recouvrit de tiges pour que la terre ne les étouffe pas. Lorsqu'il eut terminé, il se redressa et la même pensée le reprit : « Est-ce que je suis vraiment en train de devenir fou ? »

Il n'arrivait pas à comprendre pourquoi tout était normal dans les autres ruches, et pourquoi celle-ci contenait une souris. Pourquoi le soleil se levait-il chaque matin, comme s'il ne savait pas que le soir il devait se coucher à nouveau ? Et voilà que les grues étaient revenues au Kaïrabalé, les oies et les canards aussi... Comme si rien ne s'était passé, comme si personne n'avait emmené Konèle, Golda et leurs filles dans le traîneau par le chemin de fascines. Dans son propre traîneau à lui, Youza. Mais les grues étaient revenues. Elles avaient peut-être même pondu, elles s'apprêtaient peut-être à couver leurs poussins. Et les bouleaux se vêtaient de verdure ébouriffée et translucide, et les tanches dans les clairures du marais ondulaient de leur dos noir, et le lédon s'enfiévrait sur les berges du Kaïrabalé, tout comme pendant les autres printemps. Et l'ouvrage de Faber, la montre des Konèle était maintenant dans la poche du fils de Vintsiouné. Se pouvait-il que le fils Stonkous ait vraiment dit à Konèle que c'était Youza qui l'avait vendu ? Rien ne pouvait être pire : être debout devant la fosse de sa propre tombe, et apprendre une chose pareille juste avant de mourir ! Si encore Konèle comprenait ! Et ne croyait pas le fils Stonkous... Mais qui pouvait savoir ? Cela, c'était pire que tout.

Voilà comment vivait Youza désormais.

Aussi, lorsqu'il vit un beau matin son frère Adomas

sous la fenêtre de sa maison, il se frotta vigoureusement les yeux de ses poings.

— C'est vraiment toi?

— Pardonne-moi, Youza.

Youza s'approcha de son frère, le fit asseoir sur le banc sous la fenêtre de la maison et s'assit près de lui.

— C'est à toi de me pardonner...

Youza n'arrivait toujours pas à croire que c'était bien Adomas qui était là. Adomas, comme avant. Pour de bon. Vivant.

— C'est vraiment toi?

— Ote-toi du cœur ce « Judas », Youza.

Et Youza vit alors briller des larmes dans les yeux de son frère. Et trembler sa lèvre inférieure. Et même les poils de sa barbe sur ses joues.

— Tu pleures? demanda-t-il à Adomas, comme s'il ne voyait pas ce qu'il en était.

— Et toi, tu ne te vois pas, fit Adomas, s'essuyant les yeux de sa manche.

Et Youza sentit alors que ses yeux à lui étaient aussi pleins de larmes. Et comme Adomas, il se les essuya, puis se leva et posa ses deux bras sur les épaules de son frère. Il n'avait pas le souvenir d'avoir fait un tel geste de toute sa vie. Et voilà qu'il venait de le faire de lui-même. Sans comprendre pourquoi. Et son frère Adomas se leva lui aussi. Et ils furent ainsi face à face, les bras de l'un sur les épaules de l'autre. Grands, solides, les cheveux longs. Et dans les yeux de l'un et de l'autre, des larmes brillaient. Brillaient, mais ne coulaient pas, ni de ceux de Youza, ni de ceux d'Adomas.

— Ne pleure pas, dit Youza.

— C'est dur, la vie, Youza.

— Et si tu pleures, ça sera plus facile?

— Ils ont pris le plus jeune.

— Youzoukas? Qui? Quand?

— Le fils Stonkous avec ses policiers. Aujourd'hui, au petit matin.

— Ils sont venus et ils l'ont pris? Comme ça, sans raison?

— A cause d'Adomélis.

Une larme coula finalement des yeux d'Adomas.

— « S'il ne se présente pas dans les vingt-quatre

heures, je fusillerai celui-ci comme otage ! » Voilà ce qu'a dit Stonkous : « Comme otage. »

Maintenant les larmes roulaient l'une après l'autre sur les joues d'Adomas. Youza de sa vie n'avait vu son frère pleurer ainsi. Il regarda autour de lui, comme s'il avait craint que quelqu'un pût le voir. Il le prit par les épaules, le poussa pour le faire entrer.

— Attends un peu, qu'est-ce que tu as à me pousser ? protesta Adomas en reculant. Où je vais leur trouver, moi, mon aîné ? Où je peux bien le chercher ?...

Youza finit tout de même par faire entrer son frère dans la maison, le fit asseoir sur un banc au bout de la table, alla vers un placard, en sortit une petite cruche pleine de lait encore tiède, tiré du matin, la fourra dans les mains d'Adomas...

— Bois un peu ! dit-il rudement.

Adomas leva vers son frère un regard ahuri.

— Qu'est-ce qui te prend de me faire boire du lait ?

— Ça veut dire que pour toi, c'est pire ?

— Quoi... Qu'est-ce qui est pire ?

— Le fait que tu ne saches pas où le trouver.

Adomas, interloqué, regarda son frère sans savoir que répondre.

— Si tu le savais, tu irais le chercher ?

Adomas saisit la cruche, renversa la tête en arrière et but longuement, goulûment. Puis il s'essuya les lèvres du poignet.

— Tu as raison, dit-il.

— C'est donc que ça vaut mieux ?

— Tu as raison, répéta Adomas, baissant la tête.

Mais aussitôt après, il se tortilla sur le banc et brusquement se dressa, comme si une guêpe l'avait piqué.

— Tu parles, Youza, mais tu parles pour parler ! Qu'est-ce qui vaut mieux ? Qu'est-ce qui est pire ? Si c'est pas mon aîné, alors c'est mon plus jeune, si c'est pas le plus jeune, alors c'est l'aîné ! Alors, qu'est-ce qui est pire ?

— Ne crie pas, fit Youza avec insistance.

— Leur donner mon aîné, tu crois que ça me coûte moins ? Ou le petit à la place de l'aîné ! On les a dorlotés, on les a élevés, on a passé des nuits blanches à cause d'eux : est-ce que tu sais ce que c'est, toi, d'avoir à donner son enfant ? cria Adomas avec rage. Viens chez nous, viens entendre ma femme hurler, viens écouter la maison sangloter ! Viens ! Alors tu diras ce qui vaut mieux ou pas !...

— Ne crie pas, le pressa de nouveau Youza.

— Un enfant, ce n'est pas une de tes grues sur ton maudit marais, ce n'est pas un vanneau dans un champ de seigle ! Viens, tu comprendras ce que c'est que livrer son enfant.

Adomas était blême... Ses mains tremblaient si fort qu'il lâcha la cruche qui se brisa sur le sol en mille morceaux.

— Ne crie pas, lui demanda Youza pour la troisième fois.

Il était plus pâle encore que son frère, mais sans plus une larme dans les yeux. Et il dominait le tremblement de ses mains. Même ses doigts étaient fermes. Il prit son frère par les épaules, le fit se rasseoir sur le banc et l'y maintint un moment, le temps qu'il se ressaisisse. Alors il s'assit lui aussi. Ils restèrent longtemps sans rien dire. Adomas et lui.

— Youza, marmotta Adomas.

— Je réfléchis.

— Mais voilà ce que je veux dire, Youza. Tu as tout de même caché le fils Stonkous dans ta souillarde. Sans toi, il était foutu. Alors je me dis, comme ça, est-ce que c'est vraiment possible qu'il ne soit rien resté d'humain en lui ? Et si toi, Youza, si toi, tu allais à Maldinichké ? Si tu lui disais, à lui, qu'il pourrait faire pour toi ce que tu as fait pour lui ? Tu vas y aller, Youza, hein ?

— Je réfléchis.

— On se mettrait à genoux pour te remercier, Youza !

— Attends un peu.

L'angoisse oppressait Youza. Comment pouvait-il se montrer maintenant à Maldinichké ? Après ce que lui avait dit le fils Stonkous ? Bien sûr, Adomas ignorait que le Stonkous avait laissé Youza vivant de sa propre initiative. Parce qu'en fait, il aurait dû l'abattre sur place. C'est bien pour ça qu'il avait tiré, bang... bang...

bang... dans la cour. Pour faire croire aux quatre autres qu'il l'avait tué. En fait, il aurait dû l'amener à Maldinichké. Avec les Konèle. Ça voulait bien dire qu'il restait tout de même quelque chose d'humain dans le fils de Vintsiouné. Mais ce quelque chose, c'était seulement vis-à-vis de lui, Youza. Et seulement tant que ça ne risquait pas de le mettre en danger, lui, Stonkous. Alors si Youza y allait, s'il se montrait à Maldinichké...

— Je sais bien, Youza, c'est un démon, une bête enragée, mais comme je te dis, peut-être que toi, il t'écoutera, insistait Adomas. Même s'il ne relâchait pas le plus jeune, qu'au moins il ne le colle pas au mur. Qu'il ne lui loge pas une balle dans le front. Qu'il le garde en prison, si c'est vraiment obligé. J'ai entendu dire qu'ils en emmenaient beaucoup travailler en Allemagne, ils pourraient l'emmener, lui aussi... Il travaillerait, mon petit gars, il travaillerait pour de bon, il ne manque pas de forces. S'il doit aller travailler un peu en Allemagne, pourquoi il n'irait pas? Ensuite, il reviendrait à la maison. Quand tout serait fini, il serait de nouveau à la maison. Je ne demande qu'une chose : que mon Youzoukas ne soit pas mis au fond d'une tombe, que ma femme ne sanglote plus comme elle sanglote.

— Qu'est-ce qui serait fini?

— La guerre — quand la guerre sera finie... Y a pas de guerre qui dure toute la vie : elle nous est tombée dessus, elle finira bien par partir. Faut seulement conserver ses membres le temps qu'elle dure. Aide-nous, toi. Tu l'as bien caché au coin du feu, le Stonkous, quand les choses allaient mal pour lui. Comment pourrait-il ne pas t'écouter, toi, Youza...

Youza se taisait. Soupesant les paroles de son frère.

— Même si un homme est pourri, il ne l'est jamais complètement, Youza, il reste toujours un petit quelque chose d'humain en lui. C'est pour ça que je te le dis, Youza, je te le répète...

— Tais-toi un peu, l'implora Youza d'une voix sourde, tais-toi un peu, Adomas.

XXIX

Youza marchait, suivant le chemin de fascines. Il prit ensuite à travers champs. Il allait, traînant une jambe après l'autre. Réfléchissant et pensant qu'il ne devrait pas y aller, que ça ne servirait à rien de parler au fils Stonkous. Le fils Stonkous aurait dû le fusiller lorsque les quatre autres, commandés par le grêlé, avaient emmené les Konèle. Il aurait dû fusiller Youza, et il ne l'avait pas fait — peut-être parce qu'il était le fils de Vintsiouné, peut-être parce qu'il s'était souvenu du temps passé bien au chaud dans la borde de Youza. Quant à Youza, ce n'était pas le fils de Stonkous qu'il avait caché, mais celui de Vintsiouné. Le fils Stonkous, Youza ne l'aurait sûrement pas gardé au chaud. Probablement pas, en tout cas. Et maintenant, il fallait qu'il aille là-bas. Il le fallait. Mais comment et pourquoi ? Pour exaspérer tout le monde à Maldinichké ? Ournejious, par exemple ? Ou cet espèce de grand grêlé ? Qui était persuadé que le fils Stonkous avait descendu Youza au Kaïrabalé ! Et maintenant, le grand escogriffe allait voir de ses yeux que le fils de Vintsiouné n'avait pas fait ce qu'il avait prétendu : « Je m'en occupe moi-même », qu'il leur avait dit. Il l'avait bien dit, mais pas fait. Or le grêlé l'avait entendu. Les autres, avec leurs fusils, aussi. Tous les quatre l'avaient entendu. Et voilà maintenant Youza qui allait réapparaître, ni blessé ni malade. Et où ? Dans Maldinichké, comme s'il n'avait pas caché chez lui les Konèle, comme si les quatre autres ne les avaient pas trouvés et emmenés dans le traîneau de Youza par le chemin de fascines...

Youza ralentit. Quand on ne sait pas si on a raison d'aller quelque part, on n'a guère envie de marcher vite. Si peu même que Youza s'arrêta tout à fait sous un peuplier en bordure du chemin. Ses toutes jeunes feuilles étaient encore minuscules, mais elles répandaient une odeur acide. Des champs s'élevaient un parfum de terre fraîchement retournée, la senteur des prêles graciles en bordure de l'étang, celle de l'herbe pâle dans les prés, et une odeur de décomposition dégagée par l'agroste de l'année passée. Youza, arrêté, aspira l'air profondément — mais il pensait toujours à la même chose : il ne devait pas aller trouver le fils Stonkous, il ne pourrait pas lui parler, ça ne ferait qu'augmenter ses problèmes... Et pourtant, il fallait qu'il y aille — il n'y avait pas à sortir de là.

Youza se remit en route.

Il trouva le fils Stonkous dans la grande maison de briques rouges. Elle était vieille, cette maison. D'aussi loin que se souvenait Youza, elle avait toujours eu le même aspect qu'aujourd'hui. Du temps du tsar, c'était le commissaire de police qui y tenait ses quartiers ; du temps des bolcheviques, le Comité Révolutionnaire ; les bolcheviques partis, les chefs de district s'y étaient succédé les uns après les autres. Et maintenant... Qu'est-ce qu'il y avait maintenant ? Tout changeait. Mais la maison restait toujours la même. Avec ses murs de briques rouges, construits pour durer cent ans. Ils en avaient vu, ces murs, des autorités de toutes sortes, et combien ils en verraient encore !

— Quel diable t'amène ici, espèce de défunt pas enterré ! rugit le fils de Vintsiouné en voyant Youza. Tu t'es traîné ici pour recevoir une balle ?

Youza n'avait jamais été bavard. Il était même réputé pour ça depuis son enfance. Et après aussi — toute sa vie. Il avait appris un tas de choses, mais pas à prononcer de longs discours. Même quand il ouvrait son missel, il cherchait la prière la plus courte pour moins encombrer la tête du bon Dieu. Aujourd'hui comme d'habitude, il alla droit au fait :

— Tu me fusilles ?

Le fils Stonkous blêmit. Il regarda Youza. Ses lèvres serrées bleuirent.

— Adomélis n'a qu'à se montrer !

— S'il se montre, tu les tueras tous les deux ? Adomélis et Youzoukas ?

— Qu'il se montre, alors on verra.

— Adomélis, c'est une chose. Youzoukas, c'en est une autre. Ce n'est pas un bolchevique, Youzoukas.

— Et tu tiens ça de qui ? C'est le coucou qui te l'a coucoulé ?

— Puisque je le dis, c'est que je le sais.

— Mais Adomélis, il est où ?

Youza se sentit inondé de sueur. Son dos était parcouru de frissons. Comme lorsqu'il avait conduit Adomélis et Vassia à travers le marais, avant l'aube. Il serra les poings de toutes ses forces, avala la boule qui lui barrait la gorge.

— Le sang de Youzoukas retombera sur ta tête, tonton. Puisque tu es venu, dis-le : où se trouve Adomélis ? Où il est aujourd'hui, ce salaud, qu'est-ce qu'il fait ? Tu sais tout, mais ça, tu ne le sais pas ? Tu ne le sais vraiment pas ?

Il parlait avec un sourire qui lui tordait les lèvres et ses yeux s'enfonçaient dans Youza comme une vrille. Creusant, creusant de plus en plus. Non, ce n'était plus le fils de Vintsiouné. Ce n'était même plus le fils de Stonkous. L'homme assis devant Youza à la table du chef de district était un chien enragé.

Youza sentait le froid gagner ses membres, il était maintenant glacé des pieds à la tête. Sans ciller, il regarda le chien enragé droit dans les yeux. Droit dans les yeux. L'autre éclata d'un rire humain et lui demanda :

— Qui était assis à cette table, tonton ?

— Sur ta chaise ?... Le chef de district.

— Et où est-il, le starchine, aujourd'hui ?

— Le starchine ?

— Tu ne le sais pas, tonton ? Le coucou piaulé ne te l'a pas coucoulé ? Alors je vais te le dire. En Sibérie qu'il est, le starchine !

— Comment… Pourquoi, en Sibérie?

— Demande à ton Adomélis! A tes bolcheviques!

La pâleur disparut du visage du fils Stonkous. Ses joues, son cou se couvrirent d'une couleur lie-de-vin.

Youza resta longtemps sans rien dire, puis il demanda :

— Et Charkiounas, où il est?

— Qu'est-ce que c'est encore que cette histoire de Charkiounas? Qu'est-ce que tu lui veux?

— Il était assis là. Assis là où tu es maintenant.

Le fils Stonkous bondit de sa chaise, passa ses paumes sur ses joues.

— Et mes parents, où ils sont? Tu ne le saurais pas, des fois, où ils sont, aujourd'hui, mes parents?

— Tu le sais sans que je te le dise.

— Ils auraient déporté toute la Lituanie! criait le fils Stonkous. Tout notre peuple! Seulement ils n'ont pas eu le temps, ces maudits pouilleux!... Hitler leur a donné des coups de pied aux fesses, il a rendu la liberté aux Lituaniens, il les a sauvés!

Debout devant le fils Stonkous, Youza sentait son cœur battre à grands coups. A coups sourds.

— Et toi qui es pour eux! Pour ces buveurs de sang!... Tu es venu chercher ta balle! Les gens bien, on ne les touche pas, tu le sais toi-même. Les gens bien, on les protège. Rends Adomélis, ce bolchevique, et peut-être que je laisserai partir l'autre, peut-être que ça fera quelqu'un de bien. Rends Adomélis!... (Maintenant le fils Stonkous ne criait plus, il rugissait, tapant du poing sur la table.) Si tu ne le rends pas, le sang de Youzoukas retombera sur ta tête!

A peine se fut-il mis à vociférer qu'une porte grinça derrière son dos. Une porte que Youza n'avait remarquée ni l'autre fois, lorsqu'à la place de Stonkous se tenait le chef de district, ni aujourd'hui. Il ne soupçonnait même pas l'existence d'une porte dans ce mur. Mais deux gars entrèrent par là. La grande perche au visage grêlé, et un autre que Youza ne connaissait pas. Le grand grêlé s'immobilisa, pétrifié, en voyant Youza. Puis il mit la main au pistolet et se tourna vers le fils Stonkous.

Youza entendit le Stonkous dire à l'autre : « Y semble que je l'avais pas achevé. »

Le fils Stonkous dit cela d'une voix tremblante. Et si bas que Youza eut de la peine à saisir les mots.

Puis il se reprit et dit de sa voix habituelle :

— Qu'on l'emmène !

Et Youza se retrouva sous la maison rouge, dans la cave. Il entendit claquer la porte derrière son dos, grincer le verrou de fer, tinter les clés. Youza regarda autour de lui dans la semi-obscurité. Des murs gris. Gris de poussière et de toiles d'araignée, gris aussi de la lumière parcimonieuse qui parvenait dans la cave. Cette pâle et terne lumière tombait d'une petite fenêtre rectangulaire percée juste sous le plafond et garnie de tiges de fer d'un bon doigt d'épaisseur. Combien de fois Youza n'était-il pas passé dans cette rue de Maldinichké, le long de la maison de briques rouges ! Et il l'avait regardée, il avait bien regardé cette maison-là. Il avait vu ses fenêtres, sa porte, les marches de pierre montant à la porte. Lorsque quelqu'un vient de la campagne dans un gros bourg, il voit davantage de choses que ceux qui y habitent tout le temps. Davantage, mais pas tout, pourtant. Cette fenêtre, tenez, avec sa grille de fer, il ne l'avait pas vue. Et dans la mesure où il ne l'avait jamais remarquée, il ne lui était pas venu une seconde à l'esprit qu'il pourrait un jour se trouver derrière, assis sur un vieux baquet. Il passait cependant toujours à côté. Mais à Maldinichké, il ne manquait pas de choses à voir. L'église blanche comme neige, juchée au sommet d'une haute colline, et qu'on pouvait voir de dix verstes à la ronde ou même plus. Autour de l'église, des tilleuls en fleur, et sous ces tilleuls, le long d'un épais mur de pierre, les tombes des curés. Et puis l'immense mur d'une maison en bois, tout bariolé d'annonces : les soirées pour la jeunesse, les listes de propriétaires qui devaient vendre leurs biens aux enchères pour dettes au Trésor. Oui, il ne manquait pas de choses à voir à Maldinichké. Qui aurait eu l'idée de s'intéresser à une petite fenêtre empoussiérée, dissimulée derrière une grille de fer aux barreaux gros comme le doigt ?

Dans Maldinichké, le jour tombait. Il déclinait aussi dans la cave de la maison de briques rouges. Youza était seul. Seul sous la grande maison rouge. Assis. Les coudes sur les genoux, tête appuyée sur les coudes, et pensant qu'il avait mis ce matin-là le Saure dans le pré pour paître, mais qu'il ne lui avait guère laissé de longe. Maintenant, le Saure avait sûrement brouté à ras toute l'herbe que la corde lui avait permis d'atteindre. Il était sûrement au bout de sa longe, immobile, tête baissée entre ses jambes de devant. Et combien de temps devrait-il rester ainsi? Même si quelqu'un passait par là, aurait-il l'idée de le changer de place? Et les vaches, dire qu'il ne les avait même pas fait sortir des crèches pour qu'elles puissent se dégourdir les pattes... Et le veau, à force de tourner en rond, s'était peut-être empêtré dans son lien, il s'était peut-être pris les sabots dedans... Et les abeilles qui demain allaient s'éveiller dans la ruche et s'envoler sans que le maître soit là...

S'il avait seulement pu arracher Youzoukas des griffes du fils Stonkous! Pour qu'ils ne le fusillent pas. Mais il n'avait pas trouvé les mots qu'il fallait... Et maintenant, ils allaient l'exécuter. S'ils ne l'avaient pas déjà fait. Et si ce n'avait pas été lui, ç'aurait été Adomélis. Ou l'un, ou l'autre... Ou même les deux. Tout était possible. Tout à fait possible qu'on amène Adomélis au fils Stonkous, et que le Stonkous le tue, et tue l'autre aussi. Les deux. Lequel des deux son frère Adomas aurait-il pu sacrifier le plus facilement? Deux fils bien vivants — et l'un doit être exécuté. L'un doit l'être. C'est la guerre, et la guerre veut toujours la tête des gens. La guerre ne peut faire autrement que prendre la tête des gens. Ce n'était pas pour rien que l'osier pourpre avait fleuri en plein hiver. Il appelait le sang. Un océan de sang... Le sang de qui, aujourd'hui? Le sang de qui?

Les mains de Youza se crispèrent plus fort sur ses joues. Konèle, c'en était déjà fini de lui. Et de Golda. Et de leurs filles. Les trois belles filles de Konèle.

« Il appelle le sang », avait dit le grand-père Yokoubas, le jour où il avait vu, voici longtemps, l'osier rouge en fleur dans la forêt, en fleur au milieu de l'hiver. Et il en avait fait couler, du sang, cette fois-là. Oui, bien sûr, mais autant qu'aujourd'hui ? Ça ne pouvait pas se comparer, c'était stupide, il n'y avait qu'à se donner la peine de regarder combien il en faisait couler aujourd'hui ! Aucun vieux de la vieille n'aurait pu se remémorer une guerre pareille...

Et le Saure... Il avait sûrement brouté maintenant le moindre brin d'herbe. Sa longe était vraiment trop courte. Par un fait exprès, Youza lui avait justement mis ce jour-là une longe très courte. Dans le pré autour du Saure, il n'y avait certainement plus qu'un rond noir. Aucun de ceux qui étaient tombés dans les pattes du fils Stonkous n'en avait réchappé, pourquoi lui, Youza, espérerait-il autre chose ? C'était bien sa faute. Pourquoi s'être fourré carrément dans la gueule du loup ? Pourtant, il ne pouvait pas ne pas le faire, avec Adomas dans une situation pareille...

Il n'entrait plus aucune lueur par la petite fenêtre sous le plafond. La nuit était tombée sur Maldinichké. Tout se taisait. Maldinichké la blanche dormait...

Et soudain la porte de la cave s'ouvrit avec fracas. Une vive lumière frappa Youza au visage, l'aveugla.

Des ténèbres, une voix inconnue lui cria :

— Debout, le vieux ! Allez, ouste, allez !

Le faisceau de lumière fut balancé contre la porte, montrant le chemin à Youza. Ils étaient déjà deux à l'y attendre. Ils l'encadrèrent. C'étaient les deux qui étaient entrés dans la pièce de Stonkous. Mais peut-être Youza se trompait-il.

— Ne tourne pas la tête, ordure ! Mains derrière le dos ! A la nuque ! Marche !

Youza marchait, sans tourner la tête, mains à la nuque, comme il en avait reçu l'ordre. « C'est déjà mon tour, pensait-il, déjà moi. » Et ça lui faisait drôle de ne pas avoir peur. Pas peur du tout. Comme si ce n'était pas lui qu'on avait fait sortir de la cave et qu'on emmenait, mais quelqu'un d'autre, et même quelqu'un que Youza ne connaissait pas. Lui, Youza, voyait seulement qu'on emmenait cet inconnu. Rien de plus. Il le voyait, et c'était tout. Combien de fois Youza n'avait-il pas pensé à sa dernière heure, que n'avait-il pas entendu raconter là-dessus : qui était mort et comment, et quelles avaient été ses dernières paroles — parfois même, en entendant ces racontars, il en avait eu la chair de poule. Et aujourd'hui — rien du tout. Comme si ce n'était pas pour le fusiller qu'on l'emmenait par la rue de Maldinichké, mais juste pour une promenade, une simple promenade. Il marchait et il regardait, et voyait que dans la petite rue de Maldinichké, tout se taisait. De chaque côté de la rue, les maisons de bois étaient alignées dans la grisaille d'avant l'aube, fenêtres et portes fermées, fermées, fermées... Derrière les clôtures, les pommiers immobiles ne faisaient aucun bruit, pas plus que les pruniers et les cerisiers. Tout était vraiment comme dans un rêve. Parce que les arbres, dans la réalité, ils bruissent. Même par les nuits les plus calmes. Et les fenêtres des maisons regardent, quand ce n'est pas un rêve. Fût-ce la plus minuscule, elle regarde. Vous pouvez toujours fermer le portail, fermer les volets, fermer les portes, la maison, elle, regarde... Quand ce n'est pas un rêve...

— Plus vite, chien de bolchevique, larbin de youpins !

Youza releva la tête. Il n'était plus dans la petite rue immobile aux maisons mortes. Il était au milieu des champs, il voyait leurs taches sombres dans la grisaille d'avant l'aube. Au-dessus d'eux flottait une brume blanchâtre.

— Marche, marche... Stop ! Ne bouge plus !...

Youza s'arrêta. Il vit qu'autour de lui, il n'y avait plus de champs, mais de très grands arbres. Et sous ces arbres, des pierres, une grande quantité de pierres. Des pierres plates, des pierres hautes et longues, des pierres rondes, des pierres couchées, des pierres debout. « Mais c'est le cimetière juif », se dit Youza subitement. C'était bien lui. Il y avait traîné plus d'une fois lorsqu'il était petit, et un peu plus grand aussi, et plus tard encore. Il avait été fasciné par les étoiles énormes taillées dans la pierre, des étoiles qu'on ne voit pas dans les cimetières catholiques. Et par les inscriptions sur les pierres, des inscriptions qu'on ne pouvait voir qu'ici, sous ces arbres séculaires. Et voilà qu'aujourd'hui, il se retrouvait au milieu de ces pierres, et de leurs grandes étoiles, et de leurs inscriptions incompréhensibles, comme on n'en voit nulle part ailleurs. Une fois de plus, Youza se trouvait dans le cimetière juif...

Et presque aussitôt, Youza vit qu'il n'était pas seul. L'obscurité était pleine de gens. Aussi nombreux que les pierres. Et le silence pourtant était tel que Youza pensa : « Peut-être que cela non plus n'est pas vrai, peut-être que je ne fais encore que rêver ? Que rêver encore — parce que enfin c'est seulement dans les rêves que tant de gens peuvent être ensemble et ne faire aucun bruit. Seulement dans les rêves... » Certains d'entre eux passaient près de Youza. Si près qu'ils le frôlaient. Quelqu'un s'arrêta même tout près de lui. Youza frissonna de cette présence si proche, il se tourna de ce côté-là. C'était une femme vêtue d'une robe sombre. Elle n'était pas seule, deux enfants se collaient contre ses jambes. Elle les tenait par la main. Serrait leurs mains très fort. Youza ne put s'empêcher de lui dire :

— Qu'est-ce que tu fais ici avec des gosses ?

La femme ne répondit pas, se remit à marcher, dépassa Youza. Il recommença à avancer aussi, juste derrière elle. Dans le silence, au milieu des arbres, au milieu des gens, au milieu des pierres. Et la femme marchait toujours avec ses enfants. Youza derrière elle. Personne ne leur criait : « Pressez, pressez ! » « Stop ! Ne bougez plus ! » Maintenant, c'était une foule entière qui s'était mise en marche. Une foule qui roulait comme la mer. Puis tous s'arrêtèrent. Et Youza vit alors qu'ils ne se trouvaient plus au milieu des pierres gravées d'une étoile, mais plus loin que le cimetière, devant une petite ravine de terrain. Dans le fond, on apercevait deux longs talus de terre sombre en bordure de deux longues fosses. Deux fosses profondes et noires. A force de regarder, Youza distingua d'autres gens, sur l'autre bord de la ravine, de l'autre côté des talus et des fosses. Il y en avait moins que sur le versant où il se trouvait, mais c'étaient bien des gens en chair et en os. Pas des ombres, mais des gens vivants ; simplement, ils n'étaient pas venus avec Youza, ils étaient venus d'en face. Et la femme, tout près de lui, était réelle elle aussi, et réels aussi les deux enfants serrés contre ses jambes et qui lui donnaient la main. Oui, Youza le vit bien, tout était réel.

— Maman, maman! fit l'un, le plus petit, tirant sur la main de sa mère, maman, c'est maintenant qu'on va fusiller papa?

— Tais-toi! dit la femme, collant sa main sur la bouche de l'enfant.

Beaucoup se retournèrent en entendant le gosse crier. Des hommes et des femmes. Le jour maintenant s'était levé et Youza put voir que les gens regardaient l'enfant. Le regardaient, muets. La femme se pencha sur le petit garçon, le supplia tendrement.

— Pour l'amour de Dieu, Yonoukas, tais-toi, Yonoukas!…

Et lorsqu'elle l'eut ainsi supplié, le silence autour d'eux se fit encore plus profond. Si profond que l'on pouvait entendre la terre fraîchement retournée exhaler ses vapeurs du fond du petit val derrière le cimetière.

Et de nouveau, Youza fut convaincu qu'un silence aussi profond ne pouvait exister que dans un rêve. Tout comme les longues fosses noires bordées de longs talus de terre fraîche. Dans la réalité, personne ne creuse de telles fosses près des cimetières. Dans la réalité, cela n'existe pas, un silence aussi profond que celui-ci, où les oreilles vous bourdonnent de l'absence de bruit, alors qu'en même temps il vous semble entendre quelque chose, pas quelque chose de proche, pas quelque chose qui serait à deux pas, mais qui viendrait d'une lointaine forêt, ou de derrière les nuages, comme si quelqu'un vous appelait, ou psalmodiait une litanie, à moins que ce ne soit que la brise jouant avec le duvet d'un pissenlit. Voilà comment se taisait la foule, et la femme avec ses enfants agrippés à ses jambes. Et tous regardaient vers l'autre bord du val, où des gens, brusquement, bougeaient et se mettaient à descendre vers les talus de terre fraîche. Ils s'en rapprochaient, s'en rapprochaient encore. Et voici que Youza comprit qu'ils ne marchaient pas tous ensemble. Ceux de devant — une vingtaine, vingt-cinq au plus — descendaient tête baissée, mains derrière la nuque. Comme avait marché Youza dans la petite rue de Maldinichké. Et derrière ceux-là — d'autres. Bien plus nombreux. Deux ou trois fois plus. Armés de fusils. Et lorsqu'ils furent arrivés, les uns et les autres, au bord de la longue fosse noire, l'un des fils de la femme, toujours le même, le plus petit, Yonoukas, poussa un cri :

— Maman, c'est papa... Je vois papa !

Et il s'arracha aux mains de la femme en criant :

— Papa, papa, pa-apa-a !...

Courant à toutes jambes, il arriva vers ceux qui étaient en avant, ceux qui n'avaient pas de fusil, se précipita vers l'un d'entre eux, lui enserra la jambe de ses petits bras :

— Papa, maman est là aussi, Petrioukas aussi... N'aie pas peur, papa, n'aie pas peur !... Nous sommes tous ici !

Et Youza reconnut Charkiounas : c'était lui, là-bas, avec l'enfant collé contre sa jambe. Le forgeron de Maldinichké. Amaigri, le visage mangé par la barbe. Bien différent de celui qui riait — quand était-ce donc ? — de toute la blancheur de ses dents, ses dents qu'il frottait le soir avec un chiffon de lin savonneux pour les faire briller, bien différent du forgeron bouclé, noir de fumée, qui frappait si fort de son marteau que tout résonnait alentour. Même la barbe avait blanchi sur son visage. Et ses épaules étaient affaissées. Pourtant, c'était bien Charkiounas, c'était bien lui. Nul autre que lui.

Et tandis que Youza le regardait, le deuxième petit garçon échappa aussi à la main de la femme. Il s'élança en hurlant vers l'endroit où se trouvait déjà le plus jeune, se jeta contre l'autre jambe de son père, l'entoura de ses bras. Maintenant, ils étaient trois debout sur le bord de la fosse. Le plus grand hurlait d'une voix insoutenable, le plus petit criait :

— N'aie pas peur, papa, n'aie pas peur ! Nous sommes ensemble, ensemble !

— Les enfants, sauve les enfants ! se mirent à crier les gens autour de la femme.

— Tu es leur mère, sauve-les ! Ils vont te les fusiller tous les trois !...

Et ce fut la femme, maintenant, qui se jeta en courant

vers le fond du val. Vers les siens. Vers ces trois-là, debout sur le bord de la fosse.

Aussitôt, des coups de feu retentirent. Par salves ; une première, puis une seconde. Ensuite les fusils continuèrent à tirer, mais séparément. Charkiounas le forgeron se plia en deux et s'effondra dans la fosse, entraînant dans sa chute les deux enfants. La femme mit les mains à sa poitrine, son corps s'arqua en arrière, puis elle tomba à la renverse. Pas dans la fosse comme les autres, mais juste sur le bord. Autour de Youza, les gens hurlaient. Ceux qui étaient sur l'autre versant de la ravine hurlaient aussi. Même ceux qu'on avait abattus criaient du fond de la fosse. Et les deux gosses aussi, dans la fosse, hurlaient. Sans même s'en être rendu compte, Youza se trouva brusquement près des hommes armés de fusils. Il en saisit un par les revers de sa veste, et le secouant violemment, se mit à hurler :

— Des enfants, des enfants, des enfants !

Il eut tout juste le temps d'apercevoir le fils Stonkous surgissant on ne sait d'où, de voir qu'il lui assenait, à lui, Youza, un grand coup sur la tête de la crosse de son pistolet. Après, Youza ne vit plus rien. Le cauchemar se pulvérisa.

XXX

Youza se réveilla chez lui. Dans son lit. Comme chaque matin. Pourtant non. Aujourd'hui, il était plus tard que d'ordinaire. Si tard que le soleil était déjà haut dans le ciel et qu'il entrait par les fenêtres. Les ombres qu'il projetait étaient obliques, il devait donc être près de midi. Youza s'étonna. Tous les matins, il s'éveillait avant l'aube, comment se faisait-il qu'aujourd'hui… ? Il fut encore plus étonné de voir son frère Adomas. Adomas était assis, les deux mains posées sur le plateau de la table, sans rien faire. Des mains que Youza connaissait bien, depuis longtemps, des mains longues, osseuses, des doigts aux articulations noueuses, des poignets à l'apophyse saillante. Des mains de travailleur, Youza le savait. Rien d'anormal là-dedans. Mais pourquoi était-il ici, son frère Adomas ? Assis à table sans rien faire ? Au Kaïrabalé, en plus, pourquoi pas chez lui ?

— Je ne me suis pas réveillé, dit Youza.

Adomas ne se tourna pas vers lui. Comme s'il n'avait pas entendu. Ou comme s'il faisait mine de n'avoir rien entendu. Il ne bougea même pas ses longs bras qui occupaient presque toute la table.

— Je ne me suis pas réveillé…, répéta Youza.

Cette fois encore, Adomas fit comme si de rien n'était. Youza décida de se lever. Il voulut bouger, mais comprit immédiatement qu'il ne pouvait même pas détacher la tête de son oreiller. Des cercles verts, rouges, se mirent à défiler à toute vitesse devant ses yeux. Un bruit fracassant retentit à l'intérieur de son crâne, comme l'arbre à cames d'une batteuse qui lui serait passée dessus. Au grondement succéda un long gémissement; un cercle de fer lui broya les tempes. Youza leva la main, tâta sa tête et sentit qu'elle était complètement et solidement entortillée, pas par une gaine de fer, comme on en met autour de l'arbre en bois des batteuses, mais par des bandages de toile. Il n'y avait que son nez et ses lèvres à émerger de la toile.

— Ce n'est pas possible, est-ce que je rêve encore? se demanda Youza. Adomas, est-ce que vraiment je rêve encore?

Adomas entendit enfin. Il s'approcha, se pencha sur son frère.

— Il faut que tu restes au lit, Youza, sans bouger.

— Pourquoi, sans bouger?

Adomas le regarda, se pencha encore plus:

— Je ne t'entends pas, Youza. Tes lèvres remuent, mais on n'entend rien.

— Dis donc, toi, ne le touche pas! fit une voix de femme. Tu sais ce qu'on a dit: l'essentiel, c'est le repos!

Youza sentit, plutôt qu'il ne vit, sa belle-sœur, la femme d'Adomas, quitter son chevet. Elle passa au pied de son lit. Là, Youza la voyait.

— Si on t'avait cogné comme ça, est-ce que tu crierais beaucoup? gronda-t-elle à l'adresse de son mari.

Elle repoussa Adomas, arrangea les couvertures autour du lit. C'était peut-être la première fois que Youza voyait sa belle-sœur d'aussi près. Elle avait drôlement changé, cette Malaïchité de Notsiounaï. Malaïchité, lorsqu'elle était fille, bien sûr, mais maintenant Adomené, femme d'Adomas. Les tempes blanches, les yeux cernés, entourés de rides et de pattes d'oie.

— Merci pour Youzoukas, Youza, dit-elle.

Adomas se joignit à sa femme.

— Ça oui, merci et encore merci, fit-il.

— Ils ne l'ont pas fusillé, Youza, dit sa belle-sœur. Ils l'ont emmené en Allemagne. Il y avait un train qui partait, ils l'y ont mis. Si Dieu veut, il ne mourra pas, il reviendra. Dieu le voudra sûrement... Merci, Youza!

314

Adomas, de nouveau, fit écho à sa femme.

— Et pourquoi ne resterait-il pas en vie ? Puisque Youza nous a aidés, puisqu'ils l'ont mis dans le train, pourquoi ne resterait-il pas en vie ? Puisqu'on ne l'a pas fusillé, il reviendra, se hâta-t-il de dire.

— Ne lui crie pas dans les oreilles ! lui reprocha vertement sa femme. Tu ne sais donc pas qu'il lui faut le silence ? Que Youza ne doit pas parler, et que nous ne devons pas lui parler ? C'est ce qui a été ordonné, oui ou non ?

Adomas se couvrit la bouche de sa paume, de peur de se remettre à parler. De l'autre main, il approcha du lit un tabouret. Il s'y assit et se mit à regarder Youza. Visiblement, ce n'était pas la première fois que sa femme le houspillait. Ni la deuxième. Adomas avait manifestement l'habitude d'être enguirlandé par sa femme.

— Et tu ferais mieux de te taire aussi, Youza, dit sa belle-sœur, bien que Youza n'ait plus ouvert la bouche. Toi surtout. Reste couché, couché tout le temps. Le docteur a dit : « Qu'il reste couché le plus possible. » La maison, on s'en occupera, le bétail, on le nourrira, ne te fais pas de bile. Lorsqu'on a reçu un coup pareil sur la tête, on doit rester couché tranquillement.

Les lèvres de Youza bougèrent :

— Quel docteur ?

— Quatre jours, pendant quatre jours tu es resté sans connaissance ! répondit Adomas. (Apparemment, il n'avait pas entendu la question de Youza.) Quatre !

Ses yeux s'emplirent de larmes. Il tortilla entre ses doigts le bord de la couverture, le retint un instant, le lâcha.

— Encore toi ! cria sa femme.

— Mais qu'est-ce que j'ai dit ? fit Adomas, les lèvres tremblantes. Je n'ai rien... Juste pour qu'il sache... Juste pour que Youza sache... Je ne croyais même pas qu'il reprendrait connaissance, et toi non plus d'ailleurs, et maintenant tu cries après moi !

— Ne fatigue pas le malade, lui dit sa femme, plus doucement cette fois. (C'est tout juste si elle ne pleurait pas aussi.) Il a besoin de repos. C'est ce qui a été ordonné, ou tu aurais oublié ?

Son frère Adomas ne dit plus rien, il se leva, marcha vers la fenêtre et tourna le dos au lit. Et Youza vit qu'une des épaules de son frère était nettement plus basse que l'autre. L'épaule gauche. Youza ne l'avait jamais remarqué auparavant, c'est seulement maintenant qu'il s'en rendait compte. Mais c'était peut-être le soleil qui produisait cet effet ? Quand le soleil projette ses rayons obliquement, beaucoup de choses vous semblent différentes. Peut-être que les épaules de son frère ne tremblaient pas, même si Youza en avait l'impression... Pourquoi auraient-elles tremblé, d'ailleurs ? On n'était pas en hiver, pour le moment, il ne gelait pas. Oui, c'était sûrement la faute de ces rayons obliques qui arrivaient par la fenêtre. Youza cligna des yeux. Tout se brouillait. A cause du soleil, à cause de l'allure de son frère, debout devant la fenêtre avec l'épaule gauche plus basse que la droite, à cause de sa belle-sœur qui n'arrêtait pas d'aller et venir et de s'agiter près du lit.

Youza l'entendit qui disait à Adomas :

— Va-t'en donc à la maison ! On est vexé, voyez-vous ça, on tourne le dos ! Il n'y a pas de travail pour deux ici.

Youza essaya de rouvrir les yeux. Il voulait savoir si Adomas portait toujours la montre qu'il avait achetée autrefois. Du temps de leur jeunesse, juste après l'enterrement du père. Est-ce qu'il la portait ? Il plaignait tellement son frère que son cœur se serrait. De compassion à le voir ainsi, debout contre la fenêtre, l'épaule gauche si basse. Comme s'il n'y avait personne d'autre que lui, Adomas, dans la pièce. Et sa femme qui n'arrêtait pas de l'asticoter... Mais ouvrir les yeux se révéla une tâche au-dessus de ses forces. Ses paupières étaient lourdes comme du plomb, impossible de les soulever.

Et il n'y avait pas que ses paupières d'ailleurs. Ses bras et ses jambes étaient devenus de pierre. Impossible de remuer un doigt. Il se sentait aussi la poitrine écrasée comme par une planche sur laquelle se seraient assis quatre hommes, sinon six. Youza avait l'impression de couler, de s'enfoncer sous ce poids énorme, tandis qu'au-dessus de lui se refermait un épais brouillard, opaque comme l'eau des profondes orbites du marais en été, lorsque les tanches montent en surface et pointent leur museau en happant l'air.

— Tu iras bientôt mieux, Youza. (La voix de sa belle-sœur parvint à Youza de très loin, peut-être de l'autre berge du Kaïrabalé.) Encore un jour ou deux, et tu te promèneras dans la maison. Frétillant comme un gardon, Youza, comme s'il n'était rien arrivé, je te le dis et te le redis.

Mais Youza s'enfonçait toujours de plus en plus profond. Il entendait, mais il coulait. Le brouillard opaque se fermait, toujours plus dense, au-dessus de lui. Il allait se fermer définitivement. Et Youza ne verrait plus rien, n'entendrait plus rien.

La voix de la femme lui parvint vaguement : « Un jour ou deux, je te le dis, pas plus... » Cela, il l'entendit encore.

La suite montra que la femme d'Adomas n'était pas bon prophète. Ce ne fut pas un jour qui s'écoula, ni même deux, avant que Youza ne parvienne à sortir de son lit, mais le temps d'arriver à l'automne. Et lorsqu'il se leva, il ne le fit pas seul, mais en s'agrippant aux meubles, et soutenu de chaque côté par Adomas et sa femme. Et dans la cour, il attendit longtemps que le sol cesse de tourner pour pouvoir faire le premier pas. On n'aurait pas cru qu'on l'avait fait sortir de la maison, mais plutôt qu'on l'avait repêché du fond d'une gouille du marais, étouffé et à moitié mort. Et Youza ne cessait pas de s'étonner qu'un seul et unique coup sur la tête puisse mettre un homme dans l'état où il était. Pas du tout comme il était avant — un autre homme.

Sa maison aussi avait l'air d'une autre, ce n'était plus la maison qu'il avait laissée en partant à Maldinichké. Pourtant tout semblait à sa place, rien ne manquait, mais ce n'était plus la même maison. C'était une maison dont s'était occupée une main étrangère. Les cadres des ruches avaient bien été retirés, on les avait bien fait tournicoter pour éjecter le miel des rayons, on l'avait fait, mais pas suffisamment. De petits morceaux de cire flottaient à la surface du miel, des tas de fourmis s'y étaient engluées. Des fourmis ivres et des fourmis mortes dans le miel!... Youza n'avait jamais vu ça chez lui. Quant au Saure, les côtes lui saillaient sous la peau. Il releva la tête, regarda Youza et... ne hennit pas, ne salua pas le retour de son maître, comme il aurait dû le faire. C'était un autre cheval, un inconnu, un étranger. Pareil pour la Brune. Elle regarda Youza un peu plus longtemps que le Saure, on aurait même dit que le soleil d'automne faisait monter des larmes dans ses yeux. Et ce fut tout. Elle se détourna et retourna à sa mangeoire. Ça ne va vraiment pas quand on est obligé de rester trop longtemps où on ne le devrait pas. Et là-haut, sur l'épi de faîtage, le glui était tout dépenaillé — par le vent et la pluie, bien sûr. Quant aux cerises, personne ne les avait cueillies, les étourneaux les avaient becquetées, leurs noyaux noirs hérissaient les rameaux, ils ne tombaient même pas. Adomas n'aurait-il pu tasser et arranger la paille du toit avec une perche? Pourquoi personne n'avait-il levé les bras pour cueillir les cerises, pas plus Ourchoulé que la femme d'Adomas? Fût-ce pour faire des confitures. Pour eux, pas pour lui, Youza. Il savait, à les avoir entendus parler, qu'ils étaient tous venus à tour de rôle à son chevet, qu'ils s'étaient relayés pour veiller Youza jour et nuit. Veiller sur lui, ils l'avaient fait, mais sur la ferme, ils n'avaient guère veillé.

Et Youza avait l'impression de ne plus être chez lui dans cette ferme, de ne plus être le patron, de n'être plus qu'un étranger : il marchait sur le bord du Kaïrabalé, jetait un coup d'œil sur la ferme depuis le chemin de fascines, s'arrêtait, regardait, restait un peu, repartait plus loin. Puis reprenait son chemin. Mais quel chemin? Où allait-il jusqu'à maintenant? Et maintenant, où irait-il?

Il secoua la tête pour chasser les idées noires. Il n'irait nulle part, il était arrivé, il était revenu, revenu chez lui. C'était ici sa maison, il n'en avait pas d'autre. Il n'en avait jamais eu d'autre et n'en aurait pas.

— Va-t'en chez toi, Adomas, dit-il à son frère. Tu as déjà perdu tellement de temps à cause de moi, tu as sûrement négligé ta ferme; tu n'as plus tes fils pour t'aider, il faut que tu ailles aussi chez toi.

— Tu délires? répliqua Adomas en le regardant fixement. Tu ne peux même pas te servir de tes bras ni de tes jambes. Tu dégringoleras encore une fois, et qui te relèvera, qui veillera sur toi? D'ailleurs, qu'est-ce que j'irais faire à la maison? C'est l'automne. Tout ce qui était à faire est fait.

— Ne traîne pas davantage.

Adomas éclata de rire, tant lui semblaient absurdes les paroles de Youza.

— C'est toi qui as sauvé mon Adomélis, dit-il, toi qui as arraché Youzoukas aux griffes de la mort, et je te laisserais tout seul, seul sur ton Kaïrabalé!

— Ce n'est pas la première fois que j'y serais seul. Tu as déjà perdu trop de temps à cause de moi, ça suffit.

Ils étaient tous les deux dans la cour. Adomas regardait Youza. Son frère lui faisait pitié, mais il sentait tout de même la colère le prendre. Youza le chassait! Et lui qui n'avait même pas eu le temps de montrer à son frère toute sa reconnaissance. Il lui avait dit merci, bien sûr, mais pas comme il l'aurait dû. Il avait bien discuté de tout, tout passé en revue, mais lorsqu'il aurait dû parler de l'aîné de ses fils, puis du second, il avait senti ses joues s'enflammer et la voix lui avait manqué. Et les jours avaient passé. Maintenant Youza le chassait, sans lui donner la possibilité de témoigner sa reconnaissance comme un homme doit le faire.

— Je vais rester encore un peu, dit Adomas. Que tu me chasses ou non. Le temps que tu sois remis. Que tu me chasses ou non.

— Je suis assez rétabli comme ça, ça suffit, répondit Youza. C'est vrai, ça suffit.

Et il se détourna. Regardant les saules et les aulnes le long de la Pavirvé, les bouleaux désespérés de l'autre côté de la source. Parcourant du regard tout le Kaïrabalé. Et ne se retourna qu'après avoir entendu les pas de son frère qui s'éloignait. Adomas partait par le chemin de fascines. Son dos apparaissait et disparaissait derrière les buissons de bourdaine. Le dos de son frère. Sa tête baissée. Lourde, accablée, comme celle d'un homme profondément humilié.

Et lorsque eut disparu complètement le dos de son frère, Youza se dirigea vers la croix sous les cerisiers. Sans même savoir pourquoi, mais il le fit. Il s'arrêta là où reposaient Karoussé et les deux autres, ce Russe et cet Allemand dont une grosse toile enveloppait les os, ce Russe et cet Allemand qui étaient venus sur le Kaïrabalé pour y trouver la mort.

— Tu es là? demanda-t-il à Karoussé. Tu es toujours là?

Il posa la question à voix haute, mais Karoussé ne répondit pas. Et Youza réalisa qu'il ne fallait pas bavarder avec les morts. Il le savait depuis longtemps, mais il ne le comprit vraiment qu'à cet instant. Qu'on parle ou non à un mort, il se tait. Et ne cessera plus de se taire.

Pendant la vie, combien de gens on rencontre! On leur parle, on rit un peu, on vide avec eux un bock de bière, on chante. Mais une fois l'homme couché sous une croix, fini, il n'existe plus. Il est couché et il se tait. Il se tait. Et si on entend quelqu'un répondre, ça ne vient pas du fond de la tombe, c'est seulement qu'on rêve. Quelqu'un vient parfois nous causer. Ou se promener ici ou là. Ou bien il reste assis. Comme s'il n'était pas mort. Ou il prend la charrette, commence même un travail ou un autre. Tout à fait comme un vivant. Comme un vrai vivant, pas comme un défunt. Pourquoi, on n'en sait rien, mais un mort, dans un rêve, on ne le voit jamais dans sa tombe, ni même dans le cercueil où il est couché pendant l'office des morts. Dans les rêves, les morts marchent, sont assis à l'avant d'un tombereau, vous font des signes de la main. Tout à fait comme de vrais vivants. Peut-être est-ce pour cela que le Seigneur a donné le rêve à l'homme, pour qu'il voie, comme s'ils étaient vraiment vivants, ceux qui ne sont plus, mais qu'il a tellement envie de revoir un peu. La mère, par exemple, ou le père, ou le grand-père Yokoubas. Où pourrait-il les voir, sinon en rêve? Et pas seulement les voir, mais leur embrasser la main, les remercier d'avoir été bons pour lui, leur dire que lui, il ne l'a guère été avec eux, et leur en demander pardon. Les morts, il faut leur demander pardon. Quand ils sont vivants, on ne leur demande pas. Aussi, quand ils sont morts, il faut absolument le faire. Pendant la nuit de commémoration des défunts, par exemple, lorsqu'on est debout à côté de la tombe, avec un cierge allumé au pied de la croix et lorsqu'on apporte des fleurs. C'est à ce moment-là que les vivants doivent se souvenir qu'ils sont coupables vis-à-vis des défunts. De quelque défunt qu'il s'agisse, tout vivant est coupable devant un mort.

— Tu es toujours là ? demanda de nouveau Youza à Karoussé, oubliant qu'on ne doit pas questionner un mort.

Il avait parlé si bas qu'il n'entendit même pas sa propre voix.

Mais Karoussé ne répondit pas.

Comme fille, bien sûr, c'était une pas grand-chose. Qui la voulait pouvait se l'offrir sans se fatiguer. Comment aurait-il pu... dans sa maison... une fille pareille ? A la même table ? Et puis de nouveau — Vintsiouné. Que d'années s'étaient écoulées, Youza avait maintenant les cheveux blancs, et pourtant Vintsiouné, elle, était toujours là, toujours devant lui. Alors comment aurait-il pu, avec une autre, avec celle-ci ? Foutaise.

Mais peut-être qu'il n'aurait pas dû, lui, Youza, la traiter comme il l'avait fait à ce moment-là ? S'il avait agi autrement, peut-être qu'elle aurait agi autrement elle aussi ? Elle ne se serait peut-être pas arrêtée vers cette orbite du marais. Elle ramasserait peut-être encore des baies de canneberge. Elle était arrêtée ce jour-là au portail de la cour... Oh, comme il la revoyait ! Son panier à ses pieds, son panier en racines de pin blanches tressées, son panier rempli de baies de canneberge rouges... Pas entièrement rouges, en fait, à moitié seulement ; ces baies-là ne deviennent toutes rouges qu'après le gel ; en automne, elles ne le sont encore qu'à moitié : une joue rouge, une joue blanche. Le panier de Karoussé était plein de ces baies bigarrées. Et Karoussé ressemblait à ses baies : joues pourpres, front blanc. Un bon front. A ce moment-là, Karoussé était bonne comme du bon pain. Non, vraiment, il n'aurait peut-être pas dû la traiter comme il l'avait fait alors ? Elle serait passée à côté de la fosse du marais, elle ne s'y serait pas arrêtée.

Youza secoua la tête. Il vit que le soir était proche. Du brouillard montait au-dessus du Kaïrabalé, voilant de gris même la croix, noyant presque son sommet. Le Christ crucifié à la croisée des bras semblait avoir plongé dans un nuage. On ne le voyait plus. Dans la cour, le puits avait disparu, les buissons, derrière lui, aussi. On ne voyait plus que les cerisiers. Ceux qui étaient à côté de la croix. Avec leurs cerises becquetées. Et leurs noyaux noirs, restés collés à leurs bras maigres.

Youza resta longtemps près de la croix.

XXXI

Youza but des tisanes d'absinthe. Et des infusions de serpolet. Il essaya aussi le trèfle d'eau et la reine des prés, prépara même une décoction de feuilles de plantain. Rien n'y fit. Les plantes avaient peut-être perdu de leurs vertus en séchant dans la soupente où Youza les avait suspendues, le vent était peut-être passé par là. En tout cas, la douleur dans les os ne s'en allait pas. Youza se souvint qu'il avait encore de la framboise dans la maison. Pas de la confiture, mais des tiges, mises à sécher avec les fruits. Ce n'est pas avec la confiture qu'on attrape de bonnes suées ; pour ça, il faut des tiges. Il but donc de la framboise. Et il sua comme il se doit. Mais cela ne changea rien non plus. Le mieux aurait été de se soigner à la gelée royale. Elle rend les articulations plus souples et les muscles plus durs. Mais où la prendre ? En automne !... Il n'avait pas trouvé le moyen d'en mettre de côté en été, maintenant c'était trop tard. Trop tard maintenant.

Chaque matin, en se penchant, le rasoir à la main, devant le miroir, Youza le voyait : il avait encore vieilli rien que pendant la nuit. Et comment ! Avant, il ne vieillissait pas autant durant une année entière. Le rasoir se promenait sur son visage comme sur des guérets durcis par le gel, rencontrant ou non des poils par-ci par-là, et il était obligé de gonfler ses joues, de les pousser dehors avec son doigt, de l'intérieur de sa bouche, pour pouvoir faire disparaître un buisson de poils.

C'était chaque matin la même chose, maintenant.

Mais ses malheurs ne s'arrêtaient pas là. Ne parlons pas des cheveux blancs — la belle affaire ! Chaque année vécue par l'homme, et même chaque nuit, le couvrent un peu plus de cheveux blancs. Il en a toujours été ainsi. Pas seulement pour lui, Youza. Non, le malheur, c'était ce « quelque chose » qui rongeait ses os, ce « quelque chose » qui s'était installé tout au-dedans de lui et auquel il ne comprenait rien. Tantôt plainte sourde, tantôt douleur lancinante. Ça s'était enraciné, et pas moyen de l'arracher. Et voilà un bout de temps que ça durait. A bien réfléchir, depuis son retour de Maldinichké. Ça le serrait comme dans des tenailles, l'empêchant de respirer normalement, ça broyait sa poitrine comme une meule. Pour Youza, rien n'était plus comme avant. Il regardait le Kaïrabalé, et tout ce qu'il voyait, c'était une grisaille. Du gris et encore du gris. Même les objets avaient cessé de lui obéir. Il tendait le bras pour prendre l'anse du seau à côté de la porte — l'anse du seau faisait un bond de côté, lui filait d'entre les mains. Il tendait le bras une seconde fois — ça recommençait. Youza restait un instant à côté du seau, le regardait. Puis s'en allait à l'étable, les mains vides. Plus exactement il allait à l'étable — et se retrouvait de l'autre côté de la maison… L'impression d'un brouillard, d'un voile étendu sur tout. Comme s'il ne s'était pas encore réveillé depuis ces heures du petit matin dans le cimetière juif de Maldinichké. Youza ne vivait pas, il rêvait.

Et c'est tout à fait comme dans un rêve qu'une nuit, son neveu Adomélis lui apparut. C'était déjà l'hiver. Adomélis était debout au pied de son lit. Il avait de grandes bottes et un fusil en bandoulière, crosse en haut. Et derrière Adomélis, il y avait Vassia. Youza le reconnut tout de suite, bien que depuis l'autre fois, il ait beaucoup changé. Des habits secs et plus de bandages. Derrière eux, d'autres hommes. Armés. Qui parlaient entre eux. Ils avaient allumé eux-mêmes la lampe accrochée à la poutre, comme si ce n'étaient pas eux les visiteurs, mais lui, Youza.

— Bonjour, oncle Youza, ça va ? dit Adomélis.

— Assieds-toi, répondit Youza, sans savoir s'il devait croire que c'était Adomélis.

— Comment ça va, oncle Youza ?

— Couci-couça. D'où tu sors ? fit Youza en se levant.

Adomélis éclata de rire.

— Étant donné que ta porte n'était pas fermée, oncle Youza, je suis venu et je suis entré.

— Je devrais la fermer ?

Adomélis éclata de rire à nouveau.

— Mon oncle est toujours comme ça, dit-il gaiement. Il a confiance en tout le monde, il n'a peur de personne. Un homme en or.

Les hommes riaient, maintenant, et dans ces rires, Youza crut discerner une voix de femme. Il regarda longuement de ce côté-là et dit finalement :

— Ce ne serait pas Adèle, des fois ?

— J'avais bien dit qu'il me reconnaîtrait, dit Adèle à Adomélis.

Elle dit ça joyeusement. Et vint tout de suite près de Youza. Elle s'assit sur le banc, se mit tout à côté de lui.

— Tu permets que je vienne un peu vers toi, oncle ?

— Assieds-toi.

— Mais je suis assise, fit-elle en riant.

— Puisque tu l'es, pourquoi tu demandes ?

Adèle se tut. Adomélis s'approcha.

— Faut commencer par le commencement, dit-il à Adèle. On a des blessés, oncle Youza. On les a amenés sans t'avoir rien demandé. On était forcés. Tu pourrais les cacher ? Ils re sont pas beaucoup, deux seulement, et pas pour longtemps. Le temps qu'un avion vienne les prendre. Pour les emmener sur la grande terre. Alors, qu'est-ce que tu crois ?

Au milieu des hommes armés, Youza vit deux jeunes gars. L'un avait la tête bandée, comme Vassia l'autre fois, mais aujourd'hui les bandages étaient propres, tout blancs. Chez l'autre, c'était le bras qui était bandé au-dessus du coude. Le premier tenait sur ses jambes, le second était affalé contre le jambage de la porte. Ils souriaient tous les deux à Youza, mais ne disaient pas un mot.

— Alors, qu'est-ce que tu crois, mon oncle ? redemanda Adomélis.

— Mais le fils Stonkous ? demanda Youza à Adomélis. Il les trouvera, avec ses policiers. Il connaît ma ferme comme sa poche.

— Stonkous? Stonkous n'est plus là, mon oncle. Tu n'en as donc pas entendu parler?

Youza regarda le fils de son frère.

— Qui l'a descendu?

— Pas encore, mon oncle. Il est sain et sauf. Mais il est monté en grade. Pour ses sanglants et loyaux services. Il est maintenant au chef-lieu, à Paneviejis. Tu n'en as vraiment pas entendu parler, mon oncle?

— Mène-les dans la souillarde, dit Youza après un silence.

Adomélis retrouva son entrain.

— Tu es un homme en or! dit-il. D'ailleurs, ça ne sera pas pour longtemps. Et nous ne te laisserons pas seul avec un tel fardeau, Adèle restera ici. Elle s'occupera d'eux, elle fera le lavage, et elle pourra aussi t'aider à la ferme. Et nous laisserons des remèdes, mon oncle.

— Tu causes, tu causes...

— C'était seulement pour que tu penses pas que...

Youza ne répondit rien. Il alluma sa lanterne et passa devant les hommes pour leur montrer le chemin. Mais à la porte de la souillarde, il s'arrêta, laissa passer les hommes, et levant la lanterne un peu plus haut, attendit qu'Adèle et les autres aient installé les deux blessés confortablement. Ensuite il revint sur ses pas, précédant toujours le groupe. Dans la cour, il éteignit sa lanterne, puis écouta longtemps les hommes qui, les adieux faits, s'en allaient. De temps en temps, la neige crissait sous leurs pieds, la glace craquait, ou c'était la mousse qui fliquait ou lapait bruyamment, mais eux ils partaient. Avec Adomélis. Et l'on entendait de moins en moins leurs pas. De moins en moins. Puis plus du tout.

— Ils reviendront, dit Adèle dans l'ombre.

Youza sursauta. Il avait oublié qu'elle devait rester avec lui.

— A la grâce de Dieu, fit-il.

— Ils reviendront, tonton. Et la liberté sera rendue à la Lituanie. C'est pour cela que nos hommes sont partis. Et plus tard, la vie sera belle!

— A la grâce de Dieu.

Youza sortit de son rêve. Le brouillard se dissipa. Lorsqu'il se leva, le matin, Youza vit qu'Adèle était debout depuis longtemps. Prompte et adroite, elle soignait les blessés, lavait, rangeait. Youza eut même un frisson, un jour, en voyant comme il faisait plus clair dans la maison. Il ne comprit pas tout de suite pourquoi. La maison était toujours là, aujourd'hui comme hier. Chaque chose à sa place. Les nuits étaient plus longues, comme elles le sont toujours en hiver, mais il faisait plus clair dedans. Youza s'occupa d'une chose et d'une autre dans la ferme, puis il descendit de sa colline pour trouver les signes de la venue du printemps, mais n'en trouva pas. Et pourtant, de retour à la maison, s'étonna de nouveau : il faisait encore plus clair qu'avant !

— C'est à toi qu'on doit ça ?

— Je n'avais rien à faire, tonton. Je n'allais tout de même pas rester les bras croisés...

Adèle était toute rouge. Sans regarder Youza, elle demanda :

— C'est mal de ne pas t'avoir demandé la permission ? Tu es fâché, peut-être, tonton ?

Youza ne dit pas que ce n'était pas bien. Il ne dit pas non plus que c'était bien. Il s'ébroua dans ses moustaches et se tourna vers les fenêtres. Elles étincelaient comme cristal. Et le sol de terre battue avait été balayé dans tous les coins et saupoudré de sable jaune. Ce sable, on en trouvait autant qu'on en voulait sur la colline, il suffisait de faire un pas pour le voir, doré sous le pied, et pourtant Youza n'en avait jamais rapporté à la maison, n'en avait jamais saupoudré le sol, même le matin de Pâques. Adèle, par contre, était allée en chercher, en avait répandu sur le sol. Et l'édredon était plié en deux sur le lit, si soigneusement que pas un brin de paille n'en sortait. D'ordinaire, il traînait sur le lit comme il y avait été jeté, n'importe comment, avec sa paille qui d'un côté grattait le mur, et de l'autre balayait le plancher ; et voilà qu'aujourd'hui il était soigneusement plié et rangé. Les oreillers aussi ne semblaient plus les mêmes. D'habitude, leurs boules grisâtres et fripées restaient empilées des semaines entières, et voilà qu'aujourd'hui, ils étaient gonflés presque jusqu'au plafond, dans des taies blanches comme neige, toutes crissantes d'empesage, avec une fossette à chaque bout.

— Et ça, c'était tellement nécessaire ?

— Je ne savais pas quoi faire de mes mains, oncle Youza, dit Adèle pour se justifier ; mais elle avait compris que Youza n'était pas fâché. J'ai été élevée comme ça à la maison. Depuis toute petite.

— Puisque c'est comme ça... puisque tu ne sais pas quoi faire de tes mains, merci à toi, seulement ce n'était pas la peine.

Youza la regarda de dessous ses sourcils.

Adèle éclata d'un rire joyeux.

Un matin, elle sortit de la souillarde plus tôt que d'habitude. Elle n'avait plus assez de bandages. Ça ne serait pas possible, par hasard, de trouver un vieux chiffon, un morceau de drap usé ? A condition que ce soit de la toile. On trouva bien sûr un vieux drap. Lavé et relavé, tout usé, mais en vraie toile. Adèle fit bouillir de l'eau avec de la lessive, lava à fond le vieux tissu, le battit au battoir, le mit à sécher au vent, le soir le rentra, et se mit à le découper en bandes étroites. Youza était assis tout près, tétant sa pipe qu'il avait oublié d'allumer, et regardait avec quelle agilité travaillaient les mains d'Adèle. On aurait même dit que ses doigts tremblaient d'impatience.

Adèle leva la tête, le regarda en souriant :

— Oncle Youza, tu as été amoureux, un jour ?

Youza sursauta. Personne ne lui avait jamais posé cette question-là. Pas une fois. Il serra les dents sur le tuyau de sa pipe.

— Et toi, oncle Youza, toi, on t'a aimé un jour ? fit Adèle, penchant la tête de côté pour le regarder.

Comme Youza ne répondit pas, Adèle dit d'un air coupable :

— Ne sois pas fâché, tonton, je demandais ça comme ça, simplement.

Youza se taisant toujours, Adèle reprit :

— Tu vis seul, à l'écart de tous... Est-ce que vraiment tout a toujours été comme ça ? Tu as pourtant été jeune, bel homme, tu es sûrement allé danser, certains soirs, alors je me demandais... Parce que tu étais beau garçon, il n'y a pas de doute, oncle Youza ! Mais surtout, ne te fâche pas, tonton Youza, d'accord ?...

Youza sortit la pipe de sa bouche. Sans rien dire. Adèle rougit, prit tous les chiffons de toile dans ses bras, souhaita une bonne nuit à Youza et partit se coucher. Ainsi finit cette journée pour Adèle et Youza.

Son lit, elle ne l'avait pas fait dans la grande pièce où dormait Youza, ni dans la souillarde où se trouvaient les deux blessés, mais dans la soupente. Chaque soir elle y grimpait, et une fois montée, tirait l'échelle et la rentrait dans le soli. Le matin, elle la ressortait pour descendre. Rentrée dans la maison, elle versait l'eau qu'elle venait de tirer au puits dans un grand baquet et commençait sa toilette en poussant des oh! et des ah! — l'eau était glacée. D'abord jusqu'à la taille, ensuite les jambes, qui devenaient rapidement rouge feu. Sa poitrine faisait éclater sa robe. Son visage était de lait et de rose rouge. Et elle était si astiquée et si proprette que ses vêtements crissaient littéralement sur elle. Youza se détournait quand elle commençait à se laver, chaque matin, mais Adèle, apparemment, se souciait de lui comme d'une guigne. Comme si Youza n'avait pas été un homme, mais tout bonnement « le tonton ». Pas même un oncle d'ailleurs, mais simplement un vieil homme à cheveux blancs.

— Alors, comme ça, tu es décidée? lui demanda un beau jour Youza.

— Décidée à quoi? fit Adèle en le regardant avec de grands yeux.

— A devenir la femme d'Adomélis, je veux dire?

Adèle toussota, battit un peu des paupières.

— Mais lui et moi, on l'est déjà, oncle Youza.

— Quoi, déjà?

— Comme mari et femme.

Youza la regarda un bon moment.

— Comme mari et femme? redemanda-t-il. Sans rien, sans aucun…?

— Sans aucun quoi, oncle Youza?

— Ça ne me regarde pas, dit-il.

Adèle se mit devant lui. Sans plus renifler ni toussoter. Simplement, elle le regardait. Elle le regardait affectueusement.

— Ce ne serait pas de l'église que tu veux parler, oncle Youza?

— Ça ne me regarde pas, répéta Youza.

— Mais nous aussi, on est d'accord, oncle Youza ! Dès que la guerre sera finie, on se mariera. Comme tout le monde. Mais pour l'instant, comment faire ? Ce n'est pas possible que tu n'aies entendu parler de rien, oncle Youza ? Des rafles qu'ils font partout ? Ils prennent les vieux aussi bien que les jeunes, et ils les emmènent creuser des tranchées sur le front, travailler sous le joug hitlérien ! Il ne manquerait plus que ça, qu'ils nous voient dans la rue ou à l'église !

Youza se taisait, baissant un peu la tête, regardant Adèle de dessous ses sourcils. Bien sûr, elle avait raison, Adèle. Mais voilà, est-ce qu'elle avait entièrement raison ?

— Vous auriez pu attendre un peu, dit-il. Aujourd'hui, c'est la guerre. Demain, ce sera fini.

— Et si je l'aime ? fit Adèle regardant Youza droit dans les yeux.

— A chacun de faire comme il l'entend.

— Et comment je dois l'entendre, moi ? On se promène sous les balles tous les jours, la mort nous guette à chaque buisson, alors ? Attendre ?

Youza se taisait. Adèle le regarda encore fixement. Puis elle eut un sourire. S'approcha de Youza. S'assit juste à côté de lui sur le banc.

— Pourquoi je te demande ça, oncle Youza ? dit-elle après un silence. Parce que je voudrais savoir : qu'est-ce qui est le plus important : l'église, ou l'amour ?

— Moi, j'ai mon refrain, et toi, tu en as un autre.

— Un autre ? Alors dis-moi, oncle Youza, dis-moi quelque chose, insista Adèle. Seulement si tu veux bien, évidemment. Si tu ne veux pas, ne dis rien. Mais ne te fâche pas. Je ne pense pas à mal. Je voudrais simplement savoir. Que ce soit toi-même qui me le dises. Est-ce que c'est vraiment vrai... vraiment vrai que tu n'as aimé personne, oncle Youza ?

— Tu l'as déjà demandé.

— Et si tu disais vraiment la vérité ? La vérité vraie ?

Youza ne répondit rien. Il ne tourna même pas la tête du côté d'Adèle.

— Et tu as vécu toute ta vie ici, au Kaïrabalé, complètement seul ? Sans qui que ce soit, sans personne, oncle Youza ? Même quand tu étais jeune, beau garçon... Parce que c'est vrai que tu étais beau garçon, oncle Youza. Tu es encore beau aujourd'hui !... Alors, même autrefois... même autrefois, sans personne, sans personne, oncle Youza ?

— Tu causes, tu causes...

Adèle se leva. Elle resta un instant près de la fenêtre, puis se tourna vers Youza. On aurait dit qu'elle était sur le point de pleurer.

— Mais moi, oncle Youza, j'ai entendu dire que tu étais très, très... !

— Aboiements de chien, le vent les porte.

— Je l'ai entendu dire par des gens, pas par des chiens. Alors, ils mentaient ?

Les larmes ruisselaient de ses yeux. Elle se les balaya d'un poing rageur. Et s'approchant de Youza à le toucher :

— Non, tu n'as pas aimé, oncle Youza !

Youza frissonna. Il sentit le sang se retirer de son visage. Sa vue se brouilla. Il se pencha en avant, la poitrine pressée contre la table. Resta assis, appuyé, sans bouger. Attendant que le vertige passe.

— Tu n'as jamais aimé personne, lui cria Adèle, sanglotant presque. Et maintenant non plus, tu n'aimes personne ! Personne !... Tu nous caches, oncle Youza, tu ne comptes pas le pain que tu nous donnes, tu es très bon, mais en réalité, en réalité... ? Est-ce que tu es allé les voir une fois, les blessés, au moins une petite fois ? Est-ce que tu leur as parlé un peu, parlé comme un homme à un autre homme, est-ce que tu t'es assis un peu avec eux ? Et eux, nos blessés, est-ce que tu sais ce qu'ils ressentent, oncle Youza ? Ils sont assis tous les deux, sans pouvoir bouger, et ils ne pensent qu'à une chose, c'est que tu leur en veux puisque tu ne leur causes pas, c'est qu'ils te sont à charge... Non, tu n'aimes personne, oncle Youza !

Youza se leva du banc, s'arrêta au milieu de la pièce. Il se rendait compte, maintenant seulement, que c'était la vérité... la vérité. Il n'était pas entré une seule fois dans la souillarde. Même le premier soir, lorsqu'il y avait mené les blessés. Il n'était pas entré. Et le second soir non plus.

Et tous les soirs qui avaient suivi. Il allait près de la porte, donnait à Adèle une soupière pleine de viande, une planche avec du pain coupé en tranches, du miel, du fromage cassé en morceaux — et il revenait. Pas une fois il n'avait franchi le seuil de la souillarde. C'était la vérité, la pure vérité. Et il ne lui était pas venu à l'esprit qu'il aurait pu faire autrement. Qu'il aurait dû faire autrement. Et maintenant, Adèle! Adèle debout devant lui, et qui le regardait les yeux pleins de larmes. Elle s'était arrêtée de pleurer, mais ses larmes ne séchaient pas. Youza le voyait bien : elle attendait ce qu'il allait répondre. Et elle ne savait pas, cette gosse, que tout était loin d'être comme elle le croyait. Lorsque chaque matin s'ouvrait la porte de la souillarde, lorsqu'il voyait, lui, Youza, la table longue et large qu'il avait fabriquée de ses propres mains, cette table à laquelle s'étaient assis les deux Konèle et leurs trois filles, plus belles les unes que les autres, lorsqu'il voyait le long des murs les couchettes sur lesquelles les Konèle s'étaient reposés tant de nuits — comment aurait-il pu trouver la force de franchir le seuil? Chaque fois il se sentait devenir glacé, chaque fois tout son corps était pris d'un tremblement. Il restait à la porte, attendant qu'Adèle lui tende la soupière et la planche — ah! le plus vite possible! pour pouvoir s'en aller. S'en aller, s'en aller le plus vite possible. Loin de cette longue table qu'il avait faite de ses propres mains. Loin de ces couchettes. Loin, plus loin...

Youza regarda Adèle. Il sentit le sang affluer violemment à ses joues. Il avait le visage en feu.

— Frappe-moi donc aussi, dit-il à Adèle.

Dans la maison, le silence tomba, comme si Adèle n'avait pas été là, ni lui. Ni Adèle, ni Youza. Non, il n'y avait pas âme qui vive dans la maison.

Adèle poussa un cri : « Oncle Youza! »

Youza ne lui répondit rien.

Adèle s'approcha de lui, lui prit la main, qu'elle embrassa :

— Pardonne-moi, dit-elle à voix basse.

XXXII

Adèle s'éveillait tous les matins avant tout le monde. Elle descendait de son soli, souhaitait le bonjour à Youza, lui souriait de loin, prenait une serviette et du savon. Mais maintenant, elle faisait sa toilette au puits. Elle en revenait en claquant des dents.

— Tu vas prendre froid, lui disait Youza.

— Peut-être que non, lui répondait chaque fois Adèle.

Et elle lui adressait à nouveau un grand sourire, à lui, Youza.

Non, ce n'était plus la même Adèle.

Et Youza non plus n'était plus le même. Si Adèle rentrait dans la maison, lui en sortait. Lorsqu'on a une ferme, on peut bien passer des jours entiers à travailler, et même des nuits, ça n'empêche qu'il reste toujours des choses pas faites, ou pas terminées, qui vous tombent sur la tête au moment où on s'y attend le moins. C'est vrai. Mais était-ce bien la raison, en réalité ? Youza n'aurait pu le dire.

Voilà comment ils étaient maintenant, Adèle et lui. L'un comme l'autre.

Quant à la souillarde, Youza n'y entrait toujours pas. Mais il ne se hâtait plus de partir après avoir donné à Adèle la soupière et la planche à pain. Et il pouvait voir, derrière le dos d'Adèle, que les deux blessés amenés par Adomélis allaient mieux. Nettement mieux. Ils avaient moins de bandages, et leurs joues avaient repris un peu de couleur. Pas un rose très vif encore, mais qui se voyait tout de même. « Heureusement », se disait Youza, mais il n'en disait pas un mot pour autant. Ni à Adèle, ni aux deux autres. Puisque ça allait bien, à quoi bon en parler ? Les blessés eux aussi souriaient de loin à Youza. Debout à côté de la longue table. Ni l'un ni l'autre ne s'asseyait tant que Youza était sur le pas de la porte. Adèle non plus, d'ailleurs. La viande était sur la table et eux, à côté. Youza, de ce côté-ci du seuil, eux, de l'autre.

Ainsi désormais se passait chaque matin. Et passaient les jours. « Qu'ils passent, se disait Youza, qu'ils passent bien comme ils veulent. Des jours, il y en a tant dans la vie d'un homme… Un jour passe, et puis un second, et encore un autre. Et tous se ressemblent. On ne sait guère si on est mercredi ou si on est dimanche. Et à quoi bon savoir ? Les jours, ils viennent tous on ne sait d'où et disparaissent sans qu'on sache où. Qu'ils passent comme ils veulent. Qu'ils passent. »

Même lorsque Youza travaillait, tout lui paraissait flou, indistinct, maintenant. Lorsqu'il fit un peu plus chaud, il laboura les champs sur la colline, mais en marchant derrière sa charrue, il avait l'impression de rêver. Le Saure aussi semblait faire partie du rêve : ce n'était pas vraiment un cheval, c'était une brassée de brume rampant sur le Kaïrabalé, même si cette brume frappait la terre de ses sabots, ce que ne font pas les chevaux dans les rêves. Youza s'occupa des plants, des boutures, sans se réveiller pour autant. Pareil pour le lin, lorsqu'il le sema au printemps sur les guérets labourés à l'automne. Au bord des bauges et des clairures du marais, même lorsqu'il tirait de l'eau les tanches au dos noir pour gâter un peu les deux gars debout dans la souillarde à côté de la longue table, il ne sortait pas non plus de son rêve. Et même la nuit, lorsque les deux gars allaient dans la cour pour prendre un peu l'air, Youza avait l'impression de rêver. Des silhouettes vagues se profilaient dans l'ombre de la nuit printanière, des buissons se dessinaient près de la clôture, une croix au milieu des cerisiers, des ruches sous les pommiers. Un rêve, tout cela. Rien d'autre.

Aussi sursauta-t-il en voyant une fois en pleine nuit

Adomélis debout à côté de son lit. Tout en rêvant, il tendit la main, et rencontra le tissu des habits de son neveu ; le tissu et les vêtements étaient bien tangibles, et Adomélis lui aussi l'était. Mais il ne portait plus de pelisse. Il avait une veste de drap serrée à la taille par une large ceinture de cuir. C'est donc que bien des jours avaient passé. Mais Adomélis était réel. Ni rêve, ni brouillard. Adomélis en chair et en os.

— Qu'est-ce que tu veux ? demanda-t-il, posant ses pieds par terre.

Il regarda Adomélis, et son cœur se mit à battre. Le temps lui en avait tellement duré, de cet Adomélis, de ce fils de son frère... Il n'aurait jamais pensé que le temps puisse tellement lui en durer. C'est maintenant seulement qu'il s'en rendait compte. Dissimulant sa joie avec difficulté, il lui dit :

— Assieds-toi donc, assieds-toi.

— Je suis venu les chercher, oncle Youza. J'aurais dû venir il y a longtemps, mais l'avion a tardé. Ça t'a beaucoup fatigué ?

— Tu parles trop, dit Youza. On boit un coup, d'accord ?

— Tu plaisantes, dit Adomélis. On n'a pas une minute à perdre.

— De la vraie gnôle où j'ai fait macérer des herbes.

— Ne plaisante pas, tonton. On ramasse tout et on s'en va.

— Tiens donc, on ramasse tout et on se tire ! fit Youza d'un air sombre. Sans même dire bonjour ni bonsoir ?

Et avant qu'Adomélis ait pu répondre, Youza alla prendre dans le placard d'angle une bouteille de verre sombre au gros ventre renflé, prépara sans rien dire de quoi se mettre sous la dent en buvant la goutte, et lorsqu'il se retourna, les bras chargés de victuailles, il vit qu'Adomélis n'était plus seul dans la pièce. Il y en avait deux autres. Que Youza ne connaissait pas. Et à côté d'eux, les deux de la souillarde. Et Adèle aussi, avec eux — habillée, avec son baluchon dans les mains. Et tous le regardaient, lui, Youza. Le regardaient affectueusement. Avec de bons yeux.

— Faut pas m'offenser, dit Youza, décontenancé par l'éclat affectueux de tous ces yeux. Approchez-vous de la table, ici, tenez. C'est de la vraie gnôle aux herbes, c'est moi qui vous le dis. Vous n'en trouverez nulle part de la pareille, même en cherchant. Rien qu'une gorgée, et les yeux voient plus clair. Et les pieds avancent, je ne vous dis que ça. Une gorgée, et les pieds... Vous verrez, je vous le dis.

Youza avait commencé à parler, et maintenant il ne pouvait plus s'arrêter. Il ne se rappelait pas lui-même avoir fait pleuvoir autant de paroles une seule fois dans sa vie. Qu'est-ce qui lui prenait? Sans regarder personne, il marcha vers la table, tapa fortement le cul de la bouteille ventrue sur le bois de la table, souffla sur un godet de verre fumé, l'essuya du gras du pouce et le remplit à ras bord.

— Vous pourriez partir sans vider un verre? Ça ne va pas dans votre tête? Ça ne se fait pas de s'en aller sans boire le coup de l'étrier.

— Il ne faut pas, oncle Youza, protesta Adomélis. L'avion attend. Chaque minute est précieuse!

— Et pourquoi tellement en verser! ajouta Adèle. Qui va bien boire autant de gnôle!

— Où tu en vois beaucoup? Où çà? Ras bord, pas une goutte de plus.

— Mais ce n'est pas la peine, oncle Youza!

— On n'a pas le temps, pas une seconde!

— Ainsi, comme ça, tu m'offenses? dit Youza, s'immobilisant la bouteille à la main.

— Mais voyons, qu'est-ce que tu racontes, tonton! dit Adomélis.

Les hommes étaient là, tête baissée. Aucun ne bougeait. Le chef ici, visiblement, c'était Adomélis. Le silence tomba.

Adèle réagit la première. Elle passa à côté des hommes, prit le verre — et hop! cul sec. Avec un claquement de langue si alléchant et si sonore qu'on aurait dit qu'elle n'avait jamais rien fait d'autre dans sa vie que siroter la gnôle de Youza. Elle vint à Youza, tendit le verre vide.

— Verse, et pas de faux col !

— Ah çà, c'est un autre discours, se réjouit Youza. Ça, c'est autre chose !

Et il fit passer le verre de l'un à l'autre, comme cela doit se faire quand on boit en bonne compagnie. Les hommes vidèrent chacun un verre, puis se mirent à goûter à tout ce qu'avait préparé Youza. Et Adèle mangeait avec eux tous, il fallait la voir dévorer à belles dents.

— Ça, au moins, c'est quelqu'un, la félicita Youza. Tandis que vous autres, l'avion, l'avion ! Il faut d'abord se parler entre hommes !

Les hommes riaient. Adomélis aussi.

— Et Vassia, il est où, maintenant ? demanda Youza. Il est vivant, Vassia ?

— Il descend du Boche, répondit Adomélis.

— Par conséquent, il est vivant.

— Il ne se sépare pas de tes bottes, il parle tout le temps de toi. Pas commode, qu'il dit, le vieux, mais seulement en surface ; au fond, il a un cœur d'or.

— Tu causes, tu causes.

— Je transmettrai à Vassia, je lui dirai que tu te souviens de lui. Ça lui fera plaisir.

— Tu causes...

Adomélis s'était assis à la table, son fusil entre ses genoux. Il se cassait un bout de pain, prenait un morceau de viande avec ses doigts. Youza s'installa à l'autre bout de la table, non sans avoir encore prié tout le monde de s'asseoir, de ne pas le désobliger. Il clignait un peu des yeux en regardant son neveu mâcher sa viande de ses dents bien aiguisées. Youza se sentait bien. C'est toujours si agréable lorsque ton hôte ne dédaigne pas ton pain et ton sel.

— Le front se rapproche, tonton, dit Adomélis, rassemblant les miettes de pain dans le creux de sa main. Pour les Allemands, c'est la déroute. Tu n'entends vraiment rien, la nuit ?

— J'ai un sommeil de plomb.

— Ils te réveilleront ! Lorsque nos « Katioucha » tonneront, la terre tremblera. Tu les entendras bientôt,

tonton. Et tu verras de tes propres yeux l'armée libéra-
trice apporter la liberté à la Lituanie.

Youza jeta un regard sur Adomélis :

— Si c'est la liberté, c'est bien.

Et regardant autour de lui :

— Où sont les autres gars? Et Adèle, où elle est?

La pièce était vide. Adomélis se leva, se dirigea vers la
porte.

— Attends une seconde, lui dit Youza.

Youza alluma la lanterne. Il traversa l'entrée avec
Adomélis, puis ils sortirent tous les deux dans la cour.
Les hommes étaient près du puits, et Adèle était avec
eux. Youza éteignit la lanterne, la prit de la main
gauche, et tendit aux hommes sa main droite. Ils
s'approchèrent de lui l'un après l'autre dans l'obscurité,
et Youza n'arrivait pas à reconnaître qui était qui. Tout
se passait à nouveau comme dans un rêve. Il ne tressaillit
et ne s'éveilla en quelque sorte qu'en sentant dans sa
main la main chaude et caressante d'Adèle. Mais
ensuite, il retomba dans son rêve. Il entendit seulement
à son oreille la voix d'Adomélis.

— Pardonne-moi, mon oncle, pour tous les soucis.

— Tu causes, tu causes...

Les hommes entouraient Youza, et il les entendit dire
dans l'obscurité que lui, l'oncle Youza, n'était rien
moins qu'un véritable partisan, un véritable vengeur du
peuple. Ils parlaient à mi-voix, mais distinctement, et
Youza apprit de leur bouche que la Lituanie soviétique
libérée — et elle serait rapidement libérée — n'oublierait jamais son héroïsme.

Youza était debout dans le noir. Debout et silencieux
— la lanterne pendant à son bras gauche baissé le long
du corps. Ce n'était pas la première fois qu'il entendait
ce genre de choses. Il l'avait entendu à une réunion où
on l'avait invité — avant l'arrivée des Allemands; il
l'avait entendu lorsqu'on avait distribué la terre des
koulaks aux nouveaux propriétaires, et aussi à un meeting à Maldinichké, au moment de l'arrivée de l'Armée
rouge. Il était bien venu un millier de personnes à ce
dernier meeting, peut-être plus. Il y avait un homme qui

parlait, monté sur une estrade en planches blanches, et ces mille personnes, ou plus de mille peut-être, l'écoutaient. Et maintenant, Youza était seul à écouter, et plusieurs personnes lui parlaient, à lui. Et Youza se souvint de ce que le fils Stonkous lui disait. A lui seulement, à lui seul. Youza se rappela que le fils Stonkous lui avait promis que la Lituanie ne l'oublierait jamais, lui, Youza. Pas la Lituanie soviétique, la Lituanie, tout simplement...

— Des mots, des mots...

Et vit qu'il n'y avait plus personne autour de lui. Les hommes s'en allaient dans la nuit du côté du chemin de fascines. S'éloignaient sans bruit. Comme l'autre fois, lorsque le marais était encore couvert de neige, la rivière scellée par la glace, et qu'ils avaient amené ces deux blessés. Sans un bruit. Maintenant on ne les entendait plus. Seuls les buissons frémissaient dans la nuit printanière. La Pavirvé faisait légèrement onduler les massettes.

Aussi, lorsqu'il sentit deux bras tièdes entourer son cou, il se rejeta en arrière de surprise.

— Romantique! lui chuchota Adèle à l'oreille.

Elle l'embrassa sur une joue, puis sur l'autre, mit ses deux mains contre lui et le repoussa légèrement, puis s'éloigna en courant. S'éloigna, s'éloigna, s'éloigna. Et disparut. Comme les autres avaient disparu. Comme tous les autres.

Presque jusqu'au matin, Youza resta debout dans la cour, la lanterne pendant au bout de son bras gauche.

XXXIII

Adomélis n'avait pas raconté d'histoires, finalement. Quatre ou cinq jours après le départ de ses visiteurs, Youza entendit quelque chose à travers son sommeil : un grondement sourd. Il se leva, sortit dans la cour : oui, c'était vrai, ça tonnait ! Encore très loin, mais ça tonnait ! Même le Saure, qu'il avait laissé sur le pacage en bas de la colline, hennissait nerveusement. Et des lueurs rouges zébraient le ciel du côté d'où venait le grondement. Bien loin encore. Plus loin que Debeïkaiaï, peut-être même plus que Kamaiaï, ou Oujpaliaï. Youza pensa un instant que, peut-être, ce n'était pas ce dont avait parlé Adomélis, peut-être n'était-ce qu'un orage venant de l'est, avec son cortège de tonnerre et d'éclairs. D'habitude, c'était de l'ouest que les orages arrivaient sur le Kaïrabalé. Les vents les plus violents et les grosses averses aussi. Mais après tout, pourquoi ne viendraient-ils pas aussi de l'est ? Qu'est-ce qui les en empêchait ? Les orages peuvent venir de partout. Et ce qui se passait ressemblait bien à un orage. Un orage, cela commence par le tonnerre, ensuite vient le vent qui courbe les arbres et les buissons, puis le ciel se couvre de nuées, si sombres qu'on dirait la nuit, enfin les nuages crèvent, l'averse déboule — à ce moment-là le ciel s'embrase. Après le tonnerre, le vent et l'averse. Et tout le monde sait alors que les éclairs ont mis le feu à des fermes qui brûlent, à des forêts qui flambent. Ça se passe toujours comme ça. Aujourd'hui aussi. Aujourd'hui comme d'habitude. Mais brusquement, Youza s'aperçut que ça ne se passait tout de même pas comme d'habitude. Il ne pleuvait pas, le ciel était tout émaillé d'étoiles, le vent se taisait, et même le tonnerre ne grondait pas par déflagrations successives, comme d'ordinaire pendant l'orage, mais il roulait, roulait, roulait sans interruption, énorme rumeur sourde déferlant sous la voûte du ciel. Adomélis n'avait pas raconté d'histoires, finalement.

La nuit suivante, même chose. Et la nuit d'après aussi. Youza n'allait même plus se coucher. Il restait dans la cour, dans le noir, il écoutait. Puis une nuit, un peu avant l'aube, il remarqua que les grondements et les incendies ne venaient plus de l'est, mais de la droite et de la gauche, et même d'en face, là où le soir se couche le soleil. La guerre était venue et passée à côté, contournant le Kaïrabalé et Maldinichké. Il n'y avait plus dans le ciel que des avions qui déferlaient. La nuit surtout. Il y en avait beaucoup, de ces avions. Bien plus qu'au début de la guerre, où passaient des avions avec des croix noires sous les ailes. De vraies nuées, aujourd'hui. Des bombardiers, tous sans exception. Ils volaient bas, presque au ras du sol. Et rugissaient si fort que sur le Kaïrabalé la laîche se couchait sur les mousses, et que les tempes de Youza éclataient. Et de nouveau, plus rien : les avions n'avaient pas lâché de bombes, ils n'avaient pas tiré à la mitrailleuse, comme ceux du début de la guerre. C'étaient d'autres avions, et ils allaient dans la direction opposée.

L'aube arriva et voici ce que vit Youza : les gens faisaient sortir le bétail des fermes. Ils le faisaient avancer en silence. Dans la direction de Vidouguiré. Et Youza se souvint que ce n'était pas la première fois. Pendant l'autre guerre, celle d'autrefois, les gens avaient aussi mené leurs bêtes dans les forêts. Les enfants et les femmes aussi — dans les forêts. Certains avaient des sacs de grain, quelques-uns emportaient même des meubles. Chaque fois qu'il y avait une guerre, les gens faisaient ça. La seule différence, c'est que pendant l'autre guerre, les gens partaient la nuit ; cette fois, ils partaient à l'aube. Et même en plein jour. Youza grimpa tout en haut de la colline et regarda. Les gens tapaient sur le bétail avec des bâtons, donnaient des coups de fouet, criaient. Tout le monde criait — les vaches et les gens. Des vaches, d'ailleurs, il n'en restait guère. Comme toujours en temps de guerre. Les chevaux, faut être juste, les gens ne les battaient pas. Personne. Les gens les menaient par la bride en silence, s'efforçant de passer rapidement à l'abri des buissons. Mais ils les menaient tout de même dans la forêt. Tous — dans la forêt. Et personne n'en sortait, de la forêt. Pas comme pendant l'autre guerre. Pendant l'ancienne guerre, les gens laissaient dans la forêt, avec leurs vaches et leurs chevaux, femmes, enfants et quelques jeunes bergers; mais eux-mêmes rentraient dans leurs fermes, creusaient des tranchées dans leurs jardins, se mettaient dedans et attendaient, l'oreille collée contre terre, pour savoir quand la guerre serait finie et quand il serait possible de ramener les vaches et de recommencer à vivre comme par le passé. Aujourd'hui, c'était différent. Les guerres, apparemment, ne sont pas toutes semblables. Et les gens ne se conduisent pas toujours de la même façon. Youza resta longtemps au sommet de la butte, mais il ne vit personne revenir.

Chaque matin, Youza remontait là-haut. Debout, la main en visière au-dessus de ses yeux, il examinait les environs. Personne, tout était désert. La guerre était passée, rugissante, tonitruante. Les avions étaient partis en direction du couchant. Et maintenant, plus rien. Le silence. Pas un vol d'oiseau. Pas un bruissement de feuilles dans les arbres immobiles. Le silence. Combien de jours passèrent avant que Youza finisse par voir, brusquement, un beau matin, bouger des buissons, ici et là, à la lisière de la forêt... Au début, ce ne fut qu'une tête qui se montra, prudemment, puis l'homme sortit complètement et, derrière lui, des cornes de vaches ou les naseaux d'un cheval. D'abord un par un, ensuite beaucoup plus. Toujours plus. Finalement, une vraie troupe sortit de la forêt! A travers les champs et les prés, par les routes et les sentiers. Et tout ça courait, courait. Et personne ne levait son bâton ou ne faisait claquer son

fouet : les vaches couraient toutes seules, et si gaillarde-
ment que bon nombre de leurs maîtres n'arrivaient pas à
les suivre. Quant aux chevaux, personne ne les tenait par
la bride. Ils étaient tous montés. Sans selle ni filet. Les
hommes s'accrochaient à leur crinière. Et les chevaux
hennissaient à en faire résonner les champs. Et les
oiseaux s'éparpillaient dans toutes les directions... Ça
chantait, ça criait, ça jasait, ça voletait sur le Kaïrabalé,
sur les prairies, sur les labours. Comme si ce n'était pas
l'été, mais encore le printemps, gai, ensoleillé. De tous
les oiseaux, seuls les freux restaient perchés immobiles
au sommet des sapins. Noirs, maussades, silencieux.
Youza en eut un coup au cœur : qu'est-ce qu'ils avaient à
rester comme ça, pressentaient-ils un malheur, l'atten-
daient-ils ?

Youza resta toute la matinée au sommet de la butte.

Et lorsqu'il en descendit, il vit son frère Adomas assis
sur le banc sous la fenêtre de la maison. Il s'arrêta même
de descendre, tant sa surprise fut grande de le voir. Son
frère avait encore vieilli, ses os saillaient sous la peau
comme saillent de terre les racines de pins sur un chemin
défoncé par les roues des tombereaux. Mais les yeux
d'Adomas, par contre, étaient illuminés d'une joie calme
et attendrie que Youza n'avait jamais vue dans les yeux
de son frère. Adomas se leva, et après un instant de
silence dit à son frère :

— Youza, embrassons-nous.

Il était debout près de Youza, plus près qu'il ne l'avait
jamais été, et pourtant Youza le distinguait mal. Comme
s'il l'avait regardé à travers ces épais rideaux de pluie
dont l'été inonde le feuillage, ou à travers l'air frissonnant de chaleur au-dessus des champs pendant les cani-
cules.

— Qu'est-ce que tu as à pleurer ? demanda Adomas.

— Et toi donc...

Pour la seconde fois de sa vie, Youza ne put retenir ses
larmes. La première, c'était lorsque Adèle lui avait dit,
quand elle était chez lui, qu'il n'aimait et n'avait jamais
aimé personne. La seconde, c'était aujourd'hui.

— Et toi donc, redit-il à Adomas. Et toi...

Les deux frères s'étreignirent, s'embrassèrent avec chaleur. Et chacun continua à tenir l'autre aux épaules, avec force, mais en riant, maintenant. Adomas essuya du revers de sa main une larme qui avait coulé sur sa joue.

— Je suis coupable envers toi, Youza. Adomélis est revenu, il m'a tout raconté.

— Des mots...

Les deux frères s'assirent sur le banc. Youza fouilla dans sa poche pour prendre son gros tabac, mais s'arrêta sans le sortir.

— Et Youzoukas, il est revenu ?

— Je l'attends, Youza, je l'attends.

— Il reviendra. Lorsque les guerres sont finies, les gens reviennent.

— La guerre fait toujours rage, Youza. Qui sait comment ça peut tourner... Adomélis le dit bien : le fasciste boche tient encore sur ses deux jambes. Et mon Adomélis, il sait ce qu'il dit.

Après un petit silence, Adomas reprit :

— Le malheur avec les enfants, c'est qu'on les élève, on est aux petits soins pour eux, et après... Youzoukas, il est Dieu sait où, Adomélis ne met pas même les pieds à la maison, il est parti à Maldinichké.

— Il est de nouveau dans les autorités ? demanda Youza, dévisageant son frère.

— Je lui ai pourtant dit et redit : ta place n'est pas dans la politique, mais derrière une charrue. Le père labourait la terre, le grand-père la labourait aussi, et moi — pareil. Ta place est là. Notre place, c'est derrière la charrue. Tu crois qu'il m'a écouté ? Tu crois que les enfants d'aujourd'hui écoutent ce que disent les parents ? Ils n'en font qu'à leur tête, à leur tête, les enfants, aujourd'hui. Ils connaissent tout, ils savent tout. « Quant à toi, père, tais-toi. Tais-toi, papa ! » Je ne demanderais pas mieux de me taire...

— Il est dans les autorités, Adomélis ?

— Ce n'est pas ça le pire, Youza, ce n'est pas ça.

— Qu'est-ce que tu attends encore ?

— Il ne serait pas venu chez toi, par hasard ?

— Adomélis ?

— Il s'est fourré dans la tête de retrouver le Stonkous : « J'irai le chercher jusque sous terre, je lui ferai vomir son temps de collabo ! » Il bout sur pied, mon gosse !

Adomas se tut, puis :

— Je ne t'ai pas dit... Ils lui ont tué son Adèle.

Youza s'arrêta de respirer.

— Adèle ?

— Dans une embuscade. Et maintenant Adomélis ne sait plus où se mettre, de l'avoir laissée partir toute seule.

Youza resta longtemps sans rien dire. Il avala avec peine une boule salée qui lui barrait la gorge.

— Le fils Stonkous ?...

— Et qui d'autre ? C'est ce que dit Adomélis, en tout cas. Adèle traversait Vidouguiré en vélo, elle ne se méfiait pas. Elle allait organiser les komsomols.

— Le fils Stonkous, tu dis ?

— Qui peut savoir ?... Peut-être lui, peut-être un autre comme lui. Ils se tiennent tous les coudes à présent. Mais voilà, il n'y a plus d'Adèle. Plus d'Adèle...

Adomas sourit tristement.

— Elle aurait fait une bonne bru, soupira-t-il. Je les aurais conduits à l'église. Je leur avais offert une chambre : vivez donc, les enfants. S'il n'y avait pas eu la politique, elle aurait fait une bonne bru... une bonne bru, oui...

Youza se tourna vers son frère.

— Tu te trompes, dit-il.

— Moi, je me trompe ?

— Tu te trompes, répéta Youza. Ce n'est pas toujours la politique qui est coupable.

Adomas resta longtemps sans rien dire, puis :

— Si le fils Stonkous se montrait, dit-il, vaudrait mieux qu'il disparaisse. Le plus loin possible. Qu'il n'attende pas mon Adomélis... Il y a eu assez de sang, Youza. Ce qui est fait est fait : on ne ramènera pas Adèle, de toute façon. La guerre est finie, ça suffit. Ça suffit, Youza.

346

Sur le banc, Youza s'agita. Les paroles d'Adomas le surprenaient beaucoup. Il fixa Adomas dans les yeux, s'attendant à ce que celui-ci baisse les siens. Mais Adomas ne céda pas, comme il cédait pourtant toujours.

— Tu te trompes encore.

— On n'arrête pas le sang par le sang, Youza. Qu'on abatte le fils Stonkous — il s'en trouvera dix, voire cent à sa place, et leur sang retombera sur nos têtes. Est-ce que ça ne suffit pas comme ça, Youza? Est-ce qu'il n'y a pas eu assez de sang comme ça?

Youza se leva. Regarda du côté du marais, par l'échappée entre les bâtiments. Il montait de là-bas des fumées de brouillard. Mais Youza ne voyait pas le Kaïrabalé. Il ne voyait pas le brouillard. Devant ses yeux, comme vivante, il voyait Adèle. Même sa voix, il l'entendait. Son murmure, tout bas, à son oreille. Il était resté toute la nuit dans la cour, cette fois-là, sa lanterne pendant au bout de son bras. Il ne savait pas, il ne pouvait pas même imaginer qu'il voyait Adèle pour la dernière fois. Il se tourna vers son frère.

— Ce n'est pas Adèle que tu pleures, dit-il. C'est le fils Stonkous que tu pleures, Adomas!

— Je les pleure tous, Youza.

Youza se tut. Puis il dit :

— Ce n'était pas la peine de venir.

— Nous n'arrivons plus jamais à nous entendre, Youza, fit Adomas en frissonnant. Comme si nous n'étions plus frères. Que Youzoukas revienne, que ma femme ne pleure plus, je ne demande rien de plus, tu sais. Alors j'attendrai peut-être encore des petits-enfants. Mais j'ai fait mon temps, Youza. Le sang, ça suffit. Le sang, ça suffit comme ça, Youza. Au nom de Dieu, je te le dis.

— Ce n'était pas la peine de venir!

Youza ne vit ni n'entendit son frère se lever du banc, se diriger vers le couchis de fascines et s'en aller le long des buissons en bordure du marais, vers les champs. Youza une nouvelle fois restait seul, complètement seul. Comme cette nuit-là, lorsque Adomélis et ses partisans lui avaient dit adieu. Et Adèle. Simplement, aujourd'hui, ce n'était pas la nuit. Le brouillard se dissipait au-dessus du Kaïrabalé. A l'est, le soleil perçait à travers les nuées. Youza resta longtemps ainsi, sans bouger. Jusqu'à ce qu'il entende les sabots du Saure qui s'approchait de lui et lui donnait des coups de tête dans le dos. Le Saure demandait à travailler. Youza se retourna, sourit au cheval, lui caressa la crinière. Le Saure hennit doucement, remerciant son maître. Il se faisait vieux, lui aussi, les années en passant allaient bientôt le chasser du collier. Comme elles en avaient un jour chassé le Bai. Il n'y avait plus de Bai depuis longtemps, il était mort, en paissant sur un pré de marais. Youza l'avait enterré. Et maintenant, le Saure...

La main de Youza passait et repassait sur la crinière du Saure.

XXXIV

Le fils Stonkous finit par réapparaître sur le Kaïra-balé. Pas aussitôt après la visite d'Adomas. Pas même cet été-là, mais l'hiver, peut-être d'ailleurs pas le premier hiver après Adomas, mais le second. Ou bien, qui sait, le troisième. Youza avait depuis longtemps perdu la notion du temps. Il traînait dans la maison, flânait à travers la ferme, se couchait lorsque la fatigue lui coupait les jambes, se mettait à table lorsque la faim lui tordait l'estomac. Voilà comment vivait Youza lorsque sur le Kaïrabalé réapparut le fils Stonkous.

Youza commença par entendre une fusillade. Du côté de Vidouguiré. Des coups de fusil qui claquaient, des mitrailleuses qui crépitaient. Comme la nuit où Adomé-lis et Vassia étaient venus frapper à sa fenêtre, sur le matin. Et tout comme cette nuit-là, la fusillade s'était à peine calmée que Youza entendit frapper à la fenêtre de la chambre, puis à la porte de l'entrée. Il alluma sa lampe, tira la clenche du loquet. Le fils Stonkous se tenait devant la porte, serrant à deux mains son fusil, claquant des dents, et sans chapka.

— Ta lampe!... Éteins ta lampe!

Et se jetant aux pieds de Youza, il lui enserra les genoux, là, dans l'entrée.

— Sans moi, ils t'auraient fusillé, tonton Youza. A Maldinichké, au cimetière, tu te souviens?... Je t'ai assommé pour te sauver des autres... Peut-être que tu ne sais pas comment ça se passait, là-bas... Maintenant, à ton tour de m'aider!

349

Youza, debout devant le fils Stonkous, le regardait : il avait la joue gauche en sang, le front tout écorché...

— Et le fils de ton frère, Youzoukas, ajouta précipitamment le fils Stonkous, c'est moi qui ne l'ai pas laissé fusiller, moi qui l'ai fait partir en Allemagne. En Allemagne ! C'est moi qui l'ai fait partir, personne d'autre, oncle Youza !

On entendait à nouveau tirer du côté de Vidouguiré. Le fils Stonkous se releva, chancela, et s'appuyant dans l'obscurité contre le chambranle de la porte d'entrée :

— Dépêche, tonton Youza !

— Je voudrais bien. Mais maintenant, tout le monde connaît ma ferme.

— Mais je ne te demande pas de me cacher. Ce qu'il faut, c'est que je passe sur l'autre berge du Kaïrabalé. Et il n'y a que toi, tonton Youza, à connaître le chemin à travers les branloires. C'est tout ce que je demande.

— Attends-moi ici, dit Youza, se retournant pour passer de l'entrée dans la salle.

— Ne bouge pas ! cria le fils Stonkous, pointant le fusil droit sur Youza. Montre-moi la passe immédiatement. Et marche devant moi, tu entends, devant moi !

— Nu-pieds ? Sans vêtements ?

— Devant moi, je t'ai dit !...

L'aube commençait d'éclairer la cour lorsqu'ils sortirent de la maison. Youza avait détourné de la main le canon du fusil du fils Stonkous et s'était habillé et chaussé. En sortant, il prit une longue gaule, celle dont il s'était servi pour emmener Adomélis et Vassia. Et il commença à guider le fils Stonkous par ce même sentier secret où il avait fait passer les deux autres. Mais il se rendit compte tout de suite que l'hiver touchait à sa fin : l'eau glougloutait entre les mottues. Par endroits, il enfonçait jusqu'aux genoux dans la seigne. On était pris aux narines par une odeur de laîche étuvée dans son bain de l'an passé. Les mollières autour d'eux ondulaient, tanguaient. A chaque pas, Youza tâtait de sa gaule les bauges et les tremblants affamés, gueule ouverte, et cherchait un point d'appui solide, montrant au fils Stonkous où poser le pied, et l'autre le suivait, mais sans cesser une seconde de serrer à deux mains son fusil.

— Active-toi, tonton, active-toi !

— Ce n'est pas la grand-route que tu as sous les pieds.

— Je m'en fous, cria le fils Stonkous en claquant des dents, ce qui compte, c'est que je passe sur l'autre berge !

Et il étreignit encore plus fort son fusil, manipulant la culasse de sa main droite. Youza, se retournant, lui jeta un coup d'œil. Ce n'était déjà plus l'homme qui s'était jeté à ses pieds dans l'entrée de la maison. Le fils Stonkous chantait maintenant un autre air.

— Puisque tu es si pressé..., dit Youza.

Quand ils se trouvèrent à peu près à mi-distance de l'autre berge, après une marche laborieuse le long de la passe invisible, il faisait déjà jour. A mi-chemin, là où béaient les immenses orbites du marais qu'aucun hiver, si rigoureux qu'il fût, ne pouvait souder de ses glaces, Youza s'arrêta. Autour d'eux, la neige était nue. A une certaine distance, en demi-cercle, poussaient quelques petits bouleaux et quelques maigres pins. Youza fouilla longuement du bout de sa gaule la neige fondante, épaisse, noire. Il cherchait sous la neige un point où poser le pied et n'arrivait pas à en trouver un ; la gaule s'enfonçait chaque fois plus profond, toujours plus profond.

— Alors ? fit le fils Stonkous écumant de rage, ça va durer jusqu'à quand ?

— Jusqu'à ce que je trouve.

— C'est pas le moment de plaisanter, rugit le fils Stonkous, rabattant la culasse du fusil. Il y en a encore pour longtemps ?

Youza se tourna vers lui. Se tourna avec précaution, mais le heurta tout de même du coude. Le fils de Vintsiouné chancela, fit un pas en arrière : et ses jambes furent en un éclair cernées par l'eau. Glougloutante, bouillonnante. Le fils Stonkous blêmit, ouvrit la bouche pour crier. La mollière l'avait déjà aspiré jusqu'au-dessus du genou.

— Tu me fais ça à moi ? Ça ? A moi ? hurla-t-il d'une voix méconnaissable.

Il voulut viser Youza, mais le tremblement de ses mains faisait tressauter le canon. Youza, sans un mot, saisit le canon, lui arracha le fusil.

— Tonton, ne me laisse pas crever, sauve-moi ! hurla l'autre, happé de plus en plus par la seigne. T'es devenu fou ! Pourtant, moi — je t'ai... ! Sauve-moi, Seigneur, par pitié ! Tonton, tonton, tonton... Ton... ton... !

Le hurlement, réveillant les oiseaux, déclencha un vacarme. Les corneilles et les corbeaux se mirent à criailler et à croasser, battant l'air du marais de leurs ailes au-dessus des grandes clairures du marais, puis d'une seule volée foncèrent vers le ciel ; mais ensuite, de nouveau, ils piquèrent vers le bas, giflant à peine l'eau, pour s'élancer une nouvelle fois vers les hauteurs avec des cris désespérés. Youza, sans bouger, regardait la grande seigne aspirer petit à petit le fils de Vintsiouné. De plus en plus profond. Toujours plus profond. Lui s'agrippait aux flottis de lentilles d'eau, la voix cassée, incapable de continuer à crier, roulant seulement des yeux exorbités, espérant toujours que Youza allait le sortir de là, qu'il allait lui tendre la gaule. Mais Youza ne faisait pas un geste. Youza regardait et ne bougeait pas. La seigne avait englouti maintenant le fils de Vintsiouné jusqu'aux épaules, et déjà son cou s'enlisait dans une pâte fluide et noire. La pâte visqueuse emplit la bouche. Et Youza vit la vase qui commençait à se refermer au-dessus du crâne du fils de Vintsiouné, avec d'énormes bulles venant crever en glougloutant à la surface... Et la vase se referma définitivement.

Corbeaux et corneilles se turent, s'immobilisèrent, suspendus dans l'air comme une nuée noire, puis tous, subitement, avec des croassements et des graillements retentissants, partirent en battant des ailes vers Vidouguiré.

Youza ne bougeait pas. Ne disait rien. Il tenait toujours le fusil par le canon. Et aussi la gaule. On eût dit qu'il écoutait le fils de Vintsiouné s'enfoncer toujours plus loin, toujours plus loin, dans la nuit sans fond de la grande seigne. Et quand fut remontée à la surface la dernière bulle, et quand elle eut crevé au milieu de l'orbite de la vasière, Youza poussa un lourd et douloureux soupir.

Le temps passa, Youza était toujours là.

Il y resta longtemps.

XXXV

Lorsqu'il finit par rentrer, Youza retrouva tout comme il l'avait laissé : la maison, le Saure, le puits — et ces trois-là, sous les cerisiers. Et pourtant non, pas comme il l'avait laissé. Rien n'était comme avant, il lui semblait tout voir à travers un brouillard. Ou comme dans un rêve. Longtemps il attendit des visiteurs, de nouveaux visiteurs. Puisque le fils Stonkous, autrefois, avait pourchassé Adomélis et Vassia avec ses policiers, Youza pensait voir accourir aujourd'hui Adomélis et Vassia. Se pouvait-il qu'Adomélis n'eût pas remarqué que le fils Stonkous ne se trouvait pas parmi les tués du hallier de Vidouguiré ? Adomélis avait l'œil perçant. Alors, puisque le fils Stonkous n'était pas parmi les tués, où pouvait-il être ? Forcément chez Youza, au Kaïrabalé, où aurait-il pu être, sinon ? Youza n'entreprit aucun travail de toute la matinée. La journée entière passa, et Adomélis ne se montra pas. Ni Vassia. Plus personne ne se montrait sur le Kaïrabalé. Le désert. Le silence. Pendant des jours et des jours.

Et Youza comprit qu'il ne devait plus attendre personne. Personne, absolument personne. C'était clair : il n'avait plus à attendre personne. Alors il recommença à se lever le matin avant l'aube comme il s'était levé dès le premier jour sur le Kaïrabalé, et il recommença à se mettre au travail chaque matin comme il le faisait auparavant. Fièvre et remous étaient venus, passés, partis, il fallait continuer à vivre. Continuer à vivre comme il avait vécu. Mais Youza comprit bien vite qu'on ne fait pas toujours ce qu'on veut. Il voyait tout à travers une sorte de brouillard. Tout comme à Maldinichké, lorsque des hommes armés, avec des brassards blancs sur la manche gauche, l'avaient emmené au cimetière juif. Ou comme la nuit où il avait conduit Adomélis, son neveu, et Vassia, le soldat russe blessé, par la passe secrète à travers le Kaïrabalé. Ou aussi lorsque Adèle, lui mettant ses bras tièdes autour du cou, l'avait embrassé comme personne jusqu'à ce jour n'avait embrassé Youza et l'avait appelé « romantique », ce mot qu'il n'avait jamais entendu et qu'il ne comprenait pas. Maintenant, c'était exactement la même chose. Non, pourtant, pas exactement. Avant, l'espèce de mirage venait, puis repartait. Le brouillard de temps en temps se dissipait, et Youza voyait de nouveau les choses telles qu'elles étaient. Aujourd'hui, c'était différent. Les jours succédaient aux jours, les semaines aux semaines, les mois aux mois, l'hiver était passé avec ses vents, ses tempêtes de neige et ses nuages au ventre rampant sur la terre, puis le printemps était venu, mais Youza vivait tout comme dans un songe. Où qu'il aille, quoi qu'il entreprenne, il le faisait comme dans un songe, comme si ce n'était pas lui qui se trouvait là, sur le Kaïrabalé, mais quelqu'un d'autre : comme si quelqu'un marchait, travaillait, mangeait même à sa place, ramassait les miettes sur la table à sa place, Youza regardant tout cela du dehors. Il fermait les yeux avec force, les rouvrait, secouait la tête violemment pour chasser l'hallucination, mais elle était là, toujours là. Jour après jour, toujours là.

Et c'est comme dans un songe qu'il vit un jour Adomélis apparaître sur sa colline. Il n'était pas seul, un autre l'accompagnait, un autre que Youza n'avait jamais vu, qu'il ne connaissait pas. L'autre était un peu plus âgé ; il avait des bottes de soldat usées et une sacoche de cuir avachie qui pendait à son épaule au bout d'une longue courroie et qui lui battait les flancs. Youza ne comprit pas ce que ses visiteurs lui dirent après s'être assis à la table, sans que lui, le maître de maison, les en ait priés. Il saisit seulement quelques mots par-ci par-là, selon lesquels il apparaissait que les fermiers des environs s'étaient inscrits au kolkhoze, de leur plein gré et avec enthousiasme, que la majorité d'entre eux y étaient déjà, qu'ils construisaient maintenant leur vie sur de nouvelles bases, sans la moindre contrainte, absolument sans la moindre contrainte, de la façon dont les choses se faisaient à l'heure d'aujourd'hui, qu'ils s'étaient inscrits tous jusqu'au dernier, qu'il ne restait plus que lui, Youza, lui seul, et que, pour n'importe qui, ce n'était déjà pas bien de n'être pas inscrit, mais c'était encore bien pis du fait qu'il s'agissait de Youza, parce que Youza était un de leurs cadres, parce qu'il avait aidé des partisans soviétiques, il avait résisté aux occupants hitlériens, il avait affaibli leur potentiel militaire et économique, et pourtant, il n'était pas venu à l'assemblée des kolkhoziens, ni à la première assemblée, l'assemblée constituante, ni ensuite, bien qu'on l'y ait invité — et même instamment —, ainsi voilà qu'il restait tout seul, à l'écart de tous, comme une espèce d'élément étranger, étranger à « nous »; bien sûr, cela va sans dire, ils avaient là-dedans leur part de responsabilité, ils avaient oublié un cadre de cet ordre, ils avaient oublié un des leurs, mais maintenant tout allait être différent, la critique et l'autocritique les aideraient à comprendre jusqu'au bout et à réparer toutes les erreurs qu'ils avaient pu commettre, ainsi « notre cher camarade » Youza allait entrer dans le collectif, « notre » Youza ferait désormais partie de ceux qui construisent les lendemains communistes!...

Youza écouta leur discours debout au milieu de la pièce. Il les regardait tous les deux, et n'arrivait pas à comprendre ce qui avait pu les amener chez lui, sur le Kaïrabalé, ni pourquoi ils s'y étaient installés sans y être invités, et à la fin des fins, en quoi ils pouvaient, tous les deux, avoir besoin de lui.

— Mais nous allons nous inscrire, nous allons nous inscrire! dit d'une voix forte l'étranger.

Il ouvrit sa sacoche de cuir, en tira une feuille de papier qu'il posa sur la table.

— Signez ici, s'il vous plaît!

Et il tendit un stylo à Youza.

Youza ne broncha pas. Il jeta un coup d'œil sur le stylo qu'on lui tendait, un autre sur le fils de son frère, Adomélis, un autre sur l'étranger, et regarda de nouveau Adomélis.

— Oncle Youza, tu entends ? On te demande de signer, tu comprends ? Et regarde qui te le demande : le président de notre kolkhoze en personne !

Adomélis s'était levé et se tenait debout devant Youza. Il attendait, debout devant lui, mais ne le regardait pas, ne regardait pas Youza, le frère de son père.

— Des mots pour rien, dit Youza.

Adomélis rougit jusqu'aux oreilles. Regarda l'étranger. L'autre haussa les épaules. Adomélis ouvrit la bouche pour tenter à nouveau de convaincre Youza, mais le président l'arrêta.

— Attends, j'ai compris : il faut s'y prendre autrement. Dites-moi, cher camarade Youza, combien avez-vous de terre ?

— Et ça vous fera du bien de le savoir ? répliqua Youza.

— Moi ? fit le président du kolkhoze en le dévisageant. Du bien ? A moi ?

— Ou alors du mal ? demanda à nouveau Youza.

— Je n'arrive pas à comprendre ! dit le président en se tournant vers Adomélis. Est-ce que toi, au moins, tu y comprends quelque chose ?

Adomélis jeta un coup d'œil sur Youza, puis après un petit silence :

— Il faut le dire, oncle Youza, le président doit le savoir. Toi, tu lui dis, et lui, il l'inscrit. Même moi, oncle Youza, à parler franchement, je ne sais pas encore au jour d'aujourd'hui combien tu as de terre. Deux hectares, trois, quatre, ou même cinq ?

— Autant que j'en ai labouré avec le Bai, dit Youza.

— Mais ça fait combien, oncle Youza ? Plus concrètement, plus concrètement...

— Ce que j'ai labouré, pas un pouce de plus.

Tous les trois parlaient maintenant en même temps. Youza ne comprenait pas ce que les deux autres voulaient de lui. Et les deux autres ne comprenaient pas que lui, Youza, ne comprenne rien. Ils finirent par se retrouver tous les trois debout, se regardant sans dire un mot. Puis Youza entendit les deux visiteurs qu'il n'avait pas invités recommencer à parler entre eux. A voix basse, comme s'il n'y avait eu personne d'autre dans la maison, eux seulement, absolument personne d'autre, pas même lui, Youza. Personne, seulement eux deux. Et Youza démêla tant bien que mal qu'il était question de lui dans la conversation, et aussi du Kaïrabalé où il avait labouré des terres avec son Bai, mais dans des endroits impossibles, tout à fait inaccessibles à un tracteur moderne ou à toute autre technique agricole soviétique de pointe, et que le diable seul savait comment rattacher maintenant la terre de Youza à la collectivité...

— Donc, signez ici, s'il vous plaît, camarade Youza! dit le président du kolkhoze, mettant fin à la messe basse. Ici, regardez, en bas de la page, et le président pointa le doigt sur l'endroit en question.

Youza jeta un coup d'œil à l'endroit indiqué par l'index du président, mais ne bougea pas.

— Votre feuille, elle est vide, dit-il.

Et effectivement, la feuille posée au beau milieu de la table était vide. En voyant cela, Adomélis piqua de nouveau un fard.

— Et pourquoi ne serait-elle pas vide, camarade Youza? fit le président en se tortillant un peu. Nous n'avons besoin ici que de votre signature, tout le reste, nous le rédigerons au conseil de direction. Nous réfléchirons au meilleur moyen de vous faire participer à la nouvelle vie, pour que vous puissiez travailler au bien du peuple. Nous réfléchirons à tout cela, camarade Youza, à tout. Et j'inscrirai moi-même, de ma propre main, ce qu'il faudra et comme il le faudra!

Youza resta muet. Debout au milieu de la pièce comme avant.

— Peut-être que vous... vous ne me faites pas confiance, camarade Youza? fit le président avec un grand rire. J'ai vraiment un air si louche que ça?

De nouveau, Youza resta sans répondre, sans bouger d'un pouce. Puis il fit :

— De ma vie, je n'ai mis ma signature en bas d'une feuille vide.

Le président maintenant ne riait plus, il clignait seulement des yeux.

— Comme tu veux, comme tu veux, camarade Youza. Nous ne forçons personne... Personne! Jamais!

Et se tournant vers Adomélis avec un grand geste :

— Inutile de perdre plus de temps. Avec toutes les réunions, toutes les délibérations qui nous attendent!... Nous arrangerons les choses nous-mêmes!

Et il sortit.

Adomélis ne le suivit pas immédiatement. Il n'était plus rouge maintenant, son visage était devenu gris. Et Youza se dit qu'il n'avait jamais vu le fils de son frère dans un tel état. Jamais. Au grand jamais.

C'est ainsi que les visiteurs disparurent de la maison de Youza. Après leur départ Youza réalisa qu'il n'avait rien mis sur la table de ce qu'on doit mettre dans ces cas-là, et de ce qu'il y mettait toujours lorsque quelqu'un franchissait le seuil de sa maison. C'était bien la première fois que pareille chose se produisait au Kaïrabalé. Et il ne les avait même pas raccompagnés, comme il le faisait toujours. Youza s'approcha de la table, s'assit, appuya son menton sur sa main, et resta là longtemps, dans le silence, sans savoir s'il était assoupi, s'il était encore vivant, assis dans sa propre maison. Il ne reprit conscience qu'en sentant une main sur son épaule, celle d'Adomélis.

Le fils de son frère était debout devant lui, mais ne le regardait pas. Les yeux d'Adomélis passaient à côté de Youza.

— Je suis revenu pour te demander ce que tu as, oncle Youza?

— Et qu'est-ce que je pourrais bien avoir?

— Peut-être que tu es malade, oncle Youza? Je me dis comme ça qu'on devrait peut-être t'aider? Moi, pour l'instant, je suis complètement débordé, mais je le dirais à papa. Et même moi, moi aussi, bien sûr, je pourrais laisser tomber un peu le travail. Le président aussi... Il ne te veut pas de mal, oncle Youza...

— Eh bien, c'est parfait! dit Youza après un long silence. Mais je ne suis pas malade. Et je n'ai besoin de rien. Ne perds pas ton temps.

— Tu n'es vraiment pas malade, oncle Youza?... Mais alors, qu'est-ce qui se passe, qu'est-ce qui est arrivé?

— Et toi? dit Youza en se tournant vers lui.

— Moi? (Adomélis eut un frisson.) Pourquoi moi?

— Tu n'es pas malade?

— Comment peux-tu avoir une idée pareille, oncle Youza? Pourquoi je serais malade?

— Les gens en bonne santé ne viennent pas user leurs semelles au Kaïrabalé, répondit Youza après un petit silence. Et ces gens-là n'ont pas peur de regarder un homme en face.

Adomélis trembla de nouveau de tout son corps. Il tenta précipitamment de se lancer dans des explications : « Ce n'était pas vrai qu'il... qu'il... » Youza l'interrompit, lui répétant ce qu'il lui avait déjà dit :

— Ne perds pas ton temps.

Un mois plus tard, peut-être deux, le Kaïrabalé vit apparaître d'autres gens. Des jeunes, des inconnus, qui n'étaient pas à pied, mais conduisaient un tombereau. Ils arrêtèrent le cheval avant d'arriver à la borde de Youza, sur le chemin de fascines, et descendirent du tombereau quatre veaux qui avaient les pattes attachées et des traits autour du cou. Ils les détachèrent puis ils posèrent sur la table, devant Youza, une feuille de papier.

— Ta signature, tonton!

— Et c'est pour quoi, maintenant? demanda Youza.

— Pour dire que tu as bien reçu des veaux, et que tu as pour obligation de les engraisser. C'est le président du kolkhoze qui l'a dit. C'est pour la viande. Donc tu les engraisses, quand ils auront grandi, nous reviendrons, nous les reprendrons et nous t'en donnerons d'autres. Et pour ta peine, tonton, on te comptera des jours de travail. Comme aux kolkhoziens. Tu comprends?

— Puisqu'y faut...

Et Youza fit rentrer les veaux un par un dans l'étable. A côté de son veau aux pattes blanches qu'il venait tout

juste d'enlever du pis de sa mère. Il leur donna à boire —
de l'eau fraîchement tirée du puits —, les nourrit tous
ensemble, et tous les jours qui suivirent, recommença :
leur donna à boire, les nourrit, leur donna à boire, les
nourrit... Tous — comme s'ils avaient été les siens. Et
chaque matin, il s'arrêtait même auprès de chaque veau,
leur caressait le front et le derrière du crâne sans faire de
différence entre le sien et ceux qui étaient destinés à la
boucherie. Il ne s'était pas écoulé tellement de temps
que Youza, en leur tâtant le front, sentit pointer deux
petites bosses. Ce n'étaient plus des veaux, mais des
taurillons. Et peu après, des gens arrivèrent de nouveau
du kolkhoze, d'autres gens, d'autres inconnus. Ils mirent
les traits aux quatre taurillons, les emmenèrent, et sortirent du tombereau d'autres veaux pour Youza. Non
pas quatre, cette fois, mais six. Et ils jetèrent aussi des
sacs d'aliments par terre.

— Si tu n'as pas assez pour les nourrir, signale-le,
tonton. On rajoutera une pincée d'aliment composé, ou
ce qu'il faudra d'autre. Tu as compris, tonton ?

— Puisqu'y faut...

Et Youza resta longtemps à regarder en silence partir
les quatre taurillons, attachés par leurs traits à l'arrière
du tombereau. Ils marchaient à leur pas à eux, pas au
rythme du tombereau. Et comme ils n'étaient pas habi-
tués à être attachés, ils tiraient de droite et de gauche sur
le chemin, tentant de résister, mais ne tournaient pas la
tête en arrière. Aucun ne se retourna. Comme s'ils
n'avaient jamais vécu chez Youza, comme si ce n'était
pas chez lui que leurs cornes avaient pointé.

Ainsi s'écoulaient désormais les jours pour Youza. On
lui amenait des veaux, on les lui reprenait taurillons.
Youza finit par ne plus savoir combien de fois on lui
avait donné de nouvelles bêtes, il remarquait seulement
que chaque fois, on lui en amenait davantage. La dernière fois, il en compta seize.

Lorsque Youza demandait aux gens du kolkhoze d'où
ils prenaient tant de bêtes, ceux-ci lui répondaient :

— Ça marche bien, tonton, ça marche même très
bien. Notre kolkhoze devient riche, il va de victoire en

victoire ! Mais si ça devient trop dur pour toi, tonton, on peut t'envoyer une ou deux solides gaillardes pour t'aider, hein ?

Et ils riaient aux éclats d'avoir tranquillisé Youza de cette manière. Mais l'année suivante, ce ne fut plus seize, mais dix-huit veaux qu'ils amenèrent. Et toujours plus de nourriture, surtout cette espèce de « combiné-concentré » dont on n'avait jamais entendu parler avant guerre. Youza restait longtemps à regarder ce « combiné-concentré » gris brunâtre, qui ressemblait à de la farine de mouture grossière. Il le goûta même, du bout de son doigt humecté de salive. Il avait un goût doux-amer, ce « combiné-concentré », il sentait aussi bien la farine d'avoine que la cosse de petit pois, et peut-être le blé. Et Youza pensa que l'on pourrait même faire de la semoule avec ce « combiné ». Il s'agissait bien de céréales, mais on les avait mélangées, Dieu sait pourquoi. Les veaux se jetaient dessus et se goinfraient à grand bruit ; et le président du kolkhoze, un jour où il était réapparu au Kaïrabalé, dit à Youza que ce « combiné-concentré » assurait aux veaux un gain de poids journalier de quatre cent quarante grammes. Et grâce à ça, voilà que lui, Youza, était devenu le meilleur engraisseur de veaux de tout le kolkhoze ; d'ailleurs pour être franc, il n'y avait que très peu de kolkhozes de la région qui puissent se vanter d'avoir un éleveur de veaux tel que lui, Youza.

— Fais-toi faire un veston avec un revers assez large ! dit le président en riant. Il va falloir y épingler une médaille, et qui sait, d'autres décorations aussi, hein ? Ça te plairait de recevoir des médailles, camarade Youza ?

Après un silence, Youza répondit :

— Des mots pour rien.

Le président se borna à hausser les épaules.

— Je n'arrive pas à te comprendre. Je n'y arrive pas, camarade Youza, reconnut-il.

Une fois de plus, Youza ne répondit rien, puis il finit par dire que ça ne serait pas mal s'il pouvait avoir un cheval pour une petite journée. Il avait besoin d'aller au moulin. Il faudrait par conséquent que quelqu'un du kolkhoze s'occupe des veaux pendant son absence. Grâce au président, merci à lui, on lui avait donné le grain qu'on lui devait en échange de ses journées de travail, et le moment était venu de le porter à Maldinichké. Pas pour du pain, non. Toute sa vie, il avait moulu la farine pour son pain à la maison. Mais voilà, il n'avait plus un gramme de fleur de farine, et sans elle, comment faire des blinis ? Ou des petits pâtés pour Noël ? Sans cette farine-là, impossible d'en faire. Alors, si ça ne gênait pas trop le président...

— Tu retardes, camarade Youza, fit le président avec un grand éclat de rire. Il y a belle lurette qu'il n'y a plus de moulins à Maldinichké. Le cheval, je t'en donnerai un, mais des moulins, il n'y en a plus... Et ça fait longtemps, camarade Youza !

— Mais il y en avait quatre, fit Youza en regardant, stupéfait, le président. Deux à vent, un à vapeur, et encore un autre sur la rivière Levuo, c'était l'eau qui faisait tourner les meules. Que peuvent-ils être devenus ?

— Maintenant, c'est au silo que nous envoyons tout le grain, camarade Youza. C'est là qu'il est conservé, moulu, et qu'on en fait du « combiné-concentré ». Mais vraiment, camarade Youza, tu n'en savais rien jusqu'à maintenant ?

Youza regarda de nouveau le président : est-ce qu'il se moquait de lui ?

— Et alors, pour la fleur de farine ? demanda-t-il, comment faire ?

— La fleur de farine, on en trouve maintenant au magasin, à Maldinichké, justement. Pas toujours, bien sûr, pas toujours, mais ça arrive qu'on en mette en vente, camarade Youza.

Le président eut un sourire. Pas un sourire ironique, cette fois, mais un sourire bien humain.

— Je vous donnerai un cheval, soyez tranquille, et je trouverai quelqu'un qui s'occupera des veaux. Vas-y, camarade Youza, va regarder un peu la nouvelle vie, achète autant de fleur de farine que tu en as envie, et peut-être aussi d'autres choses… Enfin, si tu arrives à en trouver. D'accord?

Youza ne répondit pas, mais il regarda de nouveau le président. Malgré tout, il avait l'impression que l'autre se moquait de lui. Qui peut bien acheter de la farine dans un magasin? Ce gars-là était sûrement un peu dérangé!

— Alors, c'est d'accord? redemanda le président. Demain, je t'envoie un cheval.

— Peut-être que non, répondit Youza.

— Et pourquoi? Tu n'as plus besoin de fleur de farine?

— Peut-être que non, répéta Youza.

— Comme tu veux, camarade Youza, comme tu veux! dit le président, retrouvant son air réjoui. Nous ne forçons jamais personne. A chacun d'agir librement suivant sa volonté.

Et sans ajouter un mot, le président s'en alla par le chemin de fascines.

L'idée de commander un veston à larges revers ne vint même pas à Youza.

Il retrouva de longues planches qui restaient du temps où il avait construit la souillarde — cette souillarde où avait vécu Konèle avec toute sa famille. Il récupéra un certain nombre de pieux solides, fit deux chevalets qu'il enfonça solidement dans la terre et fixa sur eux une goulotte qui allait du puits à l'étable. Lorsqu'on n'a plus quatre veaux, mais seize, va-t-on continuer à traîner des seaux d'eau du puits à l'étable pour les abreuver tous? Si bien que le matin, désormais, c'est par le puits que Youza commençait sa journée. Il tournait la manivelle, et l'eau coulait dans la goulotte. Et lorsqu'il avait fini de nourrir de « combiné-concentré » les veaux et tout ce qui vivait dans sa ferme, il se mettait à moudre avec des meules à main le grain qu'il avait reçu pour ses journées de travail. Lorsqu'il en avait moulu plusieurs tournées, il s'arrêtait et balayait soigneusement avec une plume d'oie la farine qui se trouvait sous les meules, séparant la farine fine et blanche de la farine plus grise. Il faisait tous les jours des blinis dans la poêle, il cuisait aussi parfois au four de petites brioches aux gratons qui craquaient délicieusement sous la dent, et pour Noël, il faisait même un gros pâté.

Voilà comment Youza vivait désormais.

Il n'avait plus le Saure. L'autre non plus, celui qu'il avait acheté poulain et qu'il avait élevé. C'était le président du kolkhoze qui l'avait emmené, en disant à Youza que les occupants allemands — ces ennemis de toujours du peuple lituanien — avaient anéanti le cheptel chevalin. Presque un million de têtes, peut-être davantage. Un million! Le kolkhoze n'avait pas un seul cheval à atteler, les champs envahis par les chardons n'étaient ni labourés, ni hersés, ni ensemencés, alors comment pouvait-il, lui, Youza, avoir le cœur d'utiliser pour son petit mouchoir de poche sur le Kaïrabalé un cheval entier, et par-dessus le marché un poulain. Ce n'était pas bien. Qu'on examine ça sous n'importe quel angle, ce n'était pas bien!

— Puisqu'y faut... dit Youza.

Maintenant, c'était le président du kolkhoze qui montait le Saure. Il n'allait tout de même pas parcourir toutes les fermes à pied pour dire aux kolkhoziens le moment où ils devaient commencer à labourer, quels grains semer et dans quels champs! Tout ce qui restait à Youza maintenant, c'était d'entendre parfois le Saure hennir tout bas lorsqu'il passait à proximité du Kaïrabalé, monté par le président. Quant au poulain, il ne le revit plus jamais.

Sa deuxième vache laitière, il ne l'avait plus, elle non plus. C'est encore cet infatigable président qui lui avait expliqué que les Allemands, ces ennemis de toujours du peuple lituanien, avaient massacré ou emmené dans leur « Vaterland » au moins autant — sinon plus — de vaches que de chevaux. Et dans le kolkhoze, il y avait des dizaines de familles nombreuses qui n'avaient aucune vache laitière, alors que lui, Youza, il en avait deux à traire. Ce n'était pas bien. Ce n'était vraiment pas bien. Même avec une seule vache, Youza pourrait se remplir la panse de lait! Il pourrait même, s'il le voulait bien sûr, en donner un litre ou deux pour le plan du kolkhoze.

Youza ne répondit rien à cette tirade du président.

Non, il ne regrettait ni son cheval saure, ni son poulain, ni sa vache; pourtant, lorsqu'on l'avait emmenée, elle avait meuglé longtemps en se retournant de son côté. Mais puisque les autres n'avaient pas de vache, puisqu'ils avaient des enfants et pas de vache, eh bien ! — tant pis, tant pis.

Maintenant, il ne faisait plus de fromages. Il ne les faisait plus sécher. Quant au beurre salé, il n'en gardait plus dans ses toupines de terre cuite. Quand il avait vraiment besoin de beurre, il en faisait un peu dans sa baratte. De quoi peut avoir besoin un homme seul ? Après tout, le président disait vrai.

Youza vivait ainsi comme dans un songe. Et il aurait pu continuer à vivre ainsi une centaine d'années et peut-être plus.

Mais voici qu'un jour il entendit comme dans un brouillard, juste un peu avant midi, une sorte de ronflement sur le chemin de fascines. Un ronflement qui se rapprochait, qui se rapprochait de plus en plus... Il regarda et vit une automobile qui arrivait au pied de sa colline. La première automobile sur le Kaïrabalé. Pétaradant, grondant, éternuant. Elle n'était pas toute en fer : elle avait des roues de caoutchouc, et des flancs tendus de toile verte. Elle sortit du chemin, tourna et se dirigea droit sur lui, Youza, creusant une large ornière dans la terre ; puis elle s'immobilisa. Adomélis en sortit d'un bond.

— Bonjour, oncle Youza ! cria-t-il à travers le rugissement de l'auto. Tu ne t'attendais pas à de la visite ? Mais nous t'apportons de bonnes nouvelles, de très très bonnes nouvelles ! Regarde : j'ai amené un photographe. Il va te prendre en photo, oncle Youza !

— Il faut encore changer de passeport ? demanda Youza.

Il en avait déjà changé. Plus d'une fois et même plus de deux. Chaque fois que de nouvelles autorités prenaient le pouvoir en Lituanie, elles donnaient de nouveaux passeports aux gens. Elles ramassaient les anciens passeports et en donnaient d'autres. Chaque gouvernement avait son passeport. Apparemment, il se passait la même chose aujourd'hui, la même chose.

— Nos nouvelles à nous sont bien meilleures que ça !

s'exclama Adomélis dans un grand rire joyeux. Tu vas être affiché au Tableau du Mérite, oncle Youza ! La direction du kolkhoze a pris la décision, les responsables régionaux ont donné leur approbation, ce qui fait que nous, on va vite prendre la photo et la suspendre ! Pour que tout le monde te voie ! Pour que tous les gens sans exception sachent qui est Youza et ce que vaut notre Youza, tu comprends, oncle Youza ?

Un autre jeune gars sauta de la voiture. Il avait l'âge d'un jeune berger. Quant à ses cheveux, ils n'avaient pas été coupés depuis longtemps. Il sortit de sa serviette un appareil étincelant, avec un grand œil couvert d'un disque noir.

— A quoi vous allez me pendre ?

Adomélis éclata de rire :

— Pas te pendre, mais te suspendre ! Te suspendre, tu comprends, oncle Youza ? A cause de tout le bon travail que tu as fait. Maintenant, tu es notre travailleur de choc ! Un expert dans l'engraissement des veaux, voilà qui tu es, oncle Youza !

Adomélis parlait, ou plutôt il criait. Mais il se tut brusquement en voyant que Youza ne bougeait pas et ne disait rien. L'oncle Youza se taisait.

Adomélis ne se troubla pas :

— Tu fais du bon travail, oncle Youza, tu comprends ? Il faut en être fier, en être heureux !

— Mais dis-moi, demanda Youza à Adomélis, dis-moi quand j'ai mal travaillé ?

— Tu as toujours bien travaillé, toujours, oncle Youza ! Comme si quelqu'un pouvait l'ignorer ! Mais tu comprends, aujourd'hui, tout est devenu différent. On mesure tout autrement, tu comprends ? Le travail, avant, c'était quoi ? Le travail, avant, c'était une malédiction pour l'homme, un fardeau pour lui durant tout le temps qu'il vivait, un supplice, un vrai supplice ! Ce n'était pas pour rien que les gens disaient : « Le travail, ça ne vous rend pas riche, ça vous rend bossu. » Mais maintenant ? Maintenant, le travail est à l'honneur ! Les journaux écrivent des articles sur les meilleurs travailleurs, on les récompense, on leur donne des médailles, on voit leurs photos partout, partout, partout! Voilà comme c'est, maintenant, oncle Youza!

Adomélis parlait, mais l'autre, celui dont les cheveux n'avaient pas vu depuis longtemps les ciseaux du coiffeur, tournait autour de Youza, s'approchait de lui subrepticement, d'un côté, puis de l'autre, s'agenouillait, s'asseyait sur un talon — tout juste s'il ne se couchait pas par terre —, se redressait, courait autour du puits, tout cela pour essayer de bien saisir Youza « dans l'objectif ».

— Ayez l'air de bonne humeur, un air de fête, ordonnait-il à Youza. Voilà, voilà... C'est déjà mieux, mais essayez encore, encore une fois!... Il ne faut pas poser, mais il me faut tout de même un sourire de jour de fête, je vous en conjure! Un sourire naturel qui soit en même temps un sourire de fête, vous comprenez? Pour qu'on ne pense pas que c'était juste pour la photographie. Il faut que ça fasse vrai, vous comprenez, camarade... camarade... camarade... Désolé! Et maintenant, nous allons vous prendre de profil, de profil, nous allons vous prendre... Voilà, comme ça... Extraordinaire! Un profil d'aigle, camarade... camarade... Et ce menton! Quelle volonté d'acier dans votre menton! Et maintenant, encore une petite fois « de face »... « De face »... Voilà, ça suffit, ça suffit maintenant. Vous êtes extraordinairement photogénique, camarade... camarade... Désolé!

Youza ne savait ni ce qu'était un « profil », ni ce qu'était une photo « de face », il n'avait jamais entendu ces mots-là de sa vie. En plus, il n'arrivait pas à comprendre pourquoi Adomélis avait appelé à son aide ce dicton bizarre. Il n'y a que les fainéants pour parler comme ça. Les gens normaux ne disent pas ça. Sans travailler, quel pain peut-on espérer manger? Et alors ce n'est pas tant de devenir bossu qu'on a peur, mais de s'en aller les pieds devant. Et puisque c'est comme ça, pourquoi le mettrait-on, lui, Youza, sur un tableau du mérite? Il avait drôlement appris à mentir, le fils de son frère! Enfant, il était comme tous les enfants, mais maintenant...

— C'est tout! (La voix du gamin résonna dans la

cour.) Une image sensationnelle ! Un vrai chef-d'œuvre !
Personne n'a encore jamais rien vu de pareil dans l'histoire de la photographie ! Ils vont en crever de jalousie...
Merci, merci, camarade... camarade... Désolé, excusez-moi !

— Viens absolument à Maldinichké samedi, dit Adomélis à Youza en s'approchant de lui. Il va y avoir de grandes cérémonies. Viens au palais de la culture, oncle Youza. On en a déjà un, tu savais ? On l'a installé dans le presbytère, là où vivait le curé, avant. Nous t'attendrons là-bas. Tout le monde y sera. Et ensuite, droit au praesidium ! Au milieu des personnalités. Il y aura même quelqu'un de haut placé qui viendra. Quelqu'un, enfin...
Tu vois ce que je veux dire ? Il faut absolument que tu viennes, oncle Youza.

Youza ne répondit rien. Il regardait son neveu sans bouger. Et Adomélis eut une impression bizarre, l'impression que Youza ne le reconnaissait pas, lui, Adomélis. Qu'il ne le reconnaissait vraiment pas.

Le samedi, Youza n'alla pas au palais de la culture. Il ne quitta plus jamais sa colline pour aller où que ce soit.
Et cessa d'attendre qui que ce soit.

XXXVI

Youza s'éveilla longtemps avant l'aube. Ce furent ses os qui le réveillèrent. Ils ne lui faisaient pas vraiment mal, ce n'était pas un élancement brutal comme pour une cassure, ça ne ressemblait pas à des rhumatismes — non, ses os geignaient. Youza resta longtemps étendu dans le noir, les yeux fermés, essayant de comprendre ce qu'il pouvait bien avoir. Ses os geignaient comme s'il allait pleuvoir — mais de quelle pluie pouvait-il être question, alors que l'hiver étreignait les murs, la neige crissait sous les ongles des putois, les palissades craquaient comme des coups de fusil en se fendant sous le gel. Non, jamais il ne s'était senti comme ça, Youza. Ça faisait pourtant sept dizaines d'années environ qu'il vivait, mais jamais il ne s'était senti comme ça.

Youza secoua la tête, ouvrit les yeux. Sans bouger, il tourna le regard vers la droite, puis vers la gauche, du côté du pied du lit, puis vers le haut, là où il avait coincé les pièces d'or sous la poutre avec le tranchant de la hache. Mais il n'y avait plus de plafond. Autour de Youza, il n'y avait rien. Que la nuit noire. Et par-delà les murs, la nuit, partout la nuit noire et profonde. Et lui — seul dans la maison. Seul dans son lit. Seul dans tout le Kaïrabalé.

Youza secoua de nouveau la tête. Il n'y a que les gens dépravés qui restent couchés quand ils sont réveillés. Dans les enclos de l'étable, ce n'étaient plus quatre, ni six veaux, comme il fut un temps, qui l'attendaient, mais

369

deux bonnes dizaines! Et la Brune meuglait, ses pis gonflés comprimés par ses pattes de derrière… S'appuyant de ses coudes sur les bords du lit, Youza tenta de se lever. Il n'avait pas même réussi à s'asseoir que déjà la tête lui tournait. Il attendit un moment, les yeux fermés, essaya encore. Plusieurs fois de suite. Et cela recommençait. Il parvint enfin à s'asseoir, resta sans bouger, attendant. A force, son attente fut récompensée. L'espèce de gémissement de ses os, lentement, très, très lentement, céda du terrain. Ses yeux virent un peu plus clair. Précautionneusement, Youza glissa une jambe en dehors du lit, et comme rien ne se produisit, il sortit l'autre. Il se mit un peu debout sur ses deux jambes, réussit même à lâcher le bord du lit. Alors Youza comprit qu'il était redevenu un homme. Puisqu'il pouvait se tenir debout, c'est qu'il était de nouveau un homme.

Youza alluma sa lanterne et se dirigea vers le puits, s'éclairant pour retrouver le chemin que les vents de la nuit avaient recouvert de neige. Il arracha le couvercle du puits soudé à la margelle par la glace, libéra le treuil et laissa filer le seau renforcé de solides cerceaux de fer-blanc. Lorsqu'il eut entendu le heurt du seau contre l'eau, il commença sans précipitation à tourner la manivelle du treuil en sens inverse pour remonter le seau alourdi qui crissait et grinçait. Il versa avec précaution un peu d'eau dans la goulotte de l'abreuvoir, mais elle ne s'écoula pas : durant la nuit, la goulotte s'était hérissée de glaçons pointus, çà et là recouverts d'une pellicule de neige. Youza alla chercher un marteau à la maison, et passa ensuite un bon bout de temps à frayer un passage pour l'écoulement de l'eau en donnant de petits coups de marteau tout le long de la goulotte. Lorsque ce fut fait, il laissa filer de nouveau le treuil, puis tourna la manivelle pour remonter le seau plein. Une fois encore, puis d'autres, il recommença. La primaube trouva Youza toujours près du puits. Le temps de nourrir et d'abreuver toutes les bêtes, le jour était là.

Lorsque Youza sortit de l'étable, il serra fortement les paupières, ferma même les yeux, ébloui par la blancheur éclatante de la grande seigne. Le Kaïrabalé s'offrait à découvert et pourtant, alors que Youza le connaissait si bien, qu'il l'avait vu et revu pendant tellement d'hivers, il semblait méconnaissable. Si embéguiné, emmitouflé, empêtré, emmailloté dans les congères, des bourdaines d'un bord à celles de l'autre bord, que l'on ne savait plus guère où se trouvait telle petite butte familière, ni où la rauche ingrate aux laîches foisonnantes. Seule la colline de Youza était toujours à sa place avec, tout en haut, ses pins aux troncs de cuivre chatoyant et, vers la maison, ses cerisiers noirs jetant hors des congères un œil timide sur les tombes ensevelies sous la neige, ces tombes où reposaient ces deux autres, le Russe du tsar et l'Allemand du kaiser, l'un et l'autre soldats, allant où, on ne sait, et on ne sait pourquoi endormis juste ici de leur dernier sommeil. Et tout près, Karoussé. Karoussé, elle aussi. Et si tranquille était le vent qu'on l'aurait dit absent, et peut-être n'étaient-ce que les congères qui secouaient des fronces de leur jupe une poussière de neige...

Un hiver très rude. Si rude que Youza ne se souvenait pas d'en avoir vu de pareil depuis celui de la première année de la guerre, la dernière, l'hiver où l'osier pourpre avait fleuri dans la forêt de Vidouguiré.

Youza resta longtemps en haut de sa colline. Resta longtemps, immobile, dans le silence.

Mais revenu à la maison pour charger le poêle, il sursauta : sous la fenêtre, sur le banc, le banc où il lui arrivait de s'arrêter, pas bien souvent, pour se reposer, une personne était assise. Arrivée là on ne sait quand ni comment. Youza n'eut pas l'impression de la connaître. Il lui sembla seulement que c'était une femme. De sa grosse et chaude chapka d'hiver à rabats sur les oreilles s'échappait une mèche de cheveux gris. Ses épaules s'affaissaient sous le poids de ses vêtements — épaisse pelisse de fourrure ou gros drap blanchi de givre, difficile à dire. Aux pieds, des bottes de peau retournée avec un revers de fourrure. Elle était assise et regardait Youza. L'air de se moquer de lui, ou d'être en colère contre lui. Et Youza, debout devant elle, la regardait en silence.

Non, cette femme lui était inconnue. Youza avait entendu dire que bon nombre de nouveaux venus étaient apparus dans les environs. Ils se faisaient de plus en plus rares, les natifs du pays, les gens nés et grandis dans les fermes de par ici et dont les enfants y poussaient aussi. Les nouveaux venus prenaient la place des anciens habitants. La terre ne pouvait tout de même pas rester déserte ! A dire vrai, beaucoup de ces nouveaux venus ne restaient pas là bien longtemps : ils arrivaient, passaient un moment, laissant les maisons à l'abandon, sans rien réparer, brûlaient tout le bois de chauffage, et fini — ils disparaissaient. C'en était peut-être une de ceux-là, venue d'autres contrées ?...

— Qu'est-ce qui t'amène, ma petite ? demanda doucement Youza.

— Eh bien bonjour, Youza ! fit la femme sans se départir de son sourire. Alors c'est ici que tu vis ?

Un nouveau frisson secoua Youza. Le secoua de la tête aux pieds : la femme avait la voix de Vintsiouné.

— Entre, lui dit seulement Youza, montrant la porte.

Vintsiouné s'assit près de la table, souriant toujours de son demi-sourire moqueur.

— Tu as vieilli, toi aussi, Youza, dit-elle.

Elle enleva sa chapka, la posa sur le banc sans la secouer. Elle eut un nouveau sourire ambigu. Youza, debout au milieu de la pièce, la regardait. Regardait Vintsiouné et se taisait. Elle avait les cheveux gris et ternes, avec des mèches complètement blanches, et de sa nuque, d'où descendaient autrefois deux nattes si épaisses qu'on ne pouvait en tenir qu'une dans une main, pointaient deux maigres petites pattes grises dont les pointes frisottaient tristement.

— Tu as perdu tes nattes ? lui dit Youza.

— Si je n'avais perdu que ça, répondit Vintsiouné. Toi qui cherches mes nattes !...

Youza la contempla sans rien dire, puis fit un pas en direction de l'armoire à côté de la porte.

— Pas si vite, dit Vintsiouné. Pas si vite, Youza. Il reste encore à voir si je goûterai à ton pain et ton sel. Approche, assieds-toi.

Et lorsque Youza eut fait ce qui lui était ordonné, Vintsiouné le regarda droit dans les yeux :

— Où est mon fils ?

Youza ne détourna pas son regard. Assis face à face, ils se regardaient, les yeux dans les yeux. Longtemps, tous les deux, en silence.

— Sa tombe, au moins, tu vas me la montrer ?

Cette fois encore, Youza ne répondit pas à Vintsiouné. Et ne détourna pas ses yeux des yeux de Vintsiouné.

— Donc c'est la vérité ?

Youza ne répondit rien.

— Et moi qui n'y croyais pas ! Quand je suis rentrée en Lituanie, j'ai entendu raconter des tas de choses sur toi. Mais moi, je n'y croyais pas !... Ce n'était pas possible !

Youza se taisait toujours.

Et il vit pâlir le visage de Vintsiouné. Lourdement elle se leva, s'appuya de ses deux poings sur la table :

— Sois maudit, entendit Youza, sois maudit, assassin de Lituaniens. Et que le sang de mon fils retombe sur ta tête...

Youza ne la vit pas sortir. Il n'entendit pas non plus le claquement de la porte qui se refermait. Quand il revint à lui, il était toujours assis sur le banc où Vintsiouné lui avait ordonné de s'asseoir. Au-dehors s'épaississaient les ténèbres du crépuscule et la pièce était emplie du parfum de Vintsiouné. De ce même parfum dont il s'était enivré lorsqu'il valsait avec elle au bord du lac, dans le bruissement des jeunes bouleaux, la tenant par la taille, elle, Vintsiouné. Elle fleurait alors la fraise mûre, et peut-être aussi une odeur âpre de bois-joli lézardant au soleil parmi les pins résineux, ou encore une senteur d'acore, dont les racines blanches baignaient dans l'eau des bords du lac. Non, personne d'autre au monde ne fleurait ce parfum-là. Elle seule. Seulement elle, Vintsiouné. Et la maison était toute pleine de ce parfum-là, du parfum de Vintsiouné.

Youza se leva. Il s'approcha de la malle posée le long du mur. Souleva à deux mains le lourd couvercle bardé de colliers de fer entrelacés. Se laissa glisser sur un genou, puis sur l'autre. Silencieusement se courba sur les chemises de lin que soleil et rosée avaient blanchies comme neige fraîche il y a si longtemps. Et silencieusement s'affaissa sur les chemises de lin blanc.

Par ce même crépuscule, Adomas, le frère de Youza, bondissait hors de son lit, inondé d'une sueur glacée. Il venait à peine de s'endormir, au début de la longue veillée du soir, lorsqu'il n'est déjà plus péché d'allumer la lampe pour la maisonnée. Il resta longtemps sans comprendre ce qu'il avait. Il sentait seulement son cœur taper à grands coups, et sa tête éclatait, transpercée par le pressentiment d'un immense malheur, un malheur inconnu mais terrible et qui le menaçait, lui et toute sa maison. Et comme à la lueur aveuglante d'un éclair, Adomas revit tout son rêve : loin, très loin, dans un champ désert, Youza, immobile. Seul, absolument seul, comme toujours, mais attendant son frère, l'attendant, lui, Adomas, et Adomas court vers lui, se hâte à travers champs, court vers lui, vers son frère, s'approche de lui, s'approche... Mais brusquement, sans rime ni raison, une rivière lui barre le chemin. Une rivière qui gronde, qui bouillonne, qui brasse des eaux profondes et limpides. Et son autre rive se dresse, haute, raide, escarpée, verticale comme un mur d'église. Et déjà, Youza n'est plus dans le champ. Déjà il est en haut de la falaise, debout sur l'extrême bord, il lui fait de grands signes, à lui, Adomas, son frère, pour qu'il ne tarde plus, pour qu'il se hâte encore. Mais l'eau gronde de plus en plus fort, elle bouillonne toujours plus vite, de grosses bulles montent de ses profondeurs, et Youza semble se rapetisser au-dessus du vide. Adomas se jette à l'eau, voyant que Youza devient de plus en plus petit, de plus en plus... Et voilà que Youza a disparu, il n'y a plus qu'un petit nuage impalpable qui monte au-dessus de l'endroit où, l'instant d'avant, se tenait Youza. Une sorte de nuage clair... Adomas veut crier, dire à son frère de l'attendre, de ne pas disparaître, mais il n'a plus de voix, il n'entend pas lui-même son propre cri. Et l'eau bouillonne et tempête, elle lui arrive maintenant jusqu'aux aisselles, elle gronde, menaçante, autour d'Adomas, gronde comme un tonnerre... Et ce bruit de tonnerre réveille Adomas, il bondit hors de son lit.

Sans rien dire à personne, il sort comme un fou de la maison et se met à courir par les champs enneigés. Pas en rêve, mais en réalité. Lorsqu'il fait irruption, hors d'haleine, dans la maison de Youza, il voit son frère à genoux devant la malle, bras étendus sur les chemises de lin blanches comme neige.

— Dieu soit loué, Dieu soit loué !... fait Adomas, se laissant aller contre le mur, de son dos et de sa tête.

Mais, aussitôt, le silence de Youza réveille son angoisse. Youza ne s'est pas tourné vers lui, Adomas ; il n'a même pas tressailli.

Et Adomas l'appelle :

— Youza ! Qu'est-ce que tu as ? Youza !...

Mais Youza se tait.

Adomas se précipite vers son frère, le prend par les épaules, l'appelle :

— Youza ! Youza !...

Mais Youza ne répond pas.

LEXIQUE

Le livre de Baltouchis décrit principalement la Lituanie d'avant guerre avec des réminiscences du siècle dernier. Il est bien évident que, compte tenu de la régression — en France plus qu'en Lituanie — de la civilisation rurale face à l'extension de la civilisation citadine, un certain nombre de termes, tout à fait courants il y a seulement quarante ans en France, sont vieillis ou ont tout bonnement disparu du vocabulaire citadin. Cela ne signifie pas qu'ils n'existent plus, on les rencontre bien vivants dans le parler des zones rurales, ainsi que chez les chasseurs et les chercheurs travaillant sur l'environnement. Les faits et gestes ruraux existent encore, au moins pour certains d'entre eux, et les paysans continuent à employer un lexique précis pour les désigner. Il n'y a pas de mot citadin (faute de « l'objet » correspondant) pour remplacer ces termes campagnards.

Aristé : muni d'arêtes aiguës en forme de barbes, variant suivant les espèces de graminées.
Arse, arche, arche-banc : (Savoie, Bourgogne) coffre en bois solide où l'on conserve le grain à l'abri des rats.
Avette : nom familier des abeilles.
Bance : planche horizontale suspendue par quatre cordes au plafond, et sur laquelle on met le pain, les fromages, les restes du repas, qu'elle soit à la cave (sur le même plan que la cuisine — au rez-de-chaussée — ou en sous-sol), ou dans le garde-manger, ou même dans la pièce d'habitation (Savoie, Bourgogne).

Boire (s) : endroit d'eau stagnante, creux plein d'eau, petite anse ou golfe sur le bord d'une rivière (naturel ou artificiel). On s'en sert ou non pour le rouissage du chanvre.

Borde : petite ferme ou métairie, d'où l'expression : « aller d'huis en bordes ».

Bouchon : buisson, broussaille, petit hallier (Jura, Morvan).

Bouchure : haie vive (d'épine noire souvent) entre des prés.

Bouleyeur : dans le Morvan, il est à peu près l'équivalent du marieur lituanien.

Boultiner : sauts et trottinements du lapin cherchant sa nourriture.

Chaintre, ceintre : ceinture d'un champ et bandes marginales au bout des sillons d'un champ cultivé.

Chalée : trace ouverte dans la première neige par un traîneau.

Chaoulis : en Lituanie, avant la guerre, organisation paramilitaire d'un parti nationaliste. Plus généralement, un bataillon de chaoulis est un bataillon de tireurs d'élite.

Chevrin : creux formé par l'eau dans les berges et sous les rives ; certains poissons y déposent leur frai.

Chèvre : (du puits, ici) chèvre de levage faite de deux longerons de pins reliés par deux traverses avec une poulie au sommet. La chèvre est haubanée par deux câbles.

Clairure : endroit dégarni, sans végétation visible en surface dans un marais (il peut y avoir une microvégétation sous la surface de l'eau).

Cordes : bois de chauffage débité en perches puis en bûches de longueur variable suivant les régions, empilées en cordes d'un nombre de stères variable (une « corde de moule », par ex., valant 4,8 stères).

Courir la jadoûre : expression du Morvan évoquant la chienne en chaleur, lorsqu'on parle de la conduite légère d'une demoiselle.

Débourrer : (les essaims débourrent) si une nouvelle reine naît dans la ruche, elle part en emmenant son essaim — même sens général que le terme rural : éclaircir en arrachant (les carottes, etc.).

Écheler : escalader.

Éteule : chaume qui reste sur place après récolte.

Étréper : arracher les racines avec une pioche spéciale.

Frache, frâche : broussaille de bord de torrents (en Savoie par ex.).

Fliquer : onomatopée, faire floc, flac (cf. Giono, *Le Chant du monde* : « une boue noire qui fliquait sous les pas »...).

Glui (on trouve parfois, à tort, *glu*) : une poignée de chaume de seigle coupée à ras de terre avec une faucille, pour la couverture des toits, le rempaillage des chaises, la fabrication de liens (en nouant les gluis entre eux).

Gouille : dans les marais tremblants qui retiennent une grande quantité d'eau, et qui sont souvent parsemés d'ériophore (linaigrette), on peut observer des trous profonds, recouverts ou non par des mousses (sphaignes en particulier). Une clairure est une gouille libre de végétation en surface.

Goujaillon : jeune berger ou meneur de bœufs en Provence (Giono) ; par extension, jeune apprenti à tout faire, jeune aide.

Koulak : paysan considéré comme trop riche et comme exploiteur par les bolcheviques.

Kvass : boisson douce-amère faite à partir d'eau et de pain de seigle, ou de farine de seigle et de malt.

Layon : sentier étroit ouvert dans une forêt pour séparer les coupes. Les layons donnent sur la sommière.

Lège : luges (Savoie), du vieux français « lège » ; cadre allongé fait pour supporter des fardeaux que l'on tire par une corde sur l'épaule en les faisant glisser sur l'herbe (ou que l'on fait tirer par un mulet).

Litas : unité de monnaie lituanienne.

Mancennes : pousses de la viorne (arbrisseau : viburnum), qu'on utilise pour faire des liens.

Mazot : (*raccard* en Haute-Savoie), petit chalet séparé du chalet d'habitation et construit sur un soubassement de bois (ou de pierre). On y entrepose les biens les plus précieux qui y sont plus à l'abri du feu que dans la « maison » : grains, viandes séchées, et même certains papiers et vêtements. Ce mazot est l'équivalent exact du chalet séparé lituanien, qu'il n'est pas exact de traduire par grenier, comme cela se fait parfois. Le « mazot » sert de grenier à grains, mais pas seulement à cela, et c'est un chalet séparé avec, parfois, comme en Lituanie, une porte ouvragée et une petite galerie.

Mottue, motais, terrain mottut : mottes de marais qui, lorsqu'elles sont constituées de sphaignes, se rehaussent progressivement et donnent des tourbières bombées.

Mouillère, mouillière : terrain humide marécageux au sol instable, où l'on voit sourdre l'eau un peu partout et au moindre pas. Ce type de paysage peut s'inscrire dans la toundra (avec des carex = laîches, des mousses, des lichens).

Noue : terrain périodiquement inondé, endroit fortement humide, parfois ancien lit de rivière.

Ormille : petits ormeaux, haie d'ormes, ou variété d'orme à petites feuilles.

Pessière : forêt (petite ou grande) boréale d'épicéas sous climat froid et pluvieux (on en trouve des Vosges au Jura, aux Alpes, et jusque dans le nord de l'URSS).

Peût : diable, petit démon (dialecte bourguignon).

Porteau : avancée du toit, qui peut servir à protéger le char à foin.

Pralet : petit pré (Alpes).

Rauche : les « typha » (ou « massettes », « quenouilles » des roseaux) et l'espace couvert par ces roseaux.

Rache, râche, rachon : petite cépée (Morvan).

Ressuire, ressui : parler rural pour ressuyer = faire sécher, égoutter.

Revâmer : en parlant des pommes de terre, en Bourgogne, donner des tubercules au bout des germes.

Rissole : sorte de petit beignet fourré (Savoie).

Seigne, « sagne » : équivalent exact du « bale » de « Kaïrabalé ». Lande mouilleuse, tourbière à sphaignes sous climat froid, sol très mouillé où l'eau affleure dans la moindre dépression. L'ensemble fonctionne comme une énorme éponge, où poussent roseaux, joncs, scirpes, callunes, sphaignes, laîches, ményanthe, linaigrette, etc. Ce paysage peut occuper de très grandes surfaces (en France, dans le Doubs), et est très répandu de l'ouest de l'URSS au Jura et même en Margeride. On y voit des prairies apparemment flottantes reposant en fait sur de la tourbe plus ou moins liquide, avec des carex et un épais tapis de muscinées.

Seillon, seillot : petit baquet tronconique en bois pour l'eau, le lait (Morvan, Savoie et ailleurs).

Skilandis : peau de l'estomac (caillette) farcie et attachée par des harts, qui sont des liens d'osier flexible.

Soiture : surface qu'un homme peut faucher dans une journée.

Sommière : large chemin tranché dans une forêt, sur lequel se greffent les tranchées étroites des laies et layons.

Soli : sous le faîtage, espace servant à engranger le foin (fenière) et où l'on peut aussi coucher, en y accédant par une échelle extérieure (Haute-Savoie).

Souillarde : office-laiterie s'ouvrant sur la cuisine (en Margeride ou dans l'Auxois) servant de garde-manger, mais aussi de chambre à coucher (on l'appelle parfois le « taborgniau »).

Staroste : personne élue ou nommée, pour remplir des fonctions semi-administratives, semi-policières dans les affaires d'un village, d'une artel, d'une communauté.

Suloté : vernaculaire, exposé en plein à un fort soleil (Bourgogne).

Terrasse : grande soupière évasée en bois ou en terre pour pétrir la pâte (Bourgogne).

Toupine : récipient rond en terre ou en grès pour le beurre fondu, l'huile, le miel.

Tremblant : voir *Seigne*.

Touradon : grosse et grande motte formée par les racines de plantes palustres, telles que laîches (d'où le nom d'« endroit » : léchère), roseaux, molinies, sur sol marécageux (ces touradons peuvent avoir un mètre de diamètre). Avec le temps, le touradon se surélève et grossit comme un champignon.

Achevé d'imprimer sur les presses de

BUSSIÈRE
GROUPE CPI

à Saint-Amand-Montrond (Cher)
en février 2005

POCKET - 12, avenue d'Italie - 75627 Paris Cedex 13
Tél. : 01-44-16-05-00

— N° d'imp. : 50514. —
Dépôt légal : mai 1993.
Suite du premier tirage : mars 2005.

Imprimé en France